CONTENTS

곰곰곰베어 11.5

VOL.1 COVER

VOL.2 COVER

VOL.3 COVER

VOL.4 COVER

VOL.5 COVER

VOL.6 COVER

VOL.7 COVER

VOL.8 COVER

VOL.9 COVER

CHARACTER REFERENCE_

곰순이
앉았을 때
140~150
정도
특징
흰색(옅은 핑크)
처진 눈
뻗친 털(얼굴 주변)
리본의 중앙은
단추
꼬리
곰의 손과 발은
원래라면 발가락이
5개(발톱)지만 일부러
곰 인형 옷과 똑같이
3개로 하겠습니다.
리얼함을 살려야 할지
여쭤보고 싶습니다.
발톱은 하얀색
곰돌이
검은색
올라간 눈
털이 뻗친
방향
겐츠
30살 전후, 머리색은 어둡고
전직 모험가라 체구가 좋다
목에
돋보기
슈슈 머리끈
티루미나
피나의 엄마, 남편과 사별
병으로 누워 있었다
허리춤에는
거래할 때
사용하는
공구나 필기류
가디건 안에는
끈 원피스(롱)
아래에는 이너(캐미솔 흰 색)
허리에는 가는 리본(헐렁하게 묶음)
· 조금 어수선한 머리(곱슬머리)
· 가는 몸매
· 가슴은 크지 않다
슬리퍼

피나
10살, 키 유나보다 작음
흑발(짙은 갈색), 빈유
머리 뒷부분은 커다란 리본 핀으로
반 묶음 했음
눈 명암
눈 색
머리 색
머리 명암
리본
옷 리본
신발
조끼
쵸커
타이츠
목 쵸커를
하고 있습니다.(옷과 같은 색)
핀으로 집는 타입
리본 2개
상의는 어깨가 나오는
오프 숄더 원피스
타입
플레어 스커트
(안은 하얀 드레스)
· 기본 곱슬머리
목덜미에서 어깨
정도의 길이로
· 표정은 착하게
타이츠
(70데니어 정도)
조끼
확대
한쪽에
모양 라인이 들어갔는데
경우에 따라 생략
※2권 표지 참조
슈리
피나의 여동생(7살)
활기찬 여자아이
110~117cm 정도?
약간
곱슬 머리
트윈테일

곰곰곰 베어 11.5

저자 쿠마나노
일러스트 029
옮긴이 김보라

스킬

▶이세계 언어
이세계의 언어가 일본어로 들린다.
이야기를 하면 이세계의 언어로 상대방에게 전달된다.

▶이세계 문자
이세계의 문자를 읽을 수 있다.
글자를 쓰면 이세계 문자가 된다.

▶곰의 이차원 박스
흰 곰의 입은 무한으로 벌어지는 공간이다.
어떤 물건이라도 넣을(먹을) 수 있다.
단, 살아 있는 것을 넣는(먹는) 건 안 됨.
들어가 있는 동안에는 시간이 멈춘다.
이차원 박스에 넣은 물건은 언제든 꺼낼 수 있다.

▶곰 관찰안
흑백 곰 옷의 후드에 있는 곰의 눈을 통해 무기와 도구의 효과를 볼 수 있다.
후드를 쓰지 않으면 효과는 발동되지 않는다.

▶곰 탐지
곰의 야생의 힘으로 마물이나 사람을 탐지할 수 있다.

▶곰 소환수
곰 장갑에서 곰이 소환된다.
검은 곰 장갑에서는 검은 곰이 소환된다.
흰 곰 장갑에서는 흰 곰이 소환된다.
소환수 꼬맹이화 : 소환수인 곰을 꼬맹이화 할 수 있다.

▶곰 지도 ver.2.0
곰의 눈이 본 장소를 지도로 만들 수 있다.

▶곰 이동문
문을 설치하여 서로의 문을 왔다 갔다 할 수 있게 된다.
3개 이상의 문을 설치할 경우는 행선지를 상상하는 것으로 이동할 곳을 정할 수 있다.
이 문은 곰 장갑을 사용하지 않으면 열리지 않는다.

▶곰 폰
먼 곳에 있는 사람과 대화할 수 있다.
곰 폰을 만든 후, 술자가 없앨 때까지 존재한다. 물리적으로 망가뜨릴 수 없다.
곰 폰을 건넨 상대를 상상하면 연결된다.
곰의 울음소리로 착신을 알린다. 소지자가 마력을 보내는 것으로 껐다 켤 수 있게 되어 통화가 가능하다.

▶곰 수상 보행
물 위를 이동하는 것이 가능해진다.
소환수는 물 위를 이동하는 것이 가능해진다.

▶곰 염화
떨어져 있는 소환수를 불러들일 수 있다.

마법

▶곰 라이트
곰 장갑에 모은 마력으로 곰 형태의 빛을 생성한다.

▶곰 신체 강화
곰 장비에 마력을 보내는 것으로 신체강화를 실시할 수 있다.

▶곰 불 속성 마법
곰 장갑에 모은 마력으로 불 속성의 마법을 사용할 수 있다.
위력은 마력, 상상에 비례한다.
곰을 상상하면 위력이 더욱 올라간다.

▶곰 물 속성 마법
곰 장갑에 모은 마력으로 물 속성의 마법을 사용할 수 있다.
위력은 마력, 상상에 비례한다.
곰을 상상하면 위력이 더욱 올라간다.

▶곰 바람 속성 마법
곰 장갑에 모은 마력으로 바람 속성의 마법을 사용할 수 있다.
위력은 마력, 상상에 비례한다.
곰을 상상하면 위력이 더욱 올라간다.

▶곰 땅 속성 마법
곰 장갑에 모은 마력으로 땅 속성의 마법을 사용할 수 있다.
위력은 마력, 상상에 비례한다.
곰을 상상하면 위력이 더욱 올라간다.

▶곰 전격 마법
곰 장갑에 모은 마력으로 전격 마법을 사용할 수 있게 된다.
위력은 마력, 상상에 비례한다.
곰을 상상하면 위력이 더욱 올라간다.

▶곰 치유 마법
곰의 상냥한 마음에 의해 치료가 가능해진다.

이름 : 유나
연령 : 15세
성별 : 여자
▶곰 후드(양도 불가)
후드에 있는 곰 눈을 통해 무기나 도구의 효과를 볼 수 있다.
▶흰 곰 장갑(양도 불가)
방어 장갑. 사용자 레벨에 따라 위력 UP.
흰 곰 소환수인 곰순이를 소환할 수 있다.
▶검은 곰 장갑(양도 불가)
공격 장갑. 사용자 레벨에 따라 위력 UP.
검은 곰 소환수인 곰돌이를 소환할 수 있다.
▶흑백 곰 옷(양도 불가)
겉보기엔 인형 옷. 양면 기능 있음.
겉면 : 검은 곰 옷
사용자 레벨에 따라 물리, 마법의 내성이 UP.
내열, 내한 기능 있음.
속면 : 흰 곰 옷
입으면 체력, 마력이 자동 회복된다.
회복량, 회복 속도는 사용자의 레벨에 따라 변한다.
내열, 내한 기능 있음.
▶검은 곰 신발(양도 불가)
▶흰 곰 신발(양도 불가)
사용자 레벨에 따라 속도 UP.
사용자 레벨에 따라 장시간 걸어도 지치지 않는다.
내열, 내한 기능 있음.
◀곰돌이 (꼬맹이화)
▼곰순이
▶곰 속옷(양도 불가)
아무리 입어도 더러워지지 않는다.
땀과 냄새도 배지 않는 훌륭한 아이템.
장비자의 성장에 따라 크기도 변한다.
▶곰 소환수
곰 장갑에서 소환되는 소환수.
꼬맹이화 할 수 있다.

1권

피나
유나가 이 세계에서 처음으로 만난 소녀, 10살. 유나가 어머니를 구해준 인연으로 유나가 무찌른 마물의 해체를 맡고 있다. 유나가 여러 장소에 데리고 다닌다.

밀레느
크리모니아 상업 길드의 길드 마스터. 여러 가지로 유나를 서포트 해준다. 푸딩의 맛에 홀리기도 하지만 사실은 유능한 여자.

겐츠
크리모니아 모험가 길드의 마물 해체 담당관. 피나를 신경쓰며 다음 권에서 티루미나와 결혼.

라록
크리모니아 모험가 길드의 길드 마스터. 유나는 근육남으로 인식하고 이름을 기억해주지 않는다.

엘레나
크리모니아에 있는 숙소의 딸. 마법을 쓸 수 있는 유나를 부러워한다.

골드
크리모니아 대장간 주인. 머지않아 피나가 가질 미스릴 나이프를 만들어 준다.

넬트
골드의 부인. 대장간 이외엔 형편이 없는 골드를 지탱해주는 야무진 사람.

블랜더
크리모니아 근처 마을의 사냥꾼. 마을을 공격한 짐승을 유나가 퇴치해줘서 고마워한다.

마리
블랜더의 부인. 유나와 만난 당시 임신 중이었고 머지않아 유크가 태어난다.

헬렌
크리모니아 모험가 길드의 접수 담당. 유나가 모험가 등록을 했을 때의 담당자. 유나가 토벌한 마물의 정보에 항상 놀란다.

데보라네
크리모니아 모험가 길드에서 유나에게 시비를 건 랭크 D 모험가. 유나에게 두들겨 맞는다.

란즈
데보라네를 따르는 모험가. 시간이 지나 파티를 결성했던 루리나와 길과는 헤어지게 된다.

루리나
란즈와 파티를 맺었던 여자 모험가. 유나네 가게의 호위를 맡는 등 유나와 사이가 좋아진다.

길
란즈네 파티에서 말수가 적은 모험가. 훗날 린즈와 헤어지고 루리나와의 행동이 잦아진다.

제이드
크리모니아 모험가 길드에서 만난 4인 모험가 중 리더.

멜
제이드와 파티를 결성한 여자 모험가. 나중에 학생 호위와 골렘 퇴치 때 재회한다.

토우야
제이드와 파티를 맺은 조금 경박하게 보이는 검사. 훗날 골렘 퇴치에서 재회한다.

세니아
제이드와 파티를 맺은 날렵한 몸을 한 무표정의 여성.

CHARACTERS_

2권

슈리
피나의 여동생, 7살. 모친인 티루미나를 따라 『곰 씨 쉼터』 등에서 일을 돕는 매우 씩씩한 여자아이. 곰님을 매우 좋아한다.

티루미나
피나의 어머니. 유나가 병을 치료해줬다. 그 후 겐츠와 재혼. 『곰 씨 식당』과 『곰 씨 쉼터』에서의 많은 일을 유나에게 위임받았다.

라라
포슈로제 가문의 메이드. 홍차를 우리는 솜씨가 명인 수준이고 유나는 그녀의 지도를 받는다.

론드
포슈로제 가문의 집사. 클리프에게 확실하게 제안을 하는 등, 오른팔 같은 존재이다.

앤즈 롤랜드
고아원 보조금을 중단하며 자신의 배만 불리던 남자. 악행이 밝혀져 처형당한다.

보우
고아원 원장. 보조금이 끊기고 고아원이 곤궁에 처했을 때도 헌신적으로 지탱해왔다.

리즈
고아원 선생님. 원장인 보우와 함께 아이들을 확실하게 보살피고 있다.

로이
티루미나의 죽은 남편. 옛날에 겐츠와 티루미나와 셋이서 파티를 결성했었다.

느와르 포슈로제
애칭은 노아, 10살. 포슈로제 가문의 차녀. 『곰 님』을 사랑하는 활발한 소녀. 유나와의 인연으로 피나와 친해졌다.

클리프 포슈로제
노아의 아버지. 크리모니아 마을의 영주. 유나의 돌발적인 행동에 휘둘려 고생하는 인물. 담백한 성격으로 유나에게도 거리낌 없이 대하고 있다.

호른
소꿉친구인 신 일행과 크리모니아 마을까지 찾아온 신입 모험가 소녀. 유나에게 마법 훈련을 받는다.

신
호른의 파티에서 리더와 같은 존재. 길에게 검 훈련을 받고 있다.

랏테
호른의 동료인 신입 모험가. 활을 잘 쏜다. 사냥꾼인 블랜드에게 활 지도를 받고 있다.

브루토
호른의 파티에서 가장 힘이 세다. 무기는 도끼를 쓰고 있다.

카이
블랙 바이퍼가 나타난 마을의 소년. 모험가에게 도움을 청하러 크리모니아로 찾아왔다.

유크
크리모니아 근처 마을의 사냥꾼인 블랜더와 마리 사이에서 태어난 아이. 최근에 태어났다.

3권

엘레로라 포슈로제
노아와 시아의 어머니, 35살. 보통은 국왕 폐하의 밑에서 일하고 있으며 왕도에 살고 있다. 여러 가지로 인맥이 넓어서 유나를 이것저것 도와준다.

시아 포슈로제
노아의 언니, 15살. 트윈테일의 승부욕이 있는 여자아이. 왕도의 학원에 다닌다. 유나가 노아의 호위로 왕도에 왔을 때 알게 된다.

미사나 포렌그람
애칭은 미사, 10살. 국왕 탄신제로 향하던 길에 마물에게 습격을 받는 것을 유나가 구해줬다. 10살 생일 파티에 유나 일행을 초대한다.

사냐
왕도 모험가 길드의 길드 마스터. 엘프 여성으로 유나는 모험가와의 트러블 등의 문제로 신세를 지고 있다. 루이밍이라는 여동생이 있다.

그란 포렌그람
미사의 할아버지. 왕도로 가던 도중, 마물에게 습격을 받던 것을 유나가 구해준다. 시린 마을의 영주.

모린
왕도의 빵집 주인. 가게의 트러블을 유나가 도와준 후 『곰 씨 쉼터』를 맡게 된다.

카린
모린의 딸. 엄마와 함께 『곰 씨 쉼터』에서 일하게 된다. 엄마에게 뒤지지 않고 빵 만드는 실력이 수준급이다.

스릴리나
왕도에 있는 포슈로제 가문 저택의 메이드. 화단 가꾸기가 취미.

자몰
왕도에서 감자를 파는 마을 사람. 유나가 만든 감자를 사용한 요리가 대인기라는 것을 알고 기뻐한다.

플로라 공주
엘파니카 왕국의 왕녀. 유나를 「곰님」이라 부르며 따른다. 그림책과 곰 인형을 선물 받는 등 유나도 마음에 들어하고 있다.

폴오트 왕
엘파니카 왕국의 국왕. 국가의 위기에서 유나가 도와준다. 스스로 곰 하우스까지 찾아가 푸딩 제작을 부탁하는 등 스스럼없는 국왕.

키티아 왕비
플로라 공주의 엄마이자 엘파니카 왕국의 왕비. 플로라 공주에게 지지 않을 만큼 곰순이와 곰돌이를 좋아한다. 유나에게는 인형도 받았다.

마리나
그란의 호위를 하던 여자 모험가. 시린 마을에서 재회. 함께 거대 두더지 퇴치를 한다.

엘
마리나의 파티원인 거유 마법사. 시린 마을에서 재회하지만 이름을 잊고 있었다.

이티아
마리나네 여자 모험가 파티원 중 한 명. 커다란 검을 사용한다. 오크를 두 마리나 잡을 수 있는 실력을 갖췄다.

마스리카
마리나 파티원 중 한 명. 검사. 시린 마을에서는 이티아와 함께 다른 일을 하러 가서 없었다.

란젤
왕도 경비대 대장. 시린 마을에서의 소동 때는 엘레로라와 동행했다.

굴잠
국왕에게 추방당한 것에 원한을 품고 왕도로 마물을 모이게 했으나 유나에게 저지당하고 실의에 빠진 채 사망.

장그
엘파니카 국왕의 수상. 유나가 성을 방문할 때마다 일을 내팽개치는 국왕 때문에 곤란스러워한다.

4권

안즈
미릴러 마을 숙소의 딸. 유나에게 요리 솜씨를 인정받아 권유를 받는다. 아버지의 품을 벗어나 『곰 씨 식당』을 맡게 된다.

밀
고아원 여자아이. 12살. 『곰 씨 쉼터』에서 일하는 고아원 아이 중 리더로 임명받는다. 가게에서는 곰 유니폼을 입고 활기차게 일한다.

데거
미릴러 마을 숙소의 주인. 안즈의 아버지. 해산물 요리 솜씨로 유나를 감동 시킨다.

젤레모
미릴러 마을 상업 길드의 직원. 마을이 평온해지자 그의 행실을 높이 사서 길드 마스터가 된다.

다몬
바다가 보고 싶다며 여행을 떠난 유나가 도중에 도와준 미릴러 마을의 어부.

아트라
미릴러 마을 모험가 길드의 길드 마스터. 조금 뾰로통한 부분은 있지만 유나 덕분에 마을이 평온을 되찾자 열심히 일한다.

유우라
다몬의 부인. 다몬을 제대로 다루는 파워풀한 부인.

쿠로 할아버지
미릴러 마을의 장로 중 한 명. 클리프가 마을을 거둬주도록 유나에게 부탁한다.

블리츠
유나가 미릴러 마을에서 만난 랭크 C인 모험가. 크리모니아의 유나네 가게에도 얼굴을 비춘다.

로사, 란, 그리모스
블리츠 하렘 파티의 멤버.

세이
미릴러 마을 모험가 길드의 직원. 길드 마스터인 아트라가 몸종처럼 부린다.

5권

안쥬
플로라 공주를 돌보는 역할의 여성. 자신에게도 플로라 공주와 또래의 아이가 있다.

렘
벌 나무의 관리자. 곰이 이전에 목숨을 구해준 적이 있어서 곰을 구해준 유나에게 감사하고 있다.

리아나
크리모니아 상업 길드의 직원. 유나가 안즈네 가게를 구매할 때 신세를 진다.

아나벨
크리모니아 상업 길드에서 미릴러 마을로 파견된 길드 직원. 젤레모의 교육 담당.

6권

셰리
고아원 여자아이. 손재주를 인정받아 재봉실에서 수업 중. 유나에게 곰돌이와 곰순이 인형 제작 의뢰를 받았다.

마릭스
과외수업 중 시아의 파티 멤버로 활기찬 남자아이. 혼자 미끼가 되려는 등 정의감이 강하다.

티몰
과외수업에서 시아네 멤버. 미끼가 되겠다고 말한 마릭스와 함께 남으려고 하는 등 의협심이 넘친다.

슈그
시아가 다니는 학교의 교사. 과외수업의 호위로 유나를 추천받아 놀라지만 엘레로라를 믿고 승낙한다.

지글드
시아의 학교에 다니는 동급생. 유나를 무시하는 발언을 해서 마릭스 일행에게 한소리 듣는다.

가란
시아 일행이 과외수업으로 방문한 마을의 주민. 누에의 오두막을 마물이 공격해서 도움을 청하기 위해 마을로 돌아온다.

카보스
시아 일행이 과외수업으로 방문한 마을의 촌장. 가란의 아버지.

카틀레야
시아의 학원 동급생. 아가씨 풍의 여자아이. 과외수업에서는 비밀로 했던 유나와 시아의 관계를 간파하는 등 눈치가 빠르다.

군, 겔드
시아 일행이 과외수업으로 방문한 마을의 주민. 누에의 오두막에서 공격을 당해 오두막에 남겨져 버린다.

니프
안즈네 가게에서 일하기 위해 미릴러 마을에서 크리모니아로 찾아왔지만 고아원에서 일하게 된다.

세노
안즈네 가게에서 일하기 위해 찾아온 가장 나이가 어린 여자. 첫 대면인 유나를 「곰 양」이라 부른다.

포르네
안즈네 가게에서 일하기 위해 찾아온, 안즈와 세노 씨의 언니 같은 존재의 여자.

베틀
안즈네 가게에서 일하기 위해 찾아온 성실해 보이는 여자.

가잘
왕도 대장간의 주인. 유나는 골드의 소개로 방문한다. 머지않아 유나를 위해 전투용 미스릴 나이프를 만든다.

7권

젤레프
왕궁 주방장. 포렌그람 가문을 위해 유나가 왕도에서 시린 마을로 데리고 왔다. 왕도에서 유나의 레시피를 토대로 한 가게를 내려고 계획 중.

바보 레인저 레드
이름은 바볼드. 바보 레인저의 리더. 머리 색과 방어구가 모두 빨간, 랭크 C의 모험가.

바보 레인저 블루
바보 레인저 중 한 명. 파란 방어구를 장비한 모험가.

바보 레인저 그린
바보 레인저 중 한 명. 녹색 방어구를 장비한 모험가.

바보 레인저 블랙
바보 레인저 중 한 명. 검은 망토를 장비한 모험가.

바보 레인저 화이트
바보 레인저 중 한 명. 하얀 망토를 장비한 모험가.

네린
모린의 친척. 모린을 찾아 왕도로 왔을 때 유나와 만난다. 훗날 모린네 가게의 케이크 담당이 된다.

8권

가쥴드 살바드
시린 마을의 공동 영주. 계략을 꾀하여 그란을 궁지로 몰지만 악행이 탄로나 처형된다.

란돌 살바드
가쥴드의 바보 아들. 미사에게 시비를 건다. 머지않아 미사를 납치하지만 유나에게 당하고 친척의 집으로 유배된다.

브래드
란돌과 함께 있던 모험가. 봇츠에게 부상을 입힌다. 훗날 미사를 납치했다가 유나에게 당한다.

봇츠
포렌그람 가문의 주방장. 가쥴드의 계략에 빠져 팔을 다친다. 과거에 젤레프와 동료였다.

레오날드
그란의 아들, 미사의 아버지. 조금 기가 약하다. 그란의 은퇴 후 영주의 자리를 물려받는다.

메슌
그란의 저택의 메이드. 미사의 표정만으로 트러블이 있었다는 것을 추측할 수 있는 사람.

엘나트
폴오트 왕의 적자. 성에 유나가 놀러올 때마다 왕에게 일을 넘겨받는다.

몰그
젤레프와 봇츠가 함께 일했던 가게의 주방장. 은퇴 후 주방장을 볼삭에게 넘긴다.

볼삭
몰그의 뒤를 이은 주방장. 성격이 나쁘고 봇츠가 재취업을 하지 못하도록 압력을 가했다.

구즈
클리프가 그란 생신 파티로 향할 때의 호위. 곰하우스를 보고 놀랐지만 머물 수 있게 되어 감사한 마음을 가진다.

라본
클리프의 이동 호위 중 한 명. 곰 하우스에서 머문 보답으로 욕실 청소를 한다.

테모카
크리모니아의 재봉실 가게 주인. 고아원 소녀 셰리를 양녀로 거둔다.

나르
테모카의 부인. 남편의 재봉실에서 접객 등을 돕고 있다.

로이몬드, 록
성의 문지기. 유나가 성에 오면 국왕 폐하에게 서둘러 전달하도록 명령을 받고 당황한다.

9권

루이밍
왕도의 곰 하우스 앞에서 쓰러져 있던 엘프 소녀. 언니인 사냐에게 엘프 마을의 위기를 알리기 위해 왕도로 왔다.

루파
살바드 가문의 메이드. 살바드 가문의 악행을 고발한다. 훗날 그란을 섬긴다.

미란다
루이밍이 랄즈 마을에서 신세졌던 여성 모험가. 여자 3인 파티의 리더.

에리엘
미란다의 파티원. 귀여운 여자아이를 좋아해서 유나를 끌어안으려고 한다.

샤라
미란다의 파티원. 마법사. 유나에게 안기려는 에리엘을 저지한다.

도글드
팔려던 그림을 루이밍이 파손시킨다. 그 대신 엘프의 팔찌를 받는다.

아루카
대상인 레트벨의 손녀. 지인의 집에서 본 곰 그림책을 마음에 들어한다. 유나에게 그림책을 선물 받고 매우 예쁜 미소를 보인다.

레트벨
루이밍이 파손한 그림을 사려던 사람. 엘프의 팔찌를 손녀 아루카를 위해 얻으려고 한다.

세플
아루카의 엄마이고 레트벨의 딸. 마을에서 벗어난 집을 유나에게 양도하자고 레트벨에게 제안한다.

로디스
레트벨에게 고용된 업자. 유나와 레트벨을 레트벨의 저택으로 데려다준다.

볼즈, 미셸
엘레로라가 왕도에서 데리고 온 왕도 경비대. 살바드 가문을 포박한다.

루트
도글드의 가게 종업원. 도글드와 유나네 일행이 이야기를 나눌 때 가게를 지켰다.

Other

모르나카
성에서 일하는 20살 정도의 활발한 여자. 플로라 공주가 그림책을 읽어준다.

모릿사
성에서 일하는 여자. 플로라 공주가 갖고 있는 곰 그림책을 딸을 위해 찾고 있다.

오굴
치즈 마을 촌장의 아들. 치즈를 유나에게 전달하러 크리모니아를 방문한다.

민샤
고아원의 어린 여자아이. 곰돌이와 곰순이 인형을 가지고 싶어서 셰리에게 떼를 쓴다.

리샤
안쥬의 딸. 곰돌이와 곰순이 인형을 선물 받고 기쁜 미소를 짓는다.

소환조 폴그
사냐의 소환조. 그 눈을 통해 본 것을 사냐도 볼 수가 있다.

STORY

곰곰곰베어

곰 소녀 탄생!

은둔형 외톨이인 15살 소녀 유나. 언제나처럼 온라인 게임에 로그인하자 선물 아이템을 받게 되는데……. 유나가 고른 보물상자에서 나온 것은 다름 아닌『곰 장비 세트』. 수치감 만점인 인형 옷 장비에 당황하면서도 설문조사에 답변하고 곧장 로그인. 하지만 그곳은 본 적 없는 숲속. 심지어 곰 장비 세트를 입고 있다?! 당황하는 유나의 눈앞에 신님이라는 이름을 한 상대로부터 메시지가 오는데. 그곳엔 무려「이세계에서 살게 되셨습니다」라고 적혀 있었다.

이곳은 이세계?

신님에게서 온 메시지를 이벤트로 착각하고 다른 플레이어를 찾기 시작한 유나. 하지만 무찌른 울프가 아이템으로 바뀌지 않는 등, 조금 전의 메시지가 서서히 현실감을 띠어간다. 그러던 중 도움을 요청하는 목소리가 들린다. 유나가 그곳으로 향하자 그곳엔 울프에게 습격을 당하는 소녀가 있었다. 곰 장비의 힘을 이용해 소녀를 구한 유나는 피나라는 이름의 소녀에게 크리모니아 마을로 가는 길의 안내를 부탁한다.

그 이름은 블러디 베어!

마을에 도착한 유나는 거울에 비친 자신의 모습을 보고 이곳이 이세계라는 것을 이해하게 된다. 긍정적으로 이세계를 즐기기로 한 유나는 곧장 모험가가 되기로 하는데……. 하지만 모험가 길드에서 그 곰 장비의 겉모습 때문에 다른 모험가들과 시비가 붙어버린다. 그러나 손쉽게 모험가들에게 되갚아주고 유나는 당당하게 랭크 F 모험가가 된다. 모험가가 된 유나는 피나의 안내로 마을을 산책하거나, 마법을 시험해보거나, 고블린 킹을 간단하게 무찌르는 등 정신을 차려보니 어느샌가 랭크 D가 되어있었다. 그렇게 붙여진 이름이 『블러디 베어』였다.

소환수와 곰 하우스

병약한 어머니를 대신해서 일하는 피나를 위해 무찌른 마물들의 해체 작업을 의뢰하기로 한 유나는, 피나를 데리고 타이거 울프를 토벌하러 간다. 향하던 도중 소환수인 곰돌이와 곰순이를 소환하고 곰 박스에서 곰 모양을 한 곰 하우스를 꺼내어 피나를 놀라게 했고 더불어 타이거 울프를 손쉽게 퇴치. 마을로 돌아온 유나는 피나가 해체할 작업장을 만들기 위해 곰 하우스를 순식간에 세워버린다.

애니메이트 구입자 특전
1 곰과의 조우 헬렌 편

오늘도 모험가 길드는 모험가들로 붐비고 있다. 온종일 접수대에서 너저분한 남자들을 응대한다. 여성 모험가도 있긴 하지만 남자 쪽이 압도적으로 많다.

접수대에 앉아 있는데 모험가가 의뢰서를 가지고 다가왔다. 길드 카드의 제출을 요청하고 의뢰서를 확인한 뒤 수정판을 조작했다.

“네, 그러면 열심히 해주세요.”

웃는 얼굴로 모험가를 배웅한다. 미소로 배웅하는 것도 접수대의 중요한 업무다. 모험가의 일은 크건 작건 위험이 따른다. 배웅했는데 돌아오지 않은 모험가도 몇 명이나 있었다.

“네, 이 의뢰 말씀이시군요.”

새롭게 제출된 의뢰서를 처리한다. 그리고 모험가를 배웅한다. 그것을 몇 번이고 반복한다.

길드 안 모험가의 수가 줄어간다. 그런데도 모험가들은 아직 남아 있다.

그러던 중 입구에서 이상한 옷차림의 여자아이가 들어왔다.

나이는 12, 13살 정도의 곰 옷차림의 여자아이다.

귀여워.

처음 보는 옷인데, 뭐지, 저 귀여운 옷은. 귀여운 여자아이가 입고 있어서 잘 어울리네. 내가 입으면 분명 안 어울릴 거야.

곰 인형 옷의 여자아이는 이리저리 주위를 둘러보며 내 쪽으로 다가왔다.

"처음인데요."

처음이라는 건 모험가 길드를 말하는 거겠지. 설마, 모험가 길드에 등록하려는 건가? 가입은 분명 13살부터 가능하지만 혼자서 가입하는 사람은 적다.

일단 확인을 위해 여자아이에게 물어본다.

"아, 네, 모험가 길드에 가입하려는 거죠?"

"신분증이 된다고 들었어요."

신분증을 위해 받으러 온 거로군.

그렇다면 말이 되지.

"네, 모험가 길드 카드는 모든 나라에서 쓸 수 있답니다."

"그럼 부탁드려도 될까요?"

내가 길드의 절차를 밟으려고 할 때 여자아이의 뒤로 모험가가 다가왔다. 모험가 랭크 D인 데보라네다. 성격은 나쁘지만 실력은 좋다.

"어이 어이, 이런 이상한 옷차림을 한 꼬맹이가 모험가라니. 모험가도 관둬야 하나. 너 같은 코흘리개가 있으니까 모험가의 격이 떨어지는 거야."

데보라네가 여자아이에게 트집을 잡기 시작했다. 내가 저지하려던 순간, 여자아이가 데보라네를 향해 말을 되받아쳤다.

두 사람은 언쟁을 벌였다.

여자아이의 저 강한 태도는 어디서 나오는 거지?

데보라네는 무섭게 생겨서 처음 보는 사람이라면 피해버린다.

"접수원 언니, 이 사람이 이런 소릴 하는데 진짜예요?"

곰 옷차림의 여자아이가 물어봐서 모험가 길드의 규정을 설명했다.

나이가 13살 이상일 것.

1년 이내에 랭크 E로 올라야 할 것. 랭크 E란, 고블린과 울프 등의 하급 마물을 토벌할 수 있는 것을 뜻한다.

그게 불가능하다면 모험가 길드 카드는 박탈당하게 된다.

내가 설명하자 여자아이는 어처구니없는 말을 꺼냈다.

"그렇다면 문제없어. 울프라면 쓰러뜨릴 수 있으니까."

놀랐다. 울프를 쓰러뜨린다니. 신입 모험가의 시험 같은 존재가 울프, 고블린 등 하급 마물의 토벌이다. 쓰러뜨리지 못해서 모험가가 못된 사람들도 적지 않았다.

"푸하하하! 거짓말하지 마. 너 같은 코흘리개가 울프를 쓰러뜨릴 수 있을 리 없잖아."

나도 이런 어린 여자아이가 울프를 쓰러뜨릴 거라고 생각되지는 않는다.

"이 사람의 랭크는요?"

물어왔기 때문에 대답했다.

"랭크 D인 데보라네 씨입니다."

"뒤에서 야유를 날리는 사람이나, 웃고 있는 사람들도요?"

"모두, 랭크 D, E인 분들입니다."

"흣, 이 모험가 길드는 질이 낮네. 이 사람들이 모두 랭크 D라니."

곰 옷차림의 여자아이는 터무니없는 말을 내뱉었다.

그 말을 들은 모험가들은 화를 냈다.

더이상 막을 수는 없다.

아아, 부탁이니까 이 이상 데보라네를 화나게 하지 말아줘.

길드는 모험가들끼리의 다툼에는 기본적으로 중립의 입장이다. 하지만 곰 여자아이는 아직 모험가가 아니라서 돕지 않으면 안 된다. 그렇지만 데보라네가 무서워 말을 꺼낼 수 없었다.

"여기에서 시합할 수 있는 곳 있어?"

곰 여자아이는 데보라네와 싸우겠다고 했다.

무리야. 못 이겨. 어린 여자아이가 이길 수 있는 상대가 아니라고.

나는 막으려고 했지만 막지 못했고 두 사람은 시합을 하게 됐다.

그때 여자아이는 데보라네 일행에게 터무니없는 것을 약속하게 했다.

"그럼, 당신들이 이긴다면 나는 모험가를 포기하고 이곳을 떠나겠어. 당신들이 지면 당신들이 모험가를 그만두고 떠나는 거면 되려나?"

그 약속을 데보라네가 받아들인다.

아아, 어째서, 그런 말을 하는 거야.

길드 카드의 발행이라면 데보라네가 없을 때 또 오면 될 텐데…….

막지 못했던 것을 후회했다.

하지만 그 후회는 정반대의 결과로 끝이 났다.

무슨 일이 일어난 건지 이해할 수 없었다.

싸움은 일방적이었다. 여자아이의 움직임이 빨라서 데보라네의 공격은 맞지 않았다.

여자아이의 나이프가 데보라네의 목덜미를 겨눈다.

"접수원 언니, 이번 승부는 제 승리죠?"

"웃기지 마, 아직 승부는 나지 않았어."

어떻게 봐도 곰 여자아이의 승리다. 하지만 데보라네가 이쪽을 노려봤다. 그 얼굴을 보자 데보라네의 패배라는 말을 내뱉을 수 없었다. 그 때문에 시합이 재개되어 버렸다.

여자아이는 대단히 빠른 움직임으로 데보라네의 공격을 피하고 역공을 했다. 여자아이의 공격이 데보라네를 맞춘다. 최종적으로는 데보라네의 얼굴이 부풀어 오를 때까지 계속해서 때렸다. 데보라네는 마지막까지 대항했으나 움직일 수 없게 될 때까지 계속 맞았고, 마지막에는 손가락 하나도 까딱하지 못하게 됐다.

여자아이는 내 쪽으로 다가오더니 데보라네와 주위에 있는 모험가의 길드 등록 말소 절차를 부탁했다. 그런 게 가능할 리 없다.

하지만 시합이 시작될 때 데보라네가 진다면 길드를 관두겠다고 했던 것도 분명하다.

여자아이의 말에 주위에 있던 모험가들이 화를 내기 시작했다. 모험가 전원과 여자아이 한 명의 결투. 위험하잖아. 어쩌다 이런 일이…….

내가 저지하려 했을 땐 이미 늦었다. 싸움은 시작됐다.

한 명의 여자아이를 복수의 모험가들이 둘러쌌고 미소를 띠고 있는 자도 있었다.

그러던 중 여자아이가 움직이기 시작했다. 그 순간, 사람이 몇 미터를 날아갔다. 다음으로 한 사람이 지면을 뒹굴뒹굴 굴렀다. 사람의 몸이 새우 모양으로 구부러진다. 여자아이는 둘러싸인 곳에서 탈출하더니 그대로 달리기 시작했다. 빠르다. 모험가의 옆으로 돌아 들어가자 모험가들은 아무런 대처도 하지 못한 채 펀치를 맞았다. 그럴 적마다 무거운 방어구를 입고 있는 모험가들이 몇 미터를 날아가고 굴렀다. 있을 수 없는 광경이었다.

마지막에는 여자아이 혼자 서 있었다.

이렇게 강하고 귀여운 신입 모험가는 처음이다.

이것이 귀여운 곰 씨와의 만남이었다.

세븐넷 구입자 특전

2 곰과의 조우 루리나 편

모험가 길드로부터 데보라네가 부상을 당했다는 연락이 들어왔다.

오늘은 내일의 일을 위해서 쉬고 있었다.

일의 내용은 고블린 무리의 토벌.

전위 3명, 후위 1명인 우리 파티. 전위의 중앙은 성격에는 문제가 있지만 실력은 있는 데보라네였다.

전위 좌측에는 데보라네를 따르는 란즈. 전위 우측은 말수가 적은 길. 후위는 마법사인 나. 그런 전위의 중심인 데보라네가 부상을 당했다.

서둘러 모험가 길드로 향하자 의식을 잃은 데보라네가 침대에 누워 있었다. 얼굴이 부어올라 있다.

"누가 데보라네 씨를 이 지경으로 만든 거죠?"

란즈가 가까이에 있는 길드 마스터를 추궁한다.

저지른 것은 신입인 어린 여자아이라는 모양이다. 들어보니 데보라네가 길드 등록을 하러 온 신입 여자아이에게 시비를 걸었다고 했다.

어린 여자아이에게 시비를 걸다니 무슨 짓을 하고 다니는 거야, 이 녀석은…….

그 여자아이는 곰 옷차림을 하고 있다고 했다. 곰? 좀처럼 상상이 되지 않는다. 길드 마스터가 말하기를 귀여운 여자아이였다고 했다. 그 어린 여자아이는 데보라네가 시비를 걸자 되받아치며 여러 명의 모험가를 상대로 압승을 했다고 한다.

대체 어떤 여자아이인 거지?

다음 날 파티 멤버와 의논한 결과, 데보라네 없이는 안전하게 의뢰를 달성할 수 없다는 결론에 달했다. 란즈는 오점이 찍히기 때문에 취소하는 건 싫다고 계속 말했지만 나와 길이 설득을 해서 지금에 다다랐다.

셋이서 모험가 길드에 가는데 란즈가 뛰어갔다.

"란즈?"

뒤를 쫓으니 란즈가 여자아이에게 말을 걸고 있었다.

"네놈이냐, 데보라네 씨를 쓰러뜨린 계집이."

앞에는 곰 옷차림의 여자아이가 있었다.

정말로 곰이네.

데보라네, 너는 저런 어린 여자아이한테 진 거니?

란즈는 화를 내고 있지만 데보라네가 졌다는 것을 상상하니 웃음이 나는데.

내가 마음속으로 웃고 있는 동안에도 란즈는 곰 여자아이에게 화를 내고 있었다.

길드 마스터에게 들은 이야기대로라면 여자아이는 잘못이 없다. 오히려 피해자였다. 그러니 길드 마스터도 그녀를 처벌하지 않았다.

"란즈, 그만 둬. 길드 마스터에게 설명 들었잖아. 그녀는 잘못이 없어."

하지만 란즈의 화는 누그러지지 않았다. 어째서 저렇게 데보라네를 좋아하는지 의문이다.

우리가 길드 안에서 소란을 피우자 길드 마스터가 다가왔다.

그리고 타협안을 제시했다.

"여기 유나를 데려가면 되잖아. 데보라네보다 강하단 건 판명되었으니 말이야."

곰 여자아이의 이름은 유나인 모양이다.

그렇지만 이 곰 여자아이를 데보라네 대신으로 데려가라고?

분명 소문대로 여자아이가 강하다면 문제는 없지만 곰 여자아이는 싫어하고 있었다.

그러나 확실히 좋은 생각일지도 모른다. 여자아이에게 실력이 있다면 의뢰는 실패하지 않고 보수도 들어온다.

란즈에게 맡기면 이야기가 진행되지 않아서 내가 두 사람 사이에 들어가 이야기를 했다.

우선은 자기소개, 그런 다음 의뢰 내용, 데보라네가 없어서 의뢰 달성이 어렵다는 점. 한 번 쭉 설명하자 곰 옷차림의 여자아이는 어처구니없는 말을 꺼냈다.

"의뢰는 나에게 맡길 것, 의뢰 성공은 그쪽이 달성한 것으로 해도 좋아. 의뢰비도 전부 줄게. 대신 데보라네가 두 번 다시 얼씬거리지 못하도록 해줬으면 하는데."

데보라네에 관해선 상관없지만 의뢰를 자기 혼자서 하겠다니…….

아무리 유나가 강하다고 해도 혼자서 무찌른다는 건—.

나는 1대 1이라면 50번은 이길 수 있다. 하지만 1대 50이라면 이야기는 달라진다. 가능할 수도 있지만 100퍼센트 안전하지는 않다.

후방의 확인, 마법의 발동 타이밍, 여러 위험이 따른다. 그것을 커버하는 것이 파티 멤버들이다.

상식적으로 생각해서 여자아이를 혼자서 가게 둘 수는 없다.

나와 란즈가 반대를 하자 유나는 나를 지명해왔다. 그 이유는 「상식적이니까」. 그 말에 나의 기분이 좋아졌다.

나는 데보라네를 쓰러뜨린 유나의 실력도 알고 싶어서 그 조건을 받아들였다.

상식이란 무엇일까.

걸어서 3시간이 걸리는 장소를 공주님처럼 안겨서 30분 만에 도착해버렸다.

유나의 말로는 신체 강화 마법이라고 한다. 마력으로 몸을 강화하고 있다는 이야기다. 그런 게 가능하다면 데보라네 따위는 간단하게 이길 수 있겠네.

마을로 가서 촌장님과 만나 고블린이 있는 곳을 물어 출발했다.

정말로 유나는 어떤 사람일까?

마물의 위치를 파악할 수 있는 마법이라니.

유나는 혼자서 도중에 마주치는 고블린을 때려눕히며 길도 헤매지 않고 서서히 나아갔다.

정말로 내가 필요 없을지도……. 내가 하는 일은 마석 도려내기와 사체 처리뿐이다.

유나의 걸음이 멈춘다. 이 앞의 동굴에 고블린의 소굴이 있다고 했다.

유나는 동굴 주변에 있는 고블린을 쓰러뜨리더니 동굴을 향해 화염을 날린 후 입구를 막았다. 그 이유를 물어보니 질식사를 시키겠다고 했다.

잠깐 동안 고블린의 집 앞에서 휴식을 취하기로 했다. 이런 곳에서 휴식을 취하다니 상식적으로 있을 수 없는 일이다.

잠시 후 유나가 고개를 갸웃거렸다.

"왜 그래?"

"한 마리만 살아 있어."

고블린 킹이라는 단어가 내 뇌리에 스쳤다. 그렇게 전달하자 유나는 입구를 막고 있던 바위를 치웠다.

동굴에서 보통의 고블린 보다 훨씬 큰 꺼림칙한 검을 쥐고 있는 고블린이 나타났다. 저건 틀림없이 고블린 킹이다.

유나는 혼자서 맞서 싸웠다. 유나가 우세하다. 지면에 마법으로 구멍을 판 뒤 고블린 킹을 떨어뜨렸고 구멍 위에서 마법 공격을 가했다.

그래도 되나 싶었지만 저런 짐승과 정면으로 싸울 필요는 없다.

유나의 공격이 끝나고 지면이 부풀어 오르더니 분노에 휩싸인 얼굴을 했던 고블린 킹이 쓰러져 있었다.

“정말 죽어 있는 거지?”

내 물음에 유나는 고개를 끄덕였다.

나는 안도했지만 그 후가 고생이었다.

동굴 내부에 있는 고블린의 마석을 채취해야 하는데 유나에게 부탁했더니 거절했다.

확실히 마석을 꺼내는 것은 나의 일이지만…….

유나에게 곰 모양의 빛을 빌려 혼자서 동굴로 들어갔다.

안으로 들어서자 유나의 말대로 많은 고블린이 쓰러져 있었다.

정말로 혼자서 마석 채취를 해야 하는 거야?

혼자 쓸쓸히 곰 모양의 빛을 비추면서 마석을 채취했다.

다 꺼낸 내가 허리를 두들기며 동굴을 나오자 사각형의 흙벽이 있었다.

누가 만들었는지 생각할 필요도 없다. 유나겠지. 벽에 머리 하나 정도 크기의 구멍이 나 있어서, 그곳으로 안을 들여다보자 유나가 자고 있었다.

남은 고생하면서 마석을 꺼내고 있는데 자고 있다니…….

"유나! 유나! 일어나."

입구가 없어서 작은 구멍을 통해 소리쳤다.

"루리나, 시끄러워."

유나가 일어났다.

마석 채취가 끝났다는 것을 알리자 그날 중에 크리모니아로 돌아가게 됐다.

물론, 돌아올 때도 공주님처럼 안겼다. 크리모니아 근처에 다다르면 내려달라고 부탁했지만 들어주지 않았고, 문지기에게 이상한 눈초리를 받았다.

그것이 곰 옷차림의 여자아이, 유나와의 만남이었다.

협력 서점 구입자 특전

3 곰과의 조우 엘레나 편

오늘도 혼자서 가게를 지키고 있다. 조금만 있으면 저녁 시간대에 들어간다. 아버지도 어머니도 그 작업의 준비로 매우 바쁘시다.

내 일은 테이블과 바닥 청소에 빨래, 숙박하는 고객들의 체크인 확인이다. 모든 게 끝나고 바빠지기 전 약간의 공백, 내가 카운터 석에서 쉬고 있는데 문이 열리고 검은 옷차림의 여자아이가 들어왔다.

곰? 들어온 것은 귀여운 곰 옷차림의 여자아이였다.

"어, 어서 오세요?"

사고회로를 회복시키고 곰 여자아이를 바라봤다.

여자아이는 내가 있는 곳으로 오더니 숙박하고 싶다고 했다. 우리 집은 숙박업소라서 당연히 머무를 수 있다. 하지만 여자아이 이외에 아무도 들어오지 않는다. 혼자인 것 같은데, 가족은 없는 건가?

"네, 괜찮아요."

이 아이의 가족은 어디로 간 거지?

이런 귀여운 여자아이를 혼자서 내버려 두다니.

그런 생각을 하면서 내가 숙박 요금, 식사에 관해 설명하자 식사가 포함된 숙박으로 10박을 부탁받았다.

욕조의 설명을 들은 여자아이는 기뻐했다.

보통의 숙소라면 욕조는 있다. 그런 것도 모른다는 것은 숙소에 머무르는 게 처음인 걸까.

돈은 확실히 가지고 있을까. 하지만 여자아이가 입고 있는 곰 옷은 고급스러운 모피잖아.

여러 손님을 봐왔지만 이렇게 상상을 초월하는 손님은 처음이다.

어딘가의 영애님일 가능성도 있으니 실례가 되지 않도록 대응했다.

대충 설명을 들은 여자아이는 10일 치 요금을 냈다.

그때 소녀의 손을 봤다. 곰 모양의 귀여운 장갑이 끼워져 있었다.

너무나도 귀여워서 돈을 받는 순간에 곰을 주물럭거렸다.

"와아, 죄송해요. 너무 귀여워서 그만……. 식사 포함으로 열흘이시죠? 식사는 바로 준비해 드릴 테니 자리에 앉아서 기다려주세요. 아, 저는 이 여관집 딸인 엘레나라고 해요. 잘 부탁드립니다."

"전 유나예요. 당분간 잘 부탁해요."

이름은 유나 씨라고 한다. 화는 나지 않은 모양이라 다행이다.

부모님에게 귀한 집 딸로 보이는 여자아이가 머무른다는 것을 알리자 진짜냐고 되물었다.

그렇게 물어봐도 잘 모른다. 다만, 입고 있는 곰의 모피가 고급스럽게 보였다는 점과 한 번에 10일 치 숙박비를 냈다는 것을 알려줬다.

부모님은 조금 고민한 끝에 가게에 있는 재료로 맛있는 저녁 식사를 만들기 시작했다.

유나 씨가 그 요리에 기뻐해서 안심했다.

식사가 끝나고 방으로 안내했다.

조금 작긴 하지만 혼자라면 충분한 넓이다. 불평을 들으면 방을 바꿔줄 생각이었는데 유나 씨는 고맙다는 말을 하고 방으로 들어갔다.

잠시 후, 유나 씨는 아래로 내려왔다. 욕실에 가고 싶다고 했다. 사용법을 가르쳐드릴지 물었더니 부탁한다고 했다.

역시 숙소의 욕실은 처음인 모양이다.

대충 설명을 하는데 마석에서 따뜻한 물이 나오는 것을 희한한 듯 쳐다보는 것이 인상적이었다. 이건 일반적인 상식인데 그것도 모를 수 있나?

조금 걱정이 됐지만 유나 씨는 목욕을 마친 후 감사 인사를 하고 방으로 돌아갔다.

감사 인사를 착실하게 하고 예의도 몸에 배어 있었다.

역시 좋은 집안의 따님인가?

다음 날, 유나 씨는 아침 일찍 일어나 아침 식사를 맛있게 먹어줬다.

이 여자아이, 정말로 뭐 하는 사람인가 싶던 찰나에 모험가 길드의 장소를 물었다.

"무슨 일로 가시는 건가요?"

궁금해서 물어봤다.

"일단, 모험가가 되고 싶어서요."

모험가! 이런 어린 여자아이가?

분명 모험가는 13살부터 될 수 있지만 대부분 나이가 많은 일행과 함께하는 경우가 많았다. 형제, 자매, 부모, 친구가 없이 혼자서 모험가가 되는 사람은 적다. 그런 사람은 생활에 곤란한 고아 정도였다.

그러나 유나 씨는 고아도, 생활이 곤란한 것처럼도 보이지 않았다.

설마, 어딘가의 귀족 딸인데 가출했나?!

"저기, 지인 중에 모험가인 분이 계신가요?"

에둘러서 물어봤다. 지인이 있다면 괜찮지만 없다면 모험가는 어린 여자아이가 혼자서 할 수 있을 정도로 쉽지 않다. 나는 어릴 적부터 신입 모험가들을 봐왔다.

아침에 배웅한 모험가들이 짐을 숙소에 둔 채 돌아오지 않았던 적이 몇 번이나 있다. 때로는 크게 다쳐서 돌아오는 사람들도 있었다. 그런데 이런 여자아이가 그런 모험가가 될 거라고 말하고 있다.

"없는데요. 혹시, 누군가의 소개가 없으면 모험가가 될 수 없나요?"

"아뇨, 그런 건 아니지만—."

내 말에 유나 씨는 안도했다.

지인인 모험가도 없다. 저지할까 고민하는데 유나 씨는 감사 인사를 하고 숙소를 나서버렸다. 걱정이지만 나도 여관의 일이 있었다.

우리 여관은 식사하는 장소로도 제공하고 있어서 점심때가 되면 바빠진다. 그때까지는 모험가 길드로 간 곰 여자아이에 관해 걱정을 했으나, 식사 때가 되어 바빠져서 잊고 있었는데 『곰』이라는 단어가 들려왔다. 그 단어에 나는 반응을 한 뒤 귀를 기울였다.

"곰 옷차림의 여자아이가 모험가를 이겼다고 하던데, 진짜인가?"

"그래, 정말이야. 아무래도 걱정이 돼서 보러 갔었거든. 대단했지. 랭크 D인 데보라네가 손도 까딱 못하고 일방적으로 당했다니까."

"사실이었나! 아아, 나도 봤어야 했는데."

"그 뒤에 여러 명과의 싸움도 대단했다고. 사람이 날아다녔어."

"그거 과장이지?"

길드 직원의 웃음소리가 들려왔다.

곰 여자아이라는 건 유나 씨를 말하는 거겠지.

랭크 D인 모험가를 쓰러뜨렸다니 유나 씨는 뭐 하는 사람인 거지.

그런 나의 당혹감엔 아랑곳하지 않고 유나 씨가 점심을 먹으러 돌아왔다.

이야기를 듣고 싶었지만 가게가 바빠서 물을 수 없었다. 으음, 밤에 시간이 나면 물어보고 싶은데…….

며칠 후의 점심시간. 언제나처럼 바쁜 와중에 또 『곰』이라는 단어가 들려왔다.

"이봐, 곰 이야기 들었는가."

"아니, 못 들었는데."

"그게 말이야, 혼자서 고블린 100마리를 토벌하고 고블린 킹까지 쓰러뜨렸대."

"너, 거짓말을 할 거면 더 말이 되는 소리를 해."

"아냐, 진짜라니까."

목소리가 들려온다.

고블린 100마리에 고블린 킹. 이런 이야기에 속아 넘어갈 사람은 없을 거다. 그런 것은 마물에 관해 잘 모르는 나도 알겠다. 하지만 그 대화에 다른 남자가 합세했다.

"아니, 그 이야기는 진짜야. 나는 봤거든."

"정말인가?"

"함께 있던 루리나가 고블린의 마석을 100개나 꺼낸 후에 곰이 고블린 킹을 꺼내는 장면을 봤지."

"진짜라고? 하지만, 곰이라면 가능할까……."

"곰이니까."

대화는 곰 이야기로 무르익었고 식사가 끝난 뒤 밖으로 나가버렸다.

조금 더 곰 씨의 이야기를 듣고 싶었는데 어쩔 수 없었다.

또다시 며칠 후.

곰 씨가 타이거 울프를 쓰러뜨렸다는 이야기가 들려왔다.

유나 씨, 당신은 대체 정체가 뭔가요!

STORY

곰곰곰베어 2

곰을 너무 좋아하는 노아 등장!

곰 하우스가 크리모니아 마을에서의 명물이 되어 버린 무렵, 유나에게 크리모니아의 영주인 클리프의 부름이 있어 영주의 저택으로 향하자 딸 노아의 이야기 상대가 되어주길 바란다는 부탁을 받는다. 곧바로 유나가 노아에게 소환수인 곰돌이와 곰순이를 소개하니 노아는 곰의 포로가 되어 푹 빠져버린다.

피나의 어머니, 티루미나의 병을 고치자!

곰 하우스에 피나가 갑자기 찾아왔다. 들어보니 모친의 건강이 좋지 않다고 한다. 유나는 바로 피나네 집으로 향해 피나의 어머니인 티루미나에게 회복 마법을 사용한다. 건강을 완전히 되찾은 어머니를 보고 피나와 슈리는 매우 기뻐한다. 그러던 중 이전부터 피나네 가족을 돌봐주고 있던 겐츠가 티루미나에게 청혼을 한다.

고아원의 실태를 알다!

겐츠와 티루미나가 결혼을 하게 되어 피나네 가족의 이사 등의 소동이 있었지만 일단락된다. 유나는 클리프에게 국왕에게 줄 헌상품으로 고블린 킹의 검을 제공하고, 근처 마을에서 나온 블랙 바

이퍼를 곰 마법으로 퇴치하는 등 이세계를 만끽한다. 그러던 중, 유나가 마을을 산책하는데 더러운 모습을 한 아이들을 발견한다. 꼬마 아이들이 신경이 쓰인 유나는 아이들이 지내는 고아원으로 향한다. 그곳에서 영주로부터의 보조금이 끊겼다는 사실을 안 유나는 블랙바이퍼를 퇴치한 마을에서 찾은 꼬끼오의 달걀을 사용하여 고아원의 재건을 꾀한다. 무사히 상업 길드의 밀레느와 달걀 판매 계약을 체결한 유나는, 보조금을 끊은 영주에 대한 반발심 때문에 영주에게는 달걀을 판매하지 않겠다는 조건을 내건다. 그 사실을 알고 추궁을 하러 온 클리프였으나 유나에게 이유를 듣고는 서둘러 관련된 인물의 악행을 파헤친 뒤 유나에게 사과를 한다.

그래, 푸딩을 만들자!

달걀을 많이 얻게 된 유나는 푸딩을 만들기로 마음을 먹는다. 유나가 만든 푸딩은 피나와 아이들에게 대인기. 노아에게도 선보이러 영주 저택을 방문하자, 클리프에게서 국왕의 탄신제로 왕도로 가는 노아의 호위를 부탁 받는다. 유나는 의뢰를 받아들이고 모처럼이니 피나도 왕도로 데리고 가 주기 위해 티루미나에게 허락을 구한다.

애니메이트 구입자 특전
4 곰과의 조우 클리프 편

오늘, 문지기에게서 이상한 보고가 올라왔다.

일반적으로 나에게까지 올라올 법한 안건은 아니다.

문지기를 관리하는 부서의 대장이 처리하는 안건이다. 만약 대장이 대응할 수 없을 때는 나에게까지 보고가 들어오게 되어있다.

문제라도 발생했는가 싶었는데 여자아이가 시민 카드도 길드 카드도 가지고 있지 않은 상태로 마을에 왔다고 한다.

뭐, 그런 것은 빈번히 있는 일이다. 시민 카드와 길드 카드를 가지고 있지 않은 자가 마을에 오는 것은 드문 일이 아니다.

보고서를 이어서 읽으니 그 여자아이의 옷차림이 곰이라고 적혀있다.

무슨 뜻이지. 곰의 차림이라니, 무슨 차림인 거야.

범죄경력 없음, 그 이외의 구체적인 내용은 아무것도 적혀있지 않았다. 단지, 곰의 옷차림을 하고 있다고만 적혀있을 뿐.

이런 것을 내게 전달해서 어쩌라는 거지.

범죄경력도 없다면 문제될 건 없다. 여자가 곰 가죽을 입고 있는 것까지 나한테 보고하는 건 그만뒀으면 좋겠는데.

나는 보지 않은 것으로 하고 다음 서류로 손을 뻗었다.

며칠 후, 모험가 길드에서 탄원서가 왔다.

내용을 확인해보니 곰 옷차림의 여자가 모험가가 되어 트러블을 일으킬 가능성이 있다는 것이었다. 그 상대가 모험가일 경우엔 모험가 길드에서 대처할 테니 마을을 경비하는 자에게 협조를 바란다는 것이었다.

곰 옷차림의 여자가 모험가?

일전에 마을에 들어왔다는 곰이 모험가가 된 것인가.

그렇다고 해도 모험가 길드에서 어째서 이렇게까지 하는 거지?

의미를 모르겠네.

탄원서를 책상 위로 내던지자 책상에서 미끄러져 바닥으로 떨어져 버렸다.

그것을 차를 내오던 집사인 론드가 주웠다.

"곰이라뇨."

"이해가 안 돼. 그래도 모험가 길드의 길드 마스터에게서 온 탄원서니까, 그냥 넘어갈 순 없겠지."

"아, 이건 그 건이군요."

"뭐야, 알고 있나?"

"얼핏 들은 정도이긴 합니다만. 모험가 길드에서 소동을 일으킨 곰이 있다고 들었습니다."

"모험가 길드에서 소동을?"

"네, 모험가 등록을 하러 온 곰에게 모험가가 시비를 걸었다고 합니다."

"그래서, 탄원서가 온 거로군."

모험가 길드는 모험가끼리의 다툼에 있어서 중립이었지만 길드 마스터로부터 온 탄원서였기에, 경비대장에게 몇 자 적어서 론드에게 전달하도록 지시를 내렸다.

오늘도 언제나처럼 일을 하는데 집사인 론드가 차를 가지고 왔다.

"클리프 님, 곰에 관한 새로운 소문을 들으셨나요?"

"아니, 그 일 이후엔 보고받은 건 없었네. 그 곰이 뭔가 저질렀나?"

신경이 쓰여서 휴식을 취할 겸 론드에게 물어봤다.

이야기를 들어보니 모험가 길드에 등록하고 며칠 사이에 울프를 수십 마리나 토벌했다고 한다.

게다가 고블린 토벌을 하러 간 곰은 고블린 100마리와 그곳에 있던 고블린 킹까지 쓰러뜨렸다고 했다.

"정말인가?"

고블린 킹이라면 흉악한 마물이다. 부하인 고블린에게 지시를 내리는, 통솔력을 가진 골치 아픈 마물이었다. 고블린 킹 자체도 강해서 모험가가 몇 명 모여야 겨우 무찌를 수 있었다.

고블린 100마리로도 대단한데 고블린 킹을 쓰러뜨리다니 곰이라는 건 얼마나 커다란 여자인 거야.

설마 2미터 정도 되는 거구일지도 모르겠어.

"여자라면서?"

"네, 여성이라고 들었습니다."

어떤 여자인 거지.

무섭네.

그날 저녁, 딸인 노아와 식사를 하는데 노아가 산책을 하던 중 곰을 봤다고 했다.

들어보니 시비를 걸어온 모험가들을 한 방에 정리했다고 한다.

엄청나게 강하고 귀여웠다고. 론드에게 들은 이야기로도 강하다는 것은 알고 있었지만 곰의 가죽을 입고 있는 모험가가 귀엽다니? 상상해봤지만 귀엽지 않았다.

딸이 즐겁게 이야기를 하고 있어서 론드에게 들은 곰에 관해서 알려줬다.

그러고 나서 며칠 후, 차를 내온 론드가 곰의 정보를 가지고 왔다.

항상 생각하는 거지만 어디에서 정보를 얻어오는 거지.

"타이거 울프를 2마리나 쓰러뜨렸다고 합니다."

"혼자서?"

보통 타이거 울프는 고블린 킹처럼 몇 명이 같이 쓰러뜨리는 마물이다. 좀처럼 우수한 모험가가 아니면 혼자서 쓰러뜨릴 수는 없다.

"그렇게 들었습니다."

그런 우수한 모험가가 마을에 와줬다는 건 환영할 일이지만 가까이하고 싶지는 않군.

내 상상 속에는 곰의 가죽을 걸친 거구의 여성.

내가 곰 여자에 대한 감상을 말하자 론드에게서 다른 대답이 돌아왔다.

"아뇨, 귀여운 여자아이입니다."

"여자아이?"

"네, 저도 멀리서 봤습니다만, 모험가 규정을 생각하면 나이는 13살 정도라고 예상됩니다."

"13살? 론드, 나를 놀리는 건가?"

고블린 킹을 쓰러뜨리고 타이거 울프를 쓰러뜨리는 13살 모험가가 세상 어디에 있다는 거야.

"저는 클리프 님을 놀리는 일은 하지 않습니다."

"그러면 그 13살 여자아이가 정말로 고블린 킹과 타이거 울프를 쓰러뜨렸다는 얘긴가?"

"사실일 것입니다. 고블린 킹과 타이거 울프의 시체도 마석도 확인되었으니까요."

"믿을 수 없는 이야기로군."

"그리고 느와르 님이 말씀하신 대로 귀여운 곰의 옷차림을 하고 있었습니다."

론드가 모습을 떠올린 건지 미소를 보인다.

이해가 안 되는군. 곰은 흉포한 거잖아. 귀여운 곰 옷차림이라니, 어떤 옷차림인 거야. 곰의 가죽을 입고 있는 것뿐이잖아.

차를 마시면서 가장 위에 있는 서류로 시선을 보냈다.

그건 문지기에게서 온 것이었다.

뭐지?

내용을 확인하자 때마침 지금 이야깃거리로 나왔던 곰 여자에 관한 보고서였다. 보고서를 쭉 읽어보니 모험가인 곰이 곰을 소환했다고 적혀있었다.

곰이 곰을 소환하다니 무슨 소리야. 이해할 수 있게 잘 좀 쓰라고.

"론드, 자네는 이 일을 알고 있었나?"

론드에게 문지기로부터 온 서류를 건넸다. 론드는 서류를 읽더니—.

"네, 소문 정도는 들은 적이 있습니다. 아무래도 그 곰 옷을 입은 여자아이는 말 대신에 소환수인 곰을 두 마리 소환했다고 합니다."

"두 마리?"

"그게, 검은 곰과 하얀 곰이라고 들었습니다."

그래서 곰 여자아이가 소환수인 곰을 소환했다는 거로군.

그건 그렇고, 소환수가 곰이라니 한번 보고 싶네.

다음 날 저녁 식사 때, 딸인 느와르가 곰의 집을 봤다고 했다. 곰의 집? 상상해보지만 떠오르지 않는다.

들어보니 곰의 집에는 그 유명한 곰 옷차림의 여자아이가 살고 있다고 한다.

딸은 만나보고 싶어서 잠시 기다렸지만 만나지 못했다고 했다.

"그렇게 만나고 싶으면 이 저택으로 부를까?"

그 말을 듣고 딸인 느와르는 기뻐했다.

론드에게 곰의 정보를 모아보고 위험하지 않을 것 같으면 집으로 부르도록 지시를 내렸다.

자, 어떤 아가씨가 올지 조금은 기대가 되는군.

협력 서점 구입자 특전

5 곰과의 조우 노아 편

오랜만의 외출.

모두들 공부, 공부, 시끄러워요.

기분 전환을 하기 위해 마을을 돌아다니고 있답니다.

뭔가 재미있는 일 없으려나.

"어이, 거기 이상한 옷차림의 여자!"

근처에서 남자가 누군가를 불러세우는 목소리가 들렸습니다.

싸움인가? 싫은데…….

"너, 신입이지? 내게 인사도 안 하는 거냐."

"안 할 건데."

아무래도 누군가가 말싸움을 하는 모양이에요.

목소리가 들리는 쪽을 바라보자, 모험가와…… 곰(?)의 옷차림을 한 여자아이가 있었습니다.

어라, 곰인 거죠?

검은 곰 옷차림을 하고 있습니다. 자세히 보니 손에도 검정과 흰 곰이 붙어 있네요.

너무나도 충격을 받아서 곰 옷차림의 여자아이를 유심히 바라보고 말았습니다.

모험가 4명이 곰 옷차림의 여자아이에게 트집을 잡고 있어요.

여자아이는 저보다 살짝 위인 언니 같은 느낌이랄까요. 13살 정도일까.

모험가는 야만적인 사람이 많아서 좋아하지 않아요. 주위에 있는 누구도 여자아이를 도우려고 하지 않네요.

물론 저도 돕고 싶지만 도울 힘이 없습니다.

"그런 옷차림으로, 모험가를 무시하는 거냐!"

저 곰 옷차림의 여자아이는 모험가인 건가요!

놀라운 사실이군요.

"딱히 무시하는 건 아닌데. 내가 무슨 복장을 하든 내 마음이지."

"신입은 선배에게 인사를 해야 하는 거다."

"선배라니, 너네도 신입으로 보이는데."

"3개월이라도 우리가 선배지."

곰 님이 4명의 모험가를 바라보고는 웃어 보입니다.

그 곰 님의 태도가 마음에 안 들었는지 4명의 모험가가 화를 내기 시작했습니다.

주위에서 「그만둬」, 「관두는 게 나아」, 「죽을 거야」라는 말들이 날아듭니다.

그 목소리는 곰 님을 향한다고 생각했는데 틀린 모양입니다. 그 말은 모험가 4명에게 향하는 말들이었습니다.

하지만 그 말은 4명의 모험가에게는 들리지 않았거나 늦었던 것 같습니다.

남자 모험가가 곰 님의 어깨를 잡은 순간, 모험가들은 하늘로 튀어 올랐습니다.

사람이 하늘을 날 수 있었다니…….

한 명이 날아오르고, 두 명째도 날아올랐으며, 세 명째도 날아오른 뒤, 네 명째도 날아오릅니다.

하늘을 올려다보자 사람이 쌀알처럼 작아져 보이지 않았습니다.

"키야아아아아아아아아아아아아아아아아아아아."

"어, 어머니~~~~!"

"살려줘~."

"……."

모험가들이 떨어졌습니다.

사람은 역시 날지 못하네요. 모두가 알고 있는 사실이죠. 떨어진답니다. 죽는다는 거죠. 저 높이에서 떨어지면 죽는다는 건 어린 저라도 알고 있습니다. 지면에 떨어졌습니다. 그 순간 곰 님이 무언가를 했습니다. 그러자 근처에 모래 먼지가 일었습니다.

모험가들이 지면에 내팽개쳐졌습니다. 모든 사람이 그들의 죽는 순간을 봤다고 생각했습니다.

하지만 모험가들은 죽지 않았답니다. 모험가들은 다시 하늘 위로 날아 올라갔거든요.

"꺄아아아아아아아아아아아아아아아아아아."

"어머니~~~~~~~~~~!"

"……."

"……."

그 광경이 몇 번이고, 몇 번이고 반복되었습니다. 모험가들은 하늘을 날고, 떨어집니다.

그리고 마지막에는 모험가들이 천천히 떨어졌습니다.

모험가들이 지면에 쓰러져 있네요. 아무도 정신을 차리도록 돕지 않습니다.

입에서 거품이 뿜어져 나오고 흰자위를 보이고 있습니다.

곰 님, 굉장해요.

곰 님이 모험가들에게 다가갑니다. 손을 뻗자 손에 끼고 있는 곰 인형의 입에서 물이 뿜어져 나왔고 남자들의 머리에 끼얹어졌습니다.

아무래도 정신을 잃은 것을 억지로 깨울 모양입니다.

남자들은 곰 님을 보고 떨고 있습니다. 분명 물에 젖어서 추운 건 아닐 겁니다. 남자들은 지면에 머리를 비비듯 사과를 했습니다.

곰 님은 개의치 않고 자리를 뜹니다.

저는 대단한 광경을 봐버렸습니다.

저는 오늘 목격한 일을 흥분한 채로 아버님께 이야기했습니다.

"아아, 소문의 곰 말이구나."

"아버님은 그 곰에 관해 알고 계신 거예요?"

"여기저기서 보고가 들어오고 있거든."

그 곰 님은 유명인이었던 모양이네요.

"아버님, 곰 님에 관해서 이야기해 주세요."

그리고 듣게 된 이야기는 도무지 믿기지 않은 내용이었습니다.

모험가로 등록한지 며칠 만에 울프 수십 마리를 쓰러뜨리고 고블린 100마리와, 함께 있던 고블린 킹까지 쓰러뜨렸다고 합니다.

고블린 킹. 들은 적이 있습니다. 고블린 보다도 흉악하고 강해서 모험가들 몇 명이 힘을 합쳐야 쓰러뜨릴 정도로 강하다고 들은 적이 있어요.

그런 마물을 쓰러뜨리다니 대단한 곰 님이에요.

게다가 그것뿐만이 아니라 타이거 울프도 토벌했다고 합니다.

타이거 울프는 울프보다 큰 마물이죠. 집에도 타이거 울프의 가죽이 있는데 엄청 큽니다. 그런 걸 곰 님이 쓰러뜨렸다는 건가요, 믿기지 않아요.

오늘의 공부를 마치면 오후에는 자유 시간이라 마을을 탐색할 겁니다.

곰 님을 만나고 싶은데…… 모험가 길드로 가면 만날 수 있으려나.

그런 생각을 하면서 걷고 있는데—.

「곰의 집을 봤나?」, 「모르는 사이에 생겼잖아」, 「사는 것도 곰이라는 소문이 있던데」, 「설마, 그 곰인가?」라는 말이 들렸습니다.

곰의 집?

선뜻 이해되지 않습니다. 곰의 집이라는 건 어떤 집인 걸까요?

호기심이 생기네요. 주워들은 정보를 토대로 곰의 집을 찾아봅니다.

손쉽게 발견했습니다.

사람들이 멀리서 둥글게 모여 있었거든요.

저는 사람들 사이로 들어가 소문의 곰의 집을 봤습니다.

곰의 집이네요. 곰이 있어요. 곰 님의 집이네요.

혹시, 살고 있는 곰 님과 만날 수 있을지도 모릅니다.

저는 잠시 기다려봤지만 만날 수는 없었습니다.

아쉽네요.

아버님에게 오늘 있었던 일을 이야기했더니—.

"그렇게 만나고 싶으면 이 저택으로 부를까?"

그런 말을 꺼냈습니다.

"괜찮나요?"

"그래, 나도 한 번은 만나보고 싶었으니까."

기뻐요. 곰 님과 만날 수 있습니다.

기대돼서 어찌할 바를 모르겠어요.

그리고 오늘은 고대하고 고대하던 곰 님이 찾아오는 날이에요.

곰 님이 올 때까지 공부해야 하지만 곰 님이 언제 올지 신경이 쓰여서 공부할 상황은 아니네요. 설레면서 곰 님을 기다리고 있는데 메이드인 라라가 방으로 찾아왔습니다. 설마, 곰 님이 온 건가!

제 행동이 파악하기 쉬웠는지 라라가 웃는 얼굴로 곰 님이 왔다는 것을 알려주었습니다.

뛰쳐나가고 싶은 마음을 억누르며 라라와 함께 곰 님이 계신 방으로 향합니다.

이 문 너머에 곰 님이 계시는 거겠죠. 라라가 문을 두드리고 문을 열었습니다.

어떤 분일까요. 안겨도 될까요.

저는 기쁜 마음으로 곰 님이 계신 방에 들어갔습니다.

세븐넷 구입자 & 전자책 구입자 특전
6 곰과의 조우 티루미나 편

이상한 곰 옷차림의 여자아이 덕분에 병이 다 나았다.

고통에서 벗어날 수 있으리라고는 생각지도 못했다. 해방될 수 있는 방법은 죽음뿐이라고 생각했다.

딸들과 즐겁게 지낼 수 있는 날이 돌아올 줄은 몰랐다.

곰 옷차림의 여자아이, 유나에게는 고마울 따름이다.

내가 보답을 하고 싶다고 했지만 그녀는 미소를 지으며 상상도 못 했던 말을 꺼냈다.

"피나와 슈리를 위해서 두 분이 같이 지내 주세요."

확실히 남편이 죽은 뒤로 겐츠에게는 신세를 져왔다.

병에 걸린 나를 위해 약을 준비해주고 딸에게는 일거리를 알선해 주었다.

모험가였던 시절에도 함께 움직였기 때문에 성격도 잘 알고 있다.

요 몇 년간 기대어왔다. 딸도 잘 보살펴주며 신세를 지고 있다.

좋아하는지를 묻는다면 잘 모르겠다. 싫으냐고 묻는다면 싫지는 않다.

하지만 겐츠가 진지하게 좋아한다고 말해줬을 땐 기뻤다. 이때, 나도 좋아하고 있다는 것을 깨달았다.

결혼은 딸들도 허락해주었다. 그때 겐츠가 기뻐하는 모습이 인상 깊었다.

그리고 4명이 살 곳을 구하고 새로운 거처로 이사를 했다.

이사도 유나 덕분에 빠르게 끝났다. 정말로 신세만 지고 있다. 보답하고 싶어도 방법을 모르겠다. 겐츠와 결혼을 한 것으로 보답이 되었다고는 생각하지 않는다.

조건으로 결혼을 요구한 것은 우리를 생각해준 것이었다.

딸의 목숨을 구해주고 식자재도 나눠준다.

딸도 나도 다 갚을 수 없을 정도로 은혜가 깊다. 조금씩이라도 보답해야겠지.

일단 건강해졌으니 일을 해야 했다. 돈에 여유가 없다. 겐츠는 모험가 길드에서 일하고 있지만 집을 사느라 저축한 돈이 줄어들어 버렸다. 게다가 앞으로 누군가가 병에 걸리지 않을 거라고 장담할 수는 없다. 그런 때를 위해 저축은 필요하다.

"나, 모험가가 돼서 일해볼까?"

식사할 때 모두에게 말했다.

"울프 정도는 쓰러뜨릴 수 있으니까 랭크가 낮은 의뢰를 받을까 하는데."

아직 모험가였고 혼자서 울프 정도는 쓰러뜨릴 수 있다. 그렇게 한다면 집안 사정도 편해질 거고 저축도 할 수 있다.

나는 좋은 아이디어라고 생각해서 모두에게 말했지만 가족 전원이 반대했다.

"안 돼, 그런 위험한 일은 안 시킬 거야."

"괜찮아. 겐츠, 당신도 알잖아. 내가 울프 정도는 쓰러뜨릴 수 있다는 거."

"모험가를 은퇴하고 몇 년이 지난 줄 알아? 공백도 있잖아, 위험해!"

겐츠가 맹렬히 반대했다.

"맞아요. 어머니, 위험해요."

"어머니, 위험한 건 안 돼."

양옆에서 딸들이 끌어안는다.

"걱정마, 무리는 하지 않을 테니까. 게다가 돈이 필요하잖아."

"너는, 아이들을 남겨두고 죽을 생각인 거야? 그렇게 내가 안 미더운 거냐고!"

"그럴 리가 없잖아. 이사로 돈도 꽤 썼고, 앞으로도 필요할 거 아냐."

"제가 일할게요. 유나 언니에게 부탁해서 해체 일을 많이 할게요."

피나까지 그런 말을 하기 시작한다.

나는 열심히 모두를 설득했지만 겐츠는 화를 내고 딸은 울어서 진땀 빼는 식사가 되어버렸다. 가족 전원의 반대에 부딪혀 모험가는 포기하고 상업 길드에서 일을 알선받는 것으로 이해해주었다.

모두, 걱정이 너무 심하다니까.

다음 날, 일을 찾으러 상업 길드로 향했다.

그러자 길드 앞에서 곰 옷차림의 유나와 마주쳤다.

상업 길드에 있는 이유를 물어봐서 가족회의의 일을 설명했다.

그러자 유나는 생각지도 못한 말을 꺼냈다.

"티루미나 씨, 제 쪽에서 일하실래요?"

들어보니 장사를 할 생각이라 일손이 필요하다고 했다.

자세한 이야기를 들으러 유나네 집으로 갔다. 곰의 집이다. 몇 번이고 봤지만 대단하다.

일의 내용은 꼬끼오 알의 판매라고 한다. 심지어 고아원 근처의 토지를 구매하여 건물도 세울 거라고 했다. 새를 준비해서 앞으로 서서히 늘려갈 거라고…….

이야기를 듣고 당황해 버렸다. 유나, 너는 모험가이지 않았니?

하지만 이야기를 들어보니 「새알을 먹고 싶은 나 자신을 위해서예요」라고 매번 말하지만 고아원의 아이들을 위해서라는 것을 알 수 있다. 정말로 착한 아이다.

피나를 구해주고, 나도 도와줬으며, 겐츠와 나를 이어준 착한 곰 옷차림의 여자아이.

그래서 나는 유나에게 들은 일의 의뢰를 그 자리에서 받아들이기로 했다.

유나에게 조금이라도 은혜를 갚고 싶었고, 고아원 아이들을 위해 열심인 유나를 돕고 싶었다.

상업 길드로 가서 자세한 이야기를 들어보니 꽤 큰 규모의 일이 될 거라는 것을 알았다. 그런데도 매출 전부를 나에게 맡기려고 하는 유나.

신용해주는 건 기쁘지만 아무리 그래도 금액이 너무 크다.

매출은 유나와 나의 길드 카드에 각각 입금되게 되었다.

내가 관리할 돈은 급여, 필요경비 등이다. 다른 매출액은 모두 유나의 길드 카드로 입금되게 되었다.

유나의 금전 감각은 어떻게 되어있는 걸까. 하지만 이 행동을 보면 돈을 벌고 싶어서 하는 건 아니라는 걸 알 수 있다. 물어봐도 새알을 위한 거라고 말하겠지. 정말도 상냥한 여자아이다.

그리고 나의 일이 시작됐다.

처음엔 새의 수가 적었지만 어디선가로부터 유나가 새를 가져와 서서히 수가 늘어났다.

꼬끼오 알도 수가 적을 때는 비싸게 팔렸고 수가 늘어나자 단가가 내려갔다.

이대로라면 일하는 수고를 생각해서 소량을 비싸게 파는 편이 편할지도 모른다.

하지만 유나는 꼬끼오 알의 수를 늘려서 단가가 저렴해지면 모두가 먹을 수 있지 않냐며 웃으면서 말했다.

단가가 비싸면 도둑이나 강도가 나타날지도 모른다. 그렇게 된다면 고아원의 아이들이 위험한 상황에 마주칠지도 모른다. 하지만 단가가 저렴하다면 훔칠 가치도 없어지고 아이들이 위험한 상황에 마주할 일도 없을 거라고 생각하는 모양이다.

이익 같은 건 생각하지 않고 고아원 아이들과 꼬끼오 알이 누구나 먹을 수 있게끔 되는 것을 생각하고 있다.

정말로 15살인지 의심스러워진다.

대상인의 딸이라고 해도 믿을 수 있을 지경이다.

곰 옷차림의 마음씨 착한 여자아이. 딸의 소중한 친구. 은혜를 조금이라도 갚기 위해 열심히 하자.

하지만 급여를 받고 있으니 은혜를 갚는다고 할 수 있을까?

자, 오늘도 일이다. 힘을 내야지.

ILLUSTRATION GALLERY

STORY

곰곰곰베어 3

왕도에도 곰 하우스를 세우다!

노아의 호위를 하며 왕도로 향하는 의뢰를 받은 유나는 피나도 데리고 왕도로 출발한다. 도중에 마물에게 공격을 받는, 노아와 친분이 있는 귀족 그란과 그의 손녀 미사를 구해주고 도적을 토벌하는 등의 트러블이 있었지만, 무사히 왕도에 도착한다. 노아의 저택에서는 노아의 어머니인 엘레로라의 젊은 모습에 깜짝 놀라기도 하고, 언니인 시아가 승부를 걸어오기도 했다. 그리고 저택에서 하루 머물기로 한다. 그러나 모처럼 귀족 저택에 머무르게 되었지만 피나가 피곤해 보여서 유나는 왕도에도 곰 하우스를 짓기로 한다. 왕도의 토지를 매입한 유나는 곧바로 곰 하우스를 짓는다.

성 견학. 그리고 그림책을 그리다

왕도 관광을 나선 유나는 감자를 발견한 뒤 포테이토칩을 만들었고, 모험가 길드에서 길드 마스터인 사냐 씨와 면식을 쌓았으며, 치즈를 찾아 피자를 만들면서 왕도를 만끽한다. 그와 더해 엘레로라의 안내로 성내

를 견학하러 갔을 때 만난 플로라 공주와 친해져 그림책을 그려주게 된다.

1만 마리의 마물을 토벌하자!

이렇게 왕도 견학을 즐기고 있는데 마물의 무리가 근처에 나타났다며 모험가 길드에서 소동이 일어난다. 왕도로 오고 있는 클리프를 걱정하는 노아를 안심시키기 위해 유나는 1만 마리의 마물을 처리한 후 클리프와 합류하여 왕도로 귀환한다. 의도치 않게 왕국을 위기로부터 구해준 유나는 국왕에게서 소환 명령을 받아 떨떠름해하지만 승낙을 한다. 국왕과의 대면이 한창이던 중 플로라 공주와 재회한 유나는 국왕 일가에게 푸딩을 제공하고 호평을 받는다.

빵 장인을 만나다

왕도를 산책하고 있을 때 맛있는 빵집을 발견하는 유나. 그러나 그 빵집의 주인인 모린은 죽은 남편의 빚으로 인해 곤경에 처해 있었다. 그것을 안 유나는 모린과 딸인 카린에게, 크리모니아 마을에서 개점할 예정인 자신의 가게에서 일하지 않겠냐며 권한다. 며칠 후, 곰 하우스에서 앞으로의 일을 논의하는데 빚쟁이 상인이 곰 하우스로 찾아오지만, 어찌 된 영문인지 푸딩 제작의 의뢰를 하러 왔던 국왕에게 무례를 범하여 그 자리에서 체포를 당한다. 국왕의 탄신제를 즐긴 후 모린과 딸인 카린에게 크리모니아 마을에서 만나자는 약속을 한 뒤 돌아간다.

전자책 구입자 특전
7 곰 님과의 외출을 기대하는 노아

무려, 내일은 유나 님과 함께 왕도로 가게 되었답니다.

"유나에게 너무 폐를 끼치면 안 된다."

식사 중에 기뻐하는데 아버님에게 주의를 받았습니다.

당치도 않습니다. 유나 님에게 미움을 살만한 일은 하지 않을 거예요. 미움을 산다면 두 번 다시 곰 님을 탈 수 없게 되니까요.

게다가 푸딩이라는 과자도 못 받을 테니까요. 생각만 해도 한 번 더 먹고 싶어지네요.

"엘레로라와 만나면 유나를 잘 부탁하마. 일단 편지에도 적어두긴 했지만 엘레로라가 폭주할 것 같으면 네가 막아줘야 해."

어머님은 유나 님에게 심한 짓을 하진 않겠지만 놀리기는 할 것 같습니다. 유나 님의 옷차림을 보고 웃거나 하지 않으면 좋겠는데. 그 부분에 관해서 신경을 써야겠습니다.

만일 어머님이 폭주하여 유나 님에게 민폐를 끼친다면 저도 미움받을 가능성이 있습니다.

"아, 알겠어요. 열심히 해볼게요."

아버님이 「부탁하마」라며 거듭 부탁했습니다.

곰 님을 위해서라도 힘을 낼게요.

내일의 준비를 마치고 목욕을 마친 뒤 내일 일정을 떠올려 봅니다.

이동은 마차가 아니라 곰 님을 타고 이동할 거예요.

왕도로 향하는 며칠 동안 곰 님과 함께 있게 되다니 행복합니다.

"내일이 빨리 안 오려나."

"빨리 자면 금방이죠."

자기 전에 내 머리를 쓰다듬어주고 있는 메이드인 라라가 이야기를 합니다.

라라는 다정하고 부드럽게 머리를 빗겨 줍니다.

"정말로 느와르 님은 곰 님이 좋으신가 보네요."

"당연하죠. 그렇게 부드럽고 따뜻하고, 벌써 기대돼서 못 참겠어요."

그때의 곰 님의 감촉을 잊을 수가 없습니다. 기분이 너무 좋아서 잠이 들어버렸을 정도였으니까요.

"그렇죠. 저도 처음엔 무서웠는데 유나 님과 함께 있었더니 참 착한 아이라는 걸 알았어요."

"그러니까요. 내가 말을 걸면 대답도 곧잘 해준다니까요. 태워달라고 부탁을 하면 허리를 숙여주고, 멈춰달라고 하면 멈춰주고, 너무 귀여워요. 나도 곰 님이 있으면 좋겠어요."

내가 기뻐하며 머리를 좌우로 흔드니 라라가 못 움직이게 머리를 누릅니다. 조금 아프네요.

"후훗, 그건 무리예요. 그 곰 님은 유나 님의 소환수인걸요. 갖고 싶다고 말해서 유나 님을 곤란하게 만드시면 안 되잖아요."

"알고 있어요. 아아, 그래도 내일이 기대된다."

라라가 머리카락 손질을 마쳤다고 알려줍니다.

저는 라라에게 고맙다고 말한 뒤 침대에 눕습니다.

"그러면 내일을 위해서 얼른 자야겠네요. 불을 끌 테니까 푹 주무세요."

라라가 방의 불을 꺼줬습니다.

"응, 잘 자요, 라라."

"잘 자요, 느와르 님."

내일이 기대돼서 흥분했지만 곧바로 잠이 들었습니다.

다음 날, 어젯밤 일찍 잠든 탓인지 눈이 일찍 떠졌습니다.

라라도 막 일어난 건지 저를 발견하고 놀라고 있었습니다.

"느와르 님, 일찍 일어나셨네요."

"그 후에 바로 잠들었거든요. 이제 유나 님이 오시길 기다리기만 하면 되요."

"그 전에 아침 식사를 준비할 테니까 기다려 주세요."

아침을 먹고 있는데 아버님이 오십니다.

제가 일어나 있는 것에 놀랐습니다.

제가 아침 일찍 일어난 게 그렇게 신기한 걸까요?

실례네요.

그러고 아침 식사를 마친 저는 자리에서 일어섰습니다.

"저, 밖에서 유나 님을 기다리고 있을게요."

"너무 이르지 않니?"

"혹시 일찍 올 수도 있잖아요."

저는 방으로 돌아가 아이템 봉투를 들고 밖으로 향합니다.

유나 님이 얼른 오시지 않으려나.

하지만 아무리 기다려도 유나 님이 오시지 않습니다.

지각이네요.

그래도 상황을 보러 온 라라가 말하기를 아직 시간이 되지 않았다고 합니다. 이상하네.

라라가 집 안에서 기다리라고 했지만 저는 밖에서 유나 님을 기다리기로 했습니다.

그리고 드디어 유나 님이 나타났습니다. 언제나와 같은 곰 옷차림이네요. 귀여워요.

그런데 그 옆에 저와 또래 정도의 여자아이가 함께 있습니다.

누구일까요.

일단, 유나 님에게 불만을 토로해봅니다.

"너무 늦잖아요! 유나 님!"

지각은 하지 않았지만 제가 기다린 건 사실입니다.

허리에 손을 올리고 화난 척을 해봅니다.

그래도 유나 님은 신경 쓰는 기색 없이 집 안에서 기다리면 되지 않았냐고 말합니다.

확실히 그렇긴 하지만, 저는 유나 님과 대화를 하면서도 유나 님의 뒤에 숨어 있는 여자아이가 신경이 쓰였습니다.

유나 님이 그 여자아이를 함께 왕도로 데려가도 되냐고 물어봅니다.

유나 님과 둘이서만 떠나는 것도 좋지만 이곳에서 거절한다면 유나 님에게 미움을 받을지도 모릅니다.

그러니까 저는 승낙을 했습니다.

하지만 양보할 수 없는 부분이 있죠.

"곰 님은 양보하지 않을 거예요."

여자아이를 향해 선언합니다.

"곰은 두 사람이 같이 타게 해줄게."

그렇게 유나 님이 말씀하셔서 어쩔 수 없었습니다. 저는 다시 한 번, 여자아이를 손가락으로 가리키며 선언을 했습니다.

"앞자린 양보 못 해요."

그런 뒤, 아버님으로부터도 여자아이의 동행을 허락받고 왕도를 향해 출발했습니다.

여자아이의 이름은 피나라고 하네요. 그건 그렇고, 유나 님과는 어떤 관계일까요.

신경이 쓰이네요.

그래도 피나는 긴장을 한 건지 좀처럼 대화가 이어지지 않습니다.

제가 귀족의 딸이라는 것을 알면 대부분 아이들은 제게 다가오지 않죠.

라라에게 그 일에 관해 물어보니 무례하게 굴어서 처벌을 받게 될 것을 걱정한다고 했습니다.

저, 그런 짓은 하지 않는걸요.

하지만 어떻게든 피나에게서 여러 이야기를 들을 수가 있었답니다.

나이는 10살, 저와 동갑이라네요.

유나 님과의 만남은 숲에서 울프에게 공격을 받고 있을 때 구해줬다고 알려줬습니다.

"내가 처음 이 마을에 왔을 때 숲에서 길을 잃었던 걸 구해준 게 피나였어."

"그렇긴 하지만. 제가 숲에서 울프에게 습격 당하는 걸 유나 언니가 구해주셨어요. 저는 마을로 안내만 했을 뿐이죠."

그 후로 유나 님이 무찌른 마물을 피나가 해체하게 됐다고 합니다.

피나가 해체를 할 수 있다는 것도 놀랍지만 두 사람의 관계가 부럽네요.

피나에게서 유나 님에 관한 이야기를 더욱더 들으려고 했는데, 졸음이 쏟아지네요.

오늘은 일찍 일어나 유나 님을 기다렸기 때문에 조금 졸립니다.

심지어 곰돌이의 등이 너무 기분 좋아서 더더욱 졸음이 쏟아집니다.

머리를 몇 번인가 흔들었지만 참을 수가 없었습니다.

"느와르 님, 느와르 님."

누군가가 제 이름을 부르네요.

눈을 떠보니 여자아이가 있었습니다. 누구지, 아마 피나였습니다.

저는 하품을 하고 현재 상황을 파악했습니다.

이곳은 곰돌이의 등이네요. 아무래도 잠에 빠졌던 모양입니다.

주위를 둘러보니 유나 님이 식사 준비를 하고 있었습니다.

"느와르 님, 식사하시래요."

"고마워. 나, 잠들어 버렸구나."

피나는 상냥한 아이입니다. 친구가 되고 싶네요.

왕도까지의 길은 깁니다. 왕도에 도착하기 전에 꼭 친구가 될 겁니다.

우선은 공통의 화제인 곰 님의 이야기로 친구가 될 계기를 만들어 보죠.

세븐넷 구입자 특전
8 곰과의 조우 엘레로라 편

오늘도 성에서 열심히 일하고 있다.

귀찮지만 일이니 어쩔 수가 없다. 국왕 폐하의 탄신제가 가까워진 것도 있어서 일이 많다.

이건 저쪽으로 보내고, 이건 이쪽, 어째서 이 서류를 내 쪽으로 보내는 거야. 아아, 이건 내가 상업 길드로 가야지, 안 되겠네.

책상 위에 있는 서류를 정리해간다.

최근 열심히 일한 탓인지 내게로 보내는 업무량이 증가한 기분이 들었다.

마무리 짓기 좋은 곳까지 끝마치고 등을 뻗어 몸을 풀었다.

으음~ 슬슬인 것 같은데.

요 며칠, 같은 생각을 몇 번이나 하고 있다.

머지않아 남편인 클리프와 딸 노아가 왕도로 온다. 두 사람을 만나는 건 오랜만이다. 만나는 게 기대가 돼서 가만히 있을 수 없었다.

그런데 좀처럼 도착했다는 소식이 들리지 않는다.

바로 만날 수 있도록 왕도의 문지기에게 클리프 일행이 도착하면 서둘러 연락하라는 명령을 내렸다.

직권남용이지만 신경 쓰지 않는다. 내 사랑은 막을 수 없다.

새로운 서류로 눈을 돌리면서 일을 하는데 누군가 문을 두드렸다.

“들어오세요~.”

서류에서 시선을 둔 채로 대답한다.

"웬일로 일을 하는 모양이네."

예상 밖의 목소리가 들려서 얼굴을 들었더니 방으로 들어온 건 이 나라에서 가장 위대한 인물, 국왕 폐하였다.

"실례되는 말을 하시네요. 저는 항상 열심히 일하는걸요."

"잘도 그런 말을 하는군. 항상 문관들이 너를 찾으러 성 내부를 돌아다닌다고."

"조금 정도는 스스로 일하지 않으면 배울 수 없다고요. 제 나름의 교육이에요."

"그런 것 치고 최근에는 집무실에 있네."

"누군가의 탄신제 때문에 바쁘거든요."

괜히 구시렁거리면서 말해본다. 이렇게 바쁜 건 눈앞에 있는 인물의 탄신제 때문이다.

"그 말대로야. 일부러 탄신제 같은 건 하지 않아도 될 것을……."

불만이 통하는 일 없이 내 말에 동의해버렸다.

"그래서 국왕 폐하는 일부러 제가 열심히 일하는지 확인하러 온 거예요?"

"그럴 리가 있나."

국왕은 손님용 의자에 앉아 아이템 봉투에서 작은 통과 잔을 꺼냈다.

즉, 농땡이를 피우러 온 거로군.

"잠깐은 괜찮지만 쉬고 나면 돌아가셔야 해요."

"엄청 성실하네. 너답지 않아."

국왕은 컵에 마실 것을 따른 뒤 마셨다.

항상 휴식을 취할 때 마시고 있는 차였다.

메이드에게 가져오도록 하면 되는데 몰래 빠져나올 때는 항상 준비해온다.

"조만간 남편이랑 딸이 왕도로 오거든요. 그때를 위해 시간을 만들어 두고 싶어서요."

"그래서 요즘엔 열심히 하는 척을 하는 건가."

"그러는 국왕 폐하는 일을 내팽개치고 이런 곳에 있어도 되는 건가요?"

"잠깐 정도는 괜찮아. 내가 없어도 장그가 있지 않나."

장그는 국왕이 가장 신용하는 신하 중 한 명.

항상 국왕의 뒤처리를 하는 고생하는 사람이다.

하지만 국왕에게 의견을 낼 수 있는 몇 안 되는 인물이기도 하다.

"정도껏 하지 않으면 쓰러질 거예요."

그렇지 않아도 장그는 업무량이 많다.

뭐, 그만큼 국왕이 신용하고 중요한 일들을 맡기는 게 되겠지만 말이다.

"그 녀석은 일을 좋아하니까 괜찮아. 그렇지만…… 그런 거라면 그 녀석의 일을 네게로 좀 돌릴까?"

어처구니없는 말을 꺼낸다.

나도 누군가의 탄신제 때문에 업무량이 늘어났다.

이 이상 늘어나면 곤란하다.

"제가 틀렸네요. 장그는 일을 좋아하니까 걱정할 필요는 없었어요."

"너 말이야……."

내가 나 자신을 지키는 데 급급해지자 국왕은 어이없다는 표정을 짓는다.

장그에게는 미안하지만 내 평온을 위해서라도 열심히 해주면 좋겠다.

국왕을 상대하면서 병사들의 왕도 경비 예정표를 보고 있는데 문이 다시 한 번 누군가에 의해 두들겨졌다.

그 노크 소리에 국왕이 당황했다.
"나를 찾으러 온 사람이면 없다고 하도록."
작은 목소리로 내게 말하고 옆방으로 이동한다.
물론 국왕을 찾으러 온 자라면 넘겨줄 생각이다.
문을 향해 들어오라고 허가를 내렸다.
"실례합니다."
들어온 것은 문관이었다.
"무슨 일이지?"
"왕도의 문으로 느와르 님이 입도하셨다는 연락입니다."
"정말인가!"
드디어 도착했다.
"고맙네, 그만 가도 좋아."
나는 문관을 보내고 처리 중이던 서류에 서명한 뒤 다음 서류로 손을 뻗었다.
오늘 중에 확인해야 하는 보고서는 아직 남아 있다.
아직, 양이 꽤 많았다.
"그만 돌아가도 돼."
숨어 있던 국왕이 나왔다.
"오늘은 돌아가도 된다고. 나머진 내가 해두지."
국왕이 책상에 있는 보고서를 손에 들었다.
"딸이 온 거잖아. 오늘 정도는 일찍 돌아가도록 해."
"오늘은 눈이 내리려나……."
일에서 도망쳐 온 국왕이 내 일을 대신해주다니 희한한 일이다.
눈이 아니라 창이 내리려나.
"내 마음 바뀌기 전에 가도록. 그러다가 오랜만에 만나는 딸에게 좀처럼 만나지 못한다고 불평을 들어도 난 모른다."

"그러면, 그 말을 따르도록 할게요."

"그래, 그러도록."

이번엔 국왕 폐하에게 감사 인사를 하고 방을 나섰다.

국왕 폐하에게 일을 맡긴 나는 딸을 만나러 가기 위해 종종걸음으로 걸었다

집을 향해 달리고 있는데 마차와 스쳤다. 위험하다, 위험해.

곧 집이 보인다.

시야에 우리 집을 넣자 집 앞에 사랑하는 딸이 서 있었다. 검은 무언가도 보였지만 지금 나에게는 가장 사랑하는 딸만 보인다.

"노, 아!"

오랜만에 만난 딸을 끌어안았다. 조금은 성장했나?

노아는 놀란 듯 나를 바라봤다. 놀란 얼굴도 귀엽단 말이지.

잠깐 안으면서 딸을 느꼈으니 남편인 클리프를 찾았다.

어, 클리프가 없네. 그 대신 재미있는 옷차림을 한 아이가 있었다.

엄청나게 귀여운 복장이다. 그 옆에는 노아와 동갑 정도의 여자아이가 있었다.

누구지?

딸의 말에 의하면 클리프는 일이 끝나지 않아서 노아가 먼저 왕도에 왔다고 한다.

그리고 궁금한 여자아이에 관해 물었다.

곰인 거지?

딸의 옆에 곰 옷차림의 여자아이가 있다. 귀엽긴 하지만 처음 본다.

이야기를 들어보니 곰 옷차림의 여자아이는 모험가로, 여기까지

딸 노아를 호위해줬다고 했다.

이 곰 여자아이가 모험가?

나의 또 한 명의 딸, 노아의 언니인 시아 보다도 작다.

곰 옷차림의 여자아이는 유나. 노아와 또래인 여자아이는 피나라고 했다.

일단, 자세한 이야기를 듣기 위해 집 안으로 들어갔다.

방으로 안내하자 곰 여자아이는 클리프로부터 받은 물건이라며 커다란 박스와 편지를 곰 장갑에서 꺼냈다. 저 곰 장갑은 아이템 봉투로 되어있구나. 재미있네.

우선 편지를 읽어보니 클리프는 일 때문에 오는 게 늦어진다고 적혀 있었고, 상자에는 국왕 폐하에게 헌상하는 물건이 들어있으니 만약 자신이 늦어지면 전해달라고 적혀있었다.

용건 이외에는 곰 여자아이에 관한 이야기가 길게 적혀 있었다. 웃긴 일, 농담 같은 일, 고개를 갸웃거리고 싶어지는 일, 열린 입이 다물어지지 않는 일들이었다.

눈앞에 있는 사랑스러운 여자아이가 겉보기와는 달리 우수한 모험가라는 글이었다.

나는 편지를 읽으면서 몇 번이고 눈앞에 앉아 있는 곰 여자아이를 쳐다봤다.

클리프가 농담으로 이런 것을 적을 만한 사람이 아니라는 건 내가 가장 잘 안다. 그렇다는 건, 편지에 적혀 있는 내용은 진실이라는 것이다.

편지를 접고 우선은 국왕 폐하에게 보낼 헌상품, 고블린 킹의 검을 확인했다.

이게 고블린 킹이 드물게 가지고 있다고 알려진 검.

고블린 킹이 들고 있으면 꺼림칙해서 공포에 질린다고들 하지만 매우 예쁜 검이다.

이 고블린 킹의 검은 눈앞에 앉아 있는 곰 여자아이에게서 양도받았다고 한다.

도저히 그런 대단한 일을 할 수 있는 여자아이로는 보이지 않는다. 사랑스러운 곰 옷차림의 독특한 여자아이로만 여겨진다.

클리프로부터의 편지가 없었더라면 웃고 있었을지도 모른다.

그런 뒤, 노아에게 이야기를 들어보니 왕도로 올 때도 여러 일이 있었던 모양이다. 그 이야기도 믿기지 않는 일들뿐이라 당황스러웠다.

잠깐 노아와 이야기를 나누고 있는데 시아가 학원에서 귀가할 시간이 됐다.

그 이야기를 하자 유나가 의심스러운 눈초리로 나를 바라보기 시작했다. 저건 이상한 생각을 하고 있을 때의 얼굴이란 말이지. 그런데, 무슨 생각을 하고 있을까?

궁금해져서 물어보니, 내가 15살의 딸이 있다고는 생각할 수 없을 정도로 미인인 데다 젊다고 했다.

기분 좋은 말을 해준다.

몇 살로 보이는지 물어보자 25살로 보인다고 했다. 이렇게 정직하고 귀여운 여자아이가 나쁜 아이일 리 없잖아!

여차저차해서 딸인 시아가 학원에서 돌아왔다.

시아가 유나를 보면 나처럼 놀라려나?

후훗, 그건 그렇고 클리프는 귀여운 애들을 잘 보내줬네.

애니메이트 구입자 특전

9 곰과의 조우 시아편

슬슬 여동생이 왕도로 온다.

오랜만에 만나는 거라 무척 기대된다.

"시아, 무슨 좋은 일 있구나?"

같은 반 여자아이가 말을 걸어왔다.

"응, 오랫동안 만나지 못했던 여동생이 왕도로 오거든."

"그건, 분명 기대가 되겠네. 혹시 요 며칠 서둘러 집으로 돌아간 것도 그것 때문이야?"

아무래도 최근 일찍 귀가했던 걸 눈치채고 있던 모양이다.

"눈치채고 있었어?"

"요즘 집에 갈 때 같이 가자고 말을 걸기 전에 항상 서둘러서 교실을 나갔으니까."

미소를 지으며 말한다.

그런 부분까지 보였네. 창피해라.

"미안해."

"신경 안 써도 돼. 시아가 여동생을 생각하는 다정한 사람이라는 걸 알 수 있었으니까."

"그러면 오늘은 같이 가자."

"후훗, 무리하지 않아도 돼. 여동생이 왕도에 도착한 후에 다시 말할게."

"미안."

다시 미안하다고 하자 웃으며 나에게서 멀어졌다.

나는 그녀의 마음 씀씀이를 헛되게 하지 않기 위해 오늘도 서둘러 돌아간다.

집에 도착하자 메이드인 스릴리나가 마중을 해줬다.

항상 물어봤지만 오늘도 물었다.

"노아는요?"

"네, 조금 전에 도착하셔서 담화실에 계십니다."

나는 담화실을 향해 달렸다. 그리고 노크도 하지 않고 문을 열었다.

"어머님, 다녀왔습니다! 노아가 왔다는 게 사실이에요?"

소파에 노아가 앉아 있었다.

잘 지냈던 모양이야.

"시아, 손님들 앞이잖니."

노아를 안으려고 하는데 어머님에게 주의를 받았다.

"실례했습니다. 근데, 곰?!"

자세히 들여다보니 아니, 자세히 보지 않아도 노아의 옆에 앉아 있는 건 곰의 복장을 한 여자아이였다.

표현하기 곤란한 옷차림이다.

이제껏 한 번도 이런 옷을 입은 사람은 본 적이 없다.

이름은 유나.

심지어 어머님의 말씀에 의하면 모험가이고 크리모니아에서 왕도까지 노아의 호위로 왔다고 했다.

그런 말을 믿을 수 있을 리가 없다.

내가 믿지 않자 어머님이 유나 씨와 시합을 해볼 것을 제안하셨다. 나는 그 제안을 받아들였다.

이래 봬도 나는 또래 여자아이 중에서는 상위 실력자였다.

이런 이상한 곰 옷차림의 여자아이에게 질 생각은 없다.

……시합의 결과는 비참했다.

처음엔 내가 얕봤던 것도 있어서 한순간에 나의 안쪽으로 침범하더니 검을 휘감아 올려 얼굴에 검을 들이밀었다.

내가 한 번 더 시합을 청하자 그녀는 받아들여 줬다.

이번엔 방심하지 않는다. 제대로 상대를 본다.

"잘 부탁드립니다."

나는 목검이 튕겨 나가지 않도록 단단히 감아쥐었다.

하지만 결과는 같았다.

시합을 몇 번이고 몇 번이고 했지만, 나의 검은 전부 빗나갔고 상대의 공격을 받아넘길 수도 없었다.

움직임이 빨랐다. 눈이 따라가질 못했다. 한순간에 몸 안쪽으로 들어와 공격을 당해버린다.

강하다.

어떻게 저렇게 빠르고 힘이 센 거지.

나는 학원 내에서 강한 편인데 손을 쓸 수가 없다.

검으로는 이길 수 없다.

그래서 나는 마법 사용을 부탁했다.

실전이라면 검만이 아니라 마법도 사용한다. 마법은 내 힘의 일부이다.

유나 씨는 마법 사용을 허락해주었다.

나는 시합 개시와 동시에 불 마법을 유나 씨를 향해 날렸다.

빗나갈 것이라고는 예상했다. 나는 마법을 날림과 동시에 검 공격을 했다.

그러나 그것도 읽혔는지 간단하게 피한다.

하지만 포기하지 않고 마법과 검을 계속 사용했다.

이미 알고 있었지만 유나 씨는 강하다. 너무 강해.

나는 배를 맞아 무릎을 꿇었다.

그러자 어머님이 시합 종료를 선언하셨다.

나는 아직 싸울 수 있다.

하지만 어머님은 매서운 눈으로 나를 바라봤다.

"시합 종료야."

나는 순순히 패배를 인정했다. 정말로 나보다도 강하다. 이런 연하의 여자아이에게 질 줄은 몰랐다.

"15살이야."

"……네?"

나보다 키가 작아서 어릴 거라 생각했다.

설마 동갑일 줄은 몰랐다.

그런 뒤, 유나 씨에 관해 여러 이야기를 들었다.

고블린부터, 오크, 타이거 울프를 토벌했다고 한다. 믿기지 않아!

시합을 하기 전이었다면 콧방귀를 꼈을지도 모르지만 시합 후라서 납득했다.

그게 사실이라면 내가 이길 수 있을 리 없었다.

그 정도의 검 실력이 있고 게다가 마법까지 사용할 줄 안다니. 얼마나 강한 건지 상상도 할 수 없다.

게다가 곰 소환수까지 있다고 한다.

곰 소환수를 떠올리면 무서운 이미지만 떠올랐다.

하지만 노아는 귀엽고 만지면 기분이 좋아서 몇 번이고 등 위에서 낮잠을 잤다고 한다.

믿기지 않는 이야기지만 여동생의 얼굴을 보니 거짓말은 아니라는 걸 알 수 있었다.

다음번에 소환수인 곰을 보여달라고 해야지.

기대가 되고 무섭기도 하다.

"어머, 오늘은 집에 일찍 안 가는 거야?"

같은 반인 친구가 자리에 앉아 있는 내 쪽으로 왔다.

"어제 여동생이 도착했거든."

"그건 잘됐네. 그래도 그렇다면 더 빨리 집에 가야 하는 거 아니야?"

"오늘은 집에 갈 때 같이 가려고. 약속했잖아."

"나는 기쁘지만, 정말 괜찮은 거야?"

"당연하지."

우리는 학원 근처에 있는 카페에서 차를 마시고 집에 돌아가기로 했다.

"시아의 여동생은 어떤 애야?"

"으음~, 어머님이랑 닮아서 자유분방하다고 해야 하나. 좋아하는 것에 돌진하고, 무엇이든 즐길 수 있는 게 그 아이의 특징이지."

노아는 어머님과 닮았다는 말을 주위에서 많이 들었다.

반대로 나는 성실한 부분이 아버님과 닮았다고 한다.

딱히 성실하고 싶은 생각은 없지만 주위에서는 그렇게 여겨진다.

"활발한 여동생이네."

"너무 활발하지만 말이야."

"오랜만에 여동생이랑 만났는데 왜 한숨이 많아진 거야. 좋아하는 여동생을 못 만나서 한숨을 쉬고 있는 줄 알았어."

아무래도 한숨을 쉬고 있는 모습을 본 모양이다.

"창피하네. 그런데, 그렇게 많이 한숨을 쉬었어?"

"그래, 내가 볼 적마다 쉬었는걸."

어제의 일을 생각하니 한숨이 안 나올 수가 없다.

엄청 강한 곰 옷차림의 여자아이에 관해 생각하면 한숨이 절로 나온다.

"그래서, 한숨의 원인은 뭐야? 여동생이 원인인 거야?"

나는 고개를 젓는다.

"왕도에 올 때까지 여동생의 호위를 해준 모험가가 말이야……."

"사람이 별로야?"

"아니, 엄청 좋은 소녀라고 해야 하나……."

"좋은 소녀라니, 여자아이야?"

"응, 나랑 동갑인 모험가."

"딱히 15살에 모험가라는 건 신기한 일은 아니잖아?"

"그렇긴 한데, 너무 강해. 여동생의 호위에 이런 여자아이를 붙이다니, 라고 생각한 뒤 화가 나서 시합을 요청했어. 그런데 시합의 결과는 나를 적당히 봐주면서 상대하고, 심지어 완벽한 패배."

"……아니, 시아가 완벽한 패배?"

믿기지 않는 듯 나를 바라봤다.

"응, 완벽한 패배 중에서도 완벽한 패배. 공격해도 손쉽게 피하고, 상대의 공격은 피하지도, 막지도 못했어. 마법을 사용해도 차이는 좁혀지지 않았지. 내가 이렇게 약했는가 싶어서 나도 모르게 한숨이 나와……."

"안 믿겨. 시아가 그렇게 완벽하게 지다니."

"자세한 이야기는 할 수 없지만, 그녀의 전력은 들으면 들을수록 나와의 실력 차이를 느꼈지."

"그 차이라는 게 연습과 실전 경험의 차이인 거야?"

"그런 것 같아. 그렇지만 얼마나 실전을 경험해야 그 정도로 세질 수 있을지는 모르겠어."

"그렇게나 세단 말이지."

"아마 선생님보다도 셀 거야."

"……."

"물론 선생님이 약하다고는 생각하지 않아. 단지, 그 아이는 강함의 끝이 보이지 않았거든. 이길 수 있을 것 같지 않았어. 선생님은 수년간 노력한다면 어느 정도 시합이 가능할 거라는 상상을 하지만, 그 아이의 경우엔 그게 불가능해. 게다가 아직 실력을 감추고 있는 것 같았어."

검으로는 나를 적당히 봐줬고 이쪽이 마법을 사용해도 상대는 쓰지 않았다. 하지만 사실은 상대도 마법을 쓸 수 있으며 소환수까지 있다고 했다. 차이가 어느 정도인지 알 수가 없다.

"그 모험가랑 만나보고 싶네."

"만나지 않는 게 좋아. 자기 자신의 상식이 무너져 내리거든."

"그렇게 말하니까 더 만나고 싶어."

여동생의 이야기를 하고 있었는데 어째서인지 유나 씨의 이야기로 분위기가 무르익어버렸다.

협력 서점 구입자 특전
10 곰 씨와 성으로 가다 피나 편

으으, 지금부터 성에 가게 됐습니다.

아무래도 엘레로라 님이 피자를 대접받은 보답으로 유나 언니와 저를 안내해주신다는 것 같아요.

평민인 제가 성에 들어가도 되는 걸까요?

엘레로라 님에게 여쭤보니 「문제 될 건 없어. 만약 피나가 무슨 말을 듣는다면 내가 뭐라 해줄게」라며 무서운 말을 하십니다.

성 안을 견학할 수 있게 된 저희는 성으로 향했습니다.

한 달 전에는 생각도 못 했던 일이에요.

설마 왕도까지 오고, 게다가 성 내부에까지 들어가게 될 거라고는 생각도 못 했습니다.

전부 유나 언니를 만난 뒤로 바뀌었습니다.

왕도로 올 수 있게 된 것도, 성 안으로 들어가는 것도 유나 언니 덕분입니다.

제가 유나 언니를 바라보자 웃는 얼굴로 「왜 그래?」라며 물어왔지만 「아무것도 아니에요」라고 대답합니다.

정말로 이상한 사람입니다.

성에 도착하자 엘레로라 님은 성으로 들어가기 위해 호위병이 서 있는 곳으로 향합니다.

병사분은 조금 전부터 수상하다는 듯 저희 쪽을 보고 있습니다.

혹시, 제 옷차림이 이상한 걸까요?

역시 평민이라서?

다가갈수록 시선은 엘레로라 님과 유나 언니에게 향해 있다는 것을 알아차렸습니다.

쳐다보고 있던 건 제가 아니었네요.

병사분은 저희가 수상쩍은지 엘레로라 님에게 묻습니다.

그에 관해 엘레로라 님은 조금 목소리 톤을 바꿔선 강한 어조로 병사분에게 대답합니다.

"내 손님이야. 성 안을 보여주려는데, 무슨 문제라도 되나?"

"아뇨, 그렇지 않습니다. 업무상 확인을 했을 뿐입니다. 들어가십시오."

엘레로라 님의 말에 병사분은 한 발자국 물러나 경례를 하더니 입구를 열어주었습니다.

엘레로라 님, 대단하십니다.

제가 병사분에게 가볍게 머리를 숙이자 그는 「조심히 들어가십시오」라고 말하며 통과를 시켜줍니다.

병사분의 옆을 지나는 것만으로도 긴장이 되네요.

무의식적으로 유나 언니의 곰 손을 잡습니다. 그것을 알아차린 유나 언니는 아무런 말 없이 웃어줍니다.

성 안으로 들어서자 이제껏 성벽에 가려서 보이지 않았던 성의 내부가 시야에 들어옵니다.

매우 크네요. 예뻐요. 대단합니다. 이미 만족했어요.

하지만 제 마음과 달리 엘레로라 님과 유나 언니는 성 안으로의 걸음을 멈추지 않습니다.

성 안을 걷는데 여러 사람이 저희에게 시선을 보내옵니다.

시선의 끝은 엘레로라 님과 유나 언니인 것 같지만 함께 있는 저도 쳐다보고 있는 느낌이 들어서 엄청 긴장됩니다.

성에는 엘레로라 님처럼 일하는 귀족님들도 많다고 들었습니다.

만약 불경스러운 일을 저지른다면 어쩌나 싶어서 무서워집니다.

제 행동 하나로 가족이 길거리를 떠돌게 될지도 모릅니다.

성을 구경하고 있다고 해서 마음을 놓고 있을 수만은 없습니다.

하지만 성 안으로 들어오다니 두 번 다시는 할 수 없는 경험이겠죠.

슈리에게 여행담을 전하기 위해 제대로 견학을 할 겁니다.

성의 안은 동화에서 나오는 것처럼 예뻤습니다.

이곳저곳에 꽃이 피어있고 기둥도 바닥도 예쁩니다. 청소 같은 건 힘들 것 같네요.

그리고 다음으로 데리고 가주신 곳은 병사들이 훈련하고 있는 장소였습니다.

분명, 병사와 기사가 훈련하는 장소가 있다고 느와르 님이 말했었습니다.

아무래도 그곳을 견학할 모양입니다.

병사들이 검을 서로 부딪치고 있습니다. 구호와 검과 검이 맞닿는 소리가 커서 조금 무섭네요.

하지만 엘레로라 님과 유나 언니는 평화롭게 바라보고 있습니다.

두 분은 무섭지 않은 모양이에요.

연습 풍경을 보고 있는데 엘레로라 님이 유나 언니에게 병사들과 대련을 해보지 않겠냐고 물어봅니다.

즉, 유나 언니가 이곳에 있는 사람들과 싸운다는 말이 되는 건가요?

병사 여러분은 강해 보이긴 하지만 만약 싸운다면 유나 언니가 이길 것 같습니다.

이상하네요.

하지만 유나 언니는 거절했습니다.

엘레로라 님은 아쉬워했습니다.

저도 조금 아쉽지만 만약 싸워서 다치기라도 한다면 큰일입니다.

유나 언니가 거절하자 다른 장소로 가기로 했습니다.

훈련장에서 벗어나려던 때 유나 언니에게 안기는 어린 여자아이가 있었습니다.

엄청 귀여운 여자아이네요.

나이는 4, 5살 정도일까요? 엄청 깨끗하고 예쁜 옷을 입고 있습니다.

이제껏 성에서 봐왔던 사람들과는 다른 느낌이 듭니다.

"이런 플로라 님, 어째서 이런 곳에 계시나요?"

엘레로라 님이 여자아이의 이름을 존칭을 붙여서 부릅니다.

즉, 이 여자아이는 신분이 높은 여자아이라는 뜻인가요?

예상이 가는 건 고위 귀족입니다.

이외에도 생각나는 게 있지만 무서워서 입 밖으로는 꺼낼 수가 없습니다.

그리고 여자아이와 대화를 이어나가 엘레로라 님이 듣고 싶었던 말을 꺼냅니다.

"공주님의 권유는 거절 못하잖아."

엘레로라 님은 공주님이라고 했습니다.

잘못 들은 게 아닙니다.

평민인 여자아이가 동경하는 꿈에서나 볼 수 있는 존재.

유나 언니에게 안겨 있는 여자아이는 공주님입니다.

제 눈앞에 공주님이 계십니다. 손이 닿을 수 있을 정도로 가까운 거리입니다.

만약 제가 공주님에게 불경스러운 짓을 저지른다면 가족들 전원이 처형을 당할지도 모릅니다.

유나 언니는 권유를 거절하려 했지만 거절하지 못하고 플로라 공주님의 방으로 가게 됐습니다.

저기, 저도 가는 건가요?

플로라 공주님은 유나 언니의 곰 손을 잡고 걷기 시작합니다. 제가 곤란해하자 엘레로라 님이 손을 내밀어줍니다.

저는 엘레로라 님의 손을 잡고 걷기 시작했습니다.

그리고 플로라 공주님은 점점 성 안쪽으로 향합니다. 계단도 많이 올랐습니다.

지나쳐 가는 사람들이 모두들 저희를 바라봅니다.

공주님, 곰 옷차림의 유나 언니, 귀족인 엘레로라 님, 평민인 저.

이런 멤버가 걷고 있으면 눈에 띄겠죠.

하지만 누구 하나 말을 걸어오지 않습니다.

얼마나 걸었는지 모르겠습니다.

이미 견학을 할 상황은 아니죠. 앞을 걷는 플로라 공주님이 신경 쓰여서 주위를 볼 수가 없습니다.

그리고 결국 플로라 공주님의 방에 도착해버렸습니다.

으으, 긴장이 됩니다.

여기까지 따라와 버렸지만 정말로 공주님의 방에 들어가도 괜찮은 건가요?

그런 제 마음과는 상관없이 문이 열렸고 안으로 들어갔습니다.

그러자 메이드 분이 맞아주십니다.

느와르 님의 저택에서도 본 적 있지만 이것만큼은 익숙해지지 않네요.

반사적으로 고개를 숙여 인사를 했습니다.

"녜, 시, 실례하겠습니다."

긴장으로 말이 잘 나오지 않습니다.

게다가 평소와는 달리 몸이 무거운 것 같은 기분이 듭니다.

방으로 들어간 건 좋지만 어떻게 하면 좋을지 모르겠습니다.

유나 언니는 플로라 공주님과 함께 책상으로 갔고 그림책을 읽기로 한 것 같습니다.

메이드 분은 제게 조금 떨어진 테이블로 안내를 해줍니다.

그때, 메이드 분이 의자를 빼주었습니다.

"고, 고맙습니다?"

또 이상하게 말을 해버리고 말았습니다.

하지만 메이드 분은 웃는 얼굴로 대응을 해주었습니다.

"아뇨, 그러면 차를 내올 테니 기다려 주십시오."

그 뒤의 기억은 거의 남아 있지 않습니다.

차가 어떤 맛이었는지. 어느 정도의 시간 동안 방에 있었는지. 메이드 분과 어떤 대화를 나눴는지. 기억이 애매합니다.

유나 언니가 이름을 불러줘서 돌아갈 시간이라는 걸 알았습니다.

도대체 얼마나 시간이 흐른 걸까요?

공주님의 방을 기억하지 못하다니 모처럼 따라왔는데 아쉽네요.

STORY

곰곰곰베어 4

곰 씨 쉼터 오픈!

왕도에서 크리모니아 마을로 돌아온 유나는 곧 바로 모린에게 맡길 푸딩과 빵을 팔 가게를 개점하기 위해 움직이기 시작한다. 밀레느의 수배로 가게를 매매한 유나는, 고아원으로 가서 아이들에게 가게를 도와줬으면 좋겠다는 제안을 한다. 가게를 얻고 종업원도 확보한 유나는 지체 없이 가게를 오픈. 세워진 가게의 이름은『곰 씨 쉼터』. 가게에 놓인 곰 장식물과 종업원의 곰 의상 등, 여러 가지로 지적하고 싶은 게 많은 유나였지만 가게는 큰 인기를 얻고 번성한다.

그래, 바다를 보러 가자!

가게를 위해 감자와 치즈를 구하러 나갔는데 어째서인지 고블린 퇴치를 하게 된다. 플로라 공주를 위해 왕궁 요리사에게 푸딩 레시피를 전달하기도 했지만 할 일이 없어져 여유로워진 유나는 바다를 보러 가기로 결심한다. 걱정하는 피나에게 떨어져 있어도 대화를 나눌 수 있는 곰 폰을 건네주고 곧

바로 산맥을 넘어 바다를 볼 수 있는 마을로 향한다. 도중에 설산에서 조난당한 부부 다몬과 유우라를 구해준 유나는 부부가 사는 미릴러 마을에 도착한다.

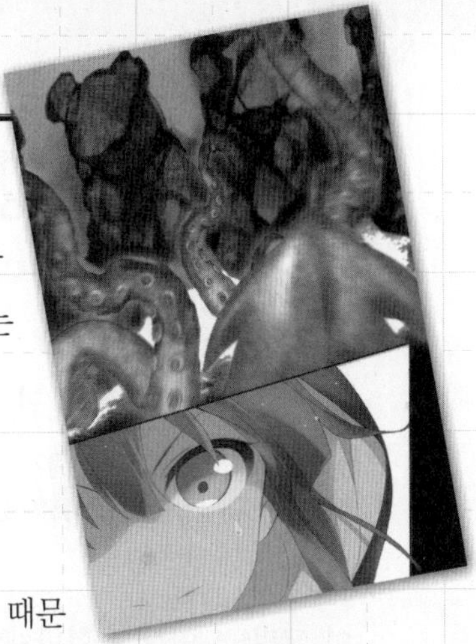

악행을 폭로하다!

미릴러 마을은 바다에 출현한 크라켄 때문에 곤궁에 처해 있었다. 식자재에 어려움을 겪고 있다는 것을 안 유나는 모험가 길드에서 길드 마스터인 아트라에게 의심을 사면서도 곰 박스에 담겨 있던 울프 고기를 방출하여 마을을 구한다. 하지만 그것을 탐탁지 않게 생각하는 자가 있었는데. 상업 길드의 길드 마스터인 도로이가 마을의 곤경을 이용하여 뒤에서 폭리를 꾀하고 있었던 것이다. 도로이의 사람으로부터 습격을 받은 유나는 상대를 오히려 제압하고 그 배후의 근본인 도적들도 퇴치한 후 도로이의 악행을 폭로한다.

맛있는 밥을 먹고 싶으니까!

도로이의 악행은 폭로되었지만 크라켄의 피해로 아직 평온을 되찾지 못하는 미릴러 마을. 그런 시기에 유나는 머물고 있던 숙소에서 쌀과 간장과 된장을 마주하게 된다. 크라켄 때문에 쌀 등이 유통되지 않는다는 걸 안 유나는 크라켄 퇴치를 결심. 흙 마법으로 만든 커다란 곰 벽 안에 크라켄을 가둬버리고 화염 곰으로 크라켄을 삶아 죽여버린다. 유나의 대활약으로 미릴러 마을은 평온을 되찾게 된다.

세븐넷 구입자 특전

11 크리모니아 가게에서 일하다 카린 편

곰 옷차림의 유나 씨의 권유에, 나와 어머니는 오랜 기간 살아왔던 왕도를 떠나 빵 가게를 열기 위해 크리모니아 마을로 향하고 있다.

모르는 마을에 가는 건 조금 불안하지만 우리는 유나 씨를 믿기로 했다.

이 크리모니아행 승합마차의 비용은 유나 씨가 내주었다. 마차의 승차감은 매우 좋고, 엉덩이가 아프지 않았다. 게다가 모험가의 호위까지 붙어 있어서 안전 면에서도 확실하다. 아마도 매우 비싸겠지.

유나 씨는 계속 곰 옷차림을 하고 있고, 집은 곰 형태를 하고 있으며, 국왕님과 아는 사이에다가 푸딩과 피자와 같은 맛있는 먹을거리를 만드는데 도대체 뭐 하는 사람인 걸까?

본인에게 물어도 「모험가예요」라고 밖에 안 알려준다.

피나에게 유나 씨의 옷차림에 관해 물어본 적이 있지만 역시나 알지 못 한다고 했다. 그래도 엄청 상냥한 사람이며 생명의 은인이라고 했다.

마차에 몸을 맡긴 지 며칠, 드디어 크리모니아에 도착했다.

너무 지쳤다. 하지만 유나 씨를 만나러 가야 한다. 분명 크리모니아에 도착해서 고아원으로 가면 된다고 했었지?

문 쪽에 있는 병사분에게 고아원의 위치를 물으니 마을 외곽에 있다고 했다.

고아원에 도착하자 고아원에서 일하는 원장 선생님과 티루미나 씨라는 분이 맞아줬다. 유나 씨에게 연락이 잘 된 모양이다. 여기까지 왔는데 모른다는 말을 듣지 않아서 다행이다.

이 티루미나 씨라는 분이 피나의 어머니라고 한다. 좋은 어머니일 것 같다.

유나 씨에 관해 묻자 지금부터 부르러 가겠다고 했다. 티루미나 씨가 딸인 슈리에게 부탁했는데 피나와 닮은 귀여운 여자아이였다.

유나 씨가 올 때까지 티루미나 씨와 원장 선생님과 이야기를 나눴다.

"저기, 유나 씨는 어떤 사람이에요?"

내 질문에 티루미나 씨와 원장 선생님은 얼굴을 마주 봤다.

"유나에 관해서는 깊게 생각하지 않는 편이 나을 거야. 생각하는 것만으로도 피곤하고, 헛수고일 뿐이거든. 그래도 나쁜 아이는 아니니까 그 부분은 안심해도 돼."

"흐음."

아무래도 티루미나 씨 쪽은 유나 씨에 관해 생각하는 것을 관둔 모양이다. 그래도 티루미나 씨와 원장 선생님의 얼굴을 보니 유나 씨가 나쁜 아이가 아니라는 것은 알 수 있었다.

티루미나 씨와 대화를 나누고 있는데 유나 씨가 고아원에 도착했다. 곰 모습의 유나 씨를 만나니 마음이 놓인다. 여전히 유나 씨는 곰 옷차림을 하고 있었다. 평상복인 모양이다.

유나 씨는 긴 여행으로 피곤한 우리를 신경 써줘서 오늘은 쉬게 되었다.

많이 지쳐 있었기 때문에 안심했다. 유나 씨가 나와 어머니가 머물 곳으로 안내를 해주었다. 심지어 앞으로 나와 어머니가 살 곳이 될 거라고도 했다. 유나 씨에게는 신세만 진다.

유나 씨에게 이끌려 간 곳은 작은 저택이었다.

"유나 씨, 이곳은?"

"이곳이 모린 씨랑 카린 씨가 일할 가게이자 살 곳이에요."

가게라니. 이건 작긴 하지만 저택이잖아.

저택 안으로 들어서자 예쁜 테이블과 의자가 놓여 있었고 손님들이 식사를 할 수 있는 곳이 마련되어 있었다.

이곳의 2층이 나와 어머니가 살 장소라고 했다.

그리고 유나 씨는 간단한 설명만 하고 돌아갔다. 나와 어머니는 저택에 남겨졌다. 정말로 유나 씨는 뭐 하는 사람인 거예요?

"어머니."

"우리는 말도 안 되는 아이가 있는 곳으로 와버린 걸지도 모르겠구나."

그 말에는 동의할 수밖에 없다. 유나 씨는 정말로 나와 어머니에게 뭘 시킬 생각인 걸까?

정말로 빵을 만들기만 하면 되는 걸까?

유나 씨는 돌아갔고, 남겨진 나와 어머니는 가게 안을 탐색했다. 우선 부엌이다.

"어머니, 부엌이 넓어요."

부엌은 넓고 화덕이 3개나 있었다.

"이건 새로운 화덕이네. 게다가 빵을 만들 재료도 준비되어 있어."

냉장 창고와 식자재 창고도 있었고, 안에는 밀가루와 빵에 필요한 재료들이 있어서 언제라도 빵을 만들 수 있도록 되어있었다. 정말로 이곳을 가게로 쓸 모양이다.

어머니는 밀가루를 꺼내고 빵을 만들 밑 작업을 시작했다.

왕도로부터의 이동으로 피곤할 텐데 어머니는 기쁘게 일하고 있었다. 이런 상태의 어머니를 말릴 수는 없다. 그러니까 나도 돕기로 한다.

빵의 밑 작업도 끝나고 피로를 풀기 위해 욕조에 들어간 후(매우 컸답니다) 폭신폭신한 침대에 쓰러져버렸다.

이런 넓은 방에서는 진정이 되지 않아서 잠이 들지 않을 거라고 생각했지만, 피곤한 탓인지 이불 속으로 들어가자마자 바로 잠이 들었다.

다음 날, 눈을 뜨고 어머니와 함께 빵을 만들었다.

"이 화덕은 좋은 거네."

어머니는 유나 씨의 허락을 받지 않고 빵을 굽고 있는데, 괜찮으려나?

그래도 아침 식사를 하고 싶으니까 괜찮겠지.

빵을 굽고 있는데 유나 씨가 아이들을 데리고 찾아왔다. 빵을 멋대로 굽고 있었지만 화를 낼 기미는 없었다. 오히려 아침을 먹으러 왔다고 해서 충격을 받았다. 아무래도 어머니의 빵을 먹고 싶었던 모양이다. 어쩐지 기쁘다.

그런 뒤에 함께 있던 아이들을 소개해주었다. 이 가게에서 일할 아이들이라고 한다.

그리고 유나 씨가 가게 경영에 관해 설명해 주었다.

오픈 전엔 다 같이 빵을 만들고, 가게를 오픈하면 빵 만들기는 어머니가 하고 나는 홀을 맡게 됐다. 돈도 관리해야 한다며 유나 씨에게 부탁을 받았다.

아이들에게 빵 만드는 법을 가르쳐 주게 된 나는 빵 만들기에서 가장 중요한 것을 알려준다. 그것은 청결할 것. 손 씻기는 물론이고 깔끔한 복장으로 빵을 만드는 것이 중요하다. 나도 어머니와 아버지에게 자주 주의를 받았다.

아이들에게 빵 만드는 방법 이외에 접객의 방법과 돈을 취급하는 방법을 알려주는 것도 나의 일이 되었다.

"어서 오세요."

"어서 오세요."

아이들은 나를 따라 하며 손님에게 하는 인사를 연습한다.

"고맙습니다."

"고맙습니다."

그런 뒤 주문받는 법과 돈을 다루는 법을 알려준다.

내가 손님 역할이 되어 아이들의 연습 상대를 했다. 나는 어릴 때부터 어머니와 아버지의 일을 보고 자랐기 때문에 방법을 알고 있었다. 하지만 아이들은 아무것도 모른다. 그러니 실수를 해도 화를 내지 않고 무엇이 잘못된 것인지를 알려줄 것이다. 누구든 처음에는 모른다. 그리고 잘했을 땐 확실하게 칭찬해줄 거다. 내가 부모님에게 받은 것이다.

"응, 그런 느낌으로 하면 돼."

머리를 쓰다듬어주자 기뻐했다. 나도 잘했을 때 어머니와 아버지에게 칭찬을 받으면 기뻤다.

"카린 언니, 피자인 경우엔 조금 기다려야 하는 거지?"

"피자는 만들어져 있는 빵과는 달리 구워야 하거든. 조금 기다려야 할 거야. 그러니까 어떤 고객님이 피자를 주문했는지 기억해 둬야 해. 다른 사람으로 착각해서 건네주면 큰일이니까."

"응."

아이들은 성실하게 내 말을 듣고 대답해준다.

"그건, 아마 원장 선생님과 리즈 씨 덕분일 거예요. 두 사람이 열심히 아이들을 지켜주고 있었거든요."

들어보니 원장 선생님과 리즈 씨는 보조금이 다 떨어져도 아이들을 내버리지 않고 아이들을 위해 힘내왔다고 한다.

그리고 우리 모녀처럼 유나 씨에게 도움을 받았다고 한다. 그래서 이렇게 아이들이 웃는 얼굴로 있을 수 있게 됐다고 원장 선생님이 말했다.

아이들은 그런 유나 씨를 좋아한다. 유나 씨가 나타나면 다들 기뻐한다. 유나 씨가 머리를 쓰다듬으면 더욱더 미소를 짓는다. 나는 아버지가 돌아가시고 자신이 불행하다고 멋대로 생각했었다. 하지만 이 아이들은 부모도 없이 어린데도 열심히 일하려 하고 있다. 내가 어릴 때 어땠는지를 떠올려 보면 마지못해 도왔던 기억이 있다.

"카린 언니, 이거면 돼?"

열심히 작은 손으로 반죽을 주무르고 있었다. 나는 확인을 하기 위해 반죽을 만져봤다.

"조금 더 해야겠네."

"응, 알았어."

또다시 작은 손으로 주무르기 시작한다.

내가 다른 사람에게 빵을 만드는 법을 가르칠 줄은 상상도 못했다.

아이들은 연습하기 위해 많은 빵을 만들었다. 낭비하는 건 아닐지 걱정이 되었지만, 만든 빵은 고아원으로 가지고 돌아가면 돼서 낭비하지 않는다고 한다.

그리고 다음 날에는 아이들이 「다들 맛있다고 말해줬어」라고 기뻐하며 내게 말해줬다.

그 마음이 이해가 간다. 열심히 만든 빵을 맛있다고 말해주면 가장 기쁘다. 그러니 유나 씨가 우리가 만든 빵을 맛있다고 말해줬을 때 기뻤다. 그 빵이 짓밟혔을 때 화를 내준 것은 기분이 좋았다. 정말로 유나 씨에게는 고마워해야 한다.

자, 개점 때까지 아이들에게 알려줄 것은 많다. 열심히 가르쳐야지.

협력 서점 구입자 특전

12 곰 씨를 위해 일하다 티루미나 편

나는 티루미나. 두 명의 딸을 가진 엄마이다.

병으로 죽을 뻔했는데 이상한 곰 옷차림의 여자아이에게 도움을 받아, 지금은 그 여자아이의 일을 돕고 있다.

꼬끼오의 알 관리와 상업 길드와의 거래를 행하는 것이 나의 주된 업무이다. 오늘도 고아원 아이들이 모아준 꼬끼오 알을 세고 있다. 꼬끼오 알을 세서 상업 길드에 납품하는 것 만으로 급여를 받아도 괜찮은 건지 가끔 생각한다. 물론 다른 일도 하고 있지만 이게 주된 업무였다.

"오늘은 평소보다 많네."

순조롭게 꼬끼오 알을 세고 있었다. 고아원 아이들이 먹을 몫은 남을 것 같다.

모은 꼬끼오 알 중에는 금이 살짝 간 꼬끼오 알도 있었다. 이런 꼬끼오 알이나 납품하고 남은 꼬끼오 알은 고아원에서 사용하도록 되어있다. 유나가 말하길 꼬끼오 알은 몸에 좋은 먹거리라며 아이들에게 먹여달라고 부탁받았다.

껍질에 금이 갔다고 해도 꼬끼오 알에 가치가 있는 것엔 변함이 없다. 하지만 유나는 신경 쓰지 않고 고아원 아이들에게 줘버린다. 물론 나한테도 자유롭게 집에 가지고 가도 된다고 하지만 정말로 괜찮은 걸까.

상업 길드에 납품할 꼬끼오 알 확보도 끝나고, 항상 같은 시간에 찾아오는 상업 길드의 직원에게 넘겼다.

오늘은 원장 선생님이 있는 곳으로 가서 필요한 물건은 없는지 물어봐야 한다. 원장 선생님은 매번 사양을 해서, 내가 끈질기게 물어보지 않으면 필요한 물건들을 알려주지 않을 때가 많았다. 최근엔 겨우 사양을 하면서도 원하는 물건을 말해주게 되었지만 아직 멀었다.

유나로부터는 의식주만큼은 철저하게 해달라고 부탁을 받았다. 특히 원장 선생님과 리즈 씨는 자신들은 뒷전이고 아이들에게 식사를 주려고 한다. 마음은 알겠지만 그 두 사람이 쓰러지기라도 한다면 제일 곤란하다. 그러니 식자재는 남을 정도로 준비해두고 있다.

「남으면 새의 모이가 되니까 잘 챙겨 드세요」라고 말한다. 하지만 긴 세월 해왔던 습관을 바꾸기란 쉽지 않은 모양이다.

그러니 식자재만큼은 내 눈으로 직접 확인하기로 했다.

"그러면 채소를 주문해둘게요."

"항상 고마워요."

"이것도 제 일인걸요. 게다가 아이들도 일하고 있으니까 당연한 권리예요."

이렇게 말하는 건 유나의 생각을 그대로 가져온 것이다. 보통이라면 있을 수 없는 일이다. 아이들의 노동력 같은 건 미미한 것으로 취급받아서 이렇게 많은 보수를 받을 수 없었다. 그러나 유나는 신경 쓰지 않고 주었다.

아이들도 그걸 아는 것인지 열심히 일하고 유나의 말을 지켰다.

꼬끼오의 수도 순조롭게 늘어나 상업 길드에 납품하는 꼬끼오 알도 순조롭게 늘어갔다.

왕도에 갔던 유나와 딸 피나가 돌아왔다.

무사히 돌아와서 일단 안심이다. 유나가 강한 모험가라는 것은 피나와 남편인 겐츠에게 들었다. 하지만 겉보기에는 귀여운 여자아이일 뿐이라 믿을 수 없는 마음도 있다.

피나는 즐겁게 왕도에서의 일을 이야기했고 그것을 슈리가 부러워하며 들었다.

그러던 중, 유나가 터무니없는 말을 꺼냈다.

아무래도 왕도에서 빵 직원을 고용했다고 한다. 그리고 크리모니아에 데리고 와서 빵과 푸딩을 판매하는 가게를 시작할 거라고 했다. 그래서 나에게 돈과 식자재 관리를 맡아주길 바란다고 한다.

어디까지나 두 사람은 직원이고 빵을 만드는 것에 전념시키고 싶으니 내게 돈 관리와 식자재 구매를 부탁해왔다.

보통 돈 관리는 신용하지 않는 사람에게는 맡길 수 없는 일이다. 횡령을 당할 우려도 있어서 기본적으론 스스로 하거나 가까운 사람에게 관리를 맡기는 게 보통이다. 그런데 유나는 꼬끼오 알 때와 똑같이「티루미나 씨, 부탁할게요」라고 가볍게 말했다.

꼬끼오 알 매출만으로도 꽤 큰 금액인데, 그 외에도 고아원 식비부터 필요한 돈까지 내가 관리를 맡고 있다. 신용해주는 것은 기쁘지만 조금 더 위기감을 가졌으면 좋겠다.

하지만 귀여운 곰의 신용을 배신할 수는 없기에 받아들이기로 했다.

"피나, 간단해도 되니까 경위를 알려주지 않겠니?"

일을 마치고 집으로 돌아온 나는 왕도에 다녀온 딸에게 물었다.

"왕도에서 맛있는 빵을 만드는 가게가 있었어요. 그런데 그 가게가 나쁜 사람에게 공격을 받고 있어서 유나 언니가 도와줬어요."

딸의 이야기를 들으면 유나는 우리를 도와준 것처럼 그 빵집의 모녀도 도와줬다고 한다. 사람 좋은 유나다운 행동이었다. 그 상냥함에 우리 모녀가 구해졌고 지금이 있다.

나도 유나의 기대에 부응하기 위해 이전부터 해오던 일을 하면서 가게의 일을 할 생각이었다. 하지만 유나의 행동이 이렇게 빠를 줄은 몰랐다.

왕도에서 모린 씨라는 모녀가 온 뒤에 의논하고 정할 줄 알았더니 밀레느 씨와 상담하고 가게(?)를 매입해버렸다. 심지어 작긴 해도 저택이다. 처음 봤을 땐 믿기지 않았다.

빵집이라는 건, 조금 더 작고 가족이 운영할 법한 것을 상상했었다. 이건 작다고는 하지만 저택이다.

이미 사버렸으니 아무런 말도 못 한다.

그런 뒤 가게의 인테리어에 관해 이야기가 나오자 또 유나로부터 「티루미나 씨에게 맡길게요」라는 말이 나왔다.

가게에 필요한 의자와 테이블 등을 밀레느 씨와 의논하여 결정하길 바란다면서.

하지만 그렇다 해도 의견을 듣지 않고 정해버릴 수는 없으니까 유나의 희망도 물어봤다. 나중에 가서 아니라고 하면 곤란하니까.

"테이블의 수는 어떻게 할까?"

"이쪽에 가족이나 단체 손님이 앉도록 하고 이쪽 공간에는 한 명부터 2인용 테이블을 두면 될 것 같은데요."

유나에게 가게 구상을 듣고 나는 테이블과 의자를 어느 정도 둘 수 있는지 확인했다. 그리고 되도록 저렴한 가게를 밀레느 씨에게 소개받았다. 돈은 소중히 써야 한다.

그런 다음, 밀레느 씨에게는 유나에게 부탁을 받았던 꼬끼오 알의 수량에 관해 상담했다.

"밀레느 씨, 길드에 납품하는 꼬끼오 알의 수는 어떻게 할까요?"

"아아, 그 건에 관해서도 말해야 하죠. 제가 꺼냈던 말이니까 꼬끼오 알을 우선은 가게 쪽으로 돌리고 싶은데. 그 부분은 조금 더 기다려 줄래요? 사입을 얼마나 줄일 수 있는지 확인할 테니까."

"부탁드릴게요."

꼬끼오 알을 정기적으로 구매해주고 있는 가게도 갑자기 양이 줄어든다면 곤란하겠지.

"신경 쓰지 말아요. 제가 유나에게 가게를 내보는 건 어떠냐고 말했던 게 원인이니까."

우연인 건지 빵 직원까지 구해와 버렸기 때문에 일이 커져 버렸다.

꼬끼오 알은 많아도 괜찮으므로 유나에게는 꼬끼오를 늘리는 방향으로 가자는 말을 들었다. 간단하게 말하지만 키우는 건 힘든 일이다. 어미 새가 품고 있는 꼬끼오 알에는 도장을 찍어서 누가 채가지 않도록 해두고 있다. 그 부분은 유나의 지시에 따라 리즈 씨를 중심으로 아이들이 열심히 했다.

가게의 개점을 목표로 작업을 하는데 모린 씨 모녀가 찾아왔다. 피나에게서 이야기는 들었지만 엄청 상냥해 보이는 모녀였다.

이야기를 나눠보니 정말로 가게를 낼 수 있을지 불안했다고 한다. 뭐, 갑자기「다른 마을에서 빵을 만들지 않을래요?」같은 말을 들으면 믿는 건 어려울 거다. 게다가 유나의 옷차림을 본다면 더욱 믿음이 가지 않지.

하지만 두 사람을 악덕 상인으로부터 구해주고 국왕님의 지인인 유나를 믿었다고 한다.

그리고 막상 와보니 가게가 저택이라 놀랐다고 했다.

"저기, 티루미나 씨, 유나 씨는 뭐 하는 사람이에요?"

그건 내가 묻고 싶다. 나의 병을 낫게 해주고, 딸을 구해줬으며, 흉악하다고 알려진 마물들을 무찌르고, 돈도 곤란하지 않을 정도로 가지고 있다. 그런 유나가 뭐 하는 사람인지 물어봐도 나는 알지 못한다.

피나의 이야기로는 멀리에서 왔다고 하는 것 같지만 그 외에는 알지 못 한다. 유나도 이야기하지 않으니 나도 묻지 않고 있다. 그런 작고 수상한 옷차림의 여자아이가 한 명. 이유가 있다는 것은 알고 있다. 사람에게는 말하고 싶지 않은 것이 있는 법이다. 유나가 스스로 말해줄 때까지 묻지 않기로 했다. 그러니 모린 씨에게 할 대답은—.

"엄청 상냥한 사람 좋은 곰이에요."

"그렇군요."

우리는 서로를 향해 미소를 지었다.

자, 아직 할 일은 많이 있다. 개점을 목표로 열심히 하자.

애니메이트 구입자 특전

13 곰 씨, 새로운 스킬을 사용해 보다

왕도에서 국왕 폐하 탄신제를 구경한 뒤 돌아왔다.

크리모니아로 돌아온 후 바빴던 나날도 진정이 되었다.

모린 씨의 가게도 순조로워서 내가 참견할 일은 아무것도 없다. 이미 가게는 모린 씨와 티루미나 씨를 중심으로 돌아가고 있다.

지금은 상태를 보러 가는 정도만 하고 있다.

그리고 오늘은 7일에 한 번 쉬는 날이다. 가게도 열지 않아서 갈 필요가 없다. 오랜만에 한가로운 시간이 생겨버렸다.

침대 위에서 뒹굴뒹굴하며 오늘은 뭘 할지 생각하는데 왕도에서 마물을 쓰러뜨렸던 것 때문에 새로운 스킬을 두 가지나 습득했던 게 떠올랐다. 새롭게 습득한 스킬 중 한 가지가 곰 폰. 멀리에 있는 사람과 이야기를 나눌 수 있는 마법 도구를 만들 수 있다. 간단하게 말하자면 통신기와 휴대전화 같은 물건이다. 스킬 확인을 하자 다음과 같았다.

곰 폰

멀리 있는 사람과 대화를 할 수 있다.
만든 후 만든이가 없앨 때까지 남는다. 물리적으로 망가뜨릴 수 없다.
곰 폰을 건넨 상대를 상상하면 연결이 된다.
곰의 울음소리로 착신을 알린다. 소유주가 마력을 흘려보내는 것으로 온, 오프 전환이 되어 통화를 할 수 있다.

일단 곰 폰을 만들어 봤다. 그러자 2등신의 작은 곰돌이와 곰순이를 빼닮은 곰 장식물이 나타났다. 이게 곰 폰? 즉, 통신기라고?

아무리 봐도 곰돌이, 곰순이의 피규어로밖에 안 보이는데. 일단 하나로는 도움이 되지 않으니 한 개 더 만들었다.

양손에 곰돌이와 곰순이를 빼닮은 2등신 피규어가 나타났다.

으음~ 스킬이니까 곰돌이와 곰순이를 닮은 건가?

귀엽긴 하지만 이게 통신기나 휴대전화의 기능을 가진 거야?

하지만 전화라면 상대가 있어야 의미가 있는 거겠지. 서로 필요하고 연락을 주고받는 사이라든가, 아니면 긴급하게 연락할 상대가 있는 경우에 활용할 수 있다.

생각해봤지만 나에겐 곰 폰을 사용하여 이야기를 나눌 상대가 이 세계에는 없었다. ……정정하도록 하지. 원래 세계를 포함해서 전화로 이야기를 나눌 상대는 없다.

게다가 이 세계에 통신기 같은 게 있는지를 모르니 곰 폰을 쉽사리 건넬 수도 없었다. 건넨다고 한다면 가장 신용할 수 있는 인물인데……. 아무리 생각해도 한 명밖에 떠오르지 않는다. 유일하게 곰 이동문에 관해 알고 있는 피나 정도였다.

하지만 피나와는 거의 매일 만나고 있고 만나고 싶으면 언제든지 만날 수 있었다. 급하게 대화를 할 일도 없거니와 무슨 일이 생기면 만나러 가면 된다.

그런 생각을 하면 건넬 상대도 없으니 사용할 길이 없는 물건이었다. 나는 조용히 곰 폰을 넣었다.

그리고 또 한 가지의 스킬은 소환수 곰의 꼬맹이화.

음, 이 스킬의 새로운 항목을 봤을 때 고개를 갸웃거렸다. 커지는 게 아니라 꼬맹이화?

말 그대로 꼬맹이화잖아. 언제 쓰는 거야?

나는 시험삼아 곰돌이와 곰순이에게 시험해봤다. 보통 사이즈 곰돌이와 곰순이는 「왜 그래?」라는 느낌으로 다가왔다. 우선 쓰다듬어 주니 좋아했다.

그리고 바로 꼬맹이화 스킬을 발동했다.

그러자 곰돌이와 곰순이가 점점 작아져서 TV에서 본 적이 있는 아기곰 정도의 크기까지 작아졌다.

……귀여워.

내가 손을 벌리자 꼬맹이화 된 곰돌이와 곰순이가 다가와서 안겼다. 강아지처럼 기쁜 듯 작은 꼬리가 흔들렸다. 보통 크기의 곰돌이와 곰순이도 귀엽지만 꼬맹이가 된 곰돌이와 곰순이는 더 귀엽다.

하지만 새삼 작아진 곰돌이와 곰순이를 바라봤는데, 이게 도움이 되나?

커지는 스킬이라면 여러 가지로 도움이 될 거라고 생각한다. 커다란 마물과 싸울 때나 이동할 때 많은 사람을 태울 수도 있다.

하지만 새끼 곰의 이용법은 모르겠다. 작아진다면 공격력은 물론, 방어력도 줄어든다. 게다가 타는 것도 불가능하므로 이동에도 도움이 되지 않는다. 작게 만들었을 때의 이점이 떠오르지 않았다.

열심히 생각해서 떠올린 건 좁은 공간에서도 소환할 수 있다는 것. 귀엽다는 것. 안기 쉽다는 것. 데리고 움직일 수가 있다는 것…… 정도이다. 곰돌이를 들어 올리자 곰 인형 같았다. 마을 안을 걸어도 괜찮을지도…….

하지만 역시 전투 면에서는 도움이 되는 게 하나도 없으니 어떤 상황에서 써야하지?

"곰돌아, 곰순아, 작아져서 뭔가 할 수 있는 게 있니?"
쓸모없다고 생각하지만 본인들에게 물어봤다.
곰돌이와 곰순이는「크~응」하고 울며 고개를 갸웃거렸다.
그렇겠지. 스킬란을 봐도 다음과 같았다.

소환수 꼬맹이화
소환수 곰을 꼬맹이화 할 수 있다.

이것밖에 적혀있지 않았다.
우선 꼬맹이화 한 곰돌이랑 곰순이와 함께 있으면 좋은 아이디어가 떠오를지도 모르기 때문에 오늘 하루 동안은 꼬맹이화 한 곰돌이랑 곰순이와 같이 지내보기로 했다.
침대에서 빠져나와 1층으로 내려가자 곰돌이와 곰순이가 작은 몸으로 따라왔다. 그 모습은 귀엽다. 식사 준비를 할 때와 식사를 하는 동안에도 내 옆에 있어 준다. 그렇다고 해서 도움이 되는 것은 아니다.
소파에서 곰돌이와 곰순이를 만지고 있는데 촉감이 좋아서 졸렸다.
나는 곰돌이와 곰순이를 데리고 침실로 돌아왔다. 그리고 곰돌이를 끌어안은 뒤 침대로 쓰러졌다.
새끼 곰돌이와 곰순이의 활용법을 발견했다. 곰돌이는 안는 베개처럼 안았을 때 느낌이 최고였다. 크기도 적당하고 촉감도 좋다.
으응~ 곰돌이를 끌어안고 있자 꿈속으로 빠져간다. 안는 베개가 된 곰돌이는 최고였다. 하지만 결점이 한 가지 있었다. 안는 건 한쪽밖에 안 되기 때문에 다른 한쪽이 토라진다는 것이다.
일어났더니 곰순이가 등을 보이며 토라져 있었다.

곰순이의 기분을 풀어주기 위해 잠시 동안 곰순이와 함께 있기로 한다. 저녁 식사 시간이 다 될 때까지 함께 있다가 다음에 같이 자 줄 것을 약속하자 겨우 기분이 풀렸다.

자기 전에 욕조에 들어가기 위해 욕실로 가려고 했는데 곰돌이와 곰순이가 총총 따라왔다. 원래 소환수인 곰돌이와 곰순이에게는 목욕이 필요 없다. 더러워져도 한 번 송환하고 다음에 소환할 때에는 더러운 것들이 사라진다.

하지만 곰돌이와 곰순이도 욕조에 들어오더니 기분 좋아했다. 목욕은 깨끗해지는 것만이 목적이 아니다. 마음의 세탁이라고도 할 정도니까.

그러니 가끔 함께 욕조에 들어가는데 보통 크기의 곰돌이랑 곰순이와 함께 들어가면 너무 커서 씻는 것도 고생이었다. 목욕하는데 피곤해져 버린다. 하지만 오늘은 작아서 씻는 것도 간단할 것 같다.

"곰돌이, 곰순이, 이리 와."

부르자 기뻐하며 서둘러 다가왔다. 곰돌이와 곰순이를 데리고 함께 욕실로 향한다.

알몸이 된 나는 씻는 곳에 앉아 곰돌이를 내 앞으로 이동시켰다. 그리고 검은 털로 뒤덮인 곰돌이를 비누로 문지르니 거품이 잘 나왔다. 작으니까 씻기는 것도 간단했다.

머리부터 시작해서 몸을 씻고 손과 발을 닦는다. 물론 작은 꼬리도 잊지 않았다.

"그러면, 거품을 씻어낼 테니까 눈 감아 봐."

마지막으로 따뜻한 물을 끼얹고 종료.

곰돌이에게는 욕조에 들어가라고 말하고 차례로 순서를 기다리고 있는 곰순이를 불러 내 앞에 오도록 했다.

"그럼, 씻을 테니까 가려운 곳 있으면 말해줘."

곰돌이와 같이 거품을 내어 씻긴다. 곰순이는 하애서 더러운 부분을 금방 찾을 수 있지만 오늘은 외출하지 않아서 깨끗했다. 하얀 털이 거품에 뒤덮인다. 곰순이는 기분 좋아하고 있었다. 몸을 닦고 마지막으로 꼬리를 정성껏 닦은 뒤 물을 끼얹었다.

"자, 곰순이도 욕조로 가도 좋아."

보통 크기의 곰돌이와 곰순이를 씻기는 것보다는 훨씬 시간이 단축되었다. 이게 꼬맹이화 스킬의 목적인 걸지도 모른다. 내가 씻기는 데 고생을 하고 있다는 것을 알고 꼬맹이화 스킬을 배우게 된 걸까? 반은 그렇게 생각해버렸다.

뭐, 조만간 꼬맹이 곰이 활약할 방법이 떠오를 거다.

나는 두 마리를 다 씻긴 후 마지막으로 나의 몸을 씻었다. 다 씻은 뒤, 곰돌이와 곰순이가 기분 좋게 들어가 있는 욕조에 함께 몸을 담근다.

나는 곰돌이와 곰순이가 아니지만 목욕을 좋아한다.

곰돌이와 곰순이는 발이 닿지 않아서 욕조 끝부분에 매달려 있었다. 소환수가 빠질 것 같진 않은데. 다음번에 꼬맹이용 작은 욕조라도 만들어 줘야 하나?

목욕을 마친 후 나는 타올로 곰돌이와 곰순이를 확실하게 털어줬다. 송환하면 마르겠지만 항상 등에 태워주는 곰돌이와 곰순이에게 감사의 마음을 담아 타올로 닦고 드라이기로 말려주기로 했다.

그리고 오늘의 일과를 마친 후 약속대로 곰순이를 껴안고 잠이 들었다.

"곰돌이, 곰순이, 잘 자."

전자책 구입자 특전
14 곰 씨를 걱정하다 데거 편

나는 미릴러 마을에서 숙박업을 경영하며 요리사로 지내고 있는 데거다.

한 달 정도 전까지는 배를 타고 들어오는 손님들과 모험가들, 상인들이 묵었지만 지금은 머무는 사람이 없다.

그 이유는 바다에 크라켄이라는 마물이 나타났기 때문이다. 심지어 다른 마을로 가기 위한 해안가의 길에는 도적들이 나타나 지나가지도 못하게 되어 마을 밖에서 사람이 오질 않게 됐다.

지금은 크라켄이 사라지는 것을 빌 수밖에 없었다. 하지만 그것에도 한계가 있다. 마을은 식량 부족의 문제를 안고 있다. 바다로 나갈 수도 없고, 다른 마을에서 식자재를 사들이는 것도 불가능하다. 촌장은 도망쳐서 마을의 식자재는 상업 길드가 관리하고 있다. 그것도 비싼 돈을 지불하는 사람에게 우선으로 주고 있었다.

이대로 크라켄이 바다에 눌러앉게 되면 주민들 전원이 마을을 버릴 수밖에 없어진다.

그런 사태가 벌어지기 전에 크라켄이 사라지길 빈다.

하는 일도 없이 카운터에 앉아 있는데 지인인 다몬과 유우라가 들어왔다. 그리고 그 뒤에서 검은 물체가 들어온다.

"근육?"

"곰?"

두 사람의 뒤에서 곰 옷차림의 여자아이가 들어왔다.

뭐지? 저 옷차림은 곰이잖아.

두 사람에게 물어보니 엘레젠트 산맥에서 죽을 뻔한 것을 이 곰 옷차림의 여자아이가 구해줬다고 한다. 도무지 그 험난한 산을 넘어왔다고는 믿기지 않는다. 하지만 두 사람이 거짓말을 하는 거라고는 생각되지 않고, 배도 길도 사용할 수 없으니 그 외에 마을로 오는 방법은 없다.

정말로 그 험난한 산을 넘어왔다는 이야기가 된다.

나는 두 사람에게 부탁을 받아 곰 옷차림의 아가씨를 내 숙소에서 머물게끔 했다.

머무는 것은 아무런 문제가 없다. 다만, 식량은 가족들 몫밖에 없어서 식사는 내줄 수 없다고 말했다. 하지만 재료를 준다면 만들어 주겠다고 말하자 아가씨는 대량의 식자재를 내주었다. 심지어 많이 있으니 가족끼리 먹어도 된다고 말했다. 혹시, 정말로 대단한 아가씨인 건가?

재료를 주었으니 최고의 요리를 만들어 줘야겠지.

나는 아가씨가 가지고 온 재료로 최고의 음식을 만들었다.

아가씨는 내 요리를 맛있다고 말해줬지만 해산물을 먹고 싶어 하는 것 같았다. 아무래도 해산물 요리를 먹으러 그 산을 넘어왔다고 한다. 대접해주고 싶었으나 크라켄 때문에 생선을 손에 넣는 것이 곤란한 상황이다. 쿠로 할아버지에게 부탁해볼까.

다음 날 아침, 아가씨는 모험가 길드에 가겠다고 말하며 숙소를 나갔다. 그런 뒤 약간의 시간이 지나자 유우라가 아가씨를 만나러 왔다.

"아가씨라면 모험가 길드로 갔어."
아무래도 마을을 안내해 주기로 약속을 했다고 한다. 그런데 아가씨는 외출해버린 모양이다.
"기다리고 있겠나?"
"아니, 모험가 길드로 가볼게. 어쩌면 만날 수 있을지도 모르니까."
"만약 돌아오면 유우라가 왔다고 전해두지."
"부탁할게."
나는 아가씨에게서 받은 식자재를 지인과 이웃에게 나눠주기로 했다. 이런 상황에서는 서로 도와야 한다. 나와 딸인 안즈 두 사람이 울프의 해체를 하고, 와이프와 아들이 이웃들에게 가져갔다.
"아버지, 정말 재료를 공짜로 이렇게 많이 받으신 거예요?"
딸이 말한 대로 울프만이 아니라 채소와 밀가루 등도 있다. 다만 아가씨가 말하기를, 가장 많이 가지고 있는 건 울프라고 했다. 이것을 보고 정말로 모험가라는 것을 이해할 수 있었다.
아가씨를 위해 저녁 식사 준비를 하는데 식자재 배급의 소문이 들려왔다.
아무래도 모험가 길드가 식자재를 주민들에게 나눠준다는 모양이다. 그것도 울프의 고기가 대부분이며 꽤 많은 양이라고 한다. 그 이야기를 들었을 때 가장 먼저 곰 아가씨의 얼굴이 떠올랐다.

저녁 준비가 다 되었을 무렵 곰 아가씨가 숙소로 돌아왔다. 물어보니 유우라와 잘 만났다고 했다.
그리고 내가 만든 저녁도 맛있게 먹어주었다. 이 아가씨를 위해 뭔가 하고 싶지만 아무것도 할 수 없는 자신이 원망스럽다.

다음 날 아침, 숙소 영업의 준비를 하기 위해 일을 시작하는데 2층에서 신음 소리가 들려왔다.

뭐지? 2층은 분명 곰 아가씨밖에 없는데……. 상황을 보러 2층으로 올라가자 곰이 있었다. 그것도 검은 곰과 하얀 곰, 두 마리. 어째서 내 가게에 곰이 있는 거지! 어디로 들어온 거야!

나는 목소리를 높였다.

"곰 아가씨는 괜찮은가. 곰 아가씨!"

방 안에 있는 곰 아가씨를 향해 외쳤다.

내가 이렇게 소리치고 있는데 곰은 내게 흥미가 없는 건지 반응이 뜨뜻미지근했다.

젠장, 아가씨는 무사한 건가! 살아있겠지.

내가 걱정하는데 방에서 하얀 곰의 옷차림을 한 아가씨가 나왔다. 아가씨의 말에 의하면 곰은 아가씨의 소환수라고 한다.

소환수 같은 건 처음 봤다. 그런 뒤, 곰 아래에서 신음하는 남자들에 관해 묻자 습격을 당했다고 한다. 내 숙소로 잠입한 것만으로도 용서가 안 되는데 이렇게 작은 여자아이를 공격하다니 말도 안 나왔다.

아들에게 모험가 길드로 연락을 보내라 전한 뒤 나는 아가씨를 습격한 남자들을 밧줄로 묶었다. 아가씨는 필요 없어진 곰을 거뒀다. 대단하다, 정말로 사라졌어.

그리고 머지않아 모험가 길드의 직원이 찾아와 남자들을 연행해 갔다.

그리고 아가씨는 길드 마스터인 아트라와 어처구니없는 이야기를 나누기 시작했다.

곰 아가씨는 도적을 쓰러뜨리러 간다고 한다. 말도 안 돼. 위험해.

하지만 아트라는 처음엔 걱정했지만 최종적으로는 승낙했다.
"아가씨, 정말로 도적 토벌을 하러 가는 건가?"
훔쳐 듣고 있던 나는 아가씨에게 물었다. 하지만 내게 걱정을 끼치지 않으려는 듯 「곰도 보셨잖아요. 그 아이들도 있으니까 얼른 해치우고 올게요」라며 웃는 얼굴로 대답했다. 나는 돌아오면 맛있는 요리를 만들어 주겠노라 약속했다.

하지만 나의 걱정이 무색하게 아가씨는 도적을 붙잡아 돌아왔다.
처음에는 도적을 붙잡은 건 같이 있던 4명의 모험가라고 모두가 생각했었다. 하지만 그건 사실이 아니고 도적을 토벌한 것은 곰 아가씨 혼자라고 했다.
누가 그런 걸 믿을까. 나는 많은 모험가를 봐왔다. 강한 모험가가 있으면 약한 모험가도 있다. 아가씨가 모험가라면 분명 후자로 보인다.

나는 아가씨와의 약속을 지키기 위해 최고의 요리를 만들기로 했다.
항구로 가서 바다를 관리하는 쿠로 할아버지에게 부탁했다.
"도적을 퇴치해 준 곰 아가씨를 위해서 요리를 만들고 싶은데, 생선을 좀 주실 수 있겠습니까?"
안 된다는 것을 알고 있었지만 머리를 숙이며 부탁했다.
"마음껏 가져가게."
"괜찮아요?"
예상외의 대답에 놀랐다.
"이 마을에서 아가씨에게 생선을 대접한 걸로 불만을 토로하는 녀석은 한 명도 없을 거야. 도적을 퇴치하고 상업 길드의 악행까지 폭로해준 은인이지 않나. 생선 정도로는 보답도 안 돼."

그 말에 나는 기뻤다. 나는 쿠로 할아버지에게 감사 인사를 하고 오늘 아침에 낚은 맛있어 보이는 생선을 받아서 돌아왔다.

그리고 아가씨를 위해 생선 요리를 만들고 양이 적지만 밥을 준비했다. 이건 화의 나라에서 들어오는 생선과 잘 어울리는 먹거리다. 나는 빵보다 쌀 쪽이 좋다. 그래서 아가씨에게 대접하기로 했다.

그와 같이 된장을 사용한 국도 만들었다. 그 안에는 채소 등을 넣었는데 재료가 더 있었다면 더 맛있는 걸 만들 수 있었겠지만, 크라켄 탓에 이것이 한계였다.

하지만 내 요리를 본 아가씨는 놀란 표정을 짓더니 음식을 입으로 옮겼다.

그리고 눈물을 흘리기 시작했다.

나는 맛이 없었나 싶어 걱정을 했지만 고향의 맛이라며 눈물을 흘리면서 맛있게 전부 먹어주었다. 나의 요리를 먹고 울 정도로 맛있다고, 진심으로 그렇게 말해주는 것이 이렇게 기분이 좋은 건지 처음 알았다.

젠장, 크라켄만 없었다면 더 맛있는 요리를 만들어 주는 건데…….

다음 날, 아들이 모레는 바다 근처로 가지 말라고 했다. 왜 그러냐 물으니 쿠로 할아버지로부터의 전언이라고 한다.

뭔가, 아가씨의 최근 모습을 보고 불안감에 가슴이 두근거렸다. 나는 쿠로 할아버지가 계신 곳으로 가서 바다에 관해 물었다.

"쿠로 할아버지, 알려주시겠습니까? 혹시 곰 아가씨와 연관된 건가요?"

내가 진지한 눈으로 묻자 무거운 입이 천천히 열렸다.

"아무에게도 말하지 말게나. 약속하지 못 한다면 알려줄 수 없네."

내가 고개를 끄덕였다. 쿠로 할아버지에게 들은 이야기는 말도 안 되는 이야기였다. 곰 아가씨가 크라켄과 싸운다는 것이었다.

"쿠로 할아버지는 그 말을 믿으세요?"

"아트라가 머리를 숙이며 부탁하러 왔다네. 게다가 그 도적들을 쓰러뜨린 건 곰 아가씨이지 않나."

그렇긴 하지만 도적을 토벌했다고 해서 크라켄을 쓰러뜨릴 수 있는 게 아니다.

"쿠로 할아버지! 그런 조그마한 여자아이 혼자서 크라켄이랑 싸우게 할 생각이세요?"

"알고 있네. 그래도 아가씨가 크라켄을 쓰러뜨릴 수 있다고 말했다네. 하지만 그러려면 바다 근처에 아무도 없어야 한다고 했어."

"곰 아가씨가……."

"그러니 아가씨가 싸우고 있는 동안에는 모두가 위험에 처하지 않도록, 바다 근처에 오지 말아 달라고 부탁을 한 거라네."

곰 아가씨가…….

"알았어요."

이해는 했지만 받아들일 수는 없었다. 어째서 아가씨 혼자서 크라켄과 싸워야 하는 건가. 그렇다고 같이 크라켄과 싸울 수 있는 자는 아무도 없었다. 할 수 있는 일이 없어서 속이 탔다.

아가씨가 크라켄과 싸우는 당일. 아가씨에게 오늘의 예정을 물었다.

"산책하러 가요. 왜요?"

아가씨는 정말로 산책하러 나가는 것처럼 대답했다. 정말로 지금부터 크라켄과 싸우러 가는 걸로는 보이지 않는다.

이렇게 작은 여자아이에게 크라켄 토벌을 맡겨도 되는 건가?

하지만 내가 할 수 있는 건 요리를 만드는 것밖에 없다.

"제대로 맛있는 식사를 만들어 줄 테니까 돌아와야 해."

돌아오면 내가 맛있는 요리를 만들어 줄 거다. 그러니까 살아서 돌아와야 해.

아가씨는 내가 만든 아침을 먹고 정말로 산책하러 나가는 것처럼 숙소를 나섰다.

그리고 어느 정도의 시간이 흘렀는지 모른다. 숙소 안을 의미도 없이 돌아다녔고 그럴 때마다 아내와 딸에게 주의를 받았다. 걱정되는 마음에 어쩔 수 없었다.

아가씨, 크라켄을 쓰러뜨리지 않아도 되니 무사히만 돌아와 줘.

그런 걱정을 하는데 입구가 시끄러워졌다. 아트라가 들어오더니 그 뒤로 아가씨를 태운 곰이 들어왔다.

"아가씨!"

내가 서둘러 다가가니 아가씨의 얼굴은 지쳐 있었다. 하지만 부상은 없어서 안심이다.

"괜찮아요……. 조금 지쳤을 뿐이니까…… 한동안은 잘 테니까 깨우지 마세요."

곰 위에서 축 늘어져 있는 아가씨에게 말을 건넸는데 대답을 해줘서 안심했다. 하지만 그 말만 하더니 곰에 올라탄 채 계단을 올라갔다.

"아트라, 아가씨는 괜찮은가!"

"진정해, 괜찮으니까. 마법을 너무 많이 써서 지쳐 있는 것뿐이야."

"그렇군."

큰일이 아니라는 것을 듣고 마음을 놓는다.

"그래서, 크라켄은……."

무찌르지 못했어도 책망 같은 건 하지 않을 거다. 저 모습을 보면 최선을 다했다는 것을 알 수 있다.

"알고 있었던 거야?"

"그래, 쿠로 할아버지에게 들었어."

"그랬구나, 크라켄이라면 유나가 쓰러뜨렸어."

아트라의 말이 순간 이해가 되지 않았다.

"……쓰러뜨렸다고?"

"그래, 유나가 크라켄을 쓰러뜨려 줬어."

"저, 정말인가?"

"정말이라니까. 유나는 저 지경이 될 때까지 마법을 써서 크라켄을 쓰러뜨려 준 거야. 마을의 은인인 거지. 그러니 그녀를 푹 쉬게 해줘."

당연하지!

저렇게 지칠 때까지 크라켄과 싸우고 토벌까지 해준 아가씨를 쉬게 하는 건 숙소에서의 나의 일이다. 아무도 아가씨의 휴식을 방해하게 두지 않을 거다.

그 후, 시간이 조금 흐르자 크라켄이 토벌되었다는 사실이 마을 전체에 퍼졌다.

그리고 이 숙소에 아가씨가 있다는 것을 안 주민들이 들이닥쳤다. 그것도 숙소 입구가 가득차서 밖으로 넘쳐날 정도로…….

"조용히 하세요! 아가씨가 피곤해서 자고 있다고요!"

"아버지나 조용히 하세요. 유나 씨가 자고 있잖아요."

옆에 있는 딸에게 주의를 받았다.

"그렇지만."

"아버지의 마음은 알아요. 하지만, 아버지의 목소리 때문에 유나 씨가 깨면 어쩌려고 그러세요."

분명 그렇긴 하다.

"모두의 마음은 이해가 가네. 하지만 아가씨를 쉴 수 있도록 해주지 않겠나. 크라켄이라는 괴물과 싸워서 지쳐 있다고."

나는 아가씨가 깨지 않도록 목소리를 진정시키고 모두에게 전했다.

"그렇지만, 데거. 우리는 만나서 고맙단 말을 하고 싶어."

"마을을 구해줬지 않나."

그 마음은 안다. 나도 아가씨에게 무언가 보답을 하고 싶었다. 아가씨가 가장 기뻐할 만한 게 뭘까.

"그렇다면, 쌀이 남아 있는 사람이 있다면 조금이라도 좋으니 나눠주지 않겠나. 아가씨는 화의 나라의 쌀을 마음에 들어 해. 눈을 떴을 때 먹게 해주고 싶어."

"그런 것으로 충분한가?"

"그래, 아가씨가 가장 기뻐할 거야."

"알았네."

겨우겨우 돌아갔지만 새롭게 오는 사람들이 있었다. 그럴 때마다 같은 행동을 몇 번이고 반복했다.

찾아오는 사람의 얼굴은 모두 미소로 가득 찼다. 실제로 크라켄이 쓰러진 모습을 본 사람은 흥분해서 이야기했다. 이야기를 들을 때마다 아가씨가 쓰러뜨렸다는 것이 실감이 된다.

그중에는 숙소를 향해 절을 하는 사람도 있었는데 감사하고 싶은 마음은 알지만 그만뒀으면 한다. 절을 하고 싶은 마음은 나도 이해가 간다. 아들도 바다로 나갈 수 있게 된 것을 기뻐했다.

그리고 준비한 커다란 통에 흘러넘칠 정도의 쌀이 모이게 됐다.

아가씨가 눈을 떴을 때의 얼굴이 기대된다.

Gom Gom Gom Bear

VOL.3

ILLUSTRATION GALLERY

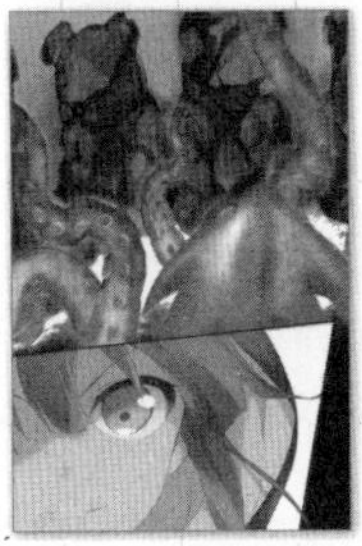

Gom Gom Gom Bear

VOL.4

STORY

곰곰곰베어 5

터널을 파자

미릴러 마을 숙소의 맛있는 음식에 감동한 유나는 숙소의 주인인 데거의 딸 안즈를 크리모니아 마을로 오도록 권유한다. 크리모니아로 가는 것을 머뭇거리는 안즈였지만 그 이유는 미릴러 마을에서 산을 넘기가 어려워 왕래를 못하게 되는 점이었다. 그래서 유나는 산맥에 터널을 만들어 두 곳의 마을을 연결해 버리자고 마음먹은 뒤 짧은 순간에 터널을 파버리고 만다.

베어 터널 개통!

터널을 지나 크리모니아 마을로 돌아온 유나는 영주 클리프에게 미릴러 마을이 크리모니아 마을에 귀속되고 싶어 한다는 것과 터널을 만들었다는 것을 전달한다. 유나의 막무가내에 어이가 없어하면서도, 클리프는 상업 길드의 밀레느를 데리고 미릴러 마을로 가기로 한다. 도중에 터널의 운영 방법을 모색하며 미릴러 마을의 모험가 길드로 찾아가 크리모니아 마을로 귀속시키는 것을 허가한다. 현실적인 터널 운영 방법에 대한 의논이 이루어졌고 터널의 입구에는 유나의 손에 의

해 곰 석상이 세워진 후『베어 터널』이라고 이름을 짓는다.

안즈를 설득하다!

터널과 마을 사이에 곰 하우스를 세우는 허가를 받은 유나는 고아원 아이들도 묵을 수 있도록 조금 커다란 곰 하우스를 세운다. 그리고 터널을 팠다는 것을 안즈에게 알린 후 크리모니아 행의 승낙을 받는다. 곧바로 유나는 안즈의 가게를 지을 토지를 입수하기 위해 크리모니아 마을로 돌아가 가게의 준비를 진행한다.

엘레로라로부터의 의뢰

벌꿀의 위기에 관해 알게 된 유나는 벌꿀 나무에 있던 마물을 퇴치. 곰 가족을 구한 뒤 그들의 보호를 상업 길드에게 부탁했고, 벌꿀을 사용한 팬케이크를 플로라 공주에게 대접하러 왕도로 간다. 겸사겸사해 그림책 2권을 선물하자 그림책을 복사해도 되냐는 부탁을 받아 승낙한다. 어째서인지 그 자리에서 엘레로라가 시아의 학원에서의 과외수업 호위를 맡아 달라 부탁해서 수락한다. 크리모니아 마을로 돌아간 유나는 피나와 슈리를 미릴러 마을로 데려가 새로운 식자재인 죽순을 손에 넣는다. 그리고 데거에게 죽순 요리를 전수해준다.

세븐넷 구입자 특전

15 왕도로 가다 클리프 편

나는 피곤한 몸을 이끌고 왕도로 향했다.

요 며칠 동안 바빠서 잠잘 시간을 쪼개며 일을 했다. 이것도 전부 그 곰 때문이다. 곰이 갑자기 집으로 찾아오더니 엘레젠트 산맥에 터널을 파서 미릴러 마을까지 연결했다고 했다.

심지어 성가시게도 미릴러 마을이 내 영지의 일부가 되게 되었다.

미릴러 마을은 바다 근처에 있는 마을로 크리모니아에 이익을 가져다준다. 그러니 곰에게 투정을 하지 못했다.

그 곰은 내가 바쁘게 이리저리 움직이고 있는데 시간이 남는 모양이다. 얼마 전에도 딸인 노아를 만나러 왔었다. 심지어 촐랑거리는 얼굴을 하고 있다. 도대체 크라켄을 쓰러뜨렸다는 사람과 동일 인물로는 보이지 않는다. 만약 왕도의 일을 알지 못했더라면 콧방귀를 꼈을 것이다.

우선, 요 며칠 동안은 바빴다.

모험가 길드로 가서 길드 마스터에게 터널에 관해 이야기를 했더니 믿어주지 않아 터널까지 데리고 가게 됐고, 마물의 토벌 범위를 정한 뒤 마물 토벌 대금을 조금 높게 설정하기도 했다. 모험가 길드로부터 모험가들의 발이 되어줄 마차를 준비할 것을 추천받아 마차의 수배까지 하게 됐다.

미릴러 마을에 식자재를 옮겨야 해서 상업 길드의 밀레느에게 터널까지의 길을 급히 만들게 했다. 안전을 확보하기 위해 모험가를 고용하자는 이야기가 나오기도 했다.

길의 확보는 서두르고 싶지만 마물 토벌과 호위의 수배는 동시에 진행된다. 돈이 드는 게 제일 고민이다.

터널의 통행료가 들어오는 건 나중의 이야기다. 서둘러 왕도로 가서 크라켄의 소재를 팔아 돈으로 만들어야 했다.

원래 해야 하는 일도 있는데…….

젠장, 할 일이 너무 많아!

왕도에 도착하고 우선은 포슈로제 가문의 저택으로 향해 엘레로라를 만났다.

"오랜만에 재회하나 했더니, 얼굴이 까칠해졌네."

"서둘러 왔거든."

원래라면 크리모니아에 남아서 일을 하고 싶었지만 국왕 폐하에게 보고해야 해서 그럴 수도 없었다.

"그렇게나 내가 보고 싶었던 거야?"

"농담을 받아줄 만큼 한가롭지 않아."

"이런, 매정하네. 그래도 볼 수 있는 건 기뻐. 시아도 기뻐할 거야. 이것도 유나 덕분이겠지. 유나에게 감사해야지."

"그 곰에게 감사할 필요 없어. 내 평온을 깨버렸으니."

"이런, 마음에도 없는 소리를 하네."

젠장, 엘레로라에게는 다 들킨다. 그 곰에게는 감사하고 있다. 1만 마리의 마물에게서 목숨을 구해줬던 것도, 고아원의 건에 관해서도 말이다. 하지만 입 밖으로 꺼내는 일은 없을 거다.

"그래서, 국왕 폐하를 알현할 수 있는 거야? 되도록 빨리 크리모니아로 돌아가고 싶은데."

"정말이지, 갑자기 편지가 와서 놀랐잖아."

엘레로라에게 편지를 보내 국왕 폐하를 찾아뵐 수 있도록 부탁했다. 내가 직접 국왕 폐하에게 편지를 보내는 것보다 엘레로라에게 부탁하는 편이 빠르다.

"가능해. 클리프가 도착하면 만날 수 있게 되어 있으니까."

"그건 고맙긴 한데, 잘도 그 애매한 편지로 국왕 폐하가 허락을 해주셨네."

엘레로라에게도 터널에 관해서는 이야기하지 않았다. 곰에 관해서와 미릴러 마을에 관해서 긴급히 은밀하게 아뢸 것이 있다고 전하기만 했다.

"그거야, 유나와 관련된 거잖아. 그러면 국왕 폐하는 무슨 일이 있어도 들을 거야."

"그 곰은 왕도에서 무슨 짓을 하고 다니는 거야."

"국왕 일가의 위를 꽉 잡고 있지."

"하아."

왕족에게 음식을 먹이다니 보통이라면 있을 수 없는 일이야.

그 곰은 정말로 무슨 생각을 하는 거지.

다음 날, 엘레로라와 함께 성으로 향한다.

성은 몇 번이고 왔지만 긴장이 되었다. 아무래도 이런 곳은 익숙해지지 않는다. 게다가 귀족들끼리의 관계가 성가시다. 그래서 그런 부분을 전부 맡아주고 있는 엘레로라에게는 감사하고 있다.

"그래서, 어디에서 만나는 거지?"

"유나에 관한 이야기니까 국왕 폐하의 집무실이지."

"정말이야?"

확실히 다른 사람에게 흘러나가지 않았으면 하는 이야기라고 전했지만 집무실에서 만나 뵙게 될 줄은 몰랐다. 이 정도의 대우는 무서울 정도다. 이것도 곰 때문인가?

그런데 국왕 폐하와 대면이라…… 긴장된다. 그에 반해 엘레로라는 익숙해진 모양이다.

"이 방이야."

나는 마음을 진정시키고 국왕 폐하를 뵐 마음의 준비를 했다. 그런데 옆에 있는 무신경한 여자가 곧바로 노크하고 문을 열어버렸다.

"이봐!"

"몇 번이고 말했지만, 대답을 기다린 후에 들어와!"

방 안에서 성난 목소리가 들려왔다.

하지만 옆의 여자는 전혀 신경 쓰지 않았다. 이 사람이 내 부인이라고 생각하니 어이가 없었다. 조금 더 입장을 생각하고 행동하면 좋겠다.

"노크했으니 됐잖아요."

국왕 폐하는 한숨을 내쉬고 내 쪽을 바라봤다.

"국왕 폐하, 이번엔 시간을 내주셔서 감사합니다."

"괜찮네. 유나의 이야기라면 들어야지. 그 곰이 무슨 짓을 했는지 신경이 쓰여서 말이야. 그래서, 그 곰은 무슨 짓을 했지?"

국왕 폐하에게 곰이 엘레젠트 산맥에 터널을 만들어 크리모니아와 미릴러 마을을 연결한 이야기를 했다.

"유나가 바다로 간다는 이야기는 들었지만, 엘레젠트 산맥에 터널을 만들다니……."

"어이가 없어서 말도 안 나오는군."

그것에는 동감이다.

"그래서 미릴러 마을이 크리모니아 영지의 일부가 되었다는 거로군."

"네."

"어떻게 이야기는 잘 됐나 보네."

"이것도 유나 덕분이지."

"무슨 뜻이야?"

국왕이 아니라 엘레로라가 물었다.

"이건 여기만의 이야기로 해주셨으면 좋겠습니다."

"알고 있네. 그러니 이 방에서 이야기하고 있지."

나는 유나가 혼자서 크라켄을 쓰러뜨린 것을 이야기했다. 그리고 유나가 마을의 주민들에게 호감을 샀다는 것, 유나가 살고 있으니 미릴러의 종속처로 크리모니아가 점쳐졌다는 것을 알렸다.

"크라켄을 혼자서……."

"클리프, 아무리 그래도 그건—."

"이런 거짓말을 하려고 왕도까지 오지는 않아."

"그렇긴 하지."

애초에 누가 이런 이야기를 믿겠느냔 말이다. 이야기하는 나도 믿기지 않는데. 그렇지만 토벌된 크라켄은 진짜로 존재하고 마을도 실제로 구원 받았다.

"이야기는 대충 알았네. 영지 확대의 건도 승낙했고."

"감사합니다. 그래서, 한 가지 더 부탁이 있는데요."

"뭐지?"

"크라켄의 소재를 성에서 매수해주시면 안 될까요?"

"크라켄의 소재를 말인가?"

"네, 크리모니아에서 팔면 유나의 존재가 알려질 가능성이 있습니다."

"마을의 주민들은 알고 있지 않나. 이제 와서 왜 그러지?"

"일단 마을 주민들에게는 입단속을 해놓은 상황입니다. 모두 유나에게 감사하고 있죠. 유나의 부탁이라면 거절하지 않을 겁니다."

"유나……."

"만일 누군가의 입에서 누설이 되는 일이 있어도 보통이라면 믿지 않을 겁니다. 그렇지만 크리모니아에서 크라켄의 소재가 팔리게 된다면 만약의 일이 있을 수 있죠."

"그런 거라면 알겠네. 소재는 전부 성에서 매수하도록 하지."

"감사합니다. 그렇지만 마석은 유나가 가지고 있어서—."

"크라켄의 마석 말인가. 분명 탐이 나긴 하네만, 그건 어쩔 수 없지."

"그래도 크라켄의 가죽이나 소재는 꽤 가치가 있어요."

"그 돈으로 터널 주변 땅의 정리, 마물 토벌, 터널에 필요한 마석 구매를 하고 싶습니다."

"알았네. 그러면 보고는 이상인가?"

"그리고 터널에 사용할 마석을 왕도에서 대량으로 살 수 있게끔 허락해주십시오."

시세를 붕괴시키진 않겠지만 일단 전달해둔다.

"그렇군. 엘레로라, 나중에 상업 길드에 전하도록."

"알았어요."

무사히 보고를 마쳤다.

이제 오늘은 천천히 쉬고 내일 출발해야지.

"그러면 엘레로라, 클리프 몫의 점심 식사도 준비할 수 있게 젤레프에게 말해둬."

"네."

"무슨 말씀이시죠?"

"유나에 대한 보고가 그걸로 끝은 아니겠지. 식사하면서 자세한 이야기를 듣도록 하겠네."

국왕 폐하에게 「저는 이것으로 돌아가겠습니다」라고는 말 못 한다.

"알겠습니다."

그런 뒤, 미릴러의 현 상황 보고와 유나가 어떤 짓을 저질렀는지에 관해 자세하게 이야기했다.

이것도 전부 그 곰 때문이다.

애니메이트 구입자 특전

16 유나와 곰과 곰

나는 고블린과 오크를 토벌하고 채취해 온 꿀을 팬케이크에 듬뿍 발라 먹고 있었다.

응, 맛있어.

그런 나를 옆에 있는 꼬맹이화 된 곰돌이와 곰순이가 바라봤다.

"혹시, 먹고 싶은 거야?"

팬케이크가 먹고 싶은 건지, 꿀이 먹고 싶은 건지 잘 모르겠지만 가만히 나를 바라보고 있었다. 소환수인 곰돌이와 곰순이는 평범하게 식사를 하는 것도 가능하고, 먹지 않고 나의 마력으로 보충하는 것도 가능하다.

"먹을래?"

둘에게 묻자 곰돌이와 곰순이가 「크~응」 하고 기쁘게 울었다.

나는 남아 있는 팬케이크를 두 개로 나눴다. 그리고 조금 크게 잘라낸 팬케이크를 포크로 찍어 곰돌이의 입안에 넣어줬다. 다음으로 나머지 반의 팬케이크를 곰순이의 입안으로 넣어줬다.

둘 다 맛있게 먹어준다. 먹어주는 건 기쁘지만, 내 팬케이크가 두 입에 끝나버렸다.

곰돌이와 곰순이의 머리를 기분 좋게 쓰다듬는데 작게 울었다.

"응, 어디를 보고 있는 거야?"

곰돌이와 곰순이의 시선은 꿀이 들어간 항아리로 향해 있었다.

역시, 곰이라서, 꿀을 좋아하는 건가?

나는 조금 커다란 스푼을 꺼내 꿀을 떠서 곰돌이와 곰순이의 입으로 넣어줬다. 엄청난 미소를 짓는다.

좋아하는 반응을 보고 계속 줬더니 꿀이 들어있던 항아리가 텅 비어버렸다. 곰돌이와 곰순이가 더 원하는 듯 기다렸지만 없는 걸 줄 수는 없다.

"이제 없어."

텅 빈 항아리를 보여주자 곰돌이와 곰순이가 슬픈 표정을 지었다.

"그렇게 우울해하지 마. 사줄 테니까."

곰돌이와 곰순이의 머리를 부드럽게 쓰다듬어줬다.

역시 곰은 꿀을 좋아하는 모양이다.

나는 꿀을 사러 가기 위해 렘 씨의 가게로 향했다. 그리고 곰 가족의 근황도 궁금해서 이야기를 듣고 싶었다.

가게로 찾아가자 렘 씨가 외출하려는 모습이었다.

"곰 아가씨?"

"꿀을 사러 왔는데, 렘 씨는 나가시는 거예요?"

"응, 잠시 숲에 상황을 보러 가려고. 꿀이라면 아가씨 덕분에 팔고 있으니까 사서 가."

숲에 가는 길인가 보네.

"숲의 곰들은 괜찮아요?"

"응, 물론이지. 클리프 님에게 아가씨의 이름을 말했더니 해결됐어. 정말로 아가씨에게 뭐라고 감사 인사를 해야 좋을지……."

"그 곰 가족들이 무사하다니 다행이네요. 클리프 씨가 곰 토벌을 지시하면 맞서 싸우려고 했거든요."

"마음은 든든하지만 무서운 말은 하지 마."

렘 씨는 웃었지만 나는 진심이었는데.

"저도 곰들을 보고 싶으니까 따라가도 돼요?"

"물론 상관없지만, 만날 수 있을지는 장담 못 해."

"괜찮아요."

렘 씨의 마차에 올라타고 벌 나무가 있는 숲으로 갔다.

들어보니 아직 곰은 한 마리밖에 확인되지 않았다고 한다. 그것도 먼발치에서 보기만 했다고. 그래서 시간이 생기면 숲에 확인하러 가는 것이다.

앗, 이쪽에 길이 있었구나. 숲에 마차가 지날 수 있는 길이 있었다. 마차는 숲속으로 들어갔다. 그리고 벌 나무 근처에 있는 꽃의 광장에서 조금 떨어진 곳에 멈췄다.

"으음~, 아무래도 곰들은 오지 않은 모양이네."

벌 나무를 봤지만 곰들의 모습은 없었다. 렘 씨는 조금 불안해했다. 나의 탐지 스킬로는 마물이 아닌 곰은 발견할 수가 없다.

곰 스킬인데…….

나는 곰돌이와 곰순이를 소환했다. 렘 씨는 놀라 한 발자국 물러섰다.

"곰돌아, 곰순아, 곰이 있는 곳을 알겠니?"

곰돌이와 곰순이는 「크~응」 하고 울며 걷기 시작했다.

"제 곰들이 위치를 안대요. 렘 씨도 가실래요?"

"그래, 당연하지."

렘 씨는 곰돌이와 곰순이를 보고 놀랐지만 금방 수긍했다. 우리는 곰돌이와 곰순이를 앞세워 숲속을 걸어갔다.

"이게 소문으로만 듣던 곰 아가씨의 곰인가 보군."

잠깐 걷는데 곰돌이가 「크~~~~~응」 하고 크게 울었다.

그 소리는 숲속으로 퍼져나갔고 멀리에서도 「크~~~응」 하고 들려왔다.

"뭐지!"

"혹시, 불러 준 거야?"

곰돌이는 가볍게 울었다.

잠깐 기다리자 곰 가족이 숲 안쪽에서 나타났다.

"오오, 곰 가족이잖아. 다행이야."

아빠 곰, 엄마 곰, 거기에 2마리의 새끼 곰이 있었다.

다행이야. 잘 있었네.

그 곰 가족 속으로 곰돌이와 곰순이가 더해진다.

"대단한 광경이야. 곰이 이렇게 많이 있다니."

확실히 그렇긴 하네. 보통이라면 무서울지도 모르지만. 공격하지 않을 거라고 아니까 귀엽기만 했다.

곰들이 장난치는 광경을 보고 있는데 새끼 곰이 내 쪽으로 바짝 다가왔다.

오오, 귀여워. 머리랑 몸을 쓰다듬어줬다.

"아, 아가씨, 곰들에게 고맙다고 말하고 싶은데 괜찮은가?"

어쩌지, 렘 씨는 내가 곰과 대화를 나눌 수 있다고 착각을 하는 모양인데 뭐 상관없나.

"곰돌아, 곰순아, 렘 씨가 곰들에게 고맙다고 말하고 싶나 봐. 다가가도 되겠니?"

그러자 곰돌이와 곰순이는 곰들과 대화 같은 걸 했다. 그리고 곰돌이가 우리에게 다가와 렘 씨의 등을 문지르듯 밀었다.

"뭐지?"

"다가가도 된대요."

곰돌이의 행동을 보고 통역했다. 실제로는 무슨 말을 하는지 알지 못한다. 하지만 곰돌이와 곰순이의 마음은 전해져 왔다.

"오오, 그렇군."

렘 씨는 천천히 곰들에게 다가갔다.

"지금까지 지켜줘서 고마웠어."

렘 씨는 아빠 곰을 만지면서 고맙단 말을 했다. 그러자 아빠 곰도 몸을 렘 씨에게 비볐다.

그 행동에 렘 씨는 기뻐했다. 나아가 엄마 곰을 쓰다듬고 감사의 마음을 전한다.

"새끼 곰들을 만져도 되겠니?"

"크~응."

렘 씨가 묻자, 새끼 곰들이 발 부근으로 다가섰다.

"귀여운 아이들이네."

렘 씨는 허리를 숙여 새끼 곰들을 끌어안았다.

"설마, 만질 수 있을 거라고는 생각 못 했어."

만면의 미소를 지으며 기쁘게 곰들을 만진다.

"언제든지 꿀을 먹으러 와도 돼."

렘 씨는 자식을 대하는 듯한 표정을 짓고 있다.

꽤 오랜 시간 동안, 렘 씨가 만족할 때까지 곰 가족들과 장난을 쳤다.

"아가씨, 오늘은 정말로 고마웠어. 곰들을 만날 수 있었던 것도 그렇지만, 가까이에서 고맙단 말을 할 수 있게 돼서 마음이 연결된 기분이 들었어."

정말로 기뻐하는 얼굴이다. 그렇게까지 기뻐해 주니 나도 기뻤다.

"저도 건강해 보이는 곰들을 만날 수 있어서 좋았어요."

뭐, 부상을 치료해서 무사하다는 것은 확인했었다. 하지만 한 번 더 만나니 기쁘다.

다음번에 피나 자매도 데리고 오면 좋아하려나?

"다음에 곰들을 만나러 다시 와도 되나요?"

이곳은 벌 나무가 있어서 출입이 금지되어 있기에 일단 물어봤다.

"물론이지, 언제든지 만나러 와주렴. 곰들도 기뻐할 거야."

그렇다면 다음에 피나 자매를 데리고 놀러 올까.

돌아가는 길에 꿀을 사려고 했더니 항아리 한 통을 답례로 받아 버렸다. 그렇지만 곰돌이와 곰순이가 순식간에 먹어서 며칠 후에 또 사러 가게 되었다.

협력 서점 구입자 특전
17 안쥬와 플로라 공주

제가 잠깐 방문을 열어둔 사이에 플로라 님이 방에서 빠져나가 버렸습니다. 가끔 혼자서 빠져나갈 때가 있어요. 도대체 누굴 닮은 걸까요.

찾으러 가려고 했는데 플로라 님이 엘레로라 님과 함께 돌아왔습니다. 엘레로라 님이 데리고 와주신 모양이에요. 플로라 님의 옆에는 귀여운 곰 옷차림의 여자아이가 있었습니다. 그 뒤에는 10살 정도의 여자아이가 있네요.

이 여자아이들은 누구일까요?

플로라 님은 기뻐하며 곰 옷차림의 여자아이의 손을 잡고 있습니다. 엘레로라 님이 말을 걸어옵니다.

“잠시, 플로라 님에게 붙잡혔어. 여기 아이들은 내 손님들이니까 안심해.”

“알겠습니다.”

엘레로라 님이 그렇게 말씀하시니 안심이 됩니다. 게다가 두 사람 모두 위험해 보이지 않아요.

엘레로라 님은 플로라 님에게 그림책을 권합니다. 하지만 플로라 님은 방에 있는 그림책을 싫어하십니다.

그러자 곰 옷차림의 여자아이는 종이와 그릴 것을 엘레로라 님에게 부탁했습니다.

엘레로라 님이 종이와 펜을 곰 여자아이에게 건네자 곰 여자아이는 그림을 그리기 시작했습니다. 플로라 님은 곰 여자아이의 옆에서 즐거워하고 있네요. 저는 다른 한 명의 평범한 여자아이가 어쩌면 좋을지 곤란해하는 듯 보였기에 의자로 안내했습니다. 여자아이는 긴장했는지 움직임이 딱딱합니다.

어떤 여자아이인지 알 수는 없지만 갑자기 공주님의 방에 온다면 긴장 되겠죠.

저는 어린 여자아이에게 질문했습니다. 이름은 피나, 곰 옷차림의 여자아이는 유나 양이라고 하네요. 알고 보니 성 견학을 하고 있던 도중 플로라 님이 나타나 곰 옷차림의 유나 양에게 안겨들었다고 합니다. 피나는 제 질문에는 대답을 해줬지만 정신이 다른 곳에 있는 느낌이네요.

잠시 피나와 이야기를 나누는 사이에 그림책이 완성된 모양입니다.

모두가 돌아가게 된 후 그림책을 보았습니다.

동그스름하고 귀여운 그림이었고 제목은 『곰과 소녀』였습니다.

그림책 내용은 병을 앓는 어머니를 위해 여자아이가 열심히 노력하고 그런 여자아이를 곰 님이 도와주는 이야기입니다. 여자아이가 어머니를 위해 힘을 내는 모습도 대단하지만 곰 님이 여자아이를 도와주는 장면도 좋았습니다. 그림도 매우 귀여워서 플로라 님도 기뻐하십니다.

유나 양에게 고마워해야겠네요.

그리고 며칠 후 놀라운 일이 일어났습니다.

국왕 폐하로부터 말씀이 있었는데, 앞으로 유나 양은 성의 출입이 자유로워질 것이며 플로라 님을 만나러 오면 만나게 하라는 말씀이셨습니다. 게다가 빈객으로 대접하도록 명을 받았습니다.

의문스럽긴 했지만 국왕 폐하께 질문할 수는 없으니 받아들입니다.

국왕 폐하의 손님이라면 유나 양이라고 부르는 건 실례되는 일일지도 모르겠네요.

최근의 플로라 님의 즐거움은 성에서 일하는 사람들을 발견하면 그림책을 읽어주겠다고 하는 것입니다.

그러나 걱정되는 일이 있습니다. 일단 제본되어 있기는 하지만 파손되거나 더러워지지는 않을지 걱정입니다. 저 그림책은 유나 님이 플로라 님에게 그려주신 세상에 하나밖에 없는 것입니다. 만약에 문제가 생긴다면 플로라 님이 슬퍼하실 겁니다. 게다가 유나 님에게 뭐라고 말을 하면 좋을지 모르겠습니다.

"플로라 님, 제가 들까요?"

"괜찮아."

플로라 님은 소중한 듯 그림책을 꼭 끌어안습니다.

조금 걱정이지만 물이 있는 곳이나 바닥이 더러운 곳이 아니라면 괜찮겠죠.

플로라 님이 일하는 사람들에게 다가가자 모두들 손을 멈추고 플로라 님의 이야기를 경청합니다.

"그림책 읽어줄게."

플로라 님의 미소에는 아무도 이기지 못하죠. 물론 바쁜 사람도 있습니다. 그런 경우엔 그저 고개를 숙이고 사과를 합니다. 플로라 님이 슬픈 표정을 짓지만 그것을 위로해주는 게 저의 일입니다.

"오늘은 저쪽으로 가볼까요."

"응."

분명 저기에는 청소를 하는 사람이 있었습니다.

플로라 님과 복도를 걷는데 모르나카가 청소를 하고 있었습니다.

모르나카는 1년 정도 전부터 성에서 일하게 된 스무살 정도의 활발한 여자입니다.

"플로라 님, 좋은 아침입니다."

모르나카는 플로라 님에게 미소로 인사를 합니다.

"모르나카, 잠깐 시간 되나요?"

모르나카에게 물으니 모르나카는 플로라 님이 가지고 있는 그림책을 봤습니다. 플로라 님의 글자 읽기 공부도 되기 때문에, 잠깐이라면 일하던 것을 멈추고 플로라 님과 어울려도 좋다는 것이 성 안에서 일하는 사람들에게 전달되어 있습니다. 모르나카도 그것에 눈치를 챈 모양입니다.

"그림책, 읽어도 돼?"

플로라 님이 그림책을 들고 묻습니다.

"네, 괜찮습니다."

모르나카가 미소로 대답하자 플로라 님은 만면에 미소를 지었습니다. 귀여워요.

우리는 근처의 앉을 수 있는 장소로 이동했고 플로라 님은 제 무릎 위에 올라앉아 그림책을 펼쳤습니다.

모르나카가 부러워했지만 플로라 님의 유모가 되어 보살피는 담당이 된 저의 특권이죠.

플로라 님이 갓난아기일 때부터 보살피고 있으니 황공하긴 하지만 저의 아이처럼 귀엽습니다.

"어느 한 마을에 작은 여자아이가 있었습니다."

모르나카는 옆에 앉아서 미소로 플로라 님의 이야기를 듣습니다. 사실 성에서 일하는 사람 사이에서는 플로라 님에게 그림책을 내용을 듣는 게 유행이 되어있습니다. 들은 사람은 자랑을 할 수 있다는 것 같습니다. 플로라 님은 산책을 하는 시간과, 산책하는 장소가 매번 달라서 만날 수 있는 확률이 매우 낮거든요.

하지만 저는 특등석이라 플로라 님의 말을 들을 수 있습니다. 플로라 님의 사랑스러운 목소리는 모두를 행복하게 해줍니다.

"여자아이는 곰 님의 등에 올라탑니다."

귀여운 곰 님의 등 위에 여자아이가 타고 있는 그림입니다. 처음 보는 사람들은 홀리듯 눈을 떼지 못하게 됩니다. 모르나카도 조금 전부터 귀여운 그림을 열심히 보고 있습니다.

유나 님이 그린 그림은 매우 귀엽습니다. 그림책에 등장하는 곰도 무섭지 않습니다. 매우 귀엽게 그려져 있죠.

그림책을 계속 읽어서 여자아이는 곰 님과 함께 약초를 발견할 수 있었습니다. 여자아이는 어머니에게 약을 가지고 갑니다.

"고마워, 곰 님."

마지막으로 여자아이가 감사 인사를 하고 플로라 님의 그림책 읽어주기 시간이 끝이 납니다.

"플로라 님, 고맙습니다. 정말 잘 읽으시네요."

플로라 님은 모르나카에게 칭찬을 받아 기뻐합니다.

"괜찮다면 또 들려주세요."

"응, 좋아."

약속을 하다니 모르나카도 꽤 하네요. 두 번 듣기 위해서는 행운이 많이 필요합니다.

플로라 님은 기뻐하며 다음 장소로 향합니다.

이런 식으로 플로라 님은 그림책 읽어주기가 일과가 되었습니다.

"안쥬, 그 곰 님 그림책은 어디에서 파는 거야?"

“그림책이요?”

오늘 플로라 님을 보살피는 것도 끝나고, 성에서 함께 일하는 모릿사가 물어옵니다.

“얼마 전에 플로라 님이 읽어주신 그림책 말이야. 우리 딸한테도 사주고 싶은데. 못 찾겠어.”

“그건 파는 게 아니에요.”

저는 곰 옷차림의 여자아이가 플로라 님의 방에서 그린 것이라고 설명했습니다.

“그러면, 플로라 님을 위해서 그 자리에서 그림책을 그린 거야?”

저도 이 눈으로 봤지만 믿기지 않았습니다.

유나 님은 그 자리에서 그림을 휙휙 그렸습니다. 마치 마법의 손인 것 같았어요. 곰의 모양을 한 손이었지만 말이죠.

“그러면, 안 판다는 거네. 다른 사람들에게도 어디서 팔고 있는지 안쥬에게 물어달라고 부탁받았는데.”

그랬군요.

사실 저도 다른 사람들로부터 그림책에 관해 질문을 받긴 합니다. 저도 플로라 님과 같은 나이의 딸이 있습니다. 딸을 위해 얻고 싶긴 하지만 이 세상에 한 권밖에 없는 책입니다.

“으음~, 그러면 탄원서를 모아서 부탁하면 같은 걸 만들어 줄까?”

그건 좋은 생각이네요.

딸에게도 주고 싶으니 저도 그 제안은 찬성입니다.

게다가 복사한 그림책을 가지고 다니게 한다면 망가지거나 더럽혀져도 괜찮을 겁니다. 그 부분도 적어서 부탁해보죠.

전자책 구입자 특전

18 미릴러 여행 피나 편

1일째

어머니와 슈리와 함께 꼬끼오의 알 개수를 세고 있는데 유나 언니가 찾아왔습니다.

무슨 용건인가 했더니 갑자기 어머니에게 저를 빌려달라고 부탁합니다. 심지어 어머니도 허락하셨고요.

저는 물건이 아닙니다. 유나 언니와 어머니는 저를 뭐라고 생각하시는 건가요?

이유를 물으니 미릴러 마을로 갈 거니까 같이 가줬으면 좋겠다고 합니다. 제가 전에 바다를 보고 싶다는 말을 했던 걸 기억해준 모양입니다. 기쁘네요. 그런 거라면 처음부터 그렇다고 말해주세요.

그래도 일이 있습니다. 제가 고민을 하는데 어머니가 가라고 떠밀어 주십니다.

어머니의 허락도 받았으니 바다로 가게 되었습니다.

"그러면 아가씨를 빌리겠습니다."

"이런 딸이지만 언제든지 괜찮아."

어머니도 유나 언니도 사람을 가지고 노시네요. 으으, 창피합니다.

그런데 여동생인 슈리가 저를 부러운 듯 바라보고 있습니다. 아무래도 함께 가고 싶은 모양입니다. 슈리가 그 말을 하자 유나 언니는 슈리에게도 권해주었습니다.

슈리도 함께 가게 되었습니다. 유나 언니는 상냥해요.

곧바로 곰돌이의 등에 올라 타서 출발합니다. 슈리가 곰돌이 위에서 소란을 피웁니다. 기쁜 건 알겠지만 곰돌이가 불쌍하니 주의를 줍니다.

곰돌이는 엄청난 속도로 길을 달렸습니다. 그리고 숲속에 생긴 길을 빠져나갑니다. 숲에는 여러 사람이 일하고 있네요. 슈리는 곰돌이 위에서 활기차게 손을 흔듭니다. 상대도 손을 흔들어 줍니다. 어쩐지 기쁘네요.

숲의 길을 빠져나가자 커다란 곰 석상이 맞아주었습니다.

어째서 여기에 곰이 있는 거죠?

이 곰 석상은 유나 언니네 가게에 있는 곰과 같은 겁니다.

유나 언니에게 물었지만 말하고 싶지 않아 해서 더 이상 묻지는 않았습니다. 그래도 분명 유나 언니와 관계가 있을 겁니다.

터널 안은 빛의 마석이 빛나고 있어 밝네요.

이게 터널이구나.

곰돌이와 곰순이가 터널을 달립니다. 같은 광경이 계속해서 이어집니다. 같은 광경이 이어지자 불안해져 오네요. 그런데 조금 달리자 사람이 보였습니다. 아무래도 마석을 다는 작업을 하는 모양입니다. 사람을 보니 조금 안심이 되네요.

여기서부터 앞은 빛의 마석이 달려 있지 않아서 어둡습니다. 하지만 유나 언니의 빛의 마법으로 터널은 밝아졌습니다. 빛은 곰의 얼굴을 하고 있는데 엄청 귀엽네요.

터널을 빠져나오자 그곳에는 커다란 물이 끝 없이 퍼져 있었습니다.

이게 바다…….

이야기로 들은 것보다 훨씬 크네요. 이게 전부 물이라니. 슈리도 눈을 크게 뜨고 바다를 바라보고 있습니다.

이런 광경을 볼 수 있을 줄은 몰랐습니다.

유나 언니가 바다로 가보자고 말해줍니다. 저와 슈리는 미소를 짓고 고개를 끄덕였습니다.

바닷물은 엄청 차가웠어요. 그리고 짰습니다. 물은 소금물이었습니다. 목이 아프네요. 유나 언니가 물을 내어주었습니다.

후~ 살았습니다. 그런데, 유나 언니는 그런 우리를 바라보고 웃고 있네요. 너무합니다.

그런 뒤 마을로 향했습니다.

도중에 보인 건 곰이었습니다. 커다란 곰이 보였습니다.

유나 언니의 집이라고 합니다. 어째서 이렇게 큰 거죠?

마을에 도착하자 마을 사람들은 모두 유나 언니에게 인사를 건넵니다.

유나 언니는 인기인이네요.

그런 다음 숙소에서 데거 씨라는 엄청난 근육질인 사람을 소개받았습니다. 모험가 길드의 라록 아저씨와 비슷한 느낌입니다. 심지어 요리를 엄청나게 잘하신다고 합니다.

그곳에서 유나 언니가 마을에 온 이유를 알려주었습니다.

들어보니 죽순이라는 것을 캐고 싶다고 합니다. 혼자서 캐는 건 외로우니까 저희를 데리고 온 모양입니다. 어, 바다를 보러 가자고 하지 않았던가?

그래도 바다를 봤으니 유나 언니를 돕기로 합니다. 그런데…… 죽순이라는 건 뭘까요?

데거 씨도 죽순에 흥미를 보여서 내일 아침에 다 같이 캐러 가기로 했습니다.

데거 씨의 요리를 먹은 우리는 곰 집으로 찾아갔습니다.

크네요. 곰이 두 마리 나란히 있습니다.

고아원 아이들을 데려오기 위해서 만들었다고 합니다. 그렇다고 해도 큽니다.

안에 들어서자 커다란 식당이 있네요. 2층은 큰 방으로 되어있습니다. 이곳에서 다 같이 잘 예정이라고 합니다. 3층으로 올라갔습니다. 3층이 오늘 밤 우리가 묵을 방이라고 합니다. 4층, 목욕탕입니다. 크네요.

남녀로 나뉘어 있습니다.

조금 이르지만, 내일은 빨리 일어나야 해서 목욕을 하고 쉬겠다고 합니다.

곧바로 알몸이 되어 목욕탕으로 들어갑니다. 하지만 욕조에는 물이 없고 텅텅 비었습니다. 그것도 당연하죠. 지금 막 돌아왔으니까요. 따뜻한 물이 차오를 때까지 먼저 머리와 몸을 닦습니다.

여동생의 몸을 닦고 제 몸을 닦습니다. 다 닦을 무렵, 유나 언니가 머리를 감으려고 했습니다.

유나 언니의 머리는 길고 엄청 예쁩니다. 몸도 팔도 가늘어서 예쁜 몸을 가지고 있습니다. 이 가느다란 팔의 어디에서 마물을 쓰러뜨리는 힘이 나오는 걸까요?

역시 마법인 걸까요? 그렇지만 이 팔로 모험가들을 때렸습니다.

저는 이상하게 생각하면서 유나 언니가 머리를 감는 것을 도왔습니다.

2일째

죽순이라는 식자재를 캐러 가기 위해 아침 일찍 출발합니다. 일찍 잔 덕분에 졸리지는 않네요. 마을 입구에 도착하니 데거 씨가 기다리고 있었는데 괭이를 어깨에 올리고 기세등등합니다.

유나 언니가 말하는 대나무 숲으로 찾아갔습니다. 이게 대나무라는 걸까요?

녹색을 띠고 있는 가느다란 통 같습니다. 가볍게 쳐보니 통통 소리를 내며 단단하네요. 도무지 식자재로는 보이지 않습니다. 저와 같은 생각을 한 데거 씨가 유나 언니에게 물었습니다. 그러자 유나 언니는 지면을 마법으로 파더니 무언가를 꺼내 듭니다.

알고 보니 죽순은 이 녹색의 통으로 되기 전의 상태라고 합니다. 만졌는데 확실히 부드럽습니다. 이게 죽순이라는 것으로 먹으면 맛있다고 합니다. 유나 언니는 엄청 박식하네요.

그렇게 지면을 파게 되었지만 저와 슈리는 파는 도구가 없었습니다.

유나 언니가 곰 장갑을 앞으로 내밀자 곰돌이와 곰순이가 나타납니다.

저는 곰돌이, 슈리는 곰순이와 함께 짝을 이루어 죽순을 팠습니다.

"곰돌아, 잘 부탁해."

"크~응."

저는 모두와 떨어져 곰돌이와 함께 이동했습니다.

조금 떨어진 곳이지만 이 부근이면 괜찮을까.

"곰돌아, 어디 있는지 알겠니?"

"크~응."

곰돌이가 울더니 지면을 파기 시작합니다. 그러자 눈 깜짝할 사이에 구멍이 생기고 조금 전의 유나 언니가 보여줬던 것과 같은 게 나타났습니다.

곰돌이는 마지막 역할은 제게 양보해주었습니다. 제가 구멍에서 죽순을 꺼내 들었습니다. 조금 힘들긴 했지만 잘 캐냈습니다. 이걸 먹을 수 있다는 거군요. 어떤 맛일지 기대가 됩니다.

저는 죽순을 품에 안고 돌아갔습니다. 우선은 한 개째입니다.

"유나 언니, 이거면 되나요."

마법으로 파고 있는 유나 언니에게 확인을 받습니다.

"맞아. 열심히 해서 많이 파줘. 고아원 모두에게도 맛보여주고 싶으니까."

"네, 열심히 할게요."

저는 제자리로 돌아왔습니다.

곰돌이가 발견해서 파면 마지막으로 꺼내고 옮기는 것이 제 일입니다.

몇 번인가 옮기고 있는 도중에 슈리와 마주쳤습니다.

"언니, 빠르네."

가지고 온 죽순의 수는 제 쪽이 많았습니다. 하지만 데거 씨의 모습은 한 번도 보지 못했어요.

유나 언니에게 물으니 유나 언니도 보지 못했다고 합니다. 역시, 곰돌이와 곰순이가 없으면 찾는 건 힘든 걸까요.

어느 정도 시간이 지나서 죽순도 쌓여갈 무렵, 유나 언니가 끝내겠다고 알립니다.

슈리는 저에게 졌다는 것에 아쉬워했지만 동생에게 질 수는 없죠.

그래도 슈리도 열심히 해서 칭찬해줍니다.

결국 한 번도 보이지 않은 데거 씨를 찾으러 유나 언니가 나섭니다. 곧바로 돌아오긴 했지만 데거 씨의 손에는 죽순이 한 개밖에 없었습니다. 아무래도 발견하지 못했던 모양입니다. 그것을 간단하게 찾아서 파줬던 곰돌이가 대단하네요.

데거 씨의 숙소로 돌아와서 유나 언니가 곧장 요리해주었습니다. 도우려고 했지만 「아침 일찍부터 일했으니까 피곤할 거야. 쉬어도 괜찮아」라고 말해줘서 저와 슈리는 의자에 앉아 쉬었습니다.

잠시 시간이 흐르고 유나 언니가 만든 죽순 요리가 테이블 위에 나열됐습니다. 모두 맛있어 보이네요. 음식들을 보는데 아침을 못 먹은 저의 배가 작게 웁니다. 하지만 아무에게도 들리지 않았던 것 같아서 다행입니다.

저와 슈리는 먹기 시작했습니다. 배가 고팠던 슈리는 볼 한가득 먹습니다. 물론 저도 먹고 있는데 엄청 맛있네요. 요리사인 데거 씨가 모르는 요리를 만들 수 있는 유나 언니는 정말 대단합니다.

그런 뒤 저와 슈리의 바람도 있어서 배를 보러 가게 되었습니다.

배가 서 있는 곳을 항구라고 하네요. 항구에는 배가 여러 대 떠 있었습니다. 이걸 타고 넓은 바다에서 생선을 잡는 거군요. 슈리가 배에 타보고 싶어 합니다. 그 마음은 이해가 가요. 저도 타고 싶은걸요. 하지만 그렇게 떼를 쓸 수는 없습니다.

배를 바라보고 있는데 슈리가 커다란 배를 발견하고 달려갑니다.

"슈리, 기다려."

뛰면 위험하니까 뒤따라 가봅니다.

슈리를 붙잡아 진정을 시키고 있는데 안쪽에 있는 배의 그늘에서 사람이 나왔습니다. 그 사람은 유나 언니를 보고 말을 건넸습니다. 아무래도 유나 언니의 지인인 모양이네요. 이름은 다몬 씨와 유우라 씨라고 합니다.

그리고 무려, 다몬 씨의 배에 탈 수 있게 되었습니다.

배는 물 위를 움직입니다. 처음엔 천천히, 서서히 속도가 올라갑니다. 슈리는 소란을 피웁니다. 유나 언니가 안 떨어지게 조심하라고 소리칩니다.

배는 점점 육지에서 멀어져 갑니다. 차가운 바람이 불어옵니다. 무섭지만 즐겁습니다. 아마 무섭지 않은 건 유나 언니가 옆에 있기 때문이겠지요. 유나 언니와 함께 있으면 안심이 됩니다.

유나 언니를 만난 후로 볼 수 있는 풍경이 크게 바뀌었습니다. 왕도에 데리고 가주기도 했고 이번에는 바다에까지 데리고 와주었습니다. 유나 언니를 만나지 않았다면 절대로 볼 수 없었던 풍경입니다.

유나 언니, 고마워요.

3일째

마을에 오니 아름다운 여성이 조금 째려보듯 유나 언니를 바라보며 말을 했습니다.

이 여성은 이 마을 모험가 길드의 길드 마스터인 아트라 씨라고 합니다. 아무래도 유나 언니가 전에 이 마을에 왔을 때 신세를 졌던 것 같습니다. 그런데 유나 언니가 미릴러 마을에 왔는데도 얼굴을 비추지 않은 것에 화가 난 모양이네요. 이건 유나 언니가 잘못한 거죠. 신세를 졌던 사람에게 인사를 하는 건 중요합니다.

처음엔 아트라 씨가 화를 내는 느낌이 들어서 무서운 사람이라고 생각했지만 이야기를 나눠보니 무척 상냥한 사람이었습니다.

유나 언니의 이야기로 서로 공감을 할 수 있었습니다. 유나 언니는 곤란해 있는 사람을 도와주는 정말 친절한 사람입니다.

그런 뒤, 아트라 씨와 함께 행동하게 되었습니다. 찾아간 곳은 바다에서 낚은 생선이 진열된 시장입니다. 시장에는 본 적이 없는 생선들이 가득 있었습니다. 강에서 헤엄치고 있는 생선과는 크기도 모양도 다르네요.

생선과는 달리 꿈틀꿈틀 움직이는 것도 있습니다. 조금 기분 나쁘네요. 이것도 먹을 수 있는 걸까요. 하지만 유나 언니가 엄청 맛있다고 합니다. 먹으려면 조금 용기가 필요할 것 같습니다.

시장을 보고 다음으로 향한 곳은 노점들이 서 있는 가게입니다. 여러 포장마차에서 맛있는 냄새가 납니다. 저와 슈리가 먹고 싶어 하니까 아트라 씨와 유나 언니가 동전을 주었습니다. 죽순 캐기를 도와준 보답이라고 합니다.

"유나 언니, 고마워요."

저는 유나 언니와 아트라 씨에게 감사 인사를 하고 슈리의 손을 붙잡은 뒤 포장마차로 향했습니다.

"언니, 이거 먹자."

간판에 오징어구이라고 적혀있습니다. 맛있는 냄새가 나네요.

한 개 사서 슈리와 둘이서 나눕니다. 예전엔 자주 음식을 나눠 먹었습니다.

오징어구이는 조금 질겼지만 맛있었습니다.

오징어구이를 먹은 슈리의 입 주변이 더러워져서 손수건으로 입을 닦아주었습니다.

다음으로 구운 생선을 채소와 볶은 것을 먹었습니다. 슈리가 이것저것 먹고 싶어 했지만 그렇게 많이 먹을 수는 없습니다. 마지막으로 살아있는 생선 요리를 두 사람이서 무리하며 먹었습니다.

배가 한가득입니다. 더 이상 들어가지 않아요. 슈리가 먹고 싶어 해서 저도 모르게 사버렸습니다.

그래도 음식들은 모두 맛있었습니다.

그 후 유나 언니가 있는 곳으로 돌아간 우리는 상업 길드로 가서 이야기를 나눴고, 내일 집으로 돌아가게 되었습니다.

무척 재미있는 3일이었습니다.

또 오고 싶네요.

ILLUSTRATION GALLERY

STORY

곰곰곰 베어 6

학생들을 호위하다

미릴러 마을로의 짧은 여행에서 돌아온 유나는, 엘레로라에게 의뢰 받은 시아와 학생들의 과외수업 호위를 하기 위해 왕도로 향한다. 그 후 시아, 카틀레야, 마릭스, 티몰 파티의 호위로 따라가게 된다. 마차로 가면 이틀 정도 걸리는 마을에 짐을 보내러 가는 도중, 고블린이 나타났지만 시아와 아이들이 무난하게 토벌하고 어떻게든 마을에 도착한다. 그러나 마을에서 하루 머무르는 동안 마물이 나타나는 소동이 일어난다. 학생들이 마물을 토벌한 후 안심하는 것도 잠시, 마을이 관리하는 누에의 오두막 근처에도 마물이 나타나 마을 사람들이 남겨지게 되었다는 연락이 온다. 서둘러 학생들과 오두막으로 향하지만 그곳에는 블랙 타이거가 있었다. 강적에 위축된 학생들 앞에서 유나가 힘을 선보이며 블랙 타이거를 퇴치하여 학생들의 존경을 한 몸에 받게 된다. 돌아가는 길에는 특별한 일이 일어나지 않았고, 호위 임무를 완수한 유나는 곧바로 엘레로라에게 보고하고 의뢰를 완료한다.

『곰 씨 식당』 오픈

크리모니아로 돌아간 유나는 그림책의 복사본을 가지고 고아원을 방문하고, 클리프와 식사를 하면서 하루를 보낸다. 그리고 미릴러 마을과의 터널

정비가 끝나서 안즈가 함께 일을 해줄 동행자들과 함께 크리모니아 마을로 찾아온다. 가게로 안내한 후 곧바로 개점 준비를 개시. 동행자 중 한 명인 니프가 가게가 아닌 고아원 일을 희망하고, 종업원 의상으로 의논을 하게 되는 등의 일이 있었지만 『곰 씨 식당』은 무사히 오픈 날을 맞는다.

미스릴 나이프를 구하다

유나는 학생들 호위를 할 때 무찌른 블랙 타이거의 해체를 피나에게 부탁하지만 피나가 가지고 있는 나이프로는 해체할 수 없다고 한다. 그런 거라면 더 좋은 나이프를 사면 되지, 라며 피나를 데리고 대장간으로 가는 유나. 하지만 크리모니아의 대장장이인 골드의 가게에는 블랙 타이거를 해체할 수 있는 미스릴 나이프가 없었다. 피나를 데리고 골드에게 소개받은 왕도의 대장간으로 향한 유나는, 도중에 시아와 아이들과 재회한 후 함께 대장간으로 향한다. 하지만 왕도의 대장장이 가잘의 가게에도 미스릴 나이프는 없었고, 광산의 동굴에 골렘이 나타나 미스릴 광석이 고갈되고 있다는 사실을 알게 된다. 자세한 이야기를 듣기 위해 유나가 왕도의 모험가 길드로 찾아갔고, 사냐와 엘레로라로부터 골렘 퇴치를 부탁 받는다. 유나는 피나를 엘레로라에게 맡기고 혼자서 광산으로 여정을 떠나게 된다.

전자책 구입자 특전
19 곰과의 조우 다몬 편

이 미릴러 마을은 갑자기 나타난 크라켄으로 인해 바다로 나갈 수 없게 되었다. 다른 마을로 가는 유일한 길목에도 도적이 설쳐서 지나다닐 수 없게 되었다. 부자들은 모험가를 호위로 고용하여 마을에서 나갔다.

이 상태로 한 달이 지나니 마을에서 식량난이 일어났다.

나는 가족과 의논해서 엘레젠트 산맥을 넘어 크리모니아 마을에 식료품을 사러 가기로 했다. 아내인 유우라와 둘이서 험준한 산길을 올라갔다. 이 산을 넘으면 크리모니아 마을에 도착할 거라고 들었다. 하지만 정상에 다다를수록 엄청난 눈바람에 앞이 보이지 않을 정도였다.

한 발자국 내딛는 것도 힘겹다. 몸은 얼어서 걸을 수가 없다. 어디에선가 눈바람을 피하고 싶지만 그런 장소는 보이지 않는다.

그때 뒤에서 털썩하며 쓰러지는 소리가 들렸다. 뒤돌아보니 유우라가 쓰러져 있었다. 나는 소리쳤지만 일어날 기미가 없다. 유우라를 등에 업으려고 했으나 힘이 들어가질 않는다.

내 몸도 한계가 온 모양이다. 머리에 아이들의 모습이 떠올랐다. 다 틀렸어. 의식이 서서히 희미해졌다.

내가 눈을 뜨자 그곳은 따뜻한 집 안이었다. 그리고 눈앞에는 곰 옷차림의 여자아이가 있었다. 여자아이는 따뜻한 음료를 주고 식사를 대접해주었다. 따뜻한 음식은 몸 전체로 퍼져나갔고 맛있었다.

하지만 집이 이 산맥에 있다는 사실을 듣고 더욱더 놀라웠다.

그 후 곰 옷차림의 여자아이로부터 식자재를 받았다. 답례는 미릴러 마을까지 안내만 해주면 된다고 한다. 우리는 올라온 산을 다시 내려가게 됐다.

우리는 곰에 올라타고 하산을 했다. 곰 여자아이의 소환수라고 한다. 우리들이 고생해서 올라온 산을 곰은 너무도 편하게 달리며 내려갔다. 믿기지 않는 광경이다.

며칠에 걸쳐 오른 산을 하루도 걸리지 않고 내려와버렸다.

마을에 곰 아가씨가 온 뒤로 여러 일이 일어났다. 식자재가 유통되고 길을 차지하고 있던 도적들이 토벌되었다. 심지어 그 도적 행위에는 상업 길드의 길드 마스터가 연관되어 있었다는 것이 판명되었다.

길로 다닐 수 있게 되어 식자재를 구매하러 상인들이 출발했다. 시간은 걸릴지 모르지만 희망이 보였다. 이것도 곰 아가씨가 도적을 토벌해준 덕분이다.

크라켄이 바다에 있어서 어업에 나설 수 없어 집에 머무르고 있는데, 쿠로 할아버지의 이름으로 어부들 전원에게 모이라는 지시가 내려왔다. 집합 장소에 도착하니 많은 어부가 모여 있었다.

시간이 되자 쿠로 할아버지가 어부들 앞에 나타나 「내일은 무슨 일이 있어도 바다 근처에 가지 말고 집 안에 있도록」이라고 말했다.

"무슨 일이죠, 쿠로 할아버지?"

"말 그대로다. 그날은 절대로 바다에 가면 안 돼."

바다 근처로 가면 크라켄을 불러들일 가능성이 있으니 최근에는 가는 사람이 없었다. 하지만 이렇게 날짜를 지정해서 쿠로 할아버지가 일부러 말하는 건 이상했다.

"좋든 나쁘든, 마을의 운명은 그날로 결정될 거다. 만일의 일이 생기거든 내가 책임을 지지. 그러니 무슨 일이 있어도 바다에는 가지 말아주게."

그 완고하기로 유명한 쿠로 할아버지가 우리에게 깊게 고개를 숙였다. 바다에 가지 않는 건 계속해왔던 일이다. 말하지 않아도 갈 생각은 없었다. 그 마음은 다들 같았다.

"쿠로 할아버지, 알았으니까 고개 드세요. 저희는 무슨 일이 일어나고 있는지 알 수 없어요. 하지만 쿠로 할아버지가 말씀하시는 거라면 모두 착실하게 지시를 따를 거예요. 그렇지, 모두?"

"그래, 그럴 거야."

우리는 쿠로 할아버지에게 그날은 절대로 바다에 다가가지 않겠다고 맹세했다.

당일, 나는 쿠로 할아버지의 말이 신경 쓰여서 집에서 가만히 있지 못하고 마음을 다스리기 위해 마을을 산책했다.

마을을 산책하고 있어도 바다가 신경 쓰여서 참을 수 없었다. 어떻게든 바다가 보이는 길로 가버리고 만다.

응, 뭐지? 마을 밖으로 가는 문을 막는 것처럼 모험가 길드의 직원이 서 있었다.

궁금해져서 말을 걸었지만 「오늘은 아무도 지나갈 수 없어요」라는 말을 들었다.

도대체 무슨 일이 일어나고 있길래 이러는 거지. 쿠로 할아버지가 말했던 것과 관련이 있나?

잠시 상황을 살펴보고 있는데 문 쪽이 소란스러워졌다. 다가가자 곰 아가씨가 흰 곰 위에 쓰러져 있었다.

곰 아가씨에게 무슨 일이 있었던 거지? 모험가 길드의 길드 마스터가 곰과 함께 안으로 들어오려고 했지만 문지기가 곰을 들여도 좋을지 곤란해하고 있었다. 그러자 길드 마스터가 조용히 화를 냈다.

곰 아가씨가 크라켄을 쓰러뜨렸다고 말하면서…….

크라켄을 쓰러뜨렸다고?

어처구니없는 말이 길드 마스터의 입에서 나왔다. 들어보니 조금만 가면 있는 언덕 쪽에서 크라켄을 쓰러뜨렸다고 한다. 크라켄과 싸운 곰 아가씨는 마법을 너무 많이 써서 쓰러졌다고…….

도무지 믿기지 않는다.

하지만 길드 마스터는 직접 가보면 알 수 있다고 했다. 나를 포함한 몇 명의 남자들은 확인하러 언덕을 향해 달려갔다. 정말로 크라켄이 토벌되어 있다면 마을은 구원을 받은 게 된다.

숨을 헐떡이며 언덕에 도착해보니 엄청난 수증기가 나고 있었다. 열기 때문에 땀이 나왔고 나는 수증기가 나고 있는 곳으로 다가갔다. 그러자 수증기 속에서 원을 그리며 솟아난 몇 개의 커다란 곰 석상이 보였고 그 중앙에 크라켄이 죽어있었다.

그 귀여운 여자아이가 크라켄을 쓰러뜨리다니 믿을 수 없었다.

흔히 직접 보지 않으면 믿을 수 없다고 다들 그러지만 직접 봐도 믿기지 않았다. 그래도 틀림없이 끓고 있는 바닷속에는 우리를 힘들게 했던 크라켄이 죽어있었다.

내 볼에 뭔가가 흘러내렸다. 모르는 사이에 울고 있었던 모양이다. 나는 당황하며 눈물을 훔친다. 하지만 눈물을 흘리고 있는 건 나뿐만이 아니었다. 주위를 둘러보니 나처럼 달려온 사람들이 토벌된 크라켄을 보며 눈물을 흘리고 있었다.

나는 아가씨가 머무는 데거의 숙소로 향했다.

아가씨는 크라켄과 싸운 뒤 지쳐서 쓰러졌다고 한다. 지금은 조용히 자고 있으니 자게 내버려 두라고 길드 마스터인 아트라 씨에게 부탁을 받았다.

하지만 나와 똑같이 쓰러진 크라켄을 본 마을 주민들이 곰 아가씨에게 감사 인사를 전하고 싶어서 점점 모여들었다. 그럴 적마다 아트라 씨와 숙소의 주인인 데거가 설명한다.

"그렇다면, 쌀이 남아 있는 사람이 있다면 조금이라도 좋으니 나눠주지 않겠나. 아가씨는 화의 나라의 쌀을 마음에 들어 해."

"쌀 말인가."

"그런 것으로 충분한가?"

"그래, 틀림없어. 아가씨가 눈을 뜨면 기뻐할 거야."

"맞아, 이런 곳에서 떠들다가 유나를 깨우는 것보다는 나아."

마을 주민들은 수긍하더니 각자의 집으로 돌아갔다. 나도 집으로 돌아가 가족들에게 이야기하고 적은 쌀이지만 아가씨를 위해 가지고 가기로 했다. 내가 아가씨에게 해줄 수 있는 것은 달리 없었다.

나는 딸을 데리고 아가씨가 자는 숙소로 향했다.

쌀을 가지고 숙소에 들어서자 이미 몇 명의 주민이 있었다. 그리고 데거가 준비한 커다란 통에 쌀을 넣고 있다. 식자재가 적은데도 불구하고 모두 가지고 와줬다.

나도 딸과 함께 쌀을 통 속에 넣는다.

"아버지, 곰 언니가 기뻐할까요?"

"그래, 기뻐할 거야."

"곰 언니, 고마워."

딸은 내 손을 잡으면서 감사의 인사를 한다. 정말로 곰 아가씨에게는 감사할 따름이다.

사실은 직접 만나서 고맙다는 말을 하고 싶었지만 그런 마물과 싸웠다. 얼마나 힘들었을지 나로는 상상도 할 수 없다. 목숨을 건 싸움이었을 거다. 나는 흰 곰 위에 쓰러져 있던 아가씨를 떠올린다.

지금은 천천히 쉬는 게 좋다.

다음 날, 나는 바다로 나갔다. 이 흔들리는 배, 바다 내음, 모든 게 그리웠다. 자연스럽게 미소가 나온다. 그건 나만이 아니었다. 배에 올라타 있는 모든 사람에게도 미소가 흘러넘쳤다. 모두 나와 같은 마음이겠지.

생선을 낚아 돌아왔는데 크라켄을 해체할 테니 근처의 사막까지 와주길 바란다는 부탁을 받았다.

사막으로 가보니 곰 아가씨와 쿠로 할아버지의 모습이 있었다.

크라켄은 컸다. 그때는 바다에 잠겨 있어서 이 정도로 클 줄은 몰랐다. 우리는 분담하여 크라켄을 해체했다.

이야기에 따르면 크라켄의 소재는 전부 마을에 준다고 한다. 마을을 위해 사용해주면 좋겠다고 곰 아가씨가 말했다며……. 보통이라면 있을 수 없는 일이다. 반대로 크라켄을 토벌한 것으로 막대한 돈을 마을에 요구해도 될 정도였다. 그런데 곰 아가씨는 아무런 요구를 하지 않았다.

이 일을 마을 주민들 이외의 사람들에게 이야기하면 아무도 믿지 않겠지.

곰 옷차림의 여자아이는 정말로 이상한 여자아이이다.

이 마을의 주민들은 곰 아가씨에게 감사하고 있다. 하지만, 아가씨가 마을을 구해준 뒤가 문제였다. 크리모니아로부터 영주님이 오고 크리모니아로 연결되는 터널이 발견되었다. 곰 아가씨가 터널을 발견했다고 하지만 그게 있을 수 없는 일이라는 건 내가 가장 잘 알고 있다. 만일 그런 터널이 있었다면 곰 아가씨는 일부러 엘레젠트 산맥을 오르지 않았을 거다.

크라켄을 토벌할 수 있다면…… 어쩌면, 이라고 생각해버린다.

터널이 발견되었다는 사실로 인해 크리모니아로부터 식자재가 도착했다. 그러나 그러기 위해서는 마차 등이 지나갈 길을 확보해야 했다. 급하게 터널까지의 길을 만들게 되어서 상업 길드의 길드 마스터가 된 젤레모는 바쁘게 일했다.

그 게으른 사람이 길드 마스터라니, 웃음이 새어 나온다. 그래도 저 녀석이 길드 마스터를 하면 상업 길드도 좋은 방향으로 변할 것이다.

그리고 오늘은 상업 길드에 용건이 있어서 젤레모를 만나러 갔다.

"젤레모, 바빠 보이네."

"다몬이군. 너는 한가로워 보이네."

"그렇지 않아. 오늘도 바다에 나가서 일하고 왔어."

"즐거워 보이니 좋겠군."

"그래, 아가씨 덕분에 바다로 나갈 수 있게 됐어. 게다가 네가 있는 상업 길드로부터 생선 주문도 들어오고 있고."

"이쪽은 죽겠어. 해산물의 유통 관리는 물론이고, 크리모니아로부터 들어오는 식자재 관리도 있어. 할 일이 산더미야. 어째서 내가 이런 일을……."

"그건 네가 마을을 위해 노력하는 남자라서겠지."

"나는 농땡이 치기 좋아하는 남자라는 거 알지 않나."

"그와 동시에 주민들에게 친절한 남자라는 것도 알고 있지."

"과대평가야."

"그렇지 않은걸요. 젤레모 씨의 인덕에는 언제나 놀라요."

나타난 것은 크리모니아에서 파견된 길드 직원인 아나벨 씨. 진지하고 완고해 보이는 여성이다.

"아나벨 씨?"

"일은 농땡이 치려고 하지만 마을 주민들에게 호감을 사고 있잖아요. 모두 젤레모 씨를 위해서라면, 이라고 말하면서 손을 빌려주는 걸요. 젤레모 씨에게 선물을 가지고 오는 사람도 많아요. 이 마을의 장로들이 젤레모 씨를 길드 마스터로 고른 이유를 알 것 같아요. 그래도 일을 내팽개치고 농땡이 치는 건 정말 그만둬 주세요."

"저기, 휴식이라고 말해주시지 않을래요?"

"몇 시간이나 휴식을 취하시는 건 곤란합니다. 이 마을의 앞날은 젤레모 씨의 어깨에 달려 있어요."

"그러니까, 저에게 그런 무거운 짐은……."

"그러면 마을이 망해도 상관없다는 뜻인가요?"

"다른 사람이라도 괜찮지 않느냐는 말입니다. 아나벨 씨가 길드 마스터가 되셔도……."

"저는 마을을 부흥시키려면 시간이 걸릴 거예요. 이 마을에는 새로운 일들이 많이 있습니다. 그런 것은 마을 주민분에게 신용을 얻지 못하면 대처를 못하게 되죠. 제가 상업 길드의 길드 마스터가 되면 반발이 일어나거나 사업이 진행되지 않을 거예요."

"저는 그런 대단한 사람이—"

“젤레모, 그만 포기해. 나도 너를 신용하는 사람 중 한 명이야. 너이기 때문에 안심하고 상업 길드를, 마을을, 우리가 낚아온 생선들을 맡길 수 있는 거야.”

“다몬…… 내가 그런 말로 힘을 낼 것처럼 보이냐?”

“안 보이지.”

나와 젤레모는 웃었다. 하지만 젤레모는 이러쿵저러쿵해도 해낼 남자다.

그리고 오늘도 나는 바다로 나간다.

우리 어부는 크라켄이 토벌된 장소 근처를 지날 때 커다란 곰 석상의 등을 향해 감사의 마음을 보낸다.

오늘도 무사히 고기를 잡으러 나갈 수 있는 것에 감사한다.

고마워.

세븐넷 구입자 특전

20 학원에 보고하다 마릭스 편

실전 훈련에서 돌아온 다음 날. 오늘은 선생님께 보고를 해야 한다. 모험가인 유나 님에게 들은 이야기와 우리들의 이야기에 앞뒤가 안 맞는 건 없는지 확인하기 위해서이기도 하다. 조금 마음이 무겁다.

"하아~."

"마릭스, 왜 그래?"

내가 한숨을 내쉬자 시아가 걱정스럽게 물어왔다.

"아니, 오늘 보고하는 일로 조금……."

유나 님은 있는 그대로 보고했다고 한다. 내가 이야기하지 않아도 마을 사람들이 말할 테니 거짓말은 들통날 게 뻔할 거라면서. 나도 그렇게 생각한다.

생각할 것도 없이 평가는 분명 낮을 거다.

호위 역할인 모험가를 무시했던 태도. 모험가의 지시를 따르지 않고 멋대로 행동했던 점. 원래라면 모험가인 유나 씨의 지시를 따라야 했다. 그것을 무시한 것이 된다. 그렇지만 그런 곰 옷차림의 여자아이를 모험가라고 여기지 않았고 셀 거라고 생각하지 못했다. 그래도 이게 시험 내용에 포함되어 있다면 평가는 낮을 거다.

나머진 마물을 쓰러뜨린 것에 따른 평가지만 이것도 미묘하다. 이번 실전 훈련에서 마물 토벌은 평가에 들어있지 않다. 학생의 본분에서 벗어났다고 말한다면 더는 할 말이 없다.

하지만 마을 사람들을 구하러 간 것은 틀리지 않았다고 생각한다. 곤란에 처한 사람이 있다면 또 구하러 갈 거다. 그게 내가 목표로

하는 기사라는 것이다.

교실에서 기다리고 있는데 먼저 보고하러 왔던 지글드네 아이들이 돌아왔다.

"마릭스, 너희 순서야."

"끝났어?"

"그래, 딱히 말할 게 없어서 금방 끝났어."

편하게 말하는 지글드가 부럽다. 우리보다 앞서 보고를 하러 갔던 파티들은 모두 빨리 돌아왔다. 우리가 가장 마지막이다. 우리의 보고가 길어질 테니 가장 마지막으로 돌린 것 같다.

애초에 믿어 줄지가 의문이다. 유나 님의 말을 선생님이 어디까지 믿어줄지 모르겠다.

"마릭스, 가자."

"그래."

"그렇게 걱정할 것 없어. 어머님도 있었으니까."

"엘레로라 님이 무슨 말을 했어?"

"어젠 돌아가서 바로 곯아떨어져서 아직 이야기는 나누지 못했어."

마찬가지다. 지쳤던 건지 어제는 금방 잠이 들어버렸다.

거짓말을 할 것까진 없다. 진짜 있었던 일을 이야기할 뿐이다. 우리는 지글드 일행과 교대하며 선생님이 계신 방으로 향했다.

방으로 들어서자 선생님과 시아의 모친인 엘레로라 님의 모습이 있었다.

시아를 보니 놀란 표정을 하고 있다. 시아도 몰랐던 모양이다.

"너희가 마지막이네. 우선, 앉지."

선생님께 들은 대로 우리는 의자에 앉았다.

"엘레로라 님에게 이야기는 들었지만, 믿기지 않는구나. 마을에도 확인할 예정인데 너희들에게도 이야기를 듣고 싶어."

우리는 실전 훈련에서 우리들의 행동, 경험했던 것들을 있는 그대로 이야기했다. 믿어줄 것 같지 않은 내용뿐이다.

선생님은 우리들의 이야기를 들을 때마다 놀란 표정을 짓는다. 하지만 유나 님에게 이야기를 들었던 것 때문인지 우리들의 이야기를 묵묵히 들어주었다. 가끔 확인하기 위해서 살짝 물어보는 정도였다.

"이야기는 잘 들었어. 나머진 마을에 확인해 볼게."

"선생님, 역시, 감점인가요?"

티몰이 선생님께 질문했지만 선생님은 곤란한 표정을 짓더니 엘레로라 님을 바라봤다.

"이번 건은 감점도 가점도 하지 않을 거야. 너희가 곤란에 처한 마을을 구하기 위해 행동했던 마음은 중요해. 그에 관해서 화를 내지는 않겠어. 너희는 앞으로 위쪽에 자리할 인물들이지. 곤란에 처한 사람을 내버려 두는 사람은 되지 않길 바라. 그렇지만 그와 동시에 너희들의 행동은 경솔했다는 것을 깨닫길 바라. 너희는 자신들의 위치를 생각해서 행동해야 해."

"결국, 저희의 행동은 올바르지 않았던 건가요?"

티몰은 재차 확인한다.

나는 엘레로라 님이 말씀하신 내용을 이해했다. 그렇지만 티몰은 아닌 모양이다. 무엇이 옳은지 정답을 바라고 있다.

"무엇이 옳은지는 사람에 따라 다르지. 정해진 정답 같은 건 존재하지 않아."

"......"

"그렇지만 틀렸다는 것도 아니야. 단지, 자신들의 행동이 모두 옳다고 생각하지 말도록. 그와 동시에 틀렸다고도 생각하지 말 것.”

“어렵네요.”

“인생이란 것에 정답이 있을 리가 없잖니. 나중에 옳았는지 틀렸는지를 깨닫게 되는 일도 있어. 다만 이번에 한해서 말하자면, 호위해주는 모험가에게 상담하지 않았던 점은 틀린 거야. 모험가는 교사의 대리이기도 해. 그 사람에게 상담도 하지 않고 위험한 일을 한 건 칭찬받을 행동이 아니지.”

그렇지만 그 곰 옷차림의 유나 님에게 상담하자고 말하는 건 어려웠다. 처음 봤을 때 유나 님을 강한 모험가라고 생각할 사람은 아무도 없을 거다.

“엘레로라 님, 그 곰 옷차림의 유나 님이 강하다고는 아무도…….”

티몰은 저항하려는 듯 변명을 했다. 그 마음은 이해가 간다.

“이번에는 사람을 겉으로만 판단하지 않는 것도 시험 중 하나였어. 너희가 곰 옷차림의 여자아이를 앞에 두고 어떤 판단을 하고 어떻게 행동할지를 보고 싶었거든.”

“어째서 그런 시험을…….”

“그거야, 그러는 편이 재미……가 아니라, 크흠.”

지금 재미라는 말을 했지? 엘레로라 님은 작게 기침을 하더니 고쳐 말했다.

“사람은 보이는 것으로는 알지 못하는 부분도 많아. 추레한 옷차림을 한 밀정과 암살자. 사복으로 갈아입고 성을 빠져나가는 국왕. 그리고 귀여운 옷차림을 한 우수한 모험가. 사람을 외관으로 판단하는 것도 중요하지만 내면도 확실히 판단할 수 있는 인물이 되길 바라. 그러니까 귀엽긴 하지만 우수한 모험가인 유나에게 너희의 실전 훈련을 부탁했던 거야.”

엘레로라 님의 말씀은 이해가 되었다. 유나 님은 외관으로 판단해서는 안 되는 전형적인 인물이다. 하지만 유나 님을 한 번 보고 우수한 모험가라고 알아채는 사람이 있으면 만나보고 싶었다.

결국, 우리들의 실전 훈련의 결과에는 감점도 가점도 없었다.

이번 우리의 행동에는 무엇이 옳은지, 무엇이 틀렸는지는 없다. 우리는 마을 사람을 구하려고 행동했고 결과적으로 블랙타이거가 나타나 유나 님이 구해줬다는 사실만이 남았다.

만약 블랙타이거가 나타나지 않았다면 칭찬받았을까?

무사히 마을 사람들을 구출할 수 있었다면 나는 앞으로 아무것도 생각하지 않고 같은 일을 반복할 것이다. 그게 틀렸다고는 생각하지 않지만 새삼 자신의 행동에 관해 생각하게 됐다.

마지막으로 엘레로라 님은 「후회가 남지 않도록 생각하는 것이 중요해」라고 말했다. 무엇이 옳은지는 여러 시점에서 보면 조금은 알 수 있다고…….

학생이라는 입장, 한 명의 인간으로서의 입장, 기사의 입장, 선생님의 입장, 모험가로서의 입장 등, 여러 시점에서 생각해보면 조금은 이해가 되었다.

하지만 확실하게 말할 수 있는 건 내가 약하다는 것이다. 유나 님이 싸우는 모습을 보면 내가 얼마나 약한지를 알 수 있다. 블랙타이거를 앞에 두고 나는 몸을 떨며 움직이지 못했다. 하지만 나보다 작은 곰 옷차림의 소녀는 혼자서 블랙타이거에게 맞섰다.

그 블랙타이거를 향해 나아갈 수 있으려면 얼마나 훈련을 해야 할까.

"유나 님, 강했어."

선생님께 보고가 끝나고 다 같이 돌아가는 길에 나는 무의식적으로 내뱉었다.

"뭐야, 갑자기."

"유나 님이 없었더라면 죽었을 거야."

"그렇긴 하지. 유나 님에겐 감사해야 해."

그런 뒤 며칠이 지난 후, 실전 훈련의 내용을 알게 된 아버지에게 모두를 위험에 빠뜨린 점, 제멋대로 행동을 한 점, 모험가인 유나 님의 지시를 따르지 않았던 점에 대해 심하게 질책을 듣고 맞기도 했다.

그렇지만 마을 사람을 구하려고 했던 행동은 칭찬받았다.

아팠지만 칭찬받은 건 기뻤다.

애니메이트 구입자 특전

21 크리모니아로 출발하다 안즈 편

"이봐, 안즈. 정말로 우리가 따라가도 되는 거야?"

니프 씨가 가게를 청소하면서 묻는다.

"네, 유나 씨에게 확실하게 허락을 받았으니까 안심해도 돼요."

일전에 유나 씨가 여자아이 두 명을 데리고 왔다. 그때 허락을 받았다.

지금 니프 씨 일행은 크리모니아로 가기 전까지 숙소의 일을 돕고 있다. 기본적인 접객을 익히기 위해서였다.

"요리 공부는 하지 않아도 돼?"

"여러분은 해산물의 밑 작업은 할 수 있으니까 지금은 그것만으로 충분해요. 익숙하지 않은 접객 쪽을 익혀 주세요."

"안즈가 그렇게 말한다면, 괜찮지만……."

니프 씨는 다시 청소를 하러 갔다.

나도 출발할 때까지 아버지에게 요리를 확실히 배웠다.

"화력이 약해."

"네!"

"소금이 많아."

"네!"

아버지는 엄하지만 여러 가지를 알려주신다.

가끔 슬픈 얼굴을 지었으나 곧바로 멋있는 아버지로 돌아왔다.

니프 씨 일행도 일을 다 익혔을 무렵, 터널이 조만간 완성될 거라는 이야기가 들려왔다. 나는 크리모니아행 마차를 타려면 어떻게 해야하는지 상업 길드에 물으러 갔다.

"실례해요. 크리모니아행 마차를 언제 탈 수 있나요? 되도록 빨리 크리모니아로 가고 싶은데요."

"죄송합니다. 터널 개통일의 마차는 전부 꽉 찼어요."

"그러면, 언제 정도에……."

내 질문에 직원은 종이를 넘기며 알아봐 준다.

"3일째, 5일째도 찼네요. 비어 있는 건 7일째가 되겠습니다."

이야기에 따르면 터널 운행은 크리모니아와 미릴러에서 하루씩 교대로 한다고 했다. 첫째날 마차의 다음은 3일째가 출발일이다. 하지만 만석이라 3일째에 크리모니아로 출발하는 마차에도 5일째에 출발하는 마차에도 탈 수 없다는 모양이다.

조금 늦어도 유나 씨는 화내지 않을 거라고 생각하지만 유나 씨의 마음에 보답하기 위해 서둘러 가고 싶었다. 이것은 확인을 제대로 안 한 나의 책임이다.

어쩔 수 없어서 7일 후의 마차를 예약하려고 했는데 안에서 눈에 그늘이 진 남자가 나왔다. 상업 길드의 길드 마스터인 젤레모 씨였다. 우리 가게에 식사하러 자주 찾아온다.

"어라, 안즈?"

"오랜만이에요. 젤레모 씨."

"무슨 일이야? 그 근육질 아버지에게 무슨 부탁을 받았니?"

"아뇨, 그런 게 아니라 크리모니아행 마차를 확인하러 왔어요."

나는 상업 길드에 온 이유를 젤레모 씨에게 설명한다.

"그러고 보니 안즈, 크리모니아의 곰 아가씨네 가게에서 일한다며? 숙소의 간판 아가씨가 없어지는 건 쓸쓸하군."

"어머니가 계시니까 괜찮아요."
그런 뒤 첫날의 마차에 타고 싶었지만 공석이 없다는 걸 설명했다.
"첫날이라~."
젤레모 씨는 생각에 잠겼다.
"역시 무리일까요?"
"다들, 크리모니아로 갈 날을 기다리고 있는 모양인지 마차 예약이 많네. 그래도 곰 아가씨가 있는 곳에서 일할 안즈의 부탁이라면 어떻게든 해주고 싶은데……."
젤레모 씨는 머리에 손을 대고 생각했다.
"알았어. 내가 어떻게든 해줄게."
"정말요?"
"길드 마스터, 멋대로 그런 약속을 하셔도 되나요?"
이야기를 듣고 있던 길드 직원이 옆에서 물었다. 확실히 만석인 마차를 손쉽게 나를 위해 비워줄 수 있을 것 같진 않다.
"으음~, 그 부분은 어떻게든 하지."
"어떻게든 될 일이 아니잖아요."
나타난 것은 성실해 보이는 여자였다. 분명, 크리모니아 상업 길드에서 온 사람이다.
"아나벨 씨……."
젤레모 씨는 싫은 사람을 발견한 표정을 지었다.
"그래도 이 아가씨는 마을을 구해준 곰 아가씨의 지인인걸요. 심지어 크리모니아의 곰 아가씨의 가게에서 일하게 되어있다고요. 곰 아가씨도 안즈 양을 기다리고 있을 거예요. 그러면 조금이라도 곰 아가씨를 위해 뭔가를 해주고 싶어지잖아요."
젤레모 씨가 열심히 변명을 했다.

"게다가 안즈는 곰 아가씨네 가게에서 미릴러에서 낚은 해산물을 활용해 요리를 만들기로 되어있어요. 그건 어부, 상업 길드, 전체적으로 보면 마을 전체의 이익이 된다고요."

그렇게 대단한 일인 거야?

나는 유나 씨의 가게에서 아버지에게 배운 요리를 만들 뿐이다. 마을 전체라는 말을 들으면 곤란하다.

아나벨 씨는 젤레모 씨의 이야기를 듣더니 생각에 잠겼다.

"……알았어요. 어떻게든 크리모니아행의 마차를 준비하도록 하죠."

"괜찮나요?"

예상 밖의 말이 아나벨 씨에게서 나왔다. 규칙에 엄격한 사람이라고 생각했었는데 아니었던 모양이다.

"이 마을의 특산물인 식자재를 크리모니아에 널리 퍼뜨리는 건 좋은 거잖아요. 요리를 먹은 사람들이 자신의 집에서도 먹고 싶어진다면 유통도 늘어나고, 미릴러 마을로 오는 사람도 늘어날 거예요. 그렇게 된다면 마을의 활성화로 이어지겠죠. 게다가 이 마을을 구해준 유나 씨의 지인인 당신에게 매정하게 대했다가 유나 씨에게 미움을 받아도 곤란하거든요."

유나 씨의 영향력은 내가 생각했던 것보다도 큰 모양이다.

"그건 그렇고, 젤레모 씨가 그렇게까지 마을을 생각하고 있을 줄은 몰랐는데요. 앞으로 마을을 위해 일이 늘어나도 문제없겠어요."

아나벨 씨는 젤레모 씨를 향해 싱긋 미소를 지었다.

"아, 아나벨 씨, 이 이상 일이 늘어나면 저는 죽을 거예요."

"인간은 그렇게 간단히 죽지 않는답니다. 저도 쉬게 해드리고 싶지만, 터널이 개통되면 어쩔 수 없이 바빠질 거예요."

"그럴 수가……."

"그래도 새롭게 들어온 길드 직원이 일을 익히고 있잖아요. 다른 직원의 레벨도 올라가고 있고요. 젤레모 씨의 일을 슬슬 분배할 수 있을 테니 그때까지는 열심히 해주세요."

아나벨 씨는 주위에 직원들이 있다는 것을 의식하고 굳이 입 밖으로 꺼낸 것 같다. 아나벨 씨의 말에 주위 직원들이 기뻐했다.

직접 칭찬을 하는 게 아니라 이렇게 칭찬하는 방법도 있구나.

"길드 마스터, 저도 열심히 할 테니까 함께 힘내보아요."

"저도 열심히 할게요."

길드 직원들이 포부로 가득 찬 목소리를 높였다. 하지만 젤레모 씨는 곤란한 표정을 짓고 있다. 나중에 아버지에게 말씀드리니 「주위가 열의에 차니까 자기도 할 수밖에 없어져서 곤란했겠지」라고 말씀하셨다. 젤레모 씨에 대해 잘 알고 계신다.

그런 뒤, 젤레모 씨와 아나벨 씨는 니프 씨 일행을 포함한 다섯 명 몫의 마차 자리를 수배해주었다.

출발 당일, 가족들이 배웅을 했다.

"도망쳐 돌아오진 말아라."

"편지 써야 해."

"조심해서 가."

아버지, 어머니, 오빠가 배웅을 해줬다. 그리고 마지막으로 니프 씨 일행을 바라본다.

"이런 딸이지만, 내치진 말아 주게."

"아버지, 그건, 결혼하는 딸을 보낼 때 하는 말이잖아요."

"그런가?"

"안즈는 저희가 확실하게 보살필 테니까 걱정하지 마세요."

"응, 모두가 있으니 다행이야."

"안즈, 혼자가 아니니까. 뭐든 말해."

정말 그렇게 생각한다. 만약 나 혼자였다면 불안해서 우울해져 있었을지도 모른다. 하지만 아는 사람들이 있다는 것만으로 불안이 줄었다.

"저, 열심히 할게요. 손님들이 많이 찾는 가게로 만들어 보일게요. 아버지, 어머니, 오빠, 다녀오겠습니다."

나는 마지막으로 모두를 끌어안고 잠깐의 이별을 고했다.

협력 서점 구입자 특전

22 노아와 피나와 곰빵

오늘의 공부는 쉽습니다.

유나 님을 만나러 집으로 갔지만 만나지 못했습니다.

어디로 가신 걸까요? 곰돌이와 곰순이를 보고 싶었는데 아쉽네요. 저는 목적도 없이 길을 걷고 있습니다. 어디로 갈지 고민하는데 『곰 씨 쉼터』 근처까지 와버렸습니다.

유나 님은 있으려나?

가게 쪽을 바라보니 많은 손님이 가게 안으로 들어가고 있습니다. 항상 사람이 많지만 오늘은 평소보다 많은 것 같네요.

무슨 일이 있는 걸까요?

저는 『곰 씨 쉼터』로 향합니다. 그런데 손님들이 점점 안으로 들어가서 가게 안으로 들어서자 빵을 사는 장소가 복잡합니다.

뭐지?

빵이 즐비해 있는 판매대 가까이 다가가니 익숙하지 않은 단어가 들어왔습니다.

"곰빵, 6개 주세요."

"죄송합니다. 한 분당 하나만 가능해요."

"그러면 가족 세 명이서 왔으니 3개 주세요."

"네, 3개 말씀이시죠."

"그리고 그쪽 빵이랑 이 빵도."

"네, 감사합니다."

지금 곰빵이라는 단어가 들렸는데요. 기분 탓인가요?

그렇지만 다음으로 주문하는 사람도 곰빵을 주문합니다.

저는 사람들 사이로 슬쩍 엿보았습니다. 눈앞에는 여러 가지의 빵이 나열되어 있네요. 모두 맛있어 보여요. 그 다양하게 나열된 빵 가운데에서 그것을 발견했습니다.

“곰빵?”

그래요, 곰 님의 얼굴을 한 빵이 놓여 있었습니다. 저건 뭐죠?! 귀여워요. 저도 먹어보고 싶네요. 저는 서둘러 줄을 섰습니다.

제가 줄을 기다리고 있는 동안에도 곰빵은 계속 팔렸습니다. 이대로라면 제가 사기 전에 다 팔려버릴 것 같아요.

“곰빵 주세요.”

으으, 점점 더 줄어들어 갑니다.

“노아 님?”

누군가 말을 겁니다. 돌아보자 피나가 있었어요.

“피나, 저 빵은 뭐야?! 나, 저런 빵이 있다는 건 듣지 못했어.”

저는 피나를 추궁했습니다.

“얼마 전에 발매한 새로운 빵이에요. 인기가 엄청나서 난리예요.”

그런 거라면 내가 모를 만하네요. 요 며칠은 가게에 오지 않았거든요. 우선 곰 님 팬클럽 회장인 제가 모른다는 건 창피한 일입니다.

“이런 빵을 만들었으면 알려 줘야지.”

곰 님 팬클럽 부회장이라면 회장에게 보고할 의무가 있다고 생각합니다.

“그게…… 죄송해요.”

“그러면, 곧바로 나도 곰빵을 먹어보도록 하지.”

빵 판매대를 봤는데, 조금 전까지 있던 곰빵이 하나도 남지 않았습니다.

"나의 곰빵!"

으으, 곰빵이 다 팔려버렸습니다.

"제가 말을 걸어서, 죄송해요."

"아니, 피나의 탓이 아니야."

딱히 피나의 책임은 아니에요. 피나를 만나게 된 게 기뻐서 저도 모르게 대화에 빠져버렸던 제 잘못이죠. 그래도 곰빵을 못 먹게 된 건 슬프네요. 제가 아쉬워하는데 피나가 말을 건넵니다.

"노아 님, 지금부터 시간 괜찮으세요?"

"응? 괜찮아."

오늘은 온종일 자유입니다.

"그러면 저희끼리 곰빵을 만들지 않으실래요?"

"만들 줄 알아?"

"일단 저도 만드는 연습을 했기 때문에 괜찮을 거예요."

곰빵을 스스로 만든다니 첫 경험이에요. 재미있겠네요.

"응, 좋아. 그런데, 어디서 만드는데?"

"아마도 주방을 빌릴 수 있을 것 같아요."

피나는 그렇게 말하더니 제 손을 잡아당겨 안쪽 주방으로 데리고 갑니다. 피나는 주방으로 들어서서 빵을 만들고 있는 여성분에게 말을 건넸습니다. 모린 씨라고 하시는데, 이 가게를 맡고 계신 여성분입니다.

"저쪽이라면 비어 있으니까 사용해도 좋아."

"모린 씨, 감사합니다."

피나는 모린 씨에게 감사 인사를 하고 제 쪽으로 돌아왔습니다.

"노아 님, 장소랑 재료는 허락받았어요. 여기에서 만들어도 된다고 하네요."

피나는 빈 테이블을 가리킵니다.

"정말로 괜찮은 거야?"

"네, 괜찮아요."

피나는 빵 반죽을 준비합니다. 조금 색이 들어간 빵 반죽과 하얀 빵 반죽, 두 가지 색입니다.

"우선은 제가 만들 테니까 따라해주세요."

"알겠어."

제가 고개를 끄덕이니 피나는 하얀 빵 반죽을 주무르기 시작합니다. 둥글게, 곰 님의 얼굴 모양을 만들어 갑니다. 그리고 갈색 빵 반죽을 작게 굴리고 곰 님의 얼굴 위에 올립니다.

굽기 전이지만 알 것 같아요. 곰 님의 얼굴이 보이네요.

"그럼, 노아 님도 해보세요."

저는 피나를 따라 똑같이 만들었습니다.

"노아 님, 잘하시네요."

"그렇게 띄워주지 않아도 돼. 아무리 봐도 피나 쪽이 더 잘하잖아."

나란히 놓인 곰빵을 보면 한 눈에 알 수 있습니다. 그렇지만 반복해서 만들면 피나처럼 능숙해지겠죠. 저는 새로운 빵 반죽을 손에 듭니다.

"노아 님, 빵은 몇 개 만드실 거예요?"

"몇 개까지 만들 수 있는데?"

"재료는 있지만, 너무 많이 만들면 다 먹지 못하잖아요?"

확실히 그렇긴 하네요. 만들어도 다 먹지 못한다면 버리게 될 거예요. 그렇지만 더 만들고 싶습니다.

"……그렇다면 아버님과 라라의 몫도 만들고 싶어. 괜찮아?"

제가 한 생각이지만 좋은 아이디어네요.

"네, 괜찮아요. 그러면 만들어 보죠."

아버님과 라라에게 맛있는 곰빵을 선보일 겁니다.

그런 후 우리는 곰빵을 많이 만들었습니다. 알고 보니 하얀 반죽을 기본으로 한 곰빵은 곰순이 빵, 갈색 반죽을 기본으로 한 빵은 곰돌이 빵으로 불리고 있다고 합니다.

물론 가게에서는 그런 이름으로 판매를 하고 있지는 않았지만 모두 마음속으로 생각하는 모양이에요.

저희는 다 만든 곰빵을 화덕을 빌려 구웠습니다.

"빵을 굽는 건 제가 할게요."

피나는 익숙한 손놀림으로 화덕에 빵을 넣습니다. 저도 해보고 싶었지만 경험이 거의 없는 제가 방해를 할 수는 없죠.

"이것으로 잠시만 구우면 완성이에요."

저는 화덕 앞에서 기다립니다. 덥네요. 그래도 참으면서 곰빵이 구워지는 모습을 바라봤습니다. 잠시의 시간이 지나자 곰빵이 다 구워져 맛있는 냄새가 났습니다.

"슬슬 된 것 같네요."

피나가 화덕에서 빵을 꺼냅니다. 곰 님의 얼굴이 알맞게 구워졌습니다.

귀여운 곰 님의 얼굴을 하고 있네요. 먹는 게 아까울 정도예요. 역시, 피나가 만든 곰빵과 비교하면 제 곰 님의 얼굴은 조금 이상합니다. 그래도 스스로 만든 빵인걸요. 나름 기쁘네요.

"그러면 먹어볼까요."

피나는 곰빵을 살짝 떼어먹더니 맛있어 합니다.

"노아 님은 안 드세요?"

"어쩐지, 불쌍해서……."

제가 그런 말을 하자 피나가 웃습니다.

"왜 웃는 거야?"

"모두들 곰빵을 처음 먹을 때는 같은 반응이었어요. 저도 그랬고요. 고아원 아이들도 좀처럼 먹지 못했다고 하더라고요."

이해가 가네요. 이런 귀여운 곰 얼굴을 먹는 건 가엽습니다.

그래도 저는 결단을 하고 귀를 쭉 떼어냈습니다. 뜨겁네요. 하지만 입안에 맛있는 빵의 맛이 퍼집니다.

"맛있어."

한 입 먹기 시작하자 곰 님의 얼굴이 점점 사라졌습니다.

"노아 님, 잘 만들어져서 다행이에요."

"이것도 피나 덕분인걸. 고마워."

제가 말하자 피나는 기쁜 듯한, 쑥스러운 듯한 얼굴을 했습니다.

그리고 완성한 빵을 집으로 가지고 돌아가 아버님, 라라, 저택에서 일하는 모두에게 나눠줬습니다.

아버님은 제가 만들었다고 하니 놀라셨습니다. 아버님의 놀란 표정을 볼 수 있어서 좋았습니다.

또 만들고 싶네요.

STORY

곰곰곰베어 7

곰의 전격마법 완성!

광산 마을에 도착한 유나는 학생들의 호위를 했을 때 알게 된 제이드 일행과 함께 광산에 잠입하게 된다. 동굴을 나아가자 곰 지도가 다른 파티의 반응을 감지. 더 깊이 들어가보니 새로운 마물의 반응도 나타났고 탐지 스킬에는 미스릴 골렘으로 표시되어 있었다. 바보 레인저 파티가 미스릴 골렘과 싸우는 모습을 본 유나 일행은 방해하는 건 매너 위반이라며 일단 마을로 돌아가고, 바보 레인저 일행도 미스릴 골렘에게 패해 마을로 돌아온다. 미스릴 골렘을 쓰러뜨리는 것을 포기한 제이드 씨 일행과 헤어지고 혼자서 동굴로 들어가기로 마음먹은 유나는 비밀 특훈을 한다. 전격 마법을 익힌 후 미스릴 골렘에게 도전하는 유나. 동굴의 붕괴를 우려한 유나는 미스릴 골렘을 곰 이동문을 사용해 바깥으로 데리고 나온 뒤 곰 어퍼컷으로 하늘 높이 날려버렸고, 떨어진 충격으로 노출된 코어를 전격 곰 펀치로 파괴한다. 미스릴 골렘을 쓰러뜨리고 동굴 안쪽에서 『곰모나이트』라는 수수께끼의 광석을 손에 넣는다.

미스릴 나이프를 만들자

골렘 퇴치의 보고를 하러 왕도로 돌아온 유나는 엘레로라에게 보수로 호신용 미스릴 나이프를 받는다. 손에 넣은 미스릴 골렘을 가지고 가잘의 대장간을 방문하여 우선 해체용 나이프가 아닌 전투용 나이프를 두 자루 의뢰한다. 모처럼 왕도에 왔으니 모린의 예전 가게를 보러 간다. 그러자 가게 앞에서 쭈그려 앉아 있는 소녀를 발견한다. 모린의 친척인 네린이라 하는 여자아이에게 모린의 근황에 관해 알려주고 크리모니아 마을로 돌아가 골드에게 해체용 미스릴 나이프를 의뢰한다.

악마의 먹거리

마을에서 딸기를 팔고 있는 것을 본 유나는 딸기 쇼트케이크를 만들어 본다. 모두에게 시식을 부탁하자 대호평으로, 모린의 조카인 네린이 담당이 되어 『곰 씨 쉼터』에서 판매하기로 한다. 플로라 공주에게도 쇼트케이크를 대접하고, 왕도의 가잘이 있는 곳으로 미스릴 나이프를 받으러 가기 위해 왕성을 방문한 유나. 대접을 받아 감동한 왕궁 주방장 젤레프로부터 케이크 만드는 방법의 전수를 부탁받고, 왕도에서 가게를 열지 않겠냐는 제안도 받는다.

애니메이트 구입자 특전

23 피나와 시아의 밤샘

오늘은 엄청났습니다. 설마 국왕님과 왕비님, 공주님을 만나 뵙게 될 줄은 꿈에도 생각 못 했습니다. 보통은 국왕님을 가까이에서 만나 뵙거나, 이야기를 나누거나, 머리를 쓰다듬어주시거나 같이 식사를 하는 일 같은 건 없습니다. 어머니와 아버지에게 말씀을 드려도 분명 믿지 않으실 겁니다.

돌아갈 때 국왕님께「유나와 함께 언제든지 와도 된단다」라는 말을 들어버렸습니다. 생각만으로도 배가 아파져 옵니다. 하지만 무사히 돌아올 수 있게 돼서 다행입니다.

참고로 유나 언니는 일 때문에 광산에 갔습니다. 그 사이에 왕도에 남겨진 저는 엘레로라 님의 집에서 신세를 지게 되었습니다.

저녁 식사를 마치고 목욕을 한 뒤 방으로 돌아와 쉬고 있습니다. 오늘은 정말로 지쳤어요. 그렇지만 이제 쉴 수 있게 됐습니다. 내일 이후의 일을 생각하면 무섭긴 하지만 얼른 잠들어서 잊어버리기로 합니다.

그런데 방이 넓네요. 저는 넓은 방의 커다란 침대 위에 혼자 있습니다. 저와 슈리가 둘이서 사용하는 방의 몇 배는 되는 것 같네요. 침대 위에서 뒹굴뒹굴하며 몸을 굴릴 수 있습니다. 게다가 폭신폭신해서 기분도 좋습니다.

유나 언니……괜찮은 걸까요. 식사 전에 곰 폰으로 이야기를 나눴는데 건강한 것 같았습니다. 유나 언니는 강하니까 걱정은 없겠지만. 역시 위험한 일이라 걱정이 되네요.

제가 유나 언니의 생각을 하는데 누군가 노크를 합니다. 대답하자 천천히 문이 열리더니 시아 님의 얼굴이 보였습니다.

"피나, 아직 안 자?"

"네."

"잠깐 자기 전에 이야기 좀 나눌까?"

저는 조금 생각하고 끄덕였습니다.

시아 님은 방으로 들어와선 침대 위에 앉습니다. 그리고 제 쪽을 바라보더니 싱긋 미소를 지었습니다. 귀여운 사람입니다.

"귀여운 옷을 입고 있네."

"이, 이건, 엘레로라 님과 스릴리나 씨가 안 어울리는데도 입히신 거예요."

저는 하얀 프릴이 달린 잠옷을 입고 있습니다. 엘레로라 님과 스릴리나 씨가 준비한 잠옷이죠. 오늘 아침과 같이 저항을 못 하고 입게 되었답니다.

"잘 어울리니까 괜찮아."

"으으, 창피해요."

이런 귀여운 옷은 저 같은 여자아이가 입으면 안 어울릴 겁니다. 이런 옷은 노아 님 같은 귀족 아가씨에게 어울립니다.

"어머님도 귀여운 여자아이가 집에 와서 기쁘신가 봐. 노아를 자주 못 만나니까……. 그러니까 어머님과 좀 어울려줘."

"……네."

그래도 유나 언니가 돌아올 때까지 이런 일이 계속될 거라 생각하니 마음이 무겁습니다. 얼른 유나 언니가 돌아오면 좋겠습니다.

시아 님과 이야기를 나누게 되었지만 둘만 있으니 긴장이 되네요. 시아 님은 귀족이십니다. 원래라면 이렇게 이야기를 나누는 일은 있을 수 없죠.

"오늘은 어머님과 함께 있어서 피곤하지?"

"그게, ……네."

순간적으로 사실을 말해도 될지 고민이 되었지만 저는 작게 고개를 끄덕였습니다.

"후훗, 성은 즐거웠니?"

저는 국왕님이 나타난 뒤로 긴장이 돼서 힘들었다고 이야기했습니다.

"그랬구나. 그건 운이 나빴네. 아니지, 국왕님은 쉽게 만날 수 없으니까 운이 좋았다고 해야 하나? 게다가 말을 걸어줬다니, 보통이라면 없는 일이잖아."

확실히 저 같은 평민이 국왕님을 만나 뵙는 건 물론이고 이야기를 나누는 건 원래라면 있을 수 없는 일입니다. 게다가 머리를 쓰다듬어주시고, 같이 식사를 하는 평민은 없을 거예요.

하지만 이게 운이 좋은 건지, 나쁜 건지는 잘 모르겠네요.

"그러고 보니, 피나는 유나 님의 생명의 은인이라며?"

갑자기 시아 님은 당치도 않은 말을 꺼냈습니다.

"아니에요. 그건 유나 언니가 멋대로 말한 거뿐이에요. 저를 살려준 거죠."

저는 유나 언니와의 만남에 관해 이야기했습니다.

"숲속에서 길을 잃은 건가. 그래서 피나가 생명의 은인이 된 거구나."

"제가 울프에게 습격을 당하는 걸 구해줬으니 생명의 은인은 유나 언니죠. 그런데 유나 언니는 저를 소개할 때 생명의 은인이라고 소개해요. 분명 일부러 그러는 걸 거예요."

"후훗, 서로에게 생명의 은인이라니, 좋잖아. 유나 님이 숲에서 길을 잃었을 때 피나가 구해줬고, 피나는 마물에게 공격을 받는 걸 유나 님이 구해줬으니까 말이야."

"그렇지만……."

마을에서 가까운 숲이었습니다. 게다가 유나 언니에게는 곰돌이와 곰순이도 있습니다. 길을 잃었을 리가 없습니다. 분명 제가 부담을 느낄까봐 그렇게 말을 해주는 겁니다. 유나 언니는 무척 상냥한 사람이니까요.

그렇지만 저를 생명의 은인이라고 소개하는 건 그만뒀으면 좋겠습니다.

"그래도 위험한 순간에 당찬 모습으로 마물을 쓰러뜨리고 구해줬다니 멋있네. 만약 유나 님이 남자였다면 운명적인 만남이 되었을지도 모르겠어."

"유나 언니가 남자였다면요?"

저는 남자에게 도움을 받았다고 상상을 해보았습니다. 그랬더니 웃음이 나와 버렸습니다.

"왜 그래?"

"그게, 남자라고 해야 할까. 아버지가 곰 옷차림인 모습을 상상했더니 이상해서요."

남자가 아버지밖에 안 떠올라서 아버지가 곰 옷차림을 하고 구해주러 오는 장면을 상상했더니 웃음이 나와버렸습니다.

"훗, 그러게. 남자가 도와주러 온다고 해도 곰 옷차림을 하고 있다면 운명적인 만남으로는 이어지지 않겠어. 역시 외관은 중요한 건가? 그래도 유나 님은 엄청 귀여운데 어째서 그런 옷차림을 하는 걸까? 후드 안에서 길고 예쁜 머리카락이 나왔을 때는 놀랐지 뭐야. 이렇게 귀여운 아이가 모험가라니, 라고 생각해서. 심지어 엄청나게 세고."

함께 목욕탕에 들어갔던 적이 있는데 유나 언니는 정말 예뻤습니다.

"그리고 유나 님과는 어떻게 같이 지내게 됐어?"

"그게, 저희 집은 가난했었어요. 어머니는 지병을 앓고 있었고 아버지는 안 계셔서 저는 해체 일을 하면서 지냈거든요. 그래도 일이 너무 없어서……. 그걸 안 유나 언니가 제게 해체 일을 의뢰한 거예요."

저는 아주 살짝, 유나 언니와 만나기 전의 이야기를 했습니다. 그 이야기를 하자 시아 님은 슬픈 표정을 짓습니다.

"그랬구나. 안 좋은 이야기를 물어봤네."

"아뇨, 이제 괜찮아요. 유나 언니가 어머니의 병을 낫게 해줬고, 새로운 아버지도 생겨서 지금은 행복해요."

"그러면 피나에게 유나 님은 구원의 신이겠네. 아니지, 구원의 곰님이 되는 건가?"

"네!"

유나 언니가 남자가 아니어도 저에게 있어서는 인생을 바꿀 정도의 만남입니다. 유나 언니와 만나서 모든 게 바뀌었습니다. 어둡고 출구가 보이지 않는 길을 걷고 있던 저를 유나 언니가 구해줬습니다.

만약 유나 언니와 만나지 못했다면 울프에게 죽임을 당했을 거예요. 어머니의 병도 낫지 않았겠죠. 새로운 아버지도 생기지 않았을 겁니다.

유나 언니가 없었더라면 저는 오늘 같은 고민을 하거나, 배가 아프게 되거나, 귀족인 시아 님과 함께 이야기를 나누고 성에서 국왕님과 왕비님, 공주님을 만나지 못했을 겁니다. 정말로 얼마 전까지는 생각도 못 했던 일들뿐입니다.

유나 언니와 만나기 전과 비교하면 너무 즐겁습니다.

그런 뒤, 시아 님에게는 블랙 바이퍼의 이야기를 하고, 해체 이야기를 하고, 바다로 갔던 이야기 등, 유나 언니와의 추억을 이야기했습니다.

"하암~."

시아 님과 이야기를 나누고 있는데 서서히 졸려옵니다.

"졸려 보이네."

"괘, 괜찮아요."

"무리하지 않아도 돼. 어머님과 같이 있어서 피곤할 테니까. 피나와 유나 님의 이야기를 들어서 즐거웠어. 그럼, 불을 끌 테니 푹 쉬어."

시아 님이 그렇게 말하고 방이 어두워졌습니다.

"피나, 잘 자."

"시아 님, 안녕히 주무세요."

저는 마지막으로 그 말만 하고 곧장 곯아떨어졌습니다.

다음 날 아침에 일어나서 시아 님이 옆에서 자고 있는 것을 보고 놀랐습니다.

왜 같은 침대에서 자고 계신 거죠!

세븐넷 구입자 특전

24 곰과의 조우 가잘 편

이상한 옷차림의 여자아이가 가게로 찾아왔다. 처음엔 장난치는 건가 싶었는데 골드 녀석의 소개장을 가지고 있었다. 편지에는 우수한 모험가이니 미스릴 나이프를 만들어달라고 적혀 있었다.

우수한 모험가?

나는 몇 번이고 눈앞에 있는 곰 옷차림의 여자와 편지를 번갈아 봤다. 편지에는 곰 옷차림을 하고 있다는 등, 눈앞에 있는 여자아이의 특징이 적혀있었다. 골드가 농담할 녀석이 아니라는 것 정도는 알고 있다. 그러나 도무지 우수한 모험가로는 보이지 않는다.

골드의 부탁이라면 미스릴 나이프를 만들어 주는 건 문제 없다. 그러나 미스릴의 재고가 없었다. 그렇지 않아도 미스릴 광석은 귀해서 손에 넣기가 어렵다. 그런데 최근에 미스릴과 철, 다른 금속의 가치가 점점 오르고 있었다. 가게에 영향은 끼치고 있지 않지만 금속이 가치가 올라가는 건 곤란하다. 그 원인이 광산에 마물이 나타나서라고 전하자 여자아이는 모험가 길드로 가버렸다.

금속의 가치는 서서히 값이 오르고 있다. 철과 동은 재고가 있지만 이대로 계속된다면 없어질 거다. 당분간 금속 구매는 자제할 수밖에 없다. 무기 등을 만들려 해도 판매할 가격을 올린다면 팔리지 않는다. 모험가 길드는 뭘 하고 있는 건가?

곰 아가씨가 온 뒤로 며칠이 지나고 곰 아가씨의 존재를 잊을 무렵, 곰 아가씨가 또다시 가게로 찾아왔다.

미스릴을 가지고 왔으니 나이프를 만들어 줬으면 좋겠다는 부탁을 받았다.

들어보니 광산에 나타났던 골렘 중에 미스릴 골렘이 있어서 그것을 쓰러뜨리고 왔다고 했다. 보통은 그런 이야기를 들으면 웃어 넘겨 버릴 거다. 그렇지만 눈앞에 증거인 미스릴로 이루어진 골렘을 꺼낸다면 믿을 수밖에 없다.

미스릴 골렘은 강한 충격을 받았는지 팔과 다리가 부서져 있었다. 어떻게 하면 미스릴 골렘을 이 지경으로 만들 수 있는 건지 상상도 되지 않는다.

망가진 미스릴 골렘을 손에 들고 자세히 보니 이상한 부분을 발견했다. 미스릴 골렘의 내부와 외부의 재질이 다른 것이다. 이건 철인가? 내부는 철이고 외부가 미스릴 소재였다. 겉모습만 번지르르하다. 그래도 골렘의 크기를 생각하면 꽤 많은 양의 미스릴이 있었다. 3분의 2는 철이고, 3분의 1이 미스릴이었다. 이 정도면 한밑천이다.

"손을 보여줘."

곰 아가씨의 나이프를 만들게 된 나는 손을 내보여달라고 했다. 나는 마음에 든 인물의 무기를 만들 때, 그 사람의 손을 보고 만진 뒤 그 사람에게 딱 맞는 무기를 만든다. 손이 큰데 잡는 부분이 작으면 힘이 들어가지 않는다. 이 반대의 경우에도 그렇다. 작은 손으로 커다란 무기는 쥘 수 없다. 무기의 성능을 충분히 발휘하지 못한다. 그건 무기를 만드는 사람에게 있어서 용서할 수 없는 부분이다.

나는 아가씨의 손을 잡았다. 작고 부드러운 손이다. 이런 손으로 정말 마물과 싸우고 있다고 생각하니 이상한 느낌이 든다. 나이프를 사용하려면 조금 더 단련해야 한다.

마지막으로 곰 장갑을 낀 상태도 확인했다. 처음엔 장난스러운 장갑이라고 생각했으나 이상한 촉감이었다. 직물에 관해서는 잘 모르지만 틀림없이 고급소재였다. 만지는 것만으로 기분이 좋아진다.

대금 대신에 아이언 골렘을 받게 되었는데 가게가 시끄러워졌다. 가게에 오는 손님마다 소스라친다.

"뭐야! 골렘이잖아."

"우와, 아이언 골렘이다."

"가잘 아저씨, 이건……."

이럴 때의 대답은 정해져 있다. 「어떤 모험가한테서 무기의 대금 대신 받았어」라고 대답한다. 그럴 때마다 놀라니 재미있다. 게다가 소문이 소문을 낳아서 손님을 불러들이게 됐다. 아이언 골렘을 보러 오는 김에 검을 갈아달라는 의뢰도 들어온다. 뭐, 일시적이겠지만 좋은 선전이 된다.

그런 뒤, 나는 아가씨를 위해 최고의 미스릴 나이프를 두 자루 만들었다. 집중해서 그런지 상상했던 대로 지금까지 만든 것 중에서도 상위 품질의 나이프를 만들 수가 있었다.

……그런데 곰 아가씨가 가지러 오지 않는다.

분명히 언제라도 상관없다고 했지만 모처럼 만들었으니 얼른 오길 바란다.

이쪽은 대금 대신에 아이언 골렘을 받았고 미스릴 소재도 가지고 와준 거라서 사실상 돈은 들지 않았다. 들어간 것은 가공할 때 쓰인

나의 품삯 정도이다.

나는 아가씨를 위해 만든 나이프를 바라봤다. 곰 아가씨가 좌우의 손에 들게 되는데, 손잡이 부분은 아가씨의 곰 장갑에 맞춰서 흑과 백으로 만들어져 있다. 검은 왼손이냐 오른손이냐에 따라 달라진다. 보통은 크게 신경 쓰지 않지만 최대한으로 무기의 성능을 끌어낼 경우엔 필요한 기술이다.

아가씨의 나이프를 보니 좋은 생각이 들었다.

나는 나이프를 감아쥐는 손잡이 부분에 곰 얼굴을 각인하기로 했다. 세밀한 작업은 내 특기이다. 흑과 백의 손잡이에 곰의 얼굴을 새겼다. 귀족의 문장 중에 동물이나 새를 사용하는 때가 있어서 그런 느낌으로 곰의 문양을 새겼다.

내가 했지만 잘 새겨졌다. 원래라면 이런 작업은 하지 않지만 아이언 골렘을 준 보답이었다.

그리고 드디어 곰 아가씨가 찾아왔다.

늦잖아! 라고 말하고 싶었으나 크리모니아에서 찾아온 거고 미안해하는 아가씨를 보니 말할 수 없었다.

내가 아가씨에게 나이프를 건네주자 기뻐했다. 시간을 들여서 만든 무기니까 기뻐해 주는 게 장인으로서 기쁘다.

곰 아가씨는 기쁘게 나이프를 바라보고 있다가 손잡이 부분에 있는 곰 문양의 각인을 발견했다. 그리고 미묘한 표정을 지었다. 어째서지?

그런 뒤, 곰 아가씨는 나이프를 시험해보고 싶다고 해서 승낙했다. 나이프의 성능은 아가씨의 마력 사용에 달렸다고 일러줬다.

곰 아가씨는 나이프를 시험하기 위해 아이언 골렘을 꺼냈다. 도대체 몇 개의 아이언 골렘을 가지고 있는 거지? 그것보다 아이언 골렘을 베는 건가……. 아깝다고 생각한 순간, 아가씨는 나이프를 쥐고 아이언 골렘을 향해 움직였다.

한순간이었다. 스텝을 밟는가 싶더니 아이언 골렘의 뒤에 있었다. 그리고 아이언 골렘의 팔이 쿵하는 소리를 내며 떨어진다.

뭐지, 지금의 움직임은? 아이언 골렘의 팔을 빠르고 손쉽게 베어냈다. 그 후에도 잘리는 느낌을 살펴보듯 아이언 골렘을 몇 번 정도 베었다. 믿기지 않는 광경이었다.

나는 잘려 나간 아이언 골렘의 일부를 손에 들었다.

깔끔하게 잘린 단면이다. 아가씨는 마법사가 아니었나? 저 부드러운 손을 본다면 무기를 쥔 적은 거의 없을 거다. 나는 이제껏 많은 손을 봐왔다. 강한 자의 손은 단단하고 상처가 많았으며 연습을 해왔다는 걸 알 수 있는 손이었다. 하지만 곰 아가씨의 손은 그런 연습을 한 손이 아니었다. 그렇지만 아가씨의 움직임이나 나이프 사용 솜씨는 고 랭크 모험가와 견주어도 부족하지 않았다.

아가씨는 내 나이프가 대단하다고 말했지만 대단한 건 아가씨 쪽이다. 골드와 넬트, 두 사람이 아가씨를 우수한 모험가라고 소개한 것을 이해할 수 있었다.

협력 서점 구입자 특전
25 곰 씨, 티루미나 씨를 조사하다

어느 날, 상업 길드에서 티루미나 씨의 헤드헌팅의 소문이 들려왔다.

티루미나 씨는 일도 잘하고 길드 마스터인 밀레느 씨와도 사이가 좋다. 게다가 꼬끼오 알에 관해서도 잘 알고, 푸딩, 피자, 케이크 등을 만드는 법도 알고 있다. 다른 사람이 보기에는 티루미나 씨의 가치가 대단히 높은 것 같다. 나는 티루미나 씨의 마음을 존중하고 싶지만 일을 관둔다면 곤란해진다.

일단, 자세한 정보를 얻기 위해서 티루미나 씨의 신변 조사를 해 봤다.

증언1 딸 1

"아, 요즘 어머니 말씀이세요? 이상한 부분은 없는 것 같아요. 모르는 사람과 만나고 있진 않냐고요? 으음~ 앗, 얼마 전에 어떤 사람이랑 만난다고 말하셨어요. 누구랑 만났는지는 몰라요."

만나는 상대는 알아내지 못했지만 설마, 빼돌리려는 상대? 신빙성이 생겼다.

증언2 딸 2

"엄마? 돈이 없는데 어쩌지라고 했었어."

귀중한 정보를 입수했다. 티루미나 씨는 돈에 곤란해하고 있다. 어쩌면 빼돌리려는 상대 쪽의 급여가 좋을지도 모른다.

증언3 남편

"집안 사정이 힘드냐고? 아니라고? 티루미나 씨가 돈으로 곤란해하는지 알고 있냐고? 들은 적은 없는데 티루미나가 그런 말을 했어? 혹시, 내 돈벌이가 적은 건가?"

머리를 감싸는 남자. 이 이상의 정보는 알아내지 못할 듯하다.

증언4 제빵사

"티루미나 씨의 고민을 들어줬냐고요? 티루미나 씨의 고민을 들어준 적은 없네요. 최근의 티루미나 씨요? 그러고 보니 급여에 관련해 물은 적이 있어요. 저는 문제 없다고 대답하긴 했지만요."

그 말은 기쁘군. 만일 문제가 있으면 말해달라고 전해뒀다.

증언5 길드 마스터

"티루미나 씨? 물론 우수한 사람이라고 생각하지. 일도 빠릿빠릿하고 기일도 착실하게 맞춰주니까. 약속을 지키는 사람은 신용할 수 있어. 헤드헌팅? 길드 쪽은 아니야. 지금은 사람이 부족하지 않거든. 티루미나 씨가 탐나냐고? 으음~ 업무 내용이 다르잖아. 아아, 그러고 보니 티루미나 씨가 길드에 왔을 때 다른 상인이 말을 걸었어. 어쩌면 권유였을지도 모르겠네. 티루미나 씨는 유나네 가게에서 중요한 인물이기도 하잖아."

이곳에서도 중요한 증언을 얻었다. 권유를 당하는 건 틀림없는 모양이다. 심지어 상대는 상인이다.

증언6 아이를 돌봐주는 여성

"티루미나 씨의 최근 모습이요? 으음~ 평소와 같아요. 아아, 하지만 딱 한 번, 곤란한 표정으로 어쩌면 좋냐며 한숨을 내쉬는 모습을 봤었어요."

아무래도 힘든 일이 있는 건 분명한 것 같다.

지금까지 모은 증언으로 추측해보자면 돈에 곤란한 티루미나 씨가 다른 상인으로부터 권유를 받아 이직을 할지 고민하고 있다는 게 된다.

나는 티루미나 씨를 말리기 위해 집으로 불렀다.

"그래서 유나, 할 이야기라는 게 뭐야?"

"티루미나 씨, 30퍼센트를 올리는 건 어떠세요? 아니면 50퍼센트?"

2배가 되면 아무래도 다른 사람들과 공평하지 않으니까 이 이상 올릴 수는 없다. 하지만 티루미나 씨가 일을 관두면 곤란하다.

"유나, 갑자기 무슨 말이야?"

"급여에 관한 이야기예요. 얼마면 남아주실 건가요?"

단도직입적으로 물었다. 상대가 얼마를 제안했는지 모른다.

"설마, 요새 나에 관해 묻고 다니던 거랑 연관된 거니?"

"……무, 무슨 말씀이세요?"

눈치채고 있었다. 모두에게는 입단속을 시켰는데. 누군가가 말했구나. 배신자는 누구지?

"하아."

티루미나 씨는 작게 한숨을 내쉬었다.

"모두에게 들었어. 피나가 누구랑 만났냐고 묻고, 슈리는 돈이 없냐고 묻고, 겐츠는 자기 돈벌이로는 부족하냐면서 울 것 같은 얼굴로 묻고, 모린 씨는 유나가 걱정하고 있다고 말하고, 밀레느 씨는 일전에 이야기 나눴던 상인은 누구냐고 묻고, 리즈는 뭔가 고민 있으세요? 라면서 걱정하며 물었다고."

배신자는 한 명이 아니었어! 모두였다. 그것보다 어째서 다들 본인에게 묻는 거야!

피나와 슈리는 어쩔 수 없다고 쳐도, 어째서 겐츠 씨까지 장본인에게 묻는 거냐고. 생활을 보면 돈벌이가 부족한지 아닌지 정도는 알잖아. 밀레느 씨도 모린 씨도 리즈 씨도 물어보다니.

"그것만으로는, 제가 티루미나 씨에 관해 알아보고 있었다는 증거가 되진 않는걸요."

나는 시치미를 떼기로 한다.

"참고로, 모두에게서 유나의 이름을 들었어."

"……."

"그래서, 왜 나에 관해 모두에게 물었던 거야?"

나는 포기하고 솔직하게 말하기로 했다.

"티루미나 씨에게 다른 곳에서 스카웃 제의가 있었다는 말을 들었거든요. 사실 확인을 위해 누군가 이야기를 들은 사람이 있나 해서 물었던 거예요. 혹시라도 관두는 이유를 알면 막을 수 있을까 싶어서요."

내 이야기를 들은 티루미나 씨는 크게 한숨을 내쉬었다.

"그런 바보 같은 이유로 알아보고 다닌 거야?"

"제안을 받은 건 사실인 거죠?"

"그래, 조건도 좋았어. 아마 우리 가게의 정보를 알고 싶었겠지. 그래도 정보만 빼내고 버림받을 수 있으니까 간단하게 정보를 팔아넘기진 않아. 게다가 손쉽게 배신하는 사람이라면 새로운 곳으로 가서도 신용 받지 못할 테니 곧바로 내버려 질 거야."

"그러면, 어째서 고민하고 한숨을 쉬고 돈이 없다는 등의 말을 했던 거예요?"

"고민하고 있던 건 제안을 한 사람 때문이야. 조금 끈질겼거든. 그래도 밀레느 씨와 상담했더니 해결돼서 괜찮아."

"티루미나 씨, 상담 정도는 해주세요. 다들 걱정하잖아요."

"그렇지. 미안해, 다음부터는 이야기할게."

"그러면, 돈 이야기는요?"

"그건 아마도…… 새장에서 일하고 있을 때, 지갑을 집에 두고 와서 집으로 돌아가는 길에 장을 보러 갈 수 없다고 이야기했던 걸 슈리가 들었던 게 아닐까?"

착각할 만하다.

"그러면, 모린 씨한테 급여에 관해 물었던 건?"

"나처럼 다른 사람에게 제안을 받으면 곤란해지잖아. 그래서 돌려서 물어본 것뿐이야. 혹시라도 급여가 적어서 다른 가게로 가기로 마음먹으면 선수를 쳐서 막을 수 있잖아."

아무래도 걱정을 해준 모양이다.

"그건 그렇고, 유나에게 그런 식으로 보였다니 슬프네."

티루미나 씨는 억지로 슬픈 표정을 짓는다.

"내가 돈 때문에 쉽게 다른 쪽으로 갈 거라고 생각하다니. 나와 딸의 목숨을 구해주고, 건강하게 일을 할 수 있게 되고, 이 손으로 딸들을 안을 수 있게 되고, 겐츠와도 결혼할 수 있었어. 게다가 급여도 충분히 받고 있잖아. 오전에 일하고 오후엔 자유 시간이 있어서 아이들과 함께 지낼 수 있는 일은 없어. 그런 행복을 준 유나에게 은혜를 원수로 갚는 짓은 하지 않아. 정말로 바보라니까."

티루미나 씨는 미소를 짓더니 내 이마를 손가락으로 튕겼다.

아무래도 내가 너무 걱정했던 것 같다.

"앞으로도 잘 부탁해."

어쩐지 티루미나 씨와의 인연은 길어질 것 같다.

전자책 구입자 특전
26 곰 씨 쉼터에서 일하다 노아 편

『곰 씨 쉼터』에서 점심을 먹고 있는데 노아가 가게로 들어왔다. 가게에 들어오더니 곧바로 나를 발견한다.

"유나 님도 식사하시는 거예요?"

"「도」라는 건 노아도 밥 먹으러?"

"네, 오랜만에 먹으러 왔어요. 같이 먹어도 돼요?"

"좋아."

"그럼 사올 테니까 기다려 주세요."

노아는 빵과 케이크를 사서 돌아왔다.

"역시, 이 가게의 빵은 맛있어요."

"그렇게 말해주니 기쁘네."

노아는 빵을 먹으면서 가게 내부를 바라봤다. 시선을 따라가니 가게에서 일하는 아이들을 보고 있었다.

"유나 님."

"응?"

"저도, 곰 옷을 입고 싶어요."

노아가 곰 유니폼을 입은 아이들을 바라보면서 진지한 표정으로 말을 꺼냈다.

"……저기, 진심이야? 농담이야?"

"진심이에요. 피나도 슈리도 입고 있고, 저도 곰 옷을 입고 싶어요."

그렇게 말하면 곤란하다.

"입고 싶다고 해도, 가게의 유니폼인걸."

"그러면 가게에서 일하면 되는 거네요. 일할 테니까 부탁드릴게요."

노아가 두 손을 모아 부탁을 한다. 그런 모습을 보며 안 된다고는 할 수 없었다.

"밀, 바쁜데 미안. 노아가 어떻게든 곰 옷을 입고 일하고 싶다고 해서 말이야."

노아의 부탁을 들어주기 위해 가게에서 일하는 밀에게 말을 걸어 탈의실까지 왔다.

"잠깐이라면 괜찮아요."

"고마워."

밀의 머리를 쓰다듬었더니 기뻐했다. 그리고 밀에게 여분의 유니폼을 받았다.

"느와르 님, 일단 빨래는 했는데…… 정말로 제 옷을 입으실 건가요?"

"상관없어! 괜찮아! 나는 신경 쓰지 않아!"

"그런가요?"

노아의 기세에 밀은 조금 주춤한다. 노아는 옷을 벗어 밀이 준비한 여분의 곰 유니폼으로 갈아입는다.

"거울은 없나요?"

"거울이라면 그쪽에 있어."

일단 옷매무새의 확인을 위해 커다란 거울이 놓여 있었다. 노아는 거울 앞에 서서 포즈를 취했다.

"후훗, 후후, 후후, 곰 님의 옷이네요"

"노아, 조금 무서워."

"드디어 곰 옷을 입게 됐어요!"

소리치는 노아.

"그 옷을 입었으니까 일을 시킬 거야."

"네! 물론이죠."

"그리고, 가게에서는 제멋대로 구는 건 봐주지 않아. 만약 말썽을 부린다면 그 시점에서 벗어야 해."

"곰 님에게 맹세코 하지 않을게요!"

곰 옷을 입은 상태로 그렇게 선언해도 곤란하다.

노아에게는 우선 접시닦이를 시켰다.

"제대로 하나하나 닦아야 해."

"알겠어요."

노아는 싫은 기색도 없이 접시닦이를 시작했다. 그런 모습을 보고 모린 씨가 걱정스럽게 말을 걸어왔다.

"유나, 영주님의 딸에게 접시닦이 같은 걸 시켜도 되는 거야?"

"본인이 하고 싶어 하니까요."

"나중에 영주님이 화내거나 하지 않을까?"

"그때는 제가 책임질 테니까 괜찮아요."

뭐, 클리프의 성격으로 봤을 때 가게로 호통치며 쳐들어오는 일은 없을 거다. 화를 낸다면 노아에게 내겠지.

노아는 불평 한마디 하지 않고 쌓여있던 그릇들을 다 닦았다.

"유나 님, 다 했어요. 다음은 빵을 만들고 싶어요. 전에 피나랑 같이 곰빵을 만들었거든요."

"으음~, 빵 만들기는 다음에 하는 게 좋을 것 같은데?"

"으~ 많이 연습했는데."

그때 모린 씨가 부엌에 있는 아이들에게 말을 했다.

"누구, 손이 비면 감자 껍질을 까주겠니?"

"네~."

모린 씨를 돕고 있는 아이가 대답하고 작은 손으로 칼을 쥔 뒤 감자 껍질을 쓱쓱 깎았다. 매일 하는 일이라서 익숙해 보였다.

"능숙하네."

"응, 열심히 연습했거든."

내가 칭찬을 하자 노아가 손을 들어 대답한다.

"저도 하고 싶어요!"

"노아?"

"그래도, 칼을 쓰는 거라 위험해."

일단 귀족님이시니 상처라도 입으면 큰일이다.

"괜찮아요."

그래도 본인은 열의에 차 있다.

"정말로 괜찮겠어?"

"괜찮아요!"

어디서 그런 자신감이 나오는 거지? 내 쪽이 불안해진다.

노아는 작은 칼을 들고 감자 껍질을 벗기려 했다. 그 손은 너무 위태로워서 지켜볼 수 없었다. 칼이 삭 하고 이상한 방향을 향해 미끄러졌다.

"아아, 위험해!"

나는 노아에게서 칼을 뺏었다.

"왜, 왜 그러세요!"

"노아, 칼 사용 금지, 날카로운 거 안 돼."

위험해서 시킬 수가 없었다.

"혹시, 칼 쥐는 거 처음이니?"
"쥔 적은 있어요. ……몇 번이긴 하지만."
마지막 부분은 작은 목소리로 말했다. 나는 작게 한숨을 내쉬었다. 귀족의 따님이라면 어쩔 수 없을까. 피나나 고아원 아이들은 아무렇지 않게 칼을 사용하고 있었다. 피나는 해체로 익숙해진 덕에, 가게에서 일하는 아이들은 원래 요리를 잘하는 아이들이 뽑혔다.
노아는 슬픈 듯 테이블에 감자를 두었다. 나는 머리를 긁적이며 잠시 생각했다.
"노아, 이렇게 하는 거야. 잘 봐. 귀족인 노아에게는 필요 없을지도 모르겠지만."
"그렇지 않아요. 알려주세요."
나는 감자와 칼을 손에 들고 천천히 껍질을 벗기는 방법을 알려줬다. 감자칼이 있다면 좋을 텐데……. 아이들은 아무렇지 않게 칼로 채소 껍질을 벗기고 있어서 필요 없었다.
하지만 감자칼이 있으면 시간이 단축될까?

아직 익숙하진 않지만 노아는 내가 가르친 방식으로 감자 껍질을 벗겼다.
"으~, 어려워요."
곰 유니폼의 얼굴이 슬프게 보이는 건 기분 탓일까.
그런 뒤, 모린 씨에게 부탁받은 감자는 나를 포함한 세 명이서 다 벗겼다.
"많이, 못했어요."
"누구라도 처음엔 그런 거야."
"유나 님도 그런가요?'

"나뿐만 아니라, 모두 그럴 거야."

노아를 위로해준 뒤 다음 일을 찾아 매장으로 이동한다.

"다음은 접객인가요? 맡겨 주세요. 돈 계산도, 정리도, 청소도 할게요."

곰 유니폼을 입고 빙그르르 돈다.

왜 이렇게까지 열심인 거야?

내가 노아를 데리고 매장으로 나오자 매장에서는 카린 씨를 중심으로 아이들이 일하고 있었다.

"그럼 정리를 부탁해볼까. 저기, 카린 씨!"

나는 매장의 리더이자 감독을 하는 카린 씨에게 말을 걸었다.

"유나 씨, 무슨 일이에요? 저기, 그 여자아이는 어디선가 본 적이 있는데?"

노아가 얼굴이 잘 보이도록 후드를 걷으니 후드 아래에서 긴 금빛 머리카락이 나왔다.

"느와르 님?"

"오늘은 곰 옷을 입게 해준 대신에 가게에서 일을 돕게 됐어요."

"이건…… 유나 씨, 정말요? 귀족이시잖아요."

카린 씨가 나와 노아를 번갈아 몇 번이고 바라봤다.

"뭐, 본인이 하고 싶다고 해서요. 정리라도 시킬까 하는데, 방해된다면 말씀해주세요."

"방해 같은 거 안 해요. 지시를 내려주면 어떤 일이든 할게요. 카린 씨, 저는 뭘 하면 되나요."

"그게, 그럼, 손님이 떠난 테이블의 식기 같은 걸 치우고 테이블도 깔끔하게 닦아주시겠어요?"

"노아, 하는 방법 알아?"

"평소에 다들 일하는 모습을 봤으니까 괜찮아요."

그렇게 말하더니 노아는 곰의 작은 꼬리를 좌우로 흔들면서 테이블 정리를 하러 갔다.

"유나 씨, 정말로 괜찮은 거죠? 저, 나중에 호출당하거나 하지 않겠죠? 혼나는 거 아닌 거죠?"

모녀가 똑같은 말을 했다.

"괜찮아요. 그땐 제가 책임질게요."

카린 씨의 걱정을 뒤로하고 노아의 노동 체험이 무사히 끝났다.

"급여는 안 나오지만, 빵이랑 푸딩이 들어있으니까 괜찮다면 집에 가서 먹어."

"고맙습니다."

노아는 빵이 들어간 봉투를 받고 가게를 나서려고 했다.

"노아, 잠깐 기다려."

나는 노아의 어깨를 붙잡았다.

"왜, 왜 그러세요. 슬슬 돌아가야 하는데."

"옷 갈아입고 가야지."

"으~, 이대로 곰 옷을 얻을 수 있다고 생각했는데."

그런 곰 옷차림으로 돌아가면 클리프나 라라 씨가 놀랄 거다. 그 이전에 영주의 딸로서의 입장을 생각해주길 바란다.

"얼른, 갈아입고 와."

"유나 님, 너무해요."

노아는 입을 삐죽거리면서 옷을 갈아입으러 갔다. 심지어 갈아입은 곰 유니폼을 가지고 가려고 해서 말리느라 애먹었다.

그렇게까지 해서 곰 유니폼이 갖고 싶나?

결국 곰 유니폼을 가지고 돌아가지는 못했지만 노아는 만족한 얼굴로 돌아갔다. 다음에는 노아가 입을 곰 유니폼을 준비하는 게 좋을까?

STORY

곰곰곰베어 8

미사의 생일 파티 초대

왕도에서 크리모니아 마을로 돌아온 유나는 곰돌이와 곰순이를 마음에 들어 하는 플로라 공주를 위해, 재봉실에서 일하는 셰리에게 곰돌이와 곰순이 인형 제작을 의뢰한다. 모험가 길드에 들린 후 곰 하우스로 천천히 돌아오던 유나의 곁으로 미사로부터의 생일 파티 초대장이 도착했다면서 피나가 숨을 헐떡이며 찾아왔다. 확인해보니 초대장은 유나에게도 와 있었다. 귀족인 미사로부터의 초대장에 당황한 유나와 피나는 영주인 클리프에게 어쩌면 좋을지 상담 받으러 간다. 클리프에게 친한 사람들로만 이루어지는 파티이니 걱정하지 않아도 된다는 말을 듣고, 유나는 참가하기로 마음을 먹는다. 미사에게 줄 생일 선물로 케이크와 곰 인형을 준비한 유나는 미사의 생일 파티 전에 있을 그란의 생일 파티에 초대받은 클리프와 노아와 함께 시린 마을로 향한다.

그란 대위기

시린 마을에 도착한 유나 일행은 그란의 저택 손님방에서 신세를 지게 되었고 유나는 피나, 노아, 미사 4명이서 마을로 산책을 나선다. 군것질을 하며 걷고 있는데 시린 마을의 공동 통치자인

살바드 가문의 바보 아들이 시비를 건다. 들어보니 공동 통치가 내키지 않는 살바드 가문으로부터 그란은 괴롭힘을 당한다고 했다. 그런 와중에 생일 파티의 요리를 담당하고 있던 주방장인 봇츠가 괴한에게 공격을 받아 부상을 입게 된다. 살바드 가문의 음모에 화가 난 유나는 봇츠를 대신하여 요리를 할 수 있는 사람을 제안. 소환수인 곰돌이와 곰순이의 힘을 빌려 왕궁주방장인 젤레프를 눈 깜짝할 사이에 왕도에서 시린 마을로 데리고 온다. 만족스런 요리도 내보이지 못하는 생일 파티라며 수치를 안기려고 했던 살바드 가문의 계략을 차단하고 그란의 생일 파티는 체면을 세우게 된다.

케이크와 곰 인형을 선물하자

미사의 생일 파티가 열리기 전까지 유나는 오셀로로 다 같이 놀고, 재회한 모험가인 마리나 일행과 두더지 퇴치를 하면서 즐겁게 보내고 있는데 노아의 어머니인 엘레로라도 시린 마을로 찾아온다. 파티 당일, 드레스를 억지로 입은 유나는 미사에게 곰 인형과 케이크를 선물한다. 그란에게도 아이언 골렘을 선물해서 생일 파티를 소란스럽게 만든다.

애니메이트 구입자 특전

27 곰과의 조우 왕비님 편

제가 방에서 차를 마시고 있는데 딸인 플로라가 찾아왔어요.

"어마마마, 그림책, 읽어줘요."

플로라가 그림책을 들이밉니다.

"어머나, 무슨 그림책일까."

"곰 님, 그림책."

건네받은 것은 제대로 제본된 그림책이 아니었습니다. 안을 슬쩍 훑었는데 엄청 귀여운 곰의 그림이 그려져 있네요.

"이건 어디서 났니?"

"곰 님에게, 받았어요."

"곰 님?"

곰의 그림책을 곰 님에게 받았다는 건가. 조금 생각해봤지만 이해가 가지 않네요. 그런 저에게 플로라를 돌보는 안쥬가 알려줍니다.

"얼마 전, 엘레로라 님이 곰 옷차림을 한 여자아이를 데리고 오셨습니다. 그 여자아이가 플로라 님께 그림책을 그려주셨어요."

그런데 곰 옷차림이라는 건 어떤 옷차림일까.

"귀여운 곰이에요. 폭신폭신, 부드러워요."

플로라가 열심히 곰 옷차림의 여자아이에 관해 설명해 주었는데 전혀 떠오르지 않아요. 귀엽고 부드러운 곰 옷차림의 여자아이. 저도 보고 싶네요.

저는 그림책을 읽어주었습니다.

여자아이는 어머니를 위해 고군분투했습니다. 하지만 불행하게도 울프에게 공격을 당하죠. 그때 곰이 도와주었습니다.

그림책은 지병을 앓는 어머니를 소중히 생각하는 여자아이의 이야기면서 곰이 여자아이를 구하는 이야기였습니다. 간단한 내용이지만 어린아이에게 어머니의 소중함을 알려주는 그림책이네요.

"플로라도 엄마가 아프게 되면 도와줄 거니?"

"어마마마, 아파? 죽어요?"

딸인 플로라가 작은 손으로 제 허리를 붙잡고 울 것 같은 표정을 짓습니다.

"걱정하지 마. 엄마는 건강하단다. 죽지 않을 거야."

저는 서둘러 플로라를 위로했습니다.

"정말요?"

"그럼, 그러니 안심하렴."

"응!"

겨우 딸에게 미소가 돌아왔습니다.

저도 따라서 미소가 지어지네요. 하지만 저를 걱정해준다는 걸 알게 됐으니 기쁩니다.

"어마마마, 기뻐요?"

"물론이지, 플로라가 나를 걱정해주는 게 기쁘네."

플로라의 머리를 쓰다듬자 좋아해 줍니다. 그건 그렇고, 이런 그림책을 그리는 곰 여자아이는 어떤 아이인지 만나보고 싶네요.

그리고 며칠 후, 곰 님이 왔다는 소식을 들었습니다.

"곰 님이 맛있는 걸 줬어요."

곰 여자아이는 달고 맛있는 음식을 가지고 와줬던 모양이에요. 그게 무척이나 맛있었는지, 플로라는 활짝 웃으며 「맛있었어」라고 말했고 그와 더불어 남편인 폴오트마저 고개를 끄덕였습니다.

"확실히 맛있긴 했어."

폴오트도 함께 있어서 먹어 본 모양이에요. 둘이서만 먹다니 부럽네요. 그런 말을 하자 엘레로라도 같이 있었다고 하네요. 괜히 더 미웠습니다. 어째서 저를 불러주지 않은 건가요.

저도 그 푸딩이라는 음식을 먹어보고 싶다고 폴오트에게 말하자 뭔가 좋은 생각이 난 얼굴을 합니다.

오랫동안 곁에 있어서 알죠. 저건 나쁜 생각을 떠올릴 때의 얼굴입니다.

무려, 그 푸딩이라는 음식이 폴오트의 탄신제 만찬회에서 나왔습니다. 정말로 무척 맛있었어요.

그렇지만 무엇보다 놀라웠던 점은 주방장인 젤레프가 만들지 않았다는 것이에요. 국왕의 탄신제 만찬회였답니다. 귀족이나 여러 유력자가 참석했으니 아무거나 내보일 순 없죠. 그런데도 내놓았다는 건 그 곰 여자아이를 믿고 있다는 뜻이 됩니다. 도대체 어떤 여자아이인 걸까요. 국왕인 남편 폴오트가 믿고 딸인 플로라가 이렇게 따르는 곰 여자아이. 저도 만나보고 싶어지네요.

그런데 곰 옷차림의 여자아이는 그림책 작가 아니었나요?

세 번째입니다.

곰 여자아이가 왔다고 하네요. 심지어 또 플로라와 폴오트, 엘레로라 세 명이서 만났던 모양입니다. 저만 외톨이네요.

여자아이가 찾아왔던 밤에 플로라가 「검은 곰, 하얀 곰, 귀여웠어요」, 「엄청 부드러웠어요」라며 이야기를 해주었습니다. 도대체 검은 곰과 하얀 곰은 뭘 말하는 걸까요.

설마 진짜 곰이 있었을 리는 없겠죠. 하지만 폴오트의 말에 따르면 곰 여자아이가 소환수를 꺼냈다고 합니다. 그건 진짜 곰이었던 것 같아요. 순간적으로 곰이라는 말에 불안해했지만 폴오트가 곰을 꺼내는 것을 허락했다는 것은 위험하지 않다는 뜻이겠죠. 그래도 곰을 소환하는 곰 옷차림의 여자아이라니, 이제 뭐가 뭔지 알 수가 없습니다.

그림책을 그리고 맛있는 음식을 만들면서 곰을 소환한다. 곰 옷차림의 여자아이의 수수께끼가 깊어지네요.

다음에야말로 만나고 싶어서 곰 여자아이가 오면 알려달라고 엘레로라에게 부탁했습니다.

"딸이 신세를 지고 있으니까 인사는 해야죠."

이번에야말로 곰 여자아이를 만날 겁니다.

어느 날, 곰 여자아이가 플로라를 만나러 왔다는 연락이 왔습니다.

저는 서둘러 플로라의 방으로 향했습니다.

갔더니 정말로 곰 옷차림의 여자아이였습니다. 딸이 곰 님이라고 부르는 게 이해가 가네요. 무척 부드러워 보이는 곰 옷을 입고, 발에도 곰 신발을 신었으며, 손에도 곰 인형 장갑을 끼고 있습니다.

이 여자아이가 곰 그림책을 그리고 폴오트가 자유롭게 딸을 만나도록 허락한 여자아이.

플로라는 「곰 님, 곰 님」이라며 곰 여자아이를 무척이나 따르고 있습니다. 곰 여자아이도 부드러운 표정으로 플로라를 끌어안아 머리를 쓰다듬고 있네요.

엄마의 입장에선 쓸쓸하지만 플로라가 미소 짓는 게 가장 좋죠.

곰 여자아이의 이름은 유나라고 합니다. 곰이 아니었네요.

딸이 기분 좋게 유나를 만지고 있길래 저도 만져봅니다. 대단히 감촉이 좋아요. 최고급 모피를 만지고 있는 것 같아요.

유나가 관두길 바라듯 저를 바라봐서 만지는 걸 멈춥니다. 하지만 딸인 플로라가 만지는 건 기분 좋아하는 것 같네요. 확실히 귀여운 딸 쪽이 좋은 건 어쩔 수 없겠죠.

플로라를 의자에 앉히더니 유나는 곰 장갑에서 빵을 꺼냈습니다. 곰 장갑의 입에서 많은 양의 빵이 나왔어요. 모두 맛있어 보이네요. 플로라는 손을 뻗어 빵을 먹기 시작했습니다. 폴오트도 같이 먹기에 저도 같이 먹었습니다. 빵은 막 구운 것처럼 부드럽고 맛있었습니다. 설마, 이 빵도 만든 걸까요?

뒤이어 마지막으로 푸딩을 꺼내주었습니다. 저는 그것을 스푼으로 떠서 입으로 옮깁니다.

아아, 맛있네요. 몇 개든 먹어버릴 것 같아요. 작은 컵이 아니라 커다란 컵으로 먹고 싶네요.

하지만 유나에게 너무 많이 먹으면 좋지 않다는 주의를 받았습니다. 왕족에게 둘러싸여 있는데 긴장한 기색은 없네요. 딸과 남편, 두 사람이 곰 여자아이를 마음에 들어 하는 이유를 알 것 같습니다.

다음에도 곰 여자아이가 온다면 알려달라고 엘레로라에게 부탁했습니다.

기대되는 일이 늘었네요.

세븐넷 구입자 특전

28 치즈 마을의 오굴

우리 마을은 곰 옷차림의 여자아이에게 구원 받았다.

이 마을은 그다지 풍족하지 못하다. 겨우겨우 사는 마을이었다. 마을의 근처에 마물이 나타나게 되어 소중한 가축이 습격을 당하기도 했다. 마을에는 모험가를 고용할 돈이 없었다. 그래서 마을에서 만들고 있는 치즈를 왕도에서 팔기로 했지만 치즈에 관해 대부분의 사람들이 알지 못했고, 아무도 사려고 하지 않았다. 그러던 중, 치즈를 전부 사준 사람이 있었다. 아버지의 말에 따르면 곰 옷차림의 여자아이라고 한다.

처음에 믿지 못할 이야기였지만 돈을 보여줘서 믿을 수밖에 없었다.

마물 토벌을 모험가 길드에 부탁한 나와 아버지는 마을로 돌아왔다.

그러나 모험가가 찾아오지 않는다. 그때 곰 옷차림의 여자아이가 마을로 찾아왔다. 치즈를 사줬던 여자아이이다. 그 여자아이는 마을이 마물에 습격 당했다는 것을 알고 토벌해주었다.

소중한 치즈를 지키기 위함이라고 한다. 그 말을 들었을 때 마을 모두가 기뻐했다. 여자아이는 마물 토벌의 보답은 거절했고 나아가 마물의 마석까지 양보해주었다. 처음엔 이상한 옷차림의 여자아이라고 생각했지만 마을의 은인이다.

"그러면 오굴, 부탁하마."

나는 촌장인 아버지에게 부탁을 받아 곰 옷차림의 여자아이에게 치즈를 팔기 위해 크리모니아 마을로 향했다. 치즈를 크리모니아 마을의 『곰 씨 쉼터』에 정기적으로 운반해주면 좋겠다고 부탁을 받았기 때문이다.

심지어 운반할 때 힘들지 않도록 아이템 봉투를 빌려주었다. 그 덕분에 마차가 아닌 말로 이동할 수 있어서 무척 도움이 된다.

여자아이가 치즈를 사용한 요리를 팔고 있다는 이야기를 들었을 때는 반신반의했지만 마을로서도 치즈를 구매해주는 건 좋은 일이다. 그 치즈를 판 돈으로 필요한 것들을 살 수 있기 때문이다.

나는 크리모니아에 도착한 뒤 숙소를 서둘러 확보했다. 무사히 숙소를 확보할 수 있었던 나는 말을 맡기고 여자아이에게 들은 『곰 씨 쉼터』의 위치를 숙소 사람에게 물었다. 정말로 『곰 씨 쉼터』라는 이름의 가게가 있을지 쉽게 믿을 수 없었지만 곧바로 위치를 알려주었다.

가게 앞에 커다란 곰 장식이 있어서 쉽게 알아차릴 거라고 한다. 나는 곧장 알려준 가게로 향했다. 그곳엔 크고 대단한 건물이 있었다.

이곳이 틀림없는 거지?

건물 앞에는 숙소에서 들은 대로 커다란 곰 장식물이 있었다. 하지만 내가 알고 있는 곰이 아니었다. 곰을 귀엽게 만든다면 이런 느낌일지도 모르겠다. 그 귀여운 곰은 빵을 안고 있었다.

이곳임이 틀림없는 것 같다.

가게 안으로 들어가 보니 많은 사람이 식사를 하고 있었다. 테이블 위에는 곰 여자아이가 마을에서 만들어 줬던 치즈를 사용한 요리가 있었고 그것을 다들 맛있게 먹고 있다. 왕도에서는 전혀 팔리지 않았던 치즈가 이렇게 소비되고 있다니 믿기지 않는 광경이었다.

가게 안에서는 테이블 위를 치우고 있는 곰 유니폼의 여자아이가 있었다.

나는 가게의 관계자라고 생각해서 곰 유니폼의 여자아이에게 물었다.

"미안하지만, 이 가게의 책임자를 만나고 싶은데."

곰 옷차림의 아이가 내 말에 당황했다.

"그게, 잠시만 기다려 주세요."

아이는 그렇게 말하더니 자리를 떠났다. 그리고 곧바로 한 명의 여자아이를 데리고 돌아왔다. 이 여자아이는 곰 옷차림을 하고 있지 않았다.

"저기, 무슨 일이시죠?"

"치즈를 가지고 왔는데 어떻게 하면 좋을지 몰라서 말이에요. 분명 모린, 티루미나라고 하는 이름의 사람을 만나라고 들었어요."

"아, 잠시만 기다려 주세요. 그것보다, 이쪽으로 오시겠어요?"

내 말을 이해한 여자아이는 가게 구석에 있는 방으로 안내해줬다.

"잠깐만 기다려 주실 수 있나요. 가게가 붐벼서 어머니, 가 아니라, 모린 씨가 바빠서요."

"네."

"이런, 어쩌지. 티루미나 씨는 안 계시고, 누구를 불러야 하지."

"그렇게 당황하지 않으셔도 괜찮아요."

"죄송해요."

조금 전의 가게 상황을 보면 바쁘다는 건 알 수 있다. 오는 시간을 바꿨어야 했을지도 모른다.

"곰 옷차림의 여자아이는 없나요? 가게에 있던 어린 여자아이가 아니라 그, 조금 더 큰 여자아이고 진짜 곰을 탄—."

나는 마을에서 만난 여자아이를 떠올리면서 물었다.

"아아, 유나 양 말인가요? 유나 양은 아침이랑 점심에 식사하러 올 때 이외엔 그다지 오지 않아요. 참, 마실 걸 가지고 올 테니까 앉아서 기다려 주세요."

"아뇨, 신경 쓰지 않으셔도—."

여자아이는 당황하며 방에서 나가버렸다.

정말로 가게가 있고 치즈를 먹고 있는 모습을 보니 이상한 느낌이다. 처음에는 치즈를 사줄지 불안했지만 괜찮을 것 같다.

조금 기다리자 조금 전의 여자아이가 돌아왔다.

여자아이만이 아니라 성인인 여성분도 함께였다.

"죄송해요. 기다리게 한 모양이네요."

여성이 방으로 들어와 사과했다. 조금 전의 여자아이가 마실 거리를 건네줬다.

"저는 티루미나예요. 이 가게의 관리를 맡고 있습니다."

"저는 오굴입니다. 곰 옷차림의 여자아이에게 부탁을 받아 치즈를 가지고 왔습니다."

"감사해요. 재고가 떨어질 뻔했는데 다행이네요."

"그래서, 정말로 사주시는 건가요?"

일단 확인한다.

"네, 물론이죠. 유나에게 이야기는 들었지만, 금액은 저번과 동일하게 하면 문제 없으신가요?"

"네, 괜찮습니다."

무사히 구매해주었다. 이것으로 여러 가지 필요한 것들을 사서 마을로 돌아갈 수 있다.

"그런데, 조금 상담을 하고 싶은데요."

여성은 조금 말하기 어려운 듯 입을 연다.

거래 중지는 아니겠지만 가격 인하는 아니길 바란다. 판매 금액에 맞춰 구입할 물건을 정해뒀다. 그렇지만 여성에게서 나온 말은 달랐다.

"치즈의 양을 늘릴 수 있나요?"

"늘린다고요?"

"가게를 보셨으니 아시겠지만, 치즈를 사용한 요리는 인기가 있어요. 만드는 데 어느 정도의 수고와 시간이 걸리는지 모르지만 부탁드려도 될까요?"

치즈의 재고는 있다. 마을에서 먹을 양을 줄인다면 가능하다. 게다가 지금도 만들고 있다.

"무리인가요?"

"조금이라면 괜찮을 것 같습니다."

"정말요? 다행이네요."

여성은 기뻐했다.

"아뇨, 덕분에 마을도 사는걸요."

사주는 양이 늘어나면 마을도 살아난다. 마을로 돌아가면 만드는 양을 늘려야겠다.

"그러면 지금부터 가지고 와주신 치즈를 확인한 후 대금을 드려도 괜찮을까요?"

"네."

나는 가게의 창고로 안내받았다. 그때 부엌의 안을 통과했다. 그곳에서 빵을 굽고 있는 모린이라는 여성을 소개받았다.

"죄송해요. 손이 비질 않아서요."

소개를 받은 모린이라는 여성은 빵을 만들면서 사과했다.

"아이들도 일하는 모양이네요."

매장에서도 그랬지만 아이들이 많이 일하고 있었다.

"다들 고아원 아이들이에요. 유나가 돌보고 있죠."

“그 곰 여자아이가……, 그 곰 여자아이는 뭐 하는 사람입니까?”

“으음~ 그건 가장 대답하기 어려운 질문이네요.”

“딱히 대답하기 힘드시면—.”

“그게 아니라 저희도 잘 몰라요. 갑자기 저희 앞에 나타나더니 모두를 이유 없이 구해주는 여자아이거든요.”

내 마을도 마물에게서 구해줬다. 정말로 이상한 여자아이이다.

나는 창고로 안내를 받은 후 아이템 봉투에서 치즈를 꺼내 선반에 나열했다.

“고마워요.”

“아뇨, 항상 하는 일인걸요.”

여성은 내가 나열한 치즈를 순서대로 셌다.

“어머, 조금 많네요.”

“아버지, ……아니, 촌장님이 넉넉히 가지고 가라고 하셔서.”

“그러면 대금을 더 드릴게요.”

“그건—.”

그 치즈는 우리 마을을 구해준 여자아이에게 주는 보답이었다. 보답할 것은 이 정도밖에 없다.

“그 부분은 확실하게 해야죠. 한 번 틀어지면 두 번, 세 번으로 이어져요. 그럼, 서로에게 좋지 않잖아요. 앞으로도 길게 이어갈 인연인걸요.”

여성은 그렇게 말하더니 제대로 계산을 해줬다. 나는 곰 여자아이에게 주는 보답이라는 말을 하지 못했다.

“그러면 확인해주시겠어요? 이게 치즈 하나의 금액이고, 이게 치즈의 수량이에요. 이쪽이 합계 금액이고요.”

확인한 나는 조금 전의 방으로 돌아왔다.

"그럼, 이것이 이번 대금이에요."

"고맙습니다."

나는 돈이 든 봉투를 받았다. 그리고 테이블을 빌려 돈을 확인했는데 꽤 큰 금액이었다. 이 돈으로 마을에서 필요한 물건들을 살 수 있다. 정말로 감사할 따름이다.

"앞으로도 잘 부탁해요."

"네, 잘 부탁합니다."

나는 받아든 돈으로 필요한 물건을 사서 마을로 돌아갔다.

정말로 곰 여자아이에게는 항상 감사해야 한다.

협력 서점 구입자 특전

29 피나의 드레스 고르기

지금 저는 비상사태에 빠져있습니다. 방에 갇혀 있어요. 문은 잠겨 있지 않지만 도망칠 수도 도움을 청할 수도 없습니다. 저를 방에 가두고 있는 건 이 마을 영주님의 따님이신 노아 님입니다.

제 앞에서는 노아 님과 저택에서 일하는 라라 씨가 즐거워하며 걸린 드레스를 바라보고 있습니다. 어여쁜 색의 드레스가 많이 있네요. 저건 누가 입는 걸까요. 분명 노아 님의 드레스일 겁니다. 틀림없을 겁니다. 그런데 들려오는 말소리는 제 생각을 부정하는 것뿐이네요.

“피나에겐 어떤 색의 드레스가 어울릴까?”

“피나 씨라면 이 색은 어떠세요?”

“조금, 밝지 않을까?”

“그런가요. 그러면 이쪽은 어떠신가요?”

“좋을지도. 근데, 이쪽도 어울릴 것 같네.”

들려오는 말소리는 저에게 어울리는 드레스 이야기뿐입니다.

어째서 이런 상황이 되어버린 걸까요. 그 원인은 집에 귀족인 미사 님으로부터 생일 파티 초대장이 도착했기 때문입니다. 저는 어쩌면 좋을지 몰라서 유나 언니에게 상담했어요. 그런데 유나 언니도 당황스러웠던 건지, 노아 님에게 상담을 받게 되었습니다.

처음엔 거절할 생각으로 노아 님에게 상담을 받으러 갔던 저였지만, 노아 님에게 설득을 당해서 생일 파티에 참석하게 되어버렸습니다.

생각하는 것만으로도 마음이 무거워지네요.

그런 저의 팔을 노아 님이 붙잡고 「생일 파티에 입고 갈 드레스를 정하자」라며 방으로 데리고 가셨습니다. 그게 지금 상황인 거죠.

으으, 집에 가고 싶어요. 하지만 그런 짓은 할 수 없습니다. 적어도 드레스를 고르는 건 거절하고 싶습니다.

"이 드레스 쪽이 좋을지도 모르겠어."

노아 님은 라라 씨에게 보여주기 위해 드레스를 펼칩니다.

그런 예쁜 드레스를 제가 입으면 어울릴 리 없습니다. 평범한 옷으로 참가할 수 없다니……. 지금이라도 거절하는 건 불가능한 걸까요. 배가 아파져 옵니다.

어쩐지 전에도 같은 일이 있었던 것 같은 기분이 드네요. 이 아픔은 경험한 적이 있습니다.

"그러면, 전부 입혀보고 어울리는 걸로 고르죠."

"그렇네. 시간도 많으니까 피나에게 입혀보자."

라라 씨와 노아 님이 드레스를 들고 다가옵니다. 저는 물러납니다.

아아, 생각났어요. 똑같은 일을 왕도에서 경험했었죠. 엘레로라 님과 스릴리나 씨가 저에게 옷을 입혔던 상황과 똑같아요. 지금의 노아 님의 즐거워 보이는 얼굴은 엘레로라 님이 옷을 들고 제게 다가왔던 그때와 같아요. 으으, 어째서 두 분은 저에게 예쁜 옷을 입히고 싶어 하는 걸까요.

그런 드레스는 저에게 어울리지도 않을뿐더러 아깝기만 합니다.

"노아 님, 이 옷 그대로 참가하는 건 안 되나요?"

터무니없겠지만 저는 저항해봅니다. 이곳에 있는 드레스는 제 옷과는 달리 고가입니다. 엘레로라 님이 계신 곳에서 입었던 옷보다도 더욱 비쌀 겁니다. 만약 더럽히거나 망가뜨리기라도 하면 큰일이에요. 변상 같은 건 불가능합니다.

"미사도 드레스를 입을 거고, 나도 입을 거야. 그러니까 피나도 입어야지."

그렇게 말씀하시면 할 말이 없어집니다.

"그럼, 피나, 얼른 옷 벗어봐."

그렇게 말하면서 노아 님이 다가옵니다.

"……노아 님."

저는 도망치려고 뒤로 물러섰지만 침대가 있어서 더 이상 물러날 수 없었습니다. 상황이 완전히 엘레로라 님 때와 같습니다.

두 사람이 다가옵니다.

"드레스는 저한테 안 어울려요."

"피나 씨는 귀여우니 어떤 드레스라도 어울릴 거예요."

"라라가 하는 말 그대로야. 자, 가장 어울리는 드레스를 고르자."

되받아치는 게 스릴리나 씨와 엘레로라 님과 똑같네요. 하지만 이번엔 저 혼자가 아닙니다. 유나 언니가 있는걸요.

"그러면, 유나 언니도 같이……."

"유나 님이라면 조금 전에 드레스를 준비해왔을 때 돌아가셨어요."

"앗."

"피나 씨를 잘 부탁한다고 클리프 님에게 부탁하셨죠."

유나 언니! 저는 마음속으로 소리쳤습니다.

으으, 혼자서 돌아가다니 너무해요. 저도 집에 가고 싶어요.

"라라, 피나의 옷을 벗겨줘."

"알겠습니다."

라라 씨가 다가옵니다. 도망칠 길은 없습니다. 도움을 줄 유나 언니도 없습니다.

"피나 씨, 실례할게요."

라라 씨가 손을 뻗어옵니다.

"으으, 알겠어요. 제가 벗을게요."

저는 포기했습니다. 인생에는 포기가 중요하다는 걸 엘레로라 님이 계신 곳에서 배웠습니다. 거역할 수는 없습니다. 저는 포기하고 옷을 벗어 드레스를 입어보기로 했습니다.

엘레로라 님 쪽에서 입었던 옷도 귀여웠는데 여기 드레스는 공주님이 된 것 같은 기분이 들게 합니다.

"사이즈도 딱 좋네요. 이거라면 조정은 필요 없겠어요."

제가 입고 있는 드레스는 노아 님의 드레스라고 합니다. 노아 님과는 나이도 똑같고 키도 크게 다르지 않습니다.

"피나, 한 바퀴 돌아봐."

노아 님의 말대로 천천히 돌아봅니다.

"피나, 잘 어울리네요."

으으, 창피합니다.

"그러면 다음엔 이쪽을 입어봐."

노아 님이 만면의 미소를 지으며 다른 드레스를 건넵니다. 저는 거절하지도 못하고 또 다른 드레스를 입게 되었습니다. 드레스 전부 예뻐서 저에게는 아깝습니다.

그런 뒤에도 드레스의 착용은 몇 번이나 이어졌습니다.

"피나, 마음에 든 드레스가 있었어?"

모두 예쁜 드레스라 제가 고르기 어렵습니다. 화려한 색보다 연한 색이 마음에 듭니다.

제가 그렇게 말하자 노아 님은 색이 연한 드레스를 골라주었습니다.

이것으로 무사히 드레스 고르기가 끝이 났습니다. 하지만 이 드레스를 미사님 파티에서 입을 거라 생각하니 배가 아파져 옵니다.

"그러면 피나의 드레스를 정했으니 유나 님의 드레스도 골라볼까."

제가 라라 씨에게 도움을 받으며 드레스를 벗고 있는데 노아 님이 그런 말을 꺼냈습니다.

"그럼, 처음부터 유나 언니도 부르는 편이—."

"그건 안 되죠. 유나 님은 「입어 주세요」라고 부탁을 해도 절대로 입어 주지 않을 거예요."

유나 언니는 항상 곰 옷을 입고 있습니다. 목욕하러 갈 때 정도밖에 벗는 모습을 본 적이 없습니다. 전에 다른 옷은 안 입냐고 물은 적이 있는데, 곰의 가호 때문에 벗을 수 없다는 듯이 말했습니다. 곰의 가호라는 게 정말 있는 걸까요?

"게다가 무리하게 입으라고 말하면 생일 파티에 안 갈 것 같아서 말이야. 그러니 생일 파티 당일까지 비밀로 할 생각이야. 피나도 유나 님한테 절대로 말하면 안 돼."

그래서 유나 언니에게 드레스 고르기를 권유하지 않았던 거군요.

유나 언니는 저와 달리 상대가 귀족이어도 아무렇지 않게 거절합니다. 싫은 건 싫다고 말하는 사람이에요. 노아 님도 그걸 아셨던 모양입니다.

"피나도 같이 유나 언니의 드레스를 고르자."

"……알겠어요."

유나 언니가 잘못한 거예요. 유나 언니에게는 저를 내버려 두고 돌아간 것에 대해 불평 한마디라도 하고 싶네요.

그 후, 우리는 유나 언니에게 잘 어울리는 드레스를 골랐습니다.

전자책 구입자 특전

30 세리의 인형 만들기

제가 일하는 가게는 천과 실 등을 취급하는 가게예요. 그곳에서 옷 같은 걸 만들고 있죠. 어느 날, 그곳에 유나 언니가 찾아왔습니다. 그리고 곰돌이와 곰순이의 인형을 만들어 달라는 이야기를 들었어요.

곰돌이와 곰순이는 유나 언니의 곰의 이름입니다. 무척 귀엽고 점잖은 곰이죠. 그런 곰의 인형을 만들어줬으면 좋겠다고 하네요.

저는 제대로 쏙 빼닮게 만들고 싶어서 곰돌이를 보여달라고 부탁했습니다. 방이 좁아서 무리일까 싶었는데 유나 언니가 손을 뻗더니 곰 손에서 작은 곰돌이가 나왔습니다.

뭐, 뭐죠?! 이 작은 곰은?! 엄청 귀엽네요.

들어보니 곰돌이를 작게 만들었다고 합니다.

작은 곰돌이가 「왜 그래?」라는 느낌으로 저를 바라봅니다. 유나 언니는 이 사이즈의 곰돌이 인형을 만들어 주길 바란다고 했습니다.

저는 서둘러 줄자를 꺼내 들고 곰돌이의 사이즈를 측정했습니다. 머리에 몸통, 발 사이즈에 손 사이즈, 귀와 꼬리, 모든 사이즈를 측정했죠.

그건 그렇고 몽글몽글해서 부드럽네요.

으아, 너무 귀여워요.

저는 가게 주인인 테모카 씨의 허락을 받아 곧바로 곰 인형 만들기에 돌입했습니다.

잘 모르는 부분은 테모카 씨에게 배우면서 인형을 위해 본을 떴습니다. 이게 제일 어려운 작업입니다. 이게 마무리되면 본에 맞춰 천을 잘라 재봉을 하면 인형이 완성됩니다. 양복을 만드는 것과 비슷하죠.

"셰리, 오늘은 여기까지 하자."

"테모카 씨, 고맙습니다. 테모카 씨 덕분에 어려운 부분을 할 수 있었어요."

"이것도 공부잖니. 잘 모르는 부분이 있으면 말하렴."

테모카 씨는 친절하게 알려 주십니다. 아버지가 계신다면 이런 느낌일까요.

"집에서 조금이라도 더 하고 싶은데, 가지고 돌아가도 되나요?"

"상관없긴 하지만, 너무 무리하면 안 된다."

"네."

저는 집에서도 인형 만들기를 이어 하기 위해 재료를 들고 돌아가기로 했습니다.

집으로 돌아온 저는 저녁을 먹고 인형 만들기에 다시 돌입합니다.

"셰리 언니, 뭐 만드는 거야?"

민샤가 물어옵니다. 민샤는 아직 어린 여자아이예요.

"곰 인형이야."

"곰?!"

민샤는 곰에 반응합니다. 곰은 위험한 동물이죠. 하지만 유나 언니의 곰돌이와 곰순이 덕분에 모두 곰이라는 말을 들으면 기뻐합니다. 미래가 조금 걱정이네요.

"유나 언니에게 부탁을 받아서 곰돌이와 곰순이의 인형을 만들고 있는 거야."

"좋겠다. 나도 갖고 싶어."

"……으음, 유나 언니한테 물어봐서 다음에 만들어 줄까?"

"그래도 돼?"

"그래도 유나 언니에게 물어보고 나서."

"응!"

저는 모두가 잠든 후, 같은 방 아이에게 폐를 끼칠까봐 아무도 없는 식당에서 인형 만들기를 계속했습니다. 졸리지만 열심히 할 거예요. 유나 언니에게 부탁 받은 일인걸요. 저라서 부탁한 거래요. 그게 너무 기쁩니다. 그러니 유나 언니의 마음에 보답하기 위해 인형을 만듭니다.

그리고 아침이 가까워졌을 때 곰돌이의 인형을 완성했습니다.

만들었다.

처음으로 만들었지만 잘 만들어졌네요.

가장 어려웠던 부분은 역시 얼굴입니다. 얼굴을 귀엽게 만드는데 고생했죠.

곰돌이를 완성한 저는 긴장이 풀려서 그대로 잠들어 버렸습니다. 하지만 얼마 지나지 않아 깨어난 원장 선생님이 깨우셨고 꾸지람을 들었습니다.

저는 제 방으로 돌아가 조금 더 잠을 잤습니다.

아주 조금 잤을 무렵, 아침 식사 시간이 되어 같은 방 아이가 깨웠습니다.

저는 졸린 눈을 비비며 몸을 일으킵니다. 조금밖에 자지 못해서 졸리네요. 그래도 아침까지 인형을 만들었으니 어쩔 수 없죠.

저는 방을 한번 둘러봅니다. 어, 완성한 곰돌이 인형이 없네요. 완성한 게 꿈이었던 건 아니겠죠. 저는 식당에 둔 채로 온 걸 떠올렸습니다.

방을 나와 식당으로 서둘러 가니 곰돌이 인형을 서로 가지려고 하는 아이들의 모습이 있었습니다.

"이건 내 거야."

"내 거야."

"으으, 나도 빌려줘."

제가 만든 곰돌이 인형의 쟁탈전이 일어나고 있었습니다.

"그건 내가 만든 인형이니까, 돌려줄래?"

제가 그렇게 말을 하자 모두 울려고 합니다.

"싫어."

"곰 님, 갖고 싶어."

곰돌이 인형을 강하게 끌어안고 떨어지려고 하질 않네요. 설마 이렇게 모두가 원할 줄은 생각 못 했습니다.

"유나 언니에게 부탁받은 거야. 그러니 돌려줘."

"유나 언니?"

"그래, 모두 유나 언니를 곤란하게 만들고 싶진 않지?"

제가 그렇게 말하자 인형을 가지고 있던 아이가 슬픈 얼굴로 돌려줍니다. 모두들 유나 언니를 많이 좋아합니다. 그러니 유나 언니를 곤란하게 만드는 일은 하지 않죠. 하지만 이대로라면 아이들이 가엽습니다.

"고마워. 지금 바로는 무리겠지만 유나 언니에게 부탁해서 모두에게 줄 인형도 만들어 줄게."

"정말!"

"내 거도?!"

"나도?!"

슬퍼하던 표정이 미소로 바뀝니다.

"응, 그러니, 지금은 참아줘."

저는 모두에게 줄 인형을 만들겠다 약속을 했습니다.

"셰리 언니, 곰순이는 없어?"

"이제부터 만들 거야."

"그러면 나는 곰순이가 좋아."

"나는 곰돌이."

"나도 곰돌이."

"나는 곰순이가 갖고 싶어."

어제 약속한 민샤도 졸라서 곰돌이와 곰순이 인형을 많이 만들게 되어버렸습니다.

아침 식사를 마친 저는 눈을 비비며 가게로 향합니다.

"셰리 졸려 보이는데, 괜찮니?"

"네, 너무 열심히 했나 봐요."

"잠은 충분히 자야 해."

"네."

"그럼, 나는 일을 하고 있을 테니 모르는 부분이 생기면 언제든지 물어봐."

"네."

곰돌이는 완성했으니 나머진 하얀 천을 써서 곰순이 인형을 만들기만 하면 됩니다.

저는 곰순이 인형을 만들기 시작했습니다. 만들기 시작하고 얼마 지나지 않아 하품이 나왔습니다. 졸리네요. 그래도 열심히 해서 완성을 시켜야 합니다.

저는 졸리는 와중에 어떻게든 곰순이 인형도 완성을 시켰습니다. 이제 유나 언니가 있는 곳으로 가지고 가기만 하면 됩니다. 저는 테모카 씨에게 외출을 허락받았습니다.

"세리, 오늘은 유나가 있는 곳에 갔다가 돌아오지 말고 집으로 가도 돼. 유나를 위해서 열심인 건 알겠지만 휴식도 필요한 거야."

아무래도 졸려하며 만들고 있던 걸 눈치채고 계셨던 모양입니다.

"죄송해요."

저는 사과를 하고 오늘은 쉬도록 합니다. 완성한 곰돌이와 곰순이 인형을 봉투에 담았습니다. 조금 크지만 들지 못할 정도는 아니에요.

저는 인형이 든 봉투를 들고 유나 언니네 집으로 향했습니다.

기뻐해 주면 좋겠다.

ILLUSTRATION GALLERY

STORY

곰곰곰베어

유나, 격노하다

유나는 크리모니아로 돌아가기 전까지 시간이 생겨서 젤레프, 봇츠와 식자재를 찾으러 시장으로 간다. 본 적 없는 과일을 사들이고 있는데 이전에 피나에게 줬던 곰 폰을 이용한 연락이 들어온다. 다급한 피나의 상태에 유나가 서둘러 그란의 저택으로 돌아가니 그곳에는 정신을 잃은 피나와 노아의 모습이 있었다. 하지만 같이 있어야 할 미사의 모습이 보이지 않았다. 의식을 회복한 피나와 노아에게 받은 정보로 미사가 누군가에게 끌려갔다는 걸 안 유나는 곰돌이와 곰순이를 소환하여 미사를 찾기 위해 마을로 뛰쳐나간다. 곰돌이와 곰순이의 안내로 도착한 곳에는 역시나 살바드 가문의 저택이 있었다. 미사를 인질로 둔 바보 아들을 때려눕히고 미사를 구출. 그리고 발뺌을 하려는 바보 부모를 날려버리려고 주먹을 쥔 순간 엘레로라가 살바드 가문의 저택에 나타났다.

곰돌이와 곰순이는 무섭지 않아!

실은 국왕으로부터의 밀명을 받아 살바드 가문을 조사하러 왔던 엘레로라는 저택 안에서 악행의 증거를 압수. 살바드 일가를 포박한다. 살바드 가문을 찾기 위해 곰돌이와 곰순이에게 올라타

마을 안을 질주하는 모습으로 주민들을 공포에 떨게 한 유나는, 피나와 아이들의 협력을 받아 이벤트를 개최하여 곰돌이와 곰순이의 안전함을 성공적으로 어필한다.

곰 하우스 앞에 엘프 소녀가?!

크리모니아 마을로 돌아온 유나는 피나가 부상을 입은 것을 티루미나에게 사과한다. 화의 나라에서 온 짐으로 오랜만에 가정식을 만끽한 뒤 곰 인형을 받아서 우선은 노아가 있는 곳으로 찾아간다. 그리고 유나는 플로라 공주에게도 인형을 전달하러 왕도로 간다. 플로라 공주에게 인형을 건네주고 왕도의 곰 하우스로 돌아온 유나는, 현관문 근처에 쓰러져 있는 엘프 소녀 루이밍을 발견한다. 언니인 사냐를 찾으러 왕도까지 왔다는 루이밍을 사냐가 길드 마스터를 맡고 있는 모험가 길드로 안내한다. 엘프 마을로 돌아가게 된 두 사람에게 유나는 동행을 요청한다. 엘프 마을로 함께 가게 된 유나는 가는 길에 랄즈 마을에 들러서 루이밍이 넘겨줘버린 소중한 팔찌를 돌려받기 위해 애쓴다. 무사히 팔찌를 돌려받고 엘프 마을로 다시 출발한다.

애니메이트 구입자 특전

31 곰 님 팬클럽의 다과회 피나 편

미사 님의 생일 파티도 무사히 마쳤습니다.

드레스를 입게 됐지만 유나 언니도 함께 입어서 조금 안심이 되었답니다. 유나 언니는 있는 힘껏 저항을 했으나 노아 님에게 이기지 못하고 드레스를 입게 되었습니다.

유나 언니가 저를 원망스럽게 쳐다봤지만 저만 드레스를 입는 건 싫었는걸요. 유나 언니도 함께해야죠.

드레스를 입은 유나 언니는 무척 예뻤어요. 엘레로라 님도 클리프 님도 놀랄 정도였죠. 이렇게나 예쁜데 싫어하는 이유가 이해가 안 되네요.

선물로 케이크와 곰 인형을 받은 미사 님은 매우 기뻐해 주셨습니다. 그리고 드레스를 더럽히는 일 없이 파티를 마칠 수가 있었답니다.

"내일은 다 같이 다과회를 할까요?"

파티를 마친 밤, 미사 님이 그런 말을 꺼냈습니다.

"다과회요?"

"지금, 정원의 꽃이 예쁘게 피어있거든요."

들어보니, 미사 님도 가끔 꽃을 가꾸는 일을 돕고 계신다고 합니다. 그래서 봐줬으면 하는 모양이에요.

넓은 정원에서 꽃을 바라보며 차를 마시다니 귀족님이 된 것 같네요. 아니죠, 미사 님도 노아 님도 귀족인데 저만 아닌 거죠.

"정원에서 차라니, 좋네요."

노아 님은 다과회에 찬성했고 저도 거절할 이유가 없었기에 참가하게 됐습니다.

"유나 언니는요?"

"으음~, 나는 됐어. 세 명이서 즐겨도 돼."

"그럴 수가~ 유나 님도 같이 다과회를 즐기죠."

"나는 혼자서 느긋하게 마을을 산책하고 올게."

유나 언니에게 권해봤지만 거절당했습니다. 노아 님과 미사 님은 조금 아쉬워했지만 무리하게 권하지는 않았습니다.

다음 날 저와 노아 님, 미사 님, 세 명은 저택의 정원으로 갔습니다. 예쁜 꽃이 가득 피어있습니다. 역시 미사 님의 저택에 피어있는 꽃답네요. 성의 꽃도 예뻤지만 미사 님의 저택에 핀 꽃도 예쁩니다.

테이블 위에 케이크와 차가 있네요. 케이크는 유나 언니가 준비해 주셨습니다.

과식은 좋지 않다고 했는데 괜찮을까? 어제도 먹었는데…….

케이크의 옆에는 곰돌이와 곰순이 인형이 놓여 있습니다.

노아 님이 미사 님에게 부탁해서 들고 온 모양입니다. 노아 님은 조금 전부터 갖고 싶은 듯 인형을 바라봤습니다. 미사 님에게서 뺏지는 말아주세요.

"그럼, 무슨 일 있으시면 불러 주세요."

차를 준비해준 메슌 씨는 자리를 떠났습니다. 다과회는 세 명만의 모임이니까요.

"그럼, 먹어볼까."

우리는 꽃을 바라보며 케이크를 먹었습니다.

"피나, 이번엔 파티에 와줘서 고마워."

미사 님이 다시 한 번 감사 인사를 합니다.

"아뇨, 그게 사실은……."

사실 거절할 생각이었다는 말은 하지 못합니다.

"피나는 처음엔 거절할 생각이었어."

그렇지만 노아 님이 곧바로 다 말해버리네요.

"그랬어?!"

미사 님은 놀란 표정을 지었습니다.

사실이지만. 노아 님, 어째서 그런 말씀을 하시는 거예요.

"죄송해요. 그렇지만 제가 귀족님의 생일 파티에 참석하다니, 민폐가 될 거라고 생각했거든요."

"우리는 친구잖아. 귀족은 상관없어."

"미사 님……."

미사 님이 진지한 눈으로 저를 바라봅니다.

"맞아. 피나는 너무 걱정이 많아. 우리는 신경 안 쓰고 있는걸. 피나는 친구야. 무엇보다도 우리는 곰 님 팬클럽으로 이어져 있잖아."

그렇게 말하고 곰돌이 인형을 들어 올립니다.

"노아 님……."

"그러니까 언제든지 우리 집에 놀러 와도 돼."

"으으, 노아 언니, 비겁해요. 우리 집에도 놀러와 주면 좋겠는데. 피나, 언제든지 우리 마을에 놀러와. 환영할게."

그런 말을 해도 간단하게 미사 님이 있는 마을에 올 수는 없죠. 하지만 유나 언니에게 부탁하면 가능하려나?

"그리고, 유나 님도 거절할 생각이었어. 그걸 내가 참석하도록 만들었지."

노아 님이 가슴을 펴봅니다.

"그리고, 피나와 유나 님의 드레스를 골라 준 것도 나야."

"피나가 드레스를 입은 모습, 너무 예뻤어."

드레스를 입은 유나 언니는 무척 예뻤지만 제가 드레스를 입은 모습은 어울리지 않았습니다.

으으, 떠올리는 것만으로도 창피합니다.

그 뒤로도 미사 님과 노아 님과 파티 때의 이야기를 했습니다.

케이크를 다 먹은 노아 님이 서둘러 몸을 일으켰습니다.

"그러면 지금부터 곰 님 팬클럽의 회의를 시작합시다."

라고 노아 님이 말을 꺼냈습니다.

"곰 님 팬클럽의 회의요?"

"네!"

"노아 언니, 팬클럽 회의라는 건 뭘 하는 거예요?"

"그건 물론, 곰 님에 관해서 이야기를 하는 거지요!"

곰 님의 이야기라는 건, 유나 언니와 곰돌이와 곰순이에 관한 이야기밖에 없을 것 같습니다.

"우선, 배신자, 피나에게 묻겠습니다."

"배신자요?!"

갑자기 노아 님에게 손가락질을 당했습니다.

"그래요. 어째서 곰 님의 인형에 관해 알려주지 않았던 거죠. 만약 알려줬다면 내 몫도…… 아니지, 저도 함께 만드는 것을 도왔을 텐데."

노아 님은 테이블 위에 있는 곰돌이와 곰순이 인형으로 시선을 옮깁니다. 그래서 인형을 가지고 온 거군요.

그렇지만 내 몫이라는 말이 들렸던 것 같은데.

"이건 곰 님 팬클럽 회장인 저에게의 보고 의무를 위반한 것이 됩니다."

그런 말을 해도 곤란합니다.

"그건 저와 유나 언니가 미사 님에게 주는 생일 선물이었잖아요. 게다가 인형을 만드느라 바빠서……."

그때는 생일 선물 생각으로 머리가 가득 차 있어서 노아 님이 그런 식으로 생각할 줄은 생각도 못 했습니다.

"으으, 나도 함께 곰 인형을 만들고 싶었는데."

"그, 죄송해요."

제가 아래를 바라보며 사과하자 노아 님이 당황해합니다.

"용서할 테니까 다음에는 나도 불러 줘."

"네."

"나도 얼른 곰 인형을 갖고 싶어."

노아 님은 곰돌이 인형을 끌어안았습니다.

인형을 만들고 싶었던 게 아니라 역시 인형을 갖고 싶었던 모양입니다.

"그건 그렇고, 곰돌이랑 곰순이를 쏙 빼닮았네."

노아 님은 곰돌이 인형의 얼굴을 바라봅니다. 셰리가 고생했다고 들었어요. 저도 셰리에게 배우지 않았더라면 이렇게 능숙하게 만들지는 못했을 겁니다.

"그렇지, 다음에 내 생일에는 커다란 곰돌이랑 곰순이 인형을 만들어 줘!"

노아 님은 생각이 난 듯 선언을 합니다.

"노아 언니, 치사해요. 저도 곰돌이랑 곰순이 사이즈의 인형을 받고 싶은데."

"후훗, 커다란 곰 인형을 받는 건 내가 첫 번째야."

저는 커다란 곰 인형을 만드는 것을 상상해봤습니다.

으으, 만드는 게 엄청 힘들 것 같네요. 이 작은 곰 인형도 무척 힘들었습니다. 만일 커다란 인형을 만들게 된다면 꽤 많은 천과 실이 필요할 겁니다. 이 사이즈의 인형 10개 정도의 재료로는 택도 없을 겁니다.

그렇지만 인형을 만드는 건 즐거웠답니다. 만약 커다란 곰돌이와 곰순이의 인형을 만들게 된다면 만들어 보고 싶긴 합니다.

협력 서점 구입자 특전

32 안쥬 씨와 곰 인형

최근 이 성에는 곰 옷차림의 여자아이, 유나 님이 왕래하고 있습니다. 심지어 공주님이신 플로라 님의 방에 자유롭게 입실하라는 허가도 내려졌습니다. 유나 님은 매우 이상한 여자아이입니다.

유나 님은 그림을 매우 잘 그리셔서 플로라 님께 그림책을 그려주셨습니다. 요리도 잘하셔서 여러 음식을 만들어 플로라 님께 가지고 와주신답니다.

게다가 믿기지 않게 우수한 모험가라고 하십니다. 도저히 그렇게는 안 보이는 귀여운 여자아이입니다.

오늘, 유나 님이 플로라 님을 만나러 찾아오셨습니다.

유나 님은 오늘도 귀여운 곰 옷차림이네요. 유나 님이 오면 플로라 님은 항상「곰 님, 곰 님」하며 기쁘게 뛰어갑니다. 유나 님은 뛰어오는 플로라 님을 부드럽게 안아서 맞아줍니다. 플로라 님은 환한 미소를 지었습니다.

유나 님은 플로라 님에게 선물을 가지고 왔다고 하셨습니다.

언제나처럼 먹을거리일까요?

유나 님이 곰 모양의 장갑에서 꺼낸 것은 곰 인형이었습니다. 그것도 흑과 백의 두 가지입니다. 유나 님의 소환수인 곰과 쏙 닮았네요.

플로라 님은 기뻐하며 곰 인형을 끌어안고는 바닥에 자리를 잡아 앉아버렸습니다.

바닥은 매일 청소하고 있어서 깨끗하지만 왕족으로서 해서는 안 되는 일입니다. 저는 플로라 님에게 일어나시라고 말했습니다. 플로라 님은 순순히 따라주시고 의자에 앉아서 인형을 끌어안았습니다.

알고 보니 곰 인형은 유나 님의 소환수인 곰을 모티브로 했다고 합니다. 그래서 흑과 백의 곰이었군요.

플로라 님은 곰의 손을 잡고, 머리를 쓰다듬고, 끌어안았습니다. 이미 미소가 한가득입니다.

으으, 귀엽네요. 분명 제 딸도 선물한다면 좋아할 겁니다.

딸은 유나 님이 그린 그림책도 마음에 들어 해서 플로라 님처럼 곰을 좋아하게 됐습니다. 한동안은 곰 그림책만 읽었답니다.

그런 뒤, 왕비님이 방으로 찾아오셨습니다. 놀라웠던 건 왕비님의 몫까지 곰 인형을 선물했다는 것입니다.

너무 부럽네요. 하지만 왕비님 앞에서 저도 갖고 싶다는 말을 할 수는 없습니다.

제가 곰 인형을 바라보고 있는데 유나 님이 제게 말을 건네주었습니다.

"안쥬 씨도 갖고 싶으세요?"

갖고 싶어 안달이 난 듯 인형을 바라보고 있던 걸 알아차리신 모양입니다.

"아뇨, 그게, 딸이 좋아할 것 같아서요. 딸이 유나 님의 그림책을 많이 좋아하거든요."

제가 그렇게 대답하자—.

"안쥬 씨, 딸에게 주세요."

유나 님은 그렇게 말하더니 흑과 백의 곰 인형을 새롭게 꺼내주었습니다.

"괜찮은가요?"

"곰을 좋아한다고 하니 안 드릴 수가 없네요."

제가 감사 인사를 하고 받아 들려고 하는데, 테이블 위에 인형이 늘어나자 플로라 님이 기뻐했습니다.

플로라 님, 부탁이니 그 인형도 갖고 싶다는 말씀은 하지 말아주세요. 제 딸의 인형이거든요.

제 걱정은 뒤로하고 플로라 님은 그저 즐거워했습니다.

하지만 플로라 님의 미소를 볼 수 있으니 행복합니다.

그리고 유나 님이 가지고 온 요리를 먹었습니다.

오늘의 요리는 전골이었습니다. 떡이라는 진귀한 음식이 들어가 있다고 하네요. 떡은 늘어나기도 하는 음식이라고 합니다. 플로라 님은 즐겁게 드셨습니다.

점심 식사를 마치고 플로라 님은 유나 님에게 받은 인형을 안고 졸려 했습니다.

저는 플로라 님을 침대로 데리고 갔습니다. 곰 인형도 같이요. 플로라 님은 곰 인형을 안은 채 기분 좋게 잠이 들었습니다.

귀여우십니다.

그리고 하루의 업무가 끝이 나고 유나 님에게 받은 곰 인형을 무사히 집으로 가지고 갈 수 있었습니다. 플로라 님이 딸의 몫인 인형을 원하지 않으셔서 다행입니다. 하지만, 잠에서 깨셨을 때 유나 님이 없어서 슬퍼하셨습니다.

저희집은 성 안에 있는 제공 받은 방인데, 남편과 아이도 함께 살고 있습니다. 남편은 성에서 사무 일을 보고 있어서 저희 가족은 성 내부에서 살 수 있도록 허가를 받았습니다.

시간이 비었을 때는 딸의 모습을 볼 수도 있고, 다른 고용인들이 보살펴주어서 안심하고 일을 할 수 있답니다.

방으로 돌아오자 딸인 리샤가 맞아주었습니다.

"어머니, 어서 오세요."

"다녀왔어."

"오늘, 곰 님이 왔다는 거 진짜야?"

"어머, 어떻게 알았니?"

"응, 들었어."

다른 고용인에게 들은 건가?

"엄마, 그 커다란 봉투는 뭐야?"

큰 봉투 안에는 유나 님에게 받은 곰 인형이 들어있습니다.

"후훗, 뭘까? 리샤가 엄청나게 좋아하는 거야. 뭐일 것 같아?"

"으으, 몰라."

리샤는 작게 입을 삐죽입니다.

"후훗, 미안. 뭐냐면 곰 님에게 선물을 받아왔단다."

저는 봉투에서 유나 님에게 받은 검은 곰 인형과 하얀 곰 인형을 딸 앞에 꺼내놓았습니다.

"곰 님이다~."

리샤의 얼굴에 미소가 확 퍼졌고 곰 인형을 끌어안았습니다.

플로라 님과 똑같은 반응이네요.

제가 돌아왔을 때보다 기뻐하는 것 같아요. 조금 질투가 나지만 곰 인형은 귀여우니 어쩔 수 없죠.

"엄마, 곰 님, 두 개 다 주는 거야?"

"그럼, 리샤가 곰 님을 많이 좋아한다고 했더니 선물을 주셨어."

"곰 님 보고 싶어."

성에 살도록 허락을 받았지만 왕족이 머무시는 안쪽까지 딸을 데려갈 수는 없습니다.

그래서 리샤가 유나 님을 만날 수 있는 경우는 우연히 통로에서 만나게 되는 것 정도입니다.

하지만 다음에 부탁한다면 만나주시려나? 그래도 사적인 부탁을 하는 건 어려운 일입니다.

"곰 님한테 이름이 있어?"

"이름?"

"응! 이름이 없으면 불쌍하잖아."

유나 님의 곰에게는 이름이 있습니다. 분명, 검은 곰이 곰돌이, 하얀 곰이 곰순이.

제가 리샤에게 그렇게 알려주자—.

"곰돌이랑 곰순이, 잘 부탁해."

리샤는 검은 곰과 하얀 곰 인형을 끌어안았습니다. 그 모습을 바라보니 얼굴에 미소가 지어집니다. 플로라 님도 귀엽지만 제 딸도 귀엽네요.

으으, 아이를 하나 더 낳을까?

그런 뒤 남편이 일에서 돌아오자 리샤는 기뻐하며 곰 인형을 보여주러 갔습니다. 정말로 기쁜 것 같네요.

식사를 할 때도 옆에 두고 잘 때도 함께 있습니다.

"어느 곰이 귀여워?"

저는 그냥 궁금해져서 물어봤습니다.

그러자 리샤는 양쪽 곰을 번갈아 봅니다. 검은 곰을 보더니 하얀 곰을 보고, 하얀 곰을 보더니 검은 곰을 봅니다. 그것을 몇 번이고 반복했습니다.

"으으."

리샤는 울 것 같은 얼굴을 합니다.

"미안, 둘 다 귀엽지?"

저는 리샤의 머리를 쓰다듬고 사과했습니다. 리샤는 작은 체구인데도 두 개의 곰 인형을 끌어안습니다.

잘 시간이 되자 침대로 들어가 리샤는 좌우에 곰 인형을 둡니다.

"엄마, 곰 님 그림책 읽어줘."

아무래도 곰 인형을 보니 곰 그림책이 읽고 싶어진 모양이네요.

"그래."

제가 그림책을 읽어주고 있는데 리샤의 잠자는 소리가 들려오기 시작했습니다.

잠에 들었나 보네요.

무의식으로 팔 안쪽에는 하얀 곰 님을 안고 있습니다.

어머, 하얀 곰 님 쪽이 더 좋은 건가?

"……곰 님."

"후훗."

저는 딸의 머리를 쓰다듬은 뒤 조명을 끄고 방을 나왔습니다.

세븐넷 구입자 특전

33 레트벨 씨의 그림책 찾기

나는 랄즈 마을에 큰 가게를 열고 있는 상인이다. 왕도에도 지점을 가지고 있어서 상인으로서는 대성공을 이루고 있다.

솔조나크 국과 엘파니카 국의 물건을 사들인 후 국경 근처에서 장사를 한다.

이번에는 왕도에서 일에 관한 이야기를 나누는 약속이 잡혔다.

왕도에는 며느리인 세플의 본가가 있어서 세플과 손녀인 아루카를 데리고 갔다.

세플의 본가는 작지만 상인의 집안이고 왕도에 갈 때마다 신세를 지고 있다.

"그러면 잘 부탁드립니다."

솔조나크 화가의 그림을 부탁받았다. 우리는 취급을 하고 있지 않은 상품이지만 가끔 단골손님에게 부탁을 받을 때가 있다. 취급하지 않는 상품은 상인 동료들에게 부탁하는 경우가 많다. 이번 그림은 지인인 상인에게 부탁할 생각이다.

오늘도 거래를 정리하고 세플의 본가로 돌아왔다.

집으로 돌아오자 아루카가 맞아준다. 나의 귀여운 손녀이다.

"할아버지, 어서 오세요."

"다녀왔다."

나는 아루카를 끌어안고 들어올린다. 아직 가볍다. 나는 아루카를 안아 든 채 방으로 들어섰다.

"할아버지, 부탁이 있어."

그다지 원하는 것을 말하지 않는 아루카가 무슨 일이지? 엄마인 세플이 엄하게 교육하는 것도 있어서 투정을 거의 부리지 않는 아이였다. 그런 아루카가 조르니 나는 기뻤다.

"그래, 부탁이 뭐니?"

"곰 님 그림책이 갖고 싶어."

그림책을 갖고 싶다니 귀여운 부탁이다. 하지만 내가 사주면 너무 무르다며 세플에게 혼이 날 거다. 나는 확인을 하기 위해 방에 있는 세플에게 물어본다.

"세플, 그림책 정도는 사줘도 되지 않을까?"

"아버님, 아니에요. 아루카가 갖고 싶어 하는 그림책은 가게에서 팔지 않는 모양이더라고요."

아무래도 안 사주는 게 아니라 가게에서 팔고 있지 않다는 것 같다.

"그러면 어디서 본 것이냐."

들어보니 지인의 집에 갔을 때 그 곰 그림책을 봤는데 아루카가 그걸 무척 마음에 들어 했다고 한다.

"아루카, 그 그림책이 갖고 싶니?"

"응, 곰 님이 귀여워."

"그렇구나. 엄마가 괜찮다고 하면 내가 얻어오마."

"정말?"

아루카가 기쁜지 미소를 짓는다. 이 미소를 위해서라면 할아버지는 힘을 낼 거야.

"아버님, 그렇게 쉽게 약속하셔도 돼요?"

"그림책일 뿐이잖니. 이래 봬도 상인이야. 구하는 것쯤은 식은 죽 먹기지."

이때만 해도 상인으로서의 인맥을 사용하면 그림책 정도는 쉽게 얻을 수 있을 거라 생각했다.

우선은 그 그림책을 보기 위해 세플의 지인에게 이야기를 듣기로 했다.

"이게 그 그림책이에요."

"미안하네."

그림책을 봤다. 분명히 귀여운 곰 그림책이었다. 내용은 곰과 여자아이의 이야기다. 그림책에 관해 알아보고 알게 된 사실은 작가의 이름이 곰이라는 거다. 게다가 자세히 보니 그림책 뒤에 나라의 직인이 찍혀 있었다.

즉, 이 그림책에 나라가 연관되어 있다는 뜻이다.

단지 그림책일 뿐인데?

"이건 어디에서 얻은 건가?"

"죄송해요. 이 그림책의 정보는 기밀 취급이라서 말씀드릴 수가 없어요."

어제 세플에게 들었지만 역시 알려주지 않았다.

단지 그림책일 뿐이다. 딱히 위법적인 물건을 거래하는 것이 아니다. 그런데 어디서 얻었는지 말을 할 수 없다니, 이건 무슨 일이지?

"대답을 할 수 없는 이유를 물어도 되는가?"

"구매할 때 그림책에 관해서 발설하지 않겠다는 계약을 맺었어요. 이 그림책의 양도, 복제, 판매는 불가능하죠. 얻은 곳에 관해서도 비밀에 부쳐져 있어요."

"농담이겠지?"

그렇지만 남자는 고개를 저었다.

"만일 지키지 않은 게 알려진다면 그림책의 뒷 권을 구할 수 없을지도 몰라요. 그렇게 된다면 아이에게 원망을 받겠죠."

곰 그림책은 2권까지 나와 있다. 그러니 3권이 나올지도 모른다는 뜻인 것 같다.

"그러면 작가인 이 곰이라는 건 누군가? 내가 직접 부탁해볼 테니 알려주게."

"죄송합니다. 그것도 대답해드릴 수가 없어요."

작가에 관해 이야기하자 더 입을 단단히 닫았다. 함구령이 떨어져 있는 느낌이었다.

세플이 무리하게 묻지는 말아 달라고 해서 강하게 추궁할 수는 없었다.

그런 뒤, 나는 어린 자녀가 있을 거라 여겨지는 지인에게 물어물어 그림책을 가지고 있는 사람을 몇 명인가 찾을 수 있었다. 하지만 모든 이들이 세플의 지인과 똑같이 입이 무거웠다.

얻은 곳은 물론이거니와 구매 방법을 물어도 알려주지 않았다. 적어도 작가라도 안다면 받거나 그려달라고 할 수 있지만, 그것조차도 알 수 없었다.

"돈을 지불할 테니 양도해주는 건 어떤가."

"죄송합니다. 돈의 문제가 아니라서요."

일반적인 그림책의 백배 가격을 제시해도 고개를 끄덕여주는 사람은 없었다.

역시, 그림책에 찍힌 나라의 각인이 관련된 것 같다. 그렇게 생각하니 나라에서 꽤 유력한 인물의 지시가 내려진 것 같았다.

그 후로도 일하면서 그림책에 관해 알아봤지만 얻지 못한 채 시간만 흘렀다. 내일은 왕도에서 집으로 돌아가는 날이다. 나는 아루카와의 약속을 지킬 수 없었다.

무거운 발걸음으로 아루카가 기다리는 집에 돌아갔다.

"할아버지, 그림책은?"

집으로 돌아오자 아루카가 묻는다.

"미안하구나."

"으으."

아루카는 슬픈 얼굴을 했다.

"아루카, 할아버지도 열심히 찾으러 다니셨으니까, 그런 표정을 지으면 안 되지."

세플이 꾸짖듯 말했다.

"……응."

아루카는 작게 고개를 끄덕였다.

착한 아이다.

내가 경솔하게 받아들여서 아루카에게 기대를 하게 만든 것이 잘못이다.

"아루카, 미안하구나."

일단 왕도에 있는 지인에게 부탁해두었지만 얻을 수 있을 거라고 생각하지 않는다. 어떻게든 손에 넣을 방법은 없을까.

랄즈 마을로 돌아온 나는 왕도에서 의뢰받았던 그림을 도글드라는 상인에게 부탁했다. 도글드는 미술품에 관해 박식하며 그림과 조각품을 취급하고 있었다.

"알겠습니다. 슈벨 화백의 그림 말씀이시군요."

"그럼, 부탁하네. 기일은 제대로 지켜주게."

"그래도 타이밍이 좋았네요."

"어째서지?"

"내일부터 왕도로 가게 되어서 한동안 마을을 떠나게 되었거든요. 물론 그림에 관해선 수배해둘 테니까 걱정 안 하셔도 돼요."

"왕도로 가는가?"

도글드는 그림에 관해 잘 알아서 화가 중에도 지인들이 많다. 어쩌면 곰 그림책의 작가에 관해서도 알고 있을지 모른다. 아니면 화가를 경유해서 그림책의 작가도 찾을 수 있을지도 모른다는 생각이 떠올랐다.

"왕도로 가는 거라면 한 가지 부탁을 들어주지 않겠나?"

"뭐죠?"

나는 곰 그림책에 관해 도글드에게 설명했다.

"곰 그림책이요? 알겠습니다. 몇 명인가 지인이 있으니까 물어볼게요."

"부탁하네."

"그래도 기대는 하지 마세요. 레트벨 씨가 찾지 못하신 걸 제가 찾을 수 있을 것 같지는 않으니까요."

"다른 관점에서 찾아보면 발견할 가능성도 있지 않은가. 밑져야 본전이지."

조금이라도 정보를 얻으면 된다.

하지만 그림책을 못 얻었을 때를 생각해서 조금이라도 아루카의 마음을 풀어주기 위해 대신해서 뭐를 선물할지 생각해보기로 했다.

전자책 구입자 특전

34 루이밍과 조우 미란다 편

랄즈 마을에는 커다란 강이 있는데, 엘파니카 왕국과 솔조나크 국의 국경으로 되어있다. 강을 사이에 낀 것처럼 양쪽에는 마을이 있다. 우리는 일 때문에 솔조나크 쪽 마을에 와 있었다. 일을 마치고 집을 빌린 엘파니카 왕국의 마을로 돌아가기로 했다. 모험가 길드에서 보고를 마친 우리는 의뢰 게시판을 확인했는데, 마침 강 건너 마을로 짐을 옮기는 업무가 있었다. 뱃삯은 의뢰주가 지불하고 심지어 오늘 해야 하는 급한 건이다.

뱃삯도 벌고 일석이조였다. 가난한 우리는 이 의뢰를 받기로 했다.

접수대에서 의뢰를 받고 샤라와 에리엘이 있는 곳으로 돌아갔다.

"왜 그래?"

에리엘이 의뢰 게시판 쪽을 바라보고 있었다.

"저기에 귀여운 여자아이가 있는 것 같아서."

에리엘의 시선 끝에는 15살 정도의 여자아이가 불안해하며 의뢰 게시판을 보고 있었다.

"덮치면 안 돼."

"안 덮쳐. 단지, 여자아이가 혼자서 곤란한 얼굴로 의뢰 게시판 앞에 서 있으니까 신경이 쓰이잖아."

"그렇긴 하지만……."

"잠깐 말을 걸어보고 올게."

에리엘은 그렇게 말하더니 여자아이 쪽으로 향했다. 나와 샤라는 포기하고 에리엘의 뒤를 따라갔다.

의뢰 게시판 앞에 있던 건 엘프 여자아이였다.

이야기를 물어보니 언니를 만나러 왕도까지 가고 싶다고 한다. 그렇지만 배를 탈 돈도 숙소에 머무를 돈도 없어서 모험가 길드에 의뢰를 찾으러 왔다고 했다. 그렇지만 자신이 할 수 있는 의뢰가 없어서 곤란하던 모양이다.

그런 이야기를 들어버렸으니 내버려 둘 수는 없다. 에리엘도 샤라도 수긍하고 있었다.

"그런 거라면 우리가 할 짐 나르기를 같이하지 않을래?"

"괜찮나요?"

여자아이는 불안한지 묻는다.

"뱃삯은 의뢰주가 내고, 큰돈은 아니지만 적게나마 돈도 얻을 수 있으니까 왕도로 가는 데 보탬이 될 거야."

내 말에 여자아이는 생각에 잠겼다. 의심을 받는 걸까?

여자아이는 우리를 보더니 작게 고개를 숙였다.

"그럼, 민폐가 아니라면 부탁드릴게요."

"우리도 잘 부탁해. 나는 미란다. 이쪽이—."

"에리엘이야."

"샤라야."

"루이밍이라고 합니다."

서로에게 인사를 했다.

"그래서, 루이밍은 길드 카드는 가지고 있니?"

"네, 전에 아버지에게 받았어요."

길드 카드를 확인했는데 랭크는 E였다.

일의 등록을 마친 우리는 의뢰주의 가게로 향했다.

업무 내용은 이 지점에 도착한 짐을 강 건너에 있는 가게로 운반하는 일이었다.

원래 아이템 봉투를 사용한다고 하는데 다른 곳에서 사용 중이라 없다고 한다. 급한 짐도 있어서 모험가의 손을 빌리게 됐다고 했다.

"모두들 고맙습니다. 급한 의뢰였는데 와주셔서 다행이에요."

의뢰주는 상인인 도글드 씨. 상냥해 보이는 사람이다.

"아뇨, 저희도 마을로 돌아가는 참이어서, 잘 된 걸요."

"그러면 짐을 마차로 옮겨주시겠어요."

우리는 도글드 씨의 지시를 따라 짐을 마차로 옮겼다.

"모두 귀중한 것이니 조심히 다뤄주세요."

그래서 여자 한정이었던 모양이다. 남자가 조심히 다루지 않는다는 건 아니지만 섬세함이 필요한 작업은 여자 한정인 경우가 많다.

"루이밍, 거기를 들어줘."

"네."

에리엘과 루이밍이 함께 짐을 옮기고 있다. 루이밍은 그녀를 마음에 들어하는 에리엘에게 맡겨두면 되겠지.

우리는 짐을 전부 마차에 올렸다.

"고맙습니다. 그러면 이대로 배에 탈 테니 여러분들도 타세요."

우리는 마차에 올라탔고 마차는 그대로 배에 탔다. 뱃삯은 도글드 씨가 지불한다. 정말로 운이 좋았다.

"루이밍, 괜찮아?"

"네, 괜찮아요."

강을 불안하게 바라보는 루이밍에게 말을 걸었는데 괜찮은 모양이다.

배는 천천히 강 위를 나아갔다.

강을 건넌 뒤 마차가 배에서 내리고 그대로 마을까지 달려 도글드 씨의 가게 앞에 도착했다.

이번엔 짐을 내려야 한다.

"샤라, 거기 들어봐."

"무겁네."

"이봐, 에리엘도 루이밍도 열심히 하고 있잖아."

루이밍은 작은 체구로 열심히 짐을 옮기고 있다. 우리도 열심히 해야 한다.

그런 뒤 우리는 다 내린 짐을 도글드 씨의 지시대로 정리했다.

그때였다.

"우와아아아앗."

소리가 난 곳을 바라보자 루이밍이 넘어져 있었다.

"루이밍, 괜찮니?"

"네, 괜찮아요. 발에 걸려버렸어요."

루이밍은 일어섰다.

"앗."

"왜 그래?"

"……."

루이밍에게 물어봐도 대답이 없었다. 한 곳을 보고 떨고 있었다.

루이밍에게 다가가자 루이밍 앞에 있는 그림이 찢어져 있었다.

"무슨 일 있나요?"

도글드 씨가 찾아왔다.

"그림이……."

도글드 씨는 그림을 보고 심각한 얼굴이 되었다.

루이밍이 찢어버린 그림은 매우 비싼 것으로 금액을 물었을 때 놀랐다. 도저히 우리로는 지불할 수 있는 금액이 아니었다.

"곤란하네요. 이 그림은 구입자가 정해져 있는데……."

루이밍의 얼굴은 이야기를 들을수록 창백해져 갔다.

"정말로 그렇게 비싼가요?"

믿지 않는 건 아니지만 확인을 해본다.

"네, 유명한 화가의 그림이거든요."

우리는 혹시나 해서 상업 길드에서도 확인해봤다. 틀림없이 유명한 화가의 그림이고 고액의 그림이었다.

의뢰를 실패한 것은 분명하지만 문제는 그림의 대금이었다.

루이밍에게 다 내라고 하는 것도 가능하지만 떨고 있는 여자아이에게 그런 짓은 할 수 없었다.

상업 길드에서 그림을 확인하는 사이에 시간은 저녁이 되어버렸다.

자세한 이야기는 내일 하기로 하고 우리가 빌린 집으로 돌아갔다.

"루이밍, 괜찮아."

"죄송해요."

루이밍은 사과만 할 뿐이었다.

어떻게 해주고 싶지만 어쩌면 좋을지 모르겠다.

어떻게든 가격을 깎는 교섭을 하는 정도밖에 떠오르지 않았다.

얼굴색이 안 좋은 루이밍을 재우고 우리도 잠을 청했다.

다음 날, 일어나보니 루이밍의 모습이 없었다. 루이밍을 찾으려고 하는데 한 장의 편지가 테이블 위에 놓여 있었다.

「그림의 대금을 지불하러 갈게요. 모두 친절하게 대해주셔서 감사했습니다, 루이밍」

나는 편지를 꽉 쥐었다.

“대금이라니, 루이밍한테는 돈이 없었는데…….”

“설마, 자기의 몸을…….”

에리엘이 소란을 피웠다.

“아냐, 어제, 도글드 씨와 루이밍이 무언가 이야기를 나누는 걸 들었어. 분명 팔찌를 어떻게 한다고—.”

샤라가 어제의 일을 떠올렸다.

“팔찌?”

다시 생각해보니 확실히 루이밍은 팔찌를 하고 있었다.

“분명, 엘프에게 팔찌는 소중한 물건이었던 것 같은데. 그리고 그건 엄청난 가치가 있다고 들은 적이 있어.”

“그럼, 설마, 그 팔찌를?!”

우리는 방을 뛰쳐나가 도글드 씨의 가게로 향했다.

예정보다 빨리 가게로 온 우리들을 도글드 씨가 맞아주었다.

“오실 거라 생각했어요.”

구석 방으로 안내를 받으니 테이블 위에 팔찌가 있었다. 기억이 틀린 게 아니라면 루이밍이 차고 있던 팔찌다.

“그녀가 두고 갔어요.”

역시…….

“그래서, 루이밍은요?”

“마을을 떠났습니다.”

“얼른 쫓아가야겠어.”

그 말을 듣고 에리엘이 의자에서 몸을 일으킨다.

“에리엘, 진정해.”

“샤라, 그렇지만 루이밍이.”

"알고 있어. 그러니 진정하라는 거야."

뛰쳐나가려는 에리엘을 저지한다.

"루이밍 씨는 여러분들에게도 미안해했어요. 만약 가게로 찾아오면 사과를 전해달라고."

"……루이밍."

"그래서, 도글드 씨는 팔찌를 받으신 거예요?"

"저도 상인인걸요. 그림이 파손된 것을 어영부영 넘길 수는 없어요."

"그렇긴 하지만……."

납득은 못하겠다.

"도글드 씨, 그 팔찌는 어떻게 하실 생각이세요?"

"딱히 정하진 않았습니다."

"그런 거라면 저희가 살게요."

"여러분이요?"

"지금 당장은 무리지만 언젠가, 반드시 돈을 벌어올 테니 그때까지는 아무에게도 팔지 말아 주시겠어요?"

우리처럼 빈곤한 모험가들이 다시 사들이게 되는 건 언제가 될지 모르지만 루이밍을 속상한 상태로 계속 둘 수는 없었다.

"다들, 괜찮지?"

"나는 귀여운 여자아이의 편이니까."

"그래, 우리에게도 책임이 없지는 않잖아."

모두가 나의 제안을 받아들였다.

"모두의 마음은 알았습니다. 되도록 팔지 않겠다고 약속하지요."

우리는 루이밍의 팔찌를 되사기 위해 일을 할 거다. 그리고 언젠가 루이밍에게 팔찌를 돌려줘야지.

그리고 오늘도 우리는 모험가 길드로 향한다.

ILLUSTRATION GALLERY

곰곰곰베어 11.5

Web 공개 SS

35 곰과의 조우 문지기 편

나의 업무는 마을의 경비를 서는 것이다.

일은 교대제이고, 마을을 둘러보고 마을의 입구에서 경계를 서며, 주둔소에서의 주민 트러블에 대응하는 것이 주요 업무이다.

오늘은 마을 문지기 업무였다. 대부분의 일은 범죄자가 들어오지 못하도록 하는 것이다. 그렇다고 해도 마을로 들어오는 자와 나가는 자의 길드 카드, 시민 카드를 수정판에 올려놨을 때 수정판이 붉게 변하는 것을 확인하는 것뿐이었다.

수정판이 붉게 변하는 건 범죄자로 등록되어 있는 사람이라는 뜻이다. 하지만 그러는 경우는 거의 없다. 틀림없이 가장 여유로운 일이다.

그런 여유로운 일이라도 착실하게 해야 한다.

"꼬마 아가씨, 마을 밖으로 나가는 거니?"

10살 정도의 여자아이가 혼자서 마을 밖으로 나가려 해서 주의를 줬다.

근처의 숲은 모험가들이 마물 토벌을 항상 하고 있어서 비교적 안전하다. 그렇지만 깊이 들어가면 마물이 있다.

"네, 잠깐 약초를 캐러요."

"안전해도 숲의 안쪽에는 가면 안 된다."

"네."

여자아이는 작은 배낭을 메고 마을을 나갔다.

여자아이가 나간 뒤 몇 명이 마을로 들어오기만 하고 왕래가 끊겼다. 한가로이 시간이 흐른다.

마을 밖을 보고 있는데 무언가 검은 물체가 걸어왔다.

저건 뭐지?

그 검은 물체의 옆에는 작은 여자아이가 같이 걷고 있었다. 저건 조금 전에 나갔던 여자아이잖아.

그 여자아이가 이상한 복장을 한 자와 함께 이쪽으로 다가왔다. 서서히 검은 복장이 무엇인지 알아차릴 수 있었다.

곰?

검은 물체의 정체는 곰 옷차림의 여자아이였다. 어째서 그런 복장을?

우선 어린 여자아이에게 말을 걸었다.

"약초는 찾았니?"

"네."

조금 걱정을 했었는데 무사히 약초를 찾은 모양이다.

그리고 또 한 사람인 여자아이에게 그 곰 옷차림에 관해 물었다. 그러자 창피한지 묻지 말아 달라고 부탁했다.

뭐, 수상한 옷차림이긴 하지만 위험은 느껴지지 않는다. 말하고 싶지 않으면 범죄자가 아닌 이상 무리하게 물어볼 수도 없다. 일단 신분증 제시를 부탁했다. 범죄자인지 아닌지는 수정판이 판단해줄 거다.

그렇지만 시민 카드도 길드 카드도 가지고 있지 않은 것 같아서 마력 반응으로 조사했다.

뭐, 등록되어 있지 않다면 무반응일 거다.

예상대로 반응은 없어서 마을 안으로 들여보냈다.

일단은 대장에게 보고만 해둘까.

그리고 며칠 후, 마을 문에 곰 아가씨가 찾아왔다. 자세히 들여다보니 귀여운 옷차림이잖아. 뭐랄까 보고 있으면 마음이 온화해지는 느낌을 준다고 할까.

곰 아가씨에게 어디에 가는지 물어보자 마을 밖으로 간다고 했다. 길드 카드를 보니 무사히 모험가가 된 모양이었다.

우선은 조심하라고 말하며 배웅했다.

곰 아가씨의 뒷모습을 바라보고 있는데 곰의 꼬리가 좌우로 흔들렸다. 정밀하게 만들어져 있는 모양이다.

한동안 일을 하고 있었지만 곰 아가씨가 돌아오지 않는다.

마을 입구는 동서남북으로 네 군데에 있는데 행선지에 따라 돌아오는 입구가 달라지기도 했다. 하지만 조금 불안해졌다. 그래도 그런 나의 걱정을 뒤로하고 곰 아가씨는 무사히 돌아왔다. 나는 돌아온 곰 아가씨의 머리를 쓰다듬어버렸다.

그러자 곰 아가씨에게 혼이 났다. 여자아이를 다루는 건 힘들어.

오늘은 주둔소에서 일하고 있었다.

주둔소에 있는데 곰의 소문을 듣게 됐다.

들어보니 모험가 길드에 온 당일, 다른 모험가에게 시비가 걸려 싸우게 됐다고 한다. 그 이야기를 들은 순간 심장의 고동이 빨라졌다. 어째서 그렇게 된 거야?

"그래서, 어떻게 되었는데?"

이야기를 하던 동료에게 물었다.

그러자 생각지도 못했던 말이 돌아왔다.

이야기를 들어보니 10명 정도의 모험가를 상대로 싸웠다고 한다. 하지만 전원을 무찔렀다고 했다.

믿기지 않는 이야기였지만 부상을 당한 모험가가 있다는 이야기는 많이 퍼져 있었다.

그렇게 강하게는 보이지 않았는데 말이지…….

그 후에도 곰 아가씨의 정보가 들어왔지만 어느 것 하나 믿기지 않는 것투성이였다.

고블린을 100마리 쓰러뜨렸다든가, 고블린 킹을 무찔렀다든가, 나아가 타이거 울프까지 쓰러뜨렸다는 이야기가 들려왔다. 전부 믿기지 않는 말뿐이었지만 모험가 길드와 연결된 경비병에게는 정확한 정보가 들어온다. 하지만 전부 의문이 가는 이야기들 뿐이다.

그리고 무엇보다도 믿기지 않았던 것이 곰의 집이 세워졌다는 이야기였다.

곰의 집이라는 게 뭐지?

"그거야, 곰 형태를 한 집인 게 당연하잖아. 너도 보러 가면 알 거야."

동료에게 그런 말을 들어서 마을의 보초 일을 할 때 곰 집을 보러 갔다.

결론부터 말하자면 곰이었다. 어디서 봐도 곰이었다.

다만 무서운 곰이 아니라 뭐랄까, 귀여운 곰 집이었다.

이야기를 들었을 때는 불길한 곰 집이라고 생각했는데 그 곰 아가씨가 떠오르는 귀여운 집이었다.

정말로 그 곰 아가씨에게는 놀라기만 한다.

36 곰의 큐피트 겐츠 편

내 이름은 겐츠. 과거에는 모험가였지만 지금은 모험가 길드에서 일하고 있다.

은퇴하기 전에 같은 파티 멤버였던 두 사람이 결혼한 것도 이유였지만 타이밍 좋게 모험가 길드에서 일해보지 않겠냐는 권유를 받기도 했다.

그리고 지금 결혼했던 두 사람 사이에서 태어난 딸이 내 눈앞에 있다.

"잘 봐, 거긴 이렇게 자르는 거야."

"네."

그 아이는 자그마한 손으로 나이프를 쥐고 울프를 해체하고 있었다.

아이의 이름은 피나. 이전 파티 멤버였던 티루미나와 지금은 세상을 떠난 로이가 남긴 딸이다. 티루미나는 병으로 앓아누워있다. 의사에게도 보였지만 약으로 억제하는 것 이외의 방법이 없다고 했다.

일하지 못하는 어머니를 대신해서 피나가 어머니와 여동생의 몫까지 일하고 있었다.

내가 할 수 있는 건 일을 알선해주는 것 정도였다. 전에 돈을 주려고 했더니 피나에게 거절을 당했다.

알고 보니 갚을 수가 없어서 받을 수 없다고 했다. 나는 그런 건 필요 없으니 받으라고 했지만 피나는 받지 않았다.

그래서 나는 피나에게 일을 알선하여 급여와 약 등을 주고 있다.

하지만 어린아이인 피나에게 매일 일을 줄 수는 없었고 일이 없는 날도 많다. 어떻게든 해주고 싶지만 나는 무력하다. 로이의 소중한 딸을 지킬 수도 없다. 그래서 호의를 가지고 있는 티루미나를 구하는 것도 할 수 없었다. 정말로 나는 무력한 인간이다.

그런 때 피나가 곰 옷차림의 아가씨와 함께 길드로 찾아왔다. 들어보니 숲속에서 울프에게 습격을 당하는 것을 구해줬다고 한다.

나는 피나를 꾸짖었다. 피나에게 만일의 일이 생긴다면 나는 로이의 묘비 앞에서 무슨 말을 해야 좋을지……. 게다가 병으로 누워있는 티루미나에게 전달할 수도 없다. 피나를 구해줬다는 곰 아가씨에게 감사했다.

그런 뒤, 곰 아가씨는 모험가가 되어 토벌한 마물들을 가지고 오게 되었다. 아무래도 겉보기와는 달리 우수한 모험가인 모양이다. 처음 봤을 때는 장난스런 옷차림을 한 아가씨라고 생각했지만, 시비를 건 모험가들을 모두 쓰러뜨렸다는 이야기를 들었다.

피나도 마음에 든 모양이니 옷차림에 대해선 그다지 말하지 않기로 했다.

그리고 오늘도 토벌한 마물을 가지고 왔다. 해체는 기본적으로 모험가가 하는 경우가 많다. 하지만 귀찮아하는 모험가들은 길드로 가지고 온다. 아가씨도 후자이고 해체를 하지 못한다고 했다. 그래서 나는 좋은 생각을 떠올렸다.

나는 곰 아가씨에게 해체의 일을 피나에게 주면 좋겠다고 부탁했다.

물론 길드의 이익은 줄어들겠지만 나는 피나가 조금이라도 행복해진다면 혼나게 되더라도 상관없다.

게다가 시간이 지나면 지날수록 아가씨가 우수하다는 사실이 모두에게 알려질 거다. 그렇게 된다면 부탁하는 게 어려워진다.

아가씨는 나의 부탁을 받아들여 줬다. 그런 뒤 피나는 아가씨의 전속 해체 직원이 되어 동행까지 하게 되었다. 피나를 만나자 기쁜 듯 말을 했다. 심지어 해체한 울프의 고기도 받고 있다고 한다.

고기로 영양을 채우고 급여로 빵과 채소를 사서 먹으라고 했다는 모양이다.

아가씨에게는 감사를 아무리 해도 부족하다.

그러나 나중에 안 사실이지만 타이거 울프를 토벌하는 곳에 피나를 데리고 갔다고 한다.

이야기를 들었을 때는 심장이 멈추는 줄 알았다. 그런 위험한 의뢰를 받은 장소에 피나를 데리고 가는 건 관둬줬으면 좋겠다.

하지만 타이거 울프를 두 마리나 토벌하다니 아가씨는 너무 대단하다.

피나는 타이거 울프를 해체할 수 있었다며 기뻐했다. 좋은 경험을 시켜준 모양이다.

그러고 며칠 후, 피나가 내 집에 울면서 찾아왔다.

티루미나의 병이 악화됐다고 했다. 그래서 어쩌면 좋을지 몰라 내가 있는 곳으로 왔다는 모양이다. 나를 의지하는 건 기쁘지만 나에게 가능한 일이 뭐가 있을까.

나는 티루미나를 보러 갔지만 티루미나는 고통스러워 대화를 나누는 것도 겨우 하는 상황이었다. 비쩍 마른 몸으로 나에게 몇 번이고 고맙다는 말과 사과를 해온다.

내가 원하는 것은 그런 말이 아니다.

나는 보고 있을 수 없어서 집을 뛰쳐나왔다. 의사다. 하지만 의사에게는 몇 번이나 진찰을 받았다. 오늘도 의사가 있는 곳으로 갔으나 고개를 가로로 저을 뿐이었다. 알고 있는 사실이다. 나는 무력하다. 아무것도 해줄 수가 없다.

피나의 집으로 돌아가자 피나의 모습은 없고 여동생인 슈리가 티루미나를 안고 울고 있는 모습만 있었다. 내가 뛰쳐나간 후에 피나도 집을 나갔다고 한다.

나는 티루미나에게 말을 걸었는데 의식 없이 몽롱한 상태였다. 정말로 아무것도 할 수 없는 것인가!

내가 피가 나올 정도로 입술을 깨물고 있는데 피나가 곰 아가씨를 데리고 돌아왔다.

왜 곰 아가씨를 데리고 왔지?

피나가 돌아오니 티루미나의 의식이 회복됐다.

그리고 나온 말은 미안하다는 것이었고 딸들을 내게 맡긴다는 말이었다. 눈물이 멈추질 않는다. 이렇게까지 병이 악화할 때까지 아무것도 할 수 없었던 걸까. 나는 정말 모든 수단을 다 썼었나.

어쩌면 현실에서 도망쳤던 것뿐일지도 모른다. 가족에게 원조를 하고 그것으로 도움을 줬다며 만족했던 것일지도 모른다.

나는 아무것도 하지 못했다. 구하는 일도 할 수 없었다. 후회만이 넘친다. 하지만 이미 늦었다. 뭐가 됐건 늦었다.

그때 곰 아가씨가 손뼉을 쳤다.

그리고 의미 모를 말을 하고 티루미나를 만지더니 아가씨의 손에서 빛이 나기 시작했다.

그건 소문으로 들었던 신과 같은 예쁜 빛이었다. 그 빛에 둘러싸인 티루미나의 표정이 부드러워졌다. 그건 믿기지 않는 광경이었다. 그리고 무언가 주문 같은 것을 외치니 티루미나가 몸을 일으켰다.

기적을 보았다.

이런 걸 누가 믿을까.

티루미나의 병은 나았다.

나는 눈물을 흘렸다. 그리고 마음을 구원 받았다.

하지만 건강해진 티루미나가 불안해하며 치료비를 물었다. 확실히 이런 치료를 받는다면 금액이 꽤 비쌀 것이다.

아가씨는 피나와 슈리의 눈앞에서 이야기하고 싶지 않은 것인지 두 사람에게 무언가를 사오게 하고 우리만 남겼다.

무슨 말을 하려나 싶었는데 둘이서 함께 지내 달라고 했다.

나와 티루미나는 열린 입이 다물어지지 않았다.

분명히 나는 티루미나를 좋아하고 있다. 그러나 그것과 이건 별개의 이야기다.

하지만 나는 곰 아가씨의 말에서 벗어날 수 없었다.

피나네 자매에 관한 이야기, 앞으로 가족을 누가 지탱해줄 것인지, 내가 호감을 가지고 있다는 것도 폭로되었다.

"좋아하시잖아요."

확실히 좋아한다. 게다가 함께 지낸다면 가까이에서 지킬 수 있다. 나는 로이에게 미안하지만 티루미나에게 고백했다.

"……."

방에 짧은 침묵이 흐르고 티루미나는 볼을 붉혔다.

나는 숨을 들이쉬는 것도 잊은 채 티루미나의 말을 기다렸다.

티루미나는 고맙단 말을 한 뒤 싱긋 웃으며 내 고백을 받아들여줬다.

오늘은 최고의 기분이다.

37 곰과의 조우 고아원 여자아이 편

아침에 배가 고파서 눈이 떠졌어요. 눈이 떠진 이유는 그것만이 아니에요. 조금 추웠던 탓도 있죠. 벽의 틈새로 차가운 바람이 들어와요.

제가 일어나니까 다른 아이도 일어나네요.

이곳은 고아원. 부모님이 없는 아이들이 모인 곳이에요.

저도 부모님이 안 계세요. 어머니의 얼굴도 아버지의 얼굴도 기억 못 하죠. 그래도 희미하게 품에 안겼던 기억이 있어요.

언제부터 없었는지도 기억하지 못해요. 기억을 하기 시작했을 때는 이미 고아원이었어요.

처음에는 아침과 밤에 식사가 나왔는데 요새는 밤에 한 번만 나오게 됐어요. 그 이유를 선생님에게 물어도 미안하다고만 할 뿐이에요.

그래도 우리는 원장 선생님과 리즈 언니가 먹을거리를 구해온다는 걸 알고 있어요.

그래서 우리는 불만을 말하지 않기로 모두와 약속했답니다. 우리를 친절하게 대해주는 건 원장 선생님과 리즈 언니뿐이에요.

친절하게 대해주는 두 사람에게 미움을 받고 싶지는 않았어요. 만약 두 사람에게 버림받는다면 무서워서 몸이 떨려요.

하지만 배는 고파요.

저는 일어나 물을 마셨어요. 그런데 물만으로는 배가 차지 않네요. 우리는 먹을거리를 구하러 포장마차가 서 있는 광장으로 향했어요. 원장 선생님이 말렸지만 너무 배가 고파서 가버렸어요.

포장마차가 즐비한 광장에 도착하자 가게 사람들에게 싫은 눈초리를 받았어요. 어쩔 수 없죠. 우리는 먹다 남겨진 음식물을 주워서 먹었어요. 그래도 배가 고프니까 어쩔 수 없어요.

포장마차를 바라보니 여러 가게에서 맛있는 냄새가 나요. 냄새를 맡으니까 배가 울렸어요. 그건 저뿐만이 아니라 다들 똑같아요.

우리는 포장마차를 가만히 바라보고 먹거리를 산 사람을 보면서 먹던 걸 버리길 기다렸어요.

적어도 저보다도 어린아이에게는 무언가를 먹이고 싶어요.

우리는 딱 한 가지, 약속한 게 있어요. 그건 도둑질만은 하지 말자는 것이에요.

전에 도둑질한 아이가 있었어요. 그게 들켜서 원장 선생님과 리즈 언니가 사과를 했었죠. 우리가 잘못을 저지르면 가장 좋아하는 원장 선생님과 리즈 언니에게 민폐를 끼치는 거예요.

그러니 나쁜 짓만큼은 하지 않기로 약속을 했답니다.

포장마차를 바라보고 있는데 이상한 복장을 한 언니가 다가왔어요.

저 옷차림은 뭘까요?

누군가가 곰이라고 말했어요. 곰?

폭신폭신해서 엄청 따뜻해 보여요.

곰 언니가 우리 쪽을 바라보네요.

그리고 포장마차 아저씨와 무언가 이야기를 나눕니다.

곰 언니가 포장마차 아저씨에게 많은 양의 꼬치를 샀어요. 무척 맛있어 보이네요. 그런데 양이 꽤 많은데 저걸 혼자서 먹는 걸까요?

곰 언니를 바라보고 있는데 이쪽으로 다가옵니다.

그러더니 꼬치를 저희 앞으로 내밀었어요.

"한 사람당 한 개씩 먹어."

저는 곰 언니가 말하는 의미를 순간 알아차리지 못했어요.

하지만 눈앞에 꼬치가 있네요.

“먹어도 돼요?”

곰 언니에게 물으니 「뜨거우니까 조심해서 먹어」라고 했어요.

우리는 서로를 바라보고 꼬치로 손을 뻗었습니다.

입에 들어온 고기는 엄청 맛있어서 다들 무아지경으로 먹었어요. 곰 언니가 급하게 먹지 말라고 했지만 모두의 귀에는 들리지 않았죠.

다 먹을 무렵, 곰 언니는 음식을 더 먹고 싶으면 고아원으로 안내를 해달라고 했어요.

우리는 고민했지만 배가 부르도록 먹을 수 있게 된다면 좋겠다, 라고 생각한 뒤 곰 언니를 고아원으로 안내하기로 했답니다.

다들 곰 언니를 바라봤지만 아무도 말을 건네진 않았어요.

그래서 제가 말을 걸기로 했죠.

“저기, 고마워요.”

무슨 말을 하면 좋을지 몰라서 고맙단 말을 했어요.

곰 언니는 「신경 쓰지 않아도 돼」라고 말하더니 손을 제 머리 위에 올려놓습니다.

머리 위가 폭신하고 따뜻해진 느낌이 들었어요.

고아원에 다다르자 곰 언니는 놀라워합니다.

“이렇게, 부실한 집에서…….”

작게 말했지만 저에겐 들렸어요.

집을 보고 있는데 원장 선생님이 나왔어요.

그리고 우리가 포장마차가 있는 광장에 갔다는 것을 알고는 조금 슬픈 표정으로 화를 냈습니다.

모두, 죄송하다고 했어요. 가서는 안 된다고 했는데 갔기 때문이죠.

곰 언니와 원장 선생님이 이야기를 나눕니다. 아무래도 먹거리를 제공해주겠다는 것 같아요.

원장 선생님과 곰 언니는 부엌으로 향했습니다.

우리도 따라갔어요. 그랬더니 곰 언니는 커다란 고기를 꺼냈어요. 고기를 잘라서 채소와 함께 구워줬습니다. 무척 좋은 냄새가 나네요.

모두의 배가 울리고 입안에서 침이 흘러나와요.

원장 선생님은 의자에 앉아 기다리라고 했습니다. 모두들 순순히 자리에 앉았어요.

그리고 테이블 위에는 본 적도 없는 양의 음식이 올라 왔습니다. 빵도 있어요.

그렇지만 아무도 손을 뻗지 않았어요.

그러자 원장 선생님이 유나 씨에게 고맙다고 말하고 먹으라고 하셨어요.

곰 언니의 이름은 유나라고 하는 모양이네요.

우리는 유나 언니에게 감사 인사를 하고 요리를 먹었어요.

엄청 맛있고 빵도 딱딱하지 않아요. 부드럽고 맛있어서 다들 엄청난 기세로 먹었어요.

그런 모습을 보고 있던 유나 언니가 선생님에게 고아원 내부를 돌아볼 것을 허락받았어요.

유나 언니가 방에서 나갔어요. 저는 서둘러 먹고 유나 언니를 따라갔습니다. 유나 언니는 밖으로 가더니 마법으로 구멍이 뚫린 벽을 차례차례 막았습니다. 대단해요. 구멍이 사라졌어요.

집 밖을 한 바퀴 돌더니 다음으로 집 안으로 들어가서 똑같이 벽의 구멍을 메워줬어요.

"이것으로 더 이상 춥지 않을 거야."

유나 언니가 미소를 짓습니다. 그리고 침대에 있는 작은 타올을 보더니 조금 슬픈 표정을 지었어요. 그곳에 원장 선생님이 찾아왔습니다. 그러자 유나 언니가 따뜻해 보이는 울프 모피를 인원수대로 내주었어요.

따뜻해 보이네요. 원장 선생님은 고맙다고 말하며 받았어요.

그리고 식당으로 돌아갔더니 다들 식사를 마친 후였어요. 그래도 고깃덩어리가 남아 있네요.

아무래도 내일 먹을 것을 남기고 싶다는 모양이에요.

그건 저도 같은 마음입니다. 오늘은 먹을 수 있었지만 내일도 먹을 수 있을지 모르는 일이에요.

유나 언니는 며칠 몫의 음식을 두고 돌아갔습니다.

그날 밤, 다 같이 유나 언니에게 고마워하며 울프 모피를 덮고 잠들었습니다.

눈을 떴어요. 무척 따뜻한 상태로 눈을 떴네요.

외풍도 들어오지 않아요. 그리고 무엇보다도 울프 모피가 따뜻해요.

일어나 다 같이 아침 식사를 준비했어요. 이것도 유나 언니 덕분에 먹을 수가 있는 거예요.

아침부터 배가 빵빵한 우리는 밖으로 나섰습니다.

집에서 밖으로 나오자 집 근처에 커다란 벽이 있었어요.

다들 「뭐야」, 「뭐지」라고 말했습니다. 이 벽에 관한 건 아무도 모릅니다.

원장 선생님을 불러왔지만 원장 선생님도 모르시네요. 그거야 어제는 없었기 때문이겠죠. 우리는 무서워져서 집 안으로 들어갔어요.

그러자 유나 언니가 찾아왔습니다.

알고 보니 그 벽은 유나 언니가 마법으로 만들었다고 해요.

대단하긴 하지만 어째서 저런 벽을 만든 걸까요?

물어보니 새를 키우기 위해 만들었다고 하네요. 그 새에게서 태어나는 알을 회수하고 청소를 하며 새를 돌본다고 합니다. 그 일을 우리가 맡아주면 좋겠다고 했어요.

그것으로 돈을 벌고 음식을 얻을 수 있다고 합니다.

원장 선생님이 우리에게 물었습니다.

“여러분은 어떤가요? 유나 씨가 일을 준다고 하네요. 일을 하게 된다면 밥을 먹을 수 있게 될 거예요. 일하지 않는다면 며칠 전으로 돌아가겠죠. 참고로 유나 씨가 식자재를 가지고 와주시는 일은 더는 없을 거예요.”

원장 선생님이 단도직입적으로 물었습니다. 「하세요」라고는 말하지 않았어요. 우리는 서로를 바라봤습니다. 그리고 한 명이 손을 들어 「할게요」라고 큰 목소리로 대답했습니다. 그러자 차례차례 손을 듭니다. 저도 손을 들어 「저도 할게요!」라고 대답을 했어요.

그런 우리를 원장 선생님은 기쁘게 바라봤어요.

우리는 새 돌보기를 하게 됐습니다.

새 돌보기는 주로 먹이와 물을 주는 일이에요. 그런 뒤 청소와 알 회수를 하죠. 청소는 깨끗하게 해야 한다고 들었어요. 병이라도 걸리면 큰일이니까요. 그리고 알이 중요합니다. 이게 우리의 식사가 된다고 해요.

다음 날, 일하러 작은 새장으로 들어서자 새가 구석에서 가만히 있었어요. 새를 들어 올리자 하얀 꼬끼오 알이 있었습니다. 저는 꼬끼오 알을 손에 들었어요. 그리고 꼬끼오 알을 깨끗하게 닦은 뒤 유나 언니가 준비해준 상자에 넣었습니다. 상자는 꼬끼오 알 모양을 하고 있고 10개가 들어가게 되어있어요.

꼬끼오 알을 다 모으면 새를 밖으로 내보내고 새장 안을 말끔히 청소합니다.

새는 몇 마리 없어서 다 같이 하면 금방 끝납니다.

나머지는 새를 새장에 넣는 것뿐이지만 아직 시간이 남았어요. 그때까지 놀거나 공부를 하기도 하죠. 그리고 시간이 되면 새를 새장에 넣습니다. 꼬끼오는 날지 못하지만 달리는 게 빨라서 붙잡기 힘들었어요.

그래도 다 같이 힘내서 붙잡고 나면 웃음이 나오게 됩니다.

하루의 업무가 끝났어요.

그리고 다음 날도 새 돌보기를 하기 위해 새장으로 갑니다.

어, 새가 늘었어요. 다들 고개를 갸웃거립니다.

"새가 늘어났어."

수를 세어도 어제보다 10마리 정도 늘어나 있네요.

다들 이상하게 생각하면서도 일을 했어요. 그러자 유나 언니가 찾아왔습니다. 새가 늘었다고 말하니 밤중에 유나 언니가 가지고 왔다고 하네요.

놀랐지만 납득 했어요. 앞으로 점점 더 늘어난다고 합니다. 우리는 열심히 할 거예요.

38 왕도에 가다 피나 편

유나 언니와 함께 왕도에 가게 되었습니다. 첫 왕도예요. 불안함도 있지만 기대도 돼요. 그렇지만 그런 마음은 한순간에 불안함만 남아서 짓눌려버릴 것 같았어요.

왕도에 같이 가는 분이 무려, 이 마을 영주님의 딸인 느와르 님이라고 하네요.

그 사실을 들은 순간, 불안과 공포에 휩싸였습니다.

만일 예의에 어긋나는 짓을 한다면 죽임을 당하는 걸까요. 함께 가는 게 느와르 님이라는 것을 처음부터 알았더라면 거절했을 겁니다. 유나 언니는 좋은 아이라고는 했지만 불안해지네요.

점점 영주님 저택이 가까워집니다. 지금 당장이라도 집으로 돌아가고 싶은데 도망칠 수 없습니다.

만약, 느와르 님이 저와 가고 싶지 않다고 하신다면 유나 언니에게는 미안하지만 돌아가고자 합니다.

영주님의 저택에 도착하니 멀리 낯익은 금빛의 예쁜 머리를 한 여자아이가 있네요. 느와르 님입니다. 느와르 님은 문 앞에서 우뚝 선 모습으로 기다리고 계셨어요.

혹시, 제가 있어서 화를 내고 계시는 걸까요?

근처에 가자 확실하게 알았습니다. 엄청나게 화가 나셨어요. 느와르 님은 제 쪽을 흘깃 바라봅니다. 죄송해요. 곧바로 돌아갈 테니 용서해주세요. 저는 유나 언니의 뒤로 숨었습니다.

유나 언니가 느와르 님에게 화가 난 이유를 물었어요. 저는 그건 제가 있어서겠죠, 라고 생각하고 있었지만 아무래도 아닌 모양이네요.

왕도로 가는 게 기대돼서 유나 언니를 긴 시간 동안 밖에서 기다렸다고 합니다.

그러면 유나 언니에게는 잘못이 없네요.

그리고 유나 언니가 저의 동반을 허가 받았습니다. 느와르 님은 저를 가만히 바라보더니 함께 갈 것을 승낙해주셨습니다.

그런데 제게 손가락을 뻗으면서 선언을 했을 때는 놀랐어요.

"곰 님은 양보하지 않을 거예요."

곰돌이와 곰순이를 독차지하려고 생각했던 모양입니다.

그렇지만 곰에는 둘이서 타라고 유나 언니가 말했습니다. 그랬더니 재차 느와르 님이 검지손가락을 뻗었습니다.

"앞자린 양보 못 해요."

으으, 무서웠어요.

곰돌이의 앞에는 느와르 님이 타고 제가 뒤에 타게 되었습니다.

느와르 님은 이야기를 나눠보니 매우 상냥한 분이었어요. 제가 평민이라는 것을 알고도 싫은 얼굴을 하지 않았죠. 곰 이야기로 분위기가 무르익었습니다. 곰돌이에 타고 저택을 한 바퀴 돌았다는 이야기, 곰돌이랑 곰순이와 함께 낮잠을 잤다는 이야기를 즐겁게 해주셨어요.

처음엔 어떨까 싶었는데, 즐거운 여행이 될 것 같아요.

하지만 여행이라는 기분은 반감되네요. 야영이 없었거든요.

유나 언니의 곰 집 덕분에 안전하고 따뜻한 침대에서 잘 수 있었고 음식도 갓 만든 따뜻한 것을 먹을 수 있죠. 게다가 말도 안 되는 것은 욕조가 있다는 것입니다. 여행 중에 욕조에 들어갈 수 있다니 어느 집안의 귀족님인가요. 이런 호화로운 여행이 가능한 걸까요.

모험가 길드에서 모험가의 이야기를 들은 적이 있지만 이렇게 쾌적

한 여행은 들은 적이 없습니다. 식사는 간단한 것으로 때우고 밤엔 보초도 서야 한다고 들었습니다. 물론 욕조 같은 곳에 들어갈 수 없으며, 따뜻한 침대에서 자는 것도 불가능합니다.

그런데 우리는 보초도 서지 않고 따뜻한 이불 속에서 잠을 잤습니다. 정말로 유나 언니는 대단해요.

게다가 점심에는 곰돌이와 곰순이 덕분에 마물은 접근해오지 않았습니다. 정말로 안전한 이동이에요. 모험가가 들었다면 분명히 부러워할 겁니다.

그런 즐거운 여행을 하는데 유나 언니가 곰을 세웁니다. 이 앞에 마물에게 공격을 받는 사람이 있다고 했습니다. 저에게는 안 보이지만 유나 언니가 말하는 거라면 분명 사실일 겁니다.

유나 언니는 느와르 님에게 의견을 물었습니다. 못 본 척할지, 구해줄지를 말이에요.

구하러 가는 것은 저희도 위험할 수 있습니다. 그 점을 유나 언니는 걱정하고 있네요.

의논한 결과, 구하기로 했습니다.

유나 언니가 달려갑니다. 엄청 빠르네요. 저희는 곰돌이를 타고 천천히 걸어가 보이는 곳까지 이동했습니다. 멀리에서 마차가 보였어요. 그 마차 근처에는 커다란 사람의 형태를 한 마물이 있었습니다.

저건 오크네요. 고블린보다도 강하고 간단하게는 쓰러뜨릴 수 없는 마물입니다. ……분명 그럴 겁니다.

유나 언니가 마차에 다가가니 오크가 쓰러졌습니다. 오크의 움직임이 멈추기도 하네요. 유나 언니는 뭘 한 건가요?

"유나 님이 뭘 한 거지?"

느와르 님도 모르는 모양입니다.

유나 언니가 공격을 당하는 마차를 구하러 가고 몇 분도 지나지 않아서 마물은 토벌되었습니다. 잘 모르는 사이에 유나 언니가 쓰러뜨린 모양이네요.

대단합니다.

이제 안전한지, 곰돌이와 곰순이가 마차를 향해 걸어갔습니다.

마차 근처에 도착하자 모험가가 검을 겨누어서 놀랐지만 곧바로 검을 내려줬습니다.

습격을 당한 건 부자 할아버지와 여자아이. 그리고 여자 모험가였습니다. 여자아이와 할아버지는 느와르 님의 지인이었던 모양이에요. 재회를 기뻐했습니다.

여자아이의 이름은 미사나 님. 할아버지는 그란 님. 두 분은 귀족이셨습니다.

또 제 마음이 불안해집니다. 느와르 님은 상냥한 분이었지만 다른 두 분이 상냥할 거라고는 단정 지을 수 없죠. 말과 행동에는 신경을 써야겠습니다. 분명 출발까지 조용히 있으면 괜찮을 겁니다. 출발하면 헤어질 거예요.

그러나 제 소원은 이뤄지지 않았습니다. 미사나 님과 그란 님 일행과 함께 왕도까지 가게 되었습니다.

너무 불안합니다. 그래도 싫다고 말할 수는 없습니다. 좋은 사람이라면 다행이지만요.

그리고 불편한 일이 일어났습니다. 미사나 님과 함께 가게 되어서 곰 집을 사용할 수 없게 되었습니다. 다른 사람 앞에서는 사용하지 않겠다고 했습니다. 유나 언니는 저와 노아 님이 특별하다고 하셨어요. 유나 언니에게 특별하다는 말을 들으니 어쩐지 기분이 좋네요.

욕조와 이불이 없는 건 아쉽지만 이게 보통입니다. 그러니 투정을 부리지는 않을 거예요.

그리고 느와르 님은 미사나 님과 함께 마차를 타게 되어서 곰돌이에는 저 혼자 타게 되었습니다. 조금 기뻐하고 있는데 느와르 님이 「이번엔 곰 님을 양보하지만 그쪽은 내 지정석이야」라는 말을 했습니다.

그렇게 표정에 드러났나요?

조심해야겠습니다.

우리는 왕도를 향해 출발합니다.

마차에 맞춰 이동하기 때문에 곰돌이와 곰순이도 달리지는 못합니다. 유나 언니는 느려서 답답해하는 것처럼 보이네요.

그래도 유나 언니는 곰순이 위에서 잠에 들어 버렸습니다. 확실히 곰돌이 위에서 자는 건 기분이 좋아요. 폭신폭신하고 따뜻해서 안으면 졸려옵니다.

제가 곰돌이를 안고 있는데 마차에서 느와르 님이 부러워하며 바라보고 있네요. 표정에는 드러나지 않도록 해야겠어요. 하지만 폭신폭신하고 기분이 좋아서 얼굴이 풀어져 버릴 것 같습니다.

그리고 밤이 되었습니다. 곰 집은 사용하지 못하므로 야영을 하게 되었습니다. 밖에서 자기엔 추울 거라 생각했는데 유나 언니와 곰순이와 함께 자게 되어서 전혀 춥지 않았습니다. 곰순이는 몽글몽글하고 따끈따끈해서 좋아요. 옆에서 자는 유나 언니도 복슬복슬하고 따뜻합니다. 엄청 기분 좋아요.

참고로 느와르 님과 미사나 님은 곰돌이와 함께 잡니다. 만약 저 혼자만 곰순이와 잤다면 느와르 님에게 원한을 샀을지도 몰라요. 다행입니다.

그런 뒤 미사나 님과도 이야기를 나눌 기회가 있었고 상냥한 분이라는 걸 알게 됐습니다. 처음엔 곰돌이와 곰순이 이야기로 분위기가 무르익었습니다. 알고 보니 마차 안에서 느와르 님에게 곰의 대단함을 많이 듣게 되었다고 하네요.

그리고 어젯밤 곰돌이와 같이 잔 후로 미사나 님도 곰을 좋아하게 된 모양입니다.

하지만 그 이야기를 듣고 있던 유나 언니가 「진짜 곰이 나타나면 다가가면 안 돼」라고 주의를 주었습니다.

곰돌이와 곰순이 이외의 곰은 본 적이 없지만 역시 무서울까요. 유나 언니의 곰을 보고 있으면 그런 느낌은 들지 않습니다. 지금도 저를 태워주고 있는걸요. 엄청 착하고 좋은 곰입니다.

오크와 조우한 후엔 아무런 일도 없이 오늘도 하루를 마쳤습니다.

오늘도 야영을 해서 곰순이와 함께 자고 있는데 몸이 흔들립니다. 모험가 마리나 씨가 깨웠어요.

무슨 일이 있었나요?

옆에서 자고 있어야 할 유나 언니가 없습니다. 마리나 씨의 말에 따르면 도적이 나타나 유나 언니가 혼자서 무찌르러 가버렸다고 합니다.

유나 언니에게 「다른 사람들은 자게 두세요」라는 말을 들었다고 하지만 마리나 씨는 아무리 그래도 그건 아니라고 생각해 우리를 깨웠다고 합니다.

마리나 씨는 곧바로 이동이 가능하도록 준비를 하라고 했습니다.

다들 담요와 짐을 정리합니다. 언제라도 도망칠 준비는 되었습니다. 마리나 씨가 그란 할아버지에게 어떻게 할지 묻습니다. 그 말은 유나 언니를 두고 간다는 의미인가요?

그란 할아버지는 생각에 잠깁니다. 어떻게 할지 고민하는데 무언가 소리가 들려옵니다.

도대체 무슨 소리죠?

마리나 씨 일행이 검을 감아쥡니다.

멀리에서 검은 그림자 같은 물체가 이쪽으로 다가옵니다.

나타난 것은 커다란 우리를 끌고 있는 커다란 곰이었습니다. 우리 안에는 도적들이 있네요.

유나 언니가 혼자서 포획했다고 합니다. 포획한 것도 대단하지만 우리도 그렇고, 커다란 곰도 그렇고, 다들 뭐부터 물어봐야 좋을지 고민하고 있습니다.

하지만 유나 언니는 「마법으로 획획」이라고 말했습니다. 마법으로 도적을 붙잡고 마법으로 곰을 만들었다고 합니다. 다들 기가 차서 아무 말도 할 수 없습니다.

마법에 관해 잘 알지 못하는 저도 이상하다는 생각이 듭니다.

그리고 유나 언니가 말했습니다.

"그러면, 자볼까."

모두는 마음속으로 외쳤을 겁니다. 「못 잡니다」라고…….

결국 유나 언니의 제안은 받아들여지지 않고 밤중에 출발하게 되었습니다.

그런 뒤엔 아무 일 없이 무사히 왕도에 도착했습니다.

우리는 기뻐했지만 도적들은 힘이 없습니다.

도적들은 식사도 하지 못 한 채 왕도까지 끌려왔거든요.

그런 도적들은 왕도의 경비대 사람들에게 연행되어 갔습니다.

하지만 이것으로 식사를 할 수 있을 겁니다. 다행이네요.

우리는 그란 님의 마차를 타고 왕도에 들어갔습니다.

도대체 어떤 곳일까요. 기대됩니다.

39 왕도로 향하다 클리프 편

며칠 후엔 왕도에서 국왕 폐하의 탄신제가 열린다.

물론, 나도 가기로 되어있으나 어느 사건 때문에 출발할 수가 없다. 게다가 일반적인 일 외에도 왕도에 가 있는 동안 처리해야 할 일들의 지시서를 만들어야 한다. 해야 할 일이 산더미가 되어있다.

이대로라면 왕도에 가는데 시간이 부족해서 말을 타고 강행군을 해야 한다. 함께 가기로 되어있는 딸인 노아에게 그런 일을 겪게 할 수는 없었다. 그래서 곰 옷차림의 모험가에게 부탁해서 먼저 왕도로 가 달라 부탁했다.

내가 크리모니아를 출발한 것은 딸인 노아가 곰과 함께 왕도로 향하고 며칠 뒤였다.

크리모니아에서 대량의 일을 정리하고 서둘러 왕도로 향하기 위해 마차가 아닌 말을 타고 왕도로 갔다. 나는 부하와 함께 말을 타고 달렸다. 다소 말에게 무리를 시킬지 모르지만 서둘러야 한다.

힘든 이동이 될 거라 생각했으나 날씨도 좋고 말의 피로도 덜해서 순조롭게 나아갔다. 이대로라면 예정보다 일찍 도착할 것 같다. 오늘도 달리고 있는데 앞쪽에 기묘한 것이 보였다.

저건…….

"클리프 님, 저건."

"알고 있네. 저런 게 몇 개나 있는 거야."

길에서 조금 떨어진 장소에 낯익은 건물이 서 있었다. 나는 말을 길가에 멈추고 내린 뒤 그 건물로 향했다.

눈앞에는 장난스러운 모양을 한 집이 세워져 있었다. 어디서 본 적이 있는지 묻는다면『예스』다. 집은 곰 형태를 하고 있었다. 이런 집을 세우는 인간을 나는 한 명밖에 모르고 두 명이 있을 거라고는 생각할 수 없다.

"내가 보고 오지. 자네들은 여기서 기다리게."

나는 천천히 곰 집으로 다가갔다. 그러자 타이밍 좋게 문이 열렸고 내가 상상했던 인물이 집에서 나왔다.

곰 옷차림의 여자다. 곰 옷차림이라고 해도 곰 모피를 뒤집어쓰고 있는 건 아니다. 귀여운 곰 복장이다. 어째서 이런 복장을 하는지는 나로서는 알지 못한다. 그렇지만 모험가로서의 실력은 확실하고 딸인 노아도 좋아한다. 수수께끼투성이인 여자다.

하지만 함께 왕도로 갔을 터인 곰이 왜 이곳에 있는 거지?

곰은 내 얼굴을 보더니 놀란 표정을 지었다. 놀란 건 내 쪽이다.

이유를 물으니 이 부근에 마물이 나타나서 나를 마중하러 왔다고 한다. 하지만 그것도 필요 없어져서 돌아간다고 했다. 의미를 모르겠네. 뭔가를 숨기고 있는 건 태도를 보면 알 수 있다.

내가 물어봤지만 곰은 입을 다문 채 설명을 하지 않았다. 그런데도 내가 강하게 추궁하니 내 권력을 통해 무마하고 싶은 것이 있다고 했다. 내게 뭐를 시킬 작정이지?

내가 못 한다고 대답하자「귀족이잖아요」라고 말했다.

이 곰은 귀족을 뭐라고 생각하는 거지.

나는 우선 이유를 물었고, 그러자 곰은 집 안에서 이야기하겠다고 했다. 부하에게는 알리고 싶지 않은 모양이다.

나는 부하들에게 휴식을 지시하고 곰 집 안으로 들어갔다.

집 안은 일반적인 집이었다. 테이블이 있고, 의자가 있고, 진짜 집인 것 같다. 이런 집을 어째서 이곳에 만든 것인지 의문이었지만 지금은 곰이 숨기고 있는 것을 듣기로 했다.

"……."

이야기를 듣고 나는 열린 입을 다물 수 없었다.

도무지 믿기지 않는 이야기였다. 마물 만 마리라니. 게다가 와이번에 거대한 웜?

그것들을 전부 쓰러뜨려서 안전해졌으니 마중을 그만두고 돌아가려 했다는 것이다.

심지어 왕도에서는 나름의 소동이 일어났다고 한다. 그런데도 이 곰은 입 싹 닦고 돌아가려 했다.

머리를 쥐어뜯고 싶어졌다. 만약 그게 사실이라면 그런 대소동이 난 것을 아무 말 없이 감출 수는 없지 않은가. 그걸 이 곰은 내 권력으로 무마시키려고 했다.

모험가라면 공표하는 것이 일반적이다. 공표한다면 유명한 모험가가 된다. 그렇지만 이 곰은 그런 일에는 관심이 없고 오히려 조용히 지내고 싶다고 한다. 그 모습으로 할 말이냐?

그렇지만 눈에 띄고 싶지 않은데 나를 위해 마물 만 마리와 싸웠다는 게 사실이라면 화를 내거나 주의를 줄 수도 없다. 생명의 은인이었다. 일과 이동으로 지쳐 있는 나의 몸에 피로가 더욱 쌓였다.

우선 사실을 확인하기로 했다. 대책은 그 이후에 짜야한다.

근처 마을에 증거가 될 고블린의 시체와 오크의 목이 널브러져 있다고 했다. 나는 부하에게 명령을 내려 확인하러 보냈다. 그 동안에 와이번과 웜을 보았다.

결론만 말하자면 거짓이라고 생각하고 싶었으나 모든 증거가 존재했다. 부하로부터의 보고에서도 곰이 말한 대로 산더미 같은 고블린의 시체가 있었다고 한다. 머리가 아프다. 도대체 어쩌면 좋지.

목숨을 구해준 것은 사실이다. 만일 곰이 마물을 쓰러뜨려 주지 않았다면 우리는 1만 마리의 마물들과 와이번에게 공격을 받았을지도 모른다. 그런 곰이 모두에게 알리고 싶지 않다고 했다.

어떻게든 해야 한다. 그렇다고 해서 이 정도의 문제를 숨길 수는 없다. 우선은 이쪽으로 오고 있는 모험가들을 해결해야 한다.

모험가 길드의 길드 마스터나 부 마스터가 있다면 상담을 할 수 있다.

어느 정도 생각을 정리하고 우리는 왕도를 향해 출발했다.

왕도로 향해 나아가고 있는데 운 좋게 이쪽으로 오는 모험가들과 합류할 수 있었다. 게다가 행운인 것은 길드 마스터인 사냐를 만날 수 있었다.

사냐와는 아는 사이였기 때문에 나는 사냐에게는 사실을 말했고 곰의 일은 알리지 않도록 부탁했다.

물론 처음엔 믿지 못하는 얼굴을 했지만 결국엔 믿어주었다.

나는 은밀하게 처리를 하기 위해 사냐와 이런저런 이야기를 나눴다.

국왕 폐하에게 어떻게 설명을 할지, 모험가들에게는 어떻게 설명을 할지, 기사단에게는 어떻게 설명할지, 곰에 관해 알리지 않는 방법을 고안했다.

곰이 아무에게도 알리고 싶지 않다는 제멋대로인 말을 해서 번거로웠다. 그렇지만 잘 생각해보면 그런 이상한 복장을 한 소녀가 마물 1만과 추가로 와이번을 쓰러뜨렸다고 말하면 누가 믿을까.

만일 내가 말한다면 이상한 눈으로 쳐다볼 것임이 틀림없다. 심지어 곰이 부정을 한다면 내가 이상한 사람 취급을 받을 거다.

곰이 무찌른 것으로 하는 것보다는 의문의 랭크 A 모험가가 쓰러뜨렸다고 말하는 편이 훨씬 신빙성이 있다.

그 사실에 관해서는 사냐도 수긍했다. 그 작전은 보기 좋게 먹혀

들었다. 랭크 A인 모험가에 관해서는 이미 소문이 퍼졌고 모험가들은 얼굴에 안도의 표정을 지었다.

만일 곰이 쓰러뜨렸다고 했으면 아무도 믿지 않았겠지. 나라도 크리모니아에서 일어난 일련의 일들과 웜과 와이번을 보지 않았더라면 믿지 못했을 거다.

무사히 넘길 수 있게 되자 곰은 노아에게 내가 무사하다는 사실을 전하기 위해 먼저 왕도로 돌아갔다. 나는 모험가들과 함께 왕도로 향했다.

사냐도 서둘러 왕도로 돌아가고 싶어 했지만 현장을 확인한 후 돌아가겠다고 한다.

나는 무사히 왕도에 도착했다. 왕도는 소동이 일었지만 곰의 뒤를 따라 미리 보냈던 모험가 길드의 직원이 보고를 한 덕분에 생각보다는 소란스럽지 않았다.

그리고 겨우겨우 왕도에 있는 집에 도착했다. 육체적으로도 정신적으로도 피로가 쌓였다.

집에 들어서자 딸 노아가 기뻐하며 마중을 나왔다.

"아버님."

"걱정했지?"

노아도 건강해 보여 다행이다. 머리를 쓰다듬어주자 좋아했다.

"클리프, 무사해서 다행이야."

"유나 덕분이지."

아내 엘레로라도 미소를 지어준다.

그런 뒤 학원에서 돌아온 시아도 만나 오랜만에 가족이 모였다. 무사히 가족과 재회할 수 있었던 것도 곰 덕분이다. 그 후 오랜만에 가족과 식사를 했다.

"그래서, 유나 님은 정말 세요."

"곰들도 귀여워요."

"후훗, 그렇지."

가족이 다 모였는데 어째서 곰 이야기를 나누고 있는 거지?

보통은 서로의 근황을 말하지 않나?

그래도 즐겁게 이야기하는 딸들을 방해할 생각은 없었다.

그날 밤, 나는 쉬기 위해 일찍 잠을 청하려고 방으로 들어갔다.

내일도 아침 일찍 일어나야한다. 얼른 자자.

나는 이불 속에 몸을 넣었다.

내가 잠이 들려는데 그걸 방해하는 자가 방으로 들어왔다.

"당신, 왜 자려고 하는 거야?"

"이동하느라 피곤하니까 자려고."

나는 엘레로라에게서 등을 보였다. 정말로 피곤하다. 부탁이니 자게 해줘.

"안 돼. 자려면 전부 다 이야기한 후에 자."

"무슨 말이야."

"마물 만 마리에 관해서 말 안 했잖아."

"……무슨 말이지?"

"내가 모를 거라고 생각했어? 성에 서신병을 통해 만 마리의 마물이 랭크 A인 모험가에 의해 토벌되었다고 연락이 왔는데. 있을 수 없는 일이잖아."

엘레로라는 나와 사나가 생각해낸 것을 부정했다.

"랭크 A 모험가는 왕도에 없는걸."

엘레로라는 같은 말을 반복한다.

"그러니까 마침 거길 지나갔겠지."

"유나."

곰의 이름을 들은 순간, 나의 몸이 움찔하고 움직였다.

"곰."

또다시 몸이 움찔했다.

"몸은 정직하네."

엘레로라가 내 등줄기를 만졌다.

"유나가 마물을 쓰러뜨렸지?"

"나는 몰라."

말할 수는 없다. 그게 곰과의 약속이다. 목숨을 구해준 건 틀림없이 그 곰이다. 나를 위해 마물 만 마리와 싸웠고 와이번까지 쓰러뜨렸다.

그런 곰과의 약속을 깰 수는 없다.

"그런 거짓말이, 나에게 통할 거라 생각하는 거야?"

엘레로라가 내 위에 올라탔다.

"당신은 마물 만 마리에 관해 말할 때 거짓말을 했어. 게다가 유나에게 감사하고 있었고. 그건 어째서일까?"

"당신 착각이겠지."

나는 저항했다.

엘레로라가 아무리 유혹한다고 해도, 달콤하게 속삭여도, 나는 입을 열지 않았다.

그렇지만 시간이 흐르면 흐를수록 피로와 수면을 이길 수 없었다.

유나, 미안해.

나는 피곤했어.

나는 엘레로라에게 전부를 말한 뒤, 곰 옷차림의 소녀에게 사과하면서 꿈 속으로 빠져갔다.

40 곰과의 조우 치즈 마을의 촌장 편

“촌장님, 어쩌죠?”

최근 마을 근처에 고블린이 나타나기 시작했다. 이제껏 그런 일은 없었지만 고블린을 마을 근처에서 발견했다. 경계를 서면서 상황을 지켜봤지만 얼마 전 마을의 소중한 소가 공격을 당했다. 그래서 어쩌면 좋을지 의논을 하고 있었다.

“모험가에게 부탁하는 수밖에 없겠죠.”

“마을에는 그만한 돈이…….”

마을은 그 정도로 여유롭지 않다. 그렇다고 해서 가난한 마을도 아니다. 밭을 일구고 소 같은 동물을 키우면서 지내고 있다. 그리고 이 마을에서는 다른 곳에서 만들지 않는 것도 만들었다.

“그렇지만 이대로는 피해가 더 커질지도 모르잖아요.”

“안 올 가능성도 있지 않나…….”

“그러면 고블린이 오면 어쩔 셈이죠. 촌장님이 책임지시나요?”

“나는 가능성 중 하나를 말한 것뿐이네. 게다가 마을에 돈이 없다는 건 사실이지 않나. 모험가를 고용한다고 해도 돈이 없으면 무리일세. 그러면 모험가를 고용하는 돈을 자네가 내주는 건가?”

“그건…… 다들 조금씩 모아서…….”

남자의 목소리가 점점 작아졌다.

모두의 의견은 이해한다. 요점은 모험가를 고용할 돈이 마을에 없는 것이 문제였다. 마을에는 팔 수 있는 물건이 없다. 소중한 소를 팔 수는 없었다. 그러나 이대로라면 소중한 소가 고블린에게 피해를 입는다. 그렇게 된다면 마을이 돈을 벌 방법은 한 가지뿐이다.

“왕도에 치즈를 팔러 가지.”

내 말에 모여있던 사람들은 놀란 표정을 한다. 그것도 당연하다.

“촌장님, 전에 치즈를 팔러 갔는데 안 팔렸던 걸 잊으셨어요? 게다가 여러 가지로 무시당했잖아요.”

전에 근처 마을과 왕도에 팔러 갔던 적이 있지만 치즈는 팔리지 않았다.

썩었다, 곰팡이가 폈다, 냄새 난다 등 여러 말을 하며 시식조차 해주지 않았다.

내가 빵에 끼워 먹으면 맛있다고 말했지만 아무도 사주지 않았다.

하지만 이번에는 팔릴 가능성이 있다.

“근시일 내에 왕도에서는 국왕 님의 탄신제가 열리네. 여러 마을이나 도시에서 사람들이 모일 거야. 사람이 많이 모이면 사주는 사람이 있을지도 모르지.”

왕도에서는 40세가 되는 국왕님의 탄신제가 성대하게 열릴 예정이다. 여러 마을과 도시에서 사람들이 왕도로 모여들 것이다. 치즈를 팔 기회이기도 하다. 이번 기회를 놓치면 두 번 다시 이런 기회는 없다. 애초에 팔리지 않는다면 마을은 모험가를 고용할 수가 없다.

내 말에 전원이 납득을 했다. 모두가 팔릴 가능성은 낮다고 생각했지만 그래도 이 외에 돈을 벌 방법이 없어서 아무도 반대하지 않았다.

지금은 지푸라기라도 잡아야 하는 심정이다.

왕도에서 치즈를 팔게 된 우리는, 마차에 치즈를 싣고 아들인 오굴과 둘이서 왕도로 향하게 됐다.

왕도에 도착하자 사람이 많아 놀랐지만 이만큼 많은 사람이 있다면 치즈를 팔 수 있을지도 모른다, 라는 마음이 들었다.

왕도에서 물건을 팔려면 상업 길드의 허가가 필요하다. 우선은 숙소 확보를 하러 갔지만 좀처럼 머물 수 있는 곳을 찾지 못했다. 그리고 이윽고 발견한 곳은 작은 1인실이었는데 침대는 내가 사용하고 바닥에서 아들 오굴이 자기로 했다.

다음 날, 나는 판매 허가를 받으러 상업 길드로 향했다. 나처럼 허가를 받으려는 사람이 많아서 길드 안이 혼잡했다.

번호표를 손에 들고 자신의 번호가 나오길 기다린다. 그리고 내 번호가 불렸다.

무사히 판매 허가를 받게 되었으나 길드 직원이 판매할 물품을 물어봤을 때 치즈라고 대답하자 의아한 표정을 지었다.

그래도 허가만 받는다면 왕도에서 치즈를 팔 수 있다.

다음 날, 오굴과 둘이서 노점이 세워진 광장에 치즈를 옮겼다. 장소는 정해져 있지 않았고 지정되어있는 범위 내에서 빨리 가는 사람이 정할 수 있었다. 오굴에게는 일찍부터 광장 입구에 줄을 서게끔 시켜 좋은 장소를 확보했다.

광장에 마차가 들어갈 수 있는 시간도 정해져 있었다. 서둘러 치즈를 운반하고 무사히 노점을 열었다. 아침부터 열심히 해준 오굴은 쉬게 하고 나 혼자서 가게를 보았다.

시간이 지날수록 사람들이 광장에 모여들었다. 이 정도라면 치즈가 팔릴지도 모른다. 그렇게 생각했지만 모두 싫은 걸 보는 것 마냥 치즈를 바라보고 지나갔다. 「곰팡이다」, 「뭐야, 저건」, 「더러워」 등의 말들이 들렸다. 내가 먹는 거라며 괜찮다고 해도 아무도 믿지 않았다.

맛있으니 시식을 권유했으나 먹으려고 하지 않았다. 먹어준다면 알텐데 아무도 먹어주지 않는다. 빵에 끼워서 먹는 방법을 설명해도 「필요 없어요」라고 말했다. 멈춰 서는 사람도 드물고 이야기를 들어

주는 사람은 더 적다. 마지막까지 이야기를 들어준 사람도 거절했다.

이대로 팔리지 않는다면 고블린을 토벌할 자금을 얻지 못한다. 마을에서는 많은 주민들이 기다리고 있다. 나는 광장에 오는 사람들에게 광고를 했다.

"드셔보세요, 맛있어요."

아무도 멈추지 않는데, 얼굴이 붉은 술에 취한 남자가 가게 앞에 멈췄다.

"뭐야, 이건?"

남자가 말하니 술 냄새가 풍겨왔다.

"치즈라는 음식이에요."

"곰팡이가 펴서 상해 있잖아. 이런 걸 팔고 있는 거야!"

"이건 상한 게 아니에요. 곰팡이도 문제는 없답니다. 속의 내용물을 먹는 거라서—."

나는 치즈를 잘라 깨끗한 부분을 보여줬다.

"그래도 곰팡이가 있잖아. 왜, 그런 걸 팔고 있는 거야."

"이건 그냥 곰팡이가 아니라—."

"곰팡이가 곰팡이지."

술에 취한 남자는 이야기를 들어주지 않았다. 심지어 큰 목소리로 곰팡이라는 말을 해서 주위에도 곰팡이가 핀 음식을 파는 것처럼 여겨졌다. 이대로라면 아무도 치즈를 사주지 않을 것이다.

"이건 속을 먹는 건데—."

"이런 곰팡이를 먹을 리 없잖아!"

나는 열심히 설명했지만 남자는 얼굴을 붉히며 화를 냈다. 아무리 설명을 해도 이야기를 들어주지 않는다. 그러기는커녕 치즈에 부정적인 말이 주위로 퍼져갔다.

더는 안 될지도 모른다.

내가 포기한 순간, 밝은 목소리로 말을 걸어오는 사람이 있었다.

"그거, 치즈네요."

목소리가 들린 쪽을 바라보니 그곳에는 곰 옷차림의 여자아이가 있었다. 뭐랄까, 이상한 복장이다. 하지만 그 이상한 복장의 여자아이는 치즈라는 말을 했다. 치즈에 관해 알고 있다는 것도 놀랍지만 나는 기뻤다.

내가 곰 여자아이에게 말을 걸려는데 주정뱅이 남자가 곰 여자아이에게 시비를 걸기 시작했다. 나는 도와줄 수가 없었다. 하지만 내 걱정은 뒤로하고 곰 여자아이는 주정뱅이의 손을 붙잡은 뒤 배를 가격했다. 남자는 지면에 쓰러졌다. 한순간의 일로 주변에서 보고 있던 사람들이 넋이 나간 채 서 있었다.

곰 옷차림의 여자아이가 남자를 쓰러뜨린 것이다.

쓰러져 있는 남자를 바라보는데 경비대가 찾아왔다. 순간 판매 정지 명령이 내려질 거라고 생각했지만 경비대와 곰 여자아이는 지인인 모양인지 주정뱅이 남자가 연행되었다. 나는 멍하니 그 모습을 바라봤다.

그런 와중에 곰 여자아이는 아무 일도 없었던 것처럼 말을 걸었다. 심지어 갖고 싶은 듯 치즈를 바라보고 있었다. 어쩌면 사줄지도 모른다. 나는 곰 여자아이에게 말을 건넸다.

"아가씨, 사줄 건가?"

"가격을 봐야 할 것 같은데, 얼마예요?"

나는 생각했다. 싸게라도 사줬으면 좋겠다. 만약 곰 여자아이가 사준다면 그걸 본 주위 사람들이 사줄지도 모른다. 그래서 나는 원래보다 저렴한 가격을 제시했다. 그 순간, 곰 여자아이는 말도 안 되는 말을 꺼냈다.

"살게요. 전부 주세요."

순간, 나의 귀를 의심했다. 지금 뭐라고 했지?

잘못 들은 게 아니라면 이곳에 있는 치즈를 전부 달라고 했다. 믿기지 않는다. 저렴하게 제시했다고는 해도 아이가 전부 살 수 있는 가격이 아니다. 나는 농담이라고 생각했지만 여자아이는 증명이라도 해보이듯 손에 끼고 있는 곰 인형 장갑의 입에서 돈을 꺼냈다.

결단코 여자아이가 거짓말이나 농담을 하거나 놀리고 있는 것은 아니었다.

설마 구입한 뒤에 곰팡이가 피었다는 등의 불만을 말하는 건 아닌가 생각했는데 곰 여자아이는 치즈를 앞에 두고 기뻐하고 있었다. 단순히 치즈를 손에 넣었다는 것을 기뻐하고 있는 것이다.

치즈가 인정을 받은 것 같아서 기쁘다.

나는 여자아이에게서 돈을 받았다. 이것으로 모험가에게 의뢰를 할 수 있다.

신은 존재한다. 이것으로 마을은 다시 안전해 지겠지.

게다가 여자아이는 치즈를 더 원한다고 해서 마을에 가면 더 있다고 했더니 사러 가겠다고 했다. 앞으로도 계속 거래하기로 약속을 했다. 진심이라면 이렇게 기쁜 일은 또 없다.

내가 돈에 곤란해 있었는데 덕분에 살았다며 고맙다고 말하자 여자아이는 대금을 더 얹어 주었다. 그 내신에 마을에 왔을 땐 싸게 팔기로 약속했다.

그렇지만 이런 큰돈을 손쉽게 낼 수 있다니 어딘가의 귀족 아가씨일지도 모른다.

그래도 여자아이는 모험가라고 대답했다. 이렇게 귀여운 여자아이가 모험가라고는 믿기지 않지만 주정뱅이 남자를 간단하게 처리한 것을 보면 거짓말을 하는 것처럼은 보이지 않는다.

그 날, 치즈가 한 명의 여자아이에게 전부 팔렸다는 것을 아들 오굴에게 말하자 믿지 않았다. 나도 듣기만 했다면 믿지 않았을 거다. 그렇지만 돈을 본 오굴은 내 말에 반신반의하면서도 믿어줬다. 이곳에 돈이 있고 치즈가 없으니 믿을 수밖에…….

그 후 우리는 모험가 길드에서 고블린 토벌 의뢰를 하고 남은 돈으로 여러 물건을 산 뒤 마을로 돌아갔다. 이것도 전부 곰 옷차림의 여자아이 덕분이다.

나는 귀여운 곰 옷차림의 여자아이에게 진심으로 감사했다.

41 곰과의 조우　카린 편

오늘도 빵을 구워서 판다.

얼마 안 있으면 가게에서 빵을 팔 수 없게 된다.

잘은 모르지만 아버지가 돌아가시게 되면서 이 가게에서 나가게 되었다. 어머니는 밤에 혼자서 울고 계셨다. 하지만 내 앞에서는 힘든 기색 없이「괜찮아」,「걱정하지 않아도 돼」라고 말하신다. 그런 어머니의 마음에 나는 아무런 말도 할 수 없다. 단지 웃는 얼굴로 보답하는 수밖에…….

오늘도 어머니와 함께 구운 빵을 팔았다. 국왕님의 탄신제가 있어서 사람이 많이 모여 아침부터 순조롭게 빵이 팔렸다. 그러던 중, 귀여운 복장을 입은 여자아이가 빵을 사러 왔다. 그 모습은 곰이었다. 처음 보는 모습이었지만 엄청 귀엽다.

곰 여자아이는 맛있는 냄새에 이끌려 사러 왔다고 했다. 그 말을 듣고 기뻤다.

"먹어보고 맛있으면 또 올게요."

"네, 기다리고 있을게요."

곰 여자아이는 어린 여자아이를 데리고 떠났다.

왕도에는 저런 귀여운 복장을 한 여자아이가 있구나. 그게 아니라면 국왕님의 탄신제 때문에 다른 마을에서 온 걸까?

곰 여자아이가 사간 뒤로도 빵은 순조롭게 팔렸다. 어머니는 쉬지도 못하고 빵을 구웠고 나는 갓 구어진 빵을 나열하며 팔았다. 응, 좋은 느낌이야. 그래도 그런 순조로움은 길게 이어지지 않았다.

가게 안에 무서워 보이는 남자들이 들어왔다.

그 남자들이 진열된 빵을 땅바닥에 내던졌다. 손님들은 놀라 가게 밖으로 나가버렸다.

"무슨 짓이에요!"

"언제까지 여기에 있을 작정이야. 빨리 빼라고 했을 텐데?"

"약속한 날까지 아직 남았잖아요."

어머니의 말로는 국왕님 탄신제가 끝날 때까지라고 하셨다.

"일정이 바뀌었어. 원망하려면 죽은 남편을 원망해!"

남자는 갓 구운 빵을 잡더니 뭉개버렸다. 빵은 푹 하고 터진다. 어머니가 열심히 만든 건데…….

"이렇게 되고 싶진 않겠지."

나는 분에 차올라 노려봤다.

"뭐야, 그 눈은."

남자가 손을 들어 올리려 한 그때, 어머니가 달려와 내 앞을 막았다.

"어이, 딸한테도 말했지만, 빨리 나가."

"약속이—."

"딸도 어미도 약속, 약속, 시끄럽네!"

남자가 빵이 올려진 매대를 걷어찼다. 빵이 날아올라 바닥으로 떨어졌다.

"그만 하세요!"

어머니와 내가 소리쳤지만 남자들은 멈출 생각이 없었다. 재미있는 듯 빵을 바닥에 내팽개치고 짓밟았다.

제발, 멈춰.

어머니가 만든 빵이 더러운 발에 짓밟힌다.

누가 도와주세요.

하지만 아무도 도와주지 않는다. 가게가, 빵이, 망가져 간다.

남자의 손이 내게로 뻗어왔다. 어머니가 나를 지키려고 하다가 맞았다.

어머니!

어머니가 맞음과 동시에 검은 무언가가 가게 안으로 들어왔다. 그와 함께 남자가 날아갔다. 곰 옷차림의 여자아이다. 여자아이는 가게의 비참한 상황을 보고 매우 화가 나 있었다. 그리고 폭력을 행사하려던 남자들을 쓰러뜨려 버렸다.

직접 봤지만 눈앞에서 무슨 일이 일어나고 있는지 이해할 수 없었다.

그리고 남자들은 도망치듯 가게를 빠져나갔다.

"괜찮으세요?"

곰 옷차림의 여자아이가 걱정스럽게 말을 건넸다. 오늘 빵을 사줬던 여자아이다. 그 곰 여자아이가 도우러 와준 모양이다. 나와 어머니는 구해준 곰 여자아이에게 고맙다고 말했다.

그리고 다시 한 번 가게 안을 둘러보니 심각한 상태였다.

이대로는 더 이상 가게를 열 수가 없다. 가능하다고 해도 또다시 남자들이 올 거다. 나는 슬퍼서 눈물이 나올 것 같았다. 하지만 이곳에서 울게 되면 어머니가 곤란할 테니 울 수는 없었다. 나는 눈물을 머금었다.

내가 눈물을 참고 있는 동안 곰 여자아이와 어머니가 이야기를 나눴다. 그리고 여자아이가 다음으로 입에 담은 말을 듣고 놀랐다.

"그러면, 제 가게에서 일하지 않을래요?"

어떻게 하면 그런 결론이 나오는지 이해가 안 되지만 여자아이는 그런 말을 꺼냈다.

자세한 이야기를 물으려고 했으나 남자들이 돌아올 가능성도 있어서 가게를 벗어나기로 했다. 간단하게 가게를 벗어날 준비를 하고 곰 여자아이를 따라갔다. 원래는 빵을 정리하고 싶었지만 그럴 시간이 없었다. 그건 어머니도 같은 마음이었던 것 같지만 지금은 몸의 안전이 최우선이다.

나는 앞으로의 일을 생각하니 불안해졌다. 그래도 그런 나의 손을 어머니가 잡아줬다. 어머니와 함께라면 괜찮다.

그리고 곰 여자아이의 집으로 갈 때까지 자기소개를 했다.

곰 여자아이의 이름은 유나. 함께 있던 어린 여자아이는 피나라고 소개했다.

유나 씨의 집에 도착했다. 중급 지구와 상급 지구 경계 근처에 온 우리는 한 채의 집 앞에 섰다. 그곳에는 주위 건물과 닮지 않은 건물이 세워져 있었다.

"곰?"

눈앞에는 곰 집이 있었다.

이곳이 유나 씨의 집?

유나 씨는 안으로 들어오라고 했다. 안은 평범(?), 여기에서의 평범함이 뭔지는 모르겠지만 집 안에는 곰이 없었다.

나와 어머니는 의자에 앉아 앞으로의 일을 생각했다.

더는 가게로 돌아갈 수 없다. 게다가 남자들은 화가 나 있었다. 왕도에서는 머무르지 못할 지도 모른다.

그렇게 되면 유나 씨가 말한 유나 씨의 가게에서 일하는 수밖에 없다.

나와 어머니는 가게 이야기를 물어보기로 했다.

유나 씨는 컵에 든 푸딩과 빵 반죽에 치즈를 올린 피자라는 음식을 내왔다. 이것을 가게에서 팔고 싶다고 했다. 물론 빵도 만들면서 말이다.

나는 그 음식들을 먹었다. 엄청 맛있었다. 푸딩에 꼬끼오 알이 사용됐다는 걸 들었을 땐 놀랐다. 그리고 피자라는 음식도 매우 맛있었다. 이런 요리가 있다니…….

그리고 의논한 결과, 나와 어머니는 유나 씨 가게에서 일하기로 했다.

더 이상 지금의 가게로는 돌아가지 못하니 유나 씨가 크리모니아로 출발할 때까지 방을 빌려주기로 해서 유나 씨네 곰 집에서 신세를 지게 되었다.

"어머니, 앞으로 어떻게 될까요?"

"유나 양이 말하는 걸 믿을 수밖에 없지. 우리를 도와준 건 유나 양이잖니. 갈 곳 없는 우리에게 일을 시켜준다면 지금은 그걸 따를 수밖에."

"네, 그렇겠죠."

"게다가 나쁜 아이로는 안 보이고 말이야."

다음 날, 앞으로의 자세한 이야기를 나누게 되었다.

크리모니아까지의 마차 비용은 유나 씨가 지불한다. 크리모니아에서 머물 곳도 유나 씨가 준비해준다. 급여에 관해서는 정해지지 않아서 보류하게 되었다. 크리모니아에서 신세를 지고 있는 사람이 있으니 그 사람과 상담한다고 했다. 고아원 아이들도 함께 일하게 될 거라고 했다.

그다음, 여러 가지로 가게에 관한 이야기를 나누고 있는데 밖이 소란스러웠다.

"문을 부수겠어!"

"곰, 나와라!"

어제의 남자들이다. 이 집을 발견한 모양이다. 피나가 걱정스럽게 유나 씨를 바라봤지만 유나 씨는 혼자서 밖에 나가겠다고 했다.

막으려고 했으나 모험가이니 괜찮단다. 분명 강하긴 했지만 가게를 오픈한다고 했으면서 모험가라니, 이해하기 어려웠다.

우리는 유나 씨를 막지 못하고 유나 씨는 혼자서 밖으로 나가버렸다. 우리는 창문으로 상황을 지켜봤다.

남자들이 많이 있었다. 그런 곳에 유나 씨가 혼자서 걸어갔다. 우리 때문에 이런 일을 당하다니. 유나 씨는 남자들을 도발하는 말을 던졌다.

여기에서도 남자들이 매우 화가 났다는 게 느껴졌다. 유나 씨. 어째서 상대를 자극하는 행동을 하는 건가요?

유나 씨는 마지막에는 입에서 냄새나니까 입을 열지 말라는 말까지 했다. 10명 이상의 남자들에게 둘러싸여 있는데 유나 씨는 평온했다. 남자들이 화를 내며 유나 씨를 덮치려고 했지만 남자들이 사라졌다.

"구멍이에요."

피나가 말한 대로 남자들이 있던 곳에 구멍이 뚫려 있었다. 설마, 유나 씨, 마법을 사용할 줄 아는 거야?

뚱뚱한 남자가 화를 냈다. 그때 누군가가 다가왔다.

잘 들리지 않았지만 모험가 길드의 길드 마스터라고 들렸다.

게다가 다른 남자가 나타났다. 어디선가 본 적이 있는 얼굴이다. 국왕이라는 말이 들려왔지만 설마 아니겠지. 전에 본 적 있는 국왕님과 닮았다.

그리고 뚱뚱한 남자와 다른 남자는 길드 마스터라 칭한 여자에게 손쉽게 붙잡혔고 국왕님이라 불렸던 남자가 집 안으로 들어왔다. 틀림없이 국왕님이다. 나와 어머니는 상황을 이해할 수 없었다. 피나 쪽을 바라봐도 잘 모르겠다는 얼굴이었다.

그리고 피나는 순진무구한 얼굴로 유나에게 물어봤다.

"그 아저씨는 누구예요?"

나는 새하얗게 질렸다.

그러나 유나 씨는 피나의 순수한 물음에 「국왕님이야」라고 평온하게 대답했다. 이제, 뭐가 뭔지 모르겠다. 어째서 그렇게 친근하게 국왕님과 이야기를 나누고 있는 거야? 어째서 국왕님이 유나 씨의 집에 찾아온 거야?

피나도 국왕이라는 걸 듣더니 놀랐다.

그런 우리는 신경 쓰지 않고 유나 씨와 국왕님이 이야기하기 시작했다.

어제 먹은 푸딩을 국왕님 탄신제의 만찬회 요리로 선보이고 싶다며 부탁하러 온 모양이다.

더는 무리다. 머리가 따라가지 못하고 있다. 그건 어머니도 마찬가지인 것 같다.

어째서 한 나라의 왕이 직접 부탁을 하러 오는 거야?

유나 씨는 뭐 하는 사람인 거지?

뭐가 뭔지 모르겠다.

국왕님은 유나 씨에게 푸딩을 부탁하고 돌아갔다.

그 후, 유나 씨는 우리에게 어처구니없는 말을 꺼냈다.

푸딩을 만드는 방법을 알려줄 겸 해서 국왕님의 만찬회에 내보일 푸딩을 만들라고 했다. 우리가 만든 요리가 국왕님 입안으로 들어간다고 생각하자 부담스러워 못 만들 것 같았다.

그건 어머니도 피나도 같은지 거절했다.

국왕님의 만찬회 요리를 만들다니 무섭다. 무슨 일이라도 생긴다면 틀림없이 사형이다. 절대로 만들 수 없다.

모두가 거절하자 유나 씨가 눈을 가늘게 뜬 뒤 원망하듯 우리를 바라보면서 혼자서 대량의 푸딩을 만들기 시작했다.

그런 눈으로 보지 말아줘요. 아무리 그래도 국왕님의 만찬회 요리는 만들 수 없다고요.

하지만 유나 씨는 푸딩 만들기를 돕지 않는 우리에게도 친절하게 만드는 법을 알려주었다.

유나 씨는 손에 끼고 있는 곰에서 대량의 꼬끼오 알을 꺼내 푸딩을 만들었다. 이렇게 만드는구나. 아무리 그래도 솜씨가 좋다.

"유나 씨는 가게 일은 안 하세요?"

"저는 모험가니까요."

아까도 그런 말을 했다. 하지만 우리를 도와줬을 때와 마법을 썼던 모습을 보면 모험가라는 게 이해가 된다. 그러나 귀여운 곰 옷차림을 보면 또 그렇게는 안 보인다.

유나 씨는 계속 만들더니 국왕님과 약속한 푸딩을 혼자서 전부 만들어버렸다.

"외웠어요?"

몇 번이나 반복하는 작업을 보고 외울 수 있었다. 생각보다 간단하게 만들어냈다. 이 요리와 빵을 함께 만들게 될 거다.

어제까지 불안했는데 거짓말처럼 즐거움이 차올랐다.

크리모니아로 가는 게 기대된다.

다음 날, 경비대 사람이 유나 씨의 집으로 찾아왔다.

아버지를 속인 상인이 붙잡혔다고 한다. 여러 나쁜 일들을 했고 국왕님 앞에서 국왕의 이름을 사용한 악행을 저질러서 중범죄자로 처형을 당하게 되었다.

그와 더불어 아버지의 가게도 어머니에게 돌아오게 됐다. 유나 씨는 매우 기뻐해 줬다.

그러나 그렇게 되면 크리모니아 마을에는 갈 수 없게 된다.

나와 어머니는 가게로 향했다.

당연한 일이지만 가게 안은 남자들에게 공격을 받은 그대로의 모습이었다. 빵이 널브러져 있고 짓밟힌 빵도 있었다. 나와 어머니는 가게를 청소했다.

"어머니, 유나 씨, 친절했죠."

"그랬지."

"푸딩, 맛있었어요."

"그래."

"국왕님 만찬회에 선보이는 요리를 배워버렸는데, 괜찮은 걸까요?"

그건 유나 씨의 가게에서 일하는 약속을 하고 배운 것이다. 하지만 유나 씨는 아무런 말없이 우리를 보내주었다.

유나 씨는 가게에서 난동을 피우는 남자들에게서 우리를 구해줬다. 집을 찾아온 상인과 남자들을 쫓아내 주었다. 국왕님이 직접 부탁하러 오는 푸딩 제조법을 알려주었다. 어디에도 갈 곳 없던 나와 어머니를 집에 머물게 해주었다. 그런 유나 씨에게 받기만 하고 아무것도 돌려주지 않았다.

"카린은 어떻게 하고 싶니? 이대로 여기서 일할래? 아니면 유나 양이 있는 곳으로 가고 싶어?"

"……모르겠어요."

어제까지 유나 씨의 가게에서 일할 생각이었다. 국왕님과도 아는 사이고 무엇보다도 나와 어머니를 구해준 친절한 여자아이이다.

"은혜는 갚아야 해."

"어머니…… 그렇죠. 은혜는 갚아야 하는 거죠."

나와 어머니는 가게를 깨끗하게 청소한 뒤 유나 씨네 가게에서 일하게 해달라고 부탁을 하기로 했다.

42 곰과의 조우 사냐 편

나는 왕도의 모험가 길드에서 길드 마스터를 맡고 있다.

국왕 폐하의 탄신제도 다가오고 있어서 그 때문에 왕도는 많은 사람으로 붐빈다. 그런 이유로 모험가 길드도 바빴다. 호위 의뢰와 경비 의뢰 등, 많은 의뢰가 들어온다. 사무실에서 서류에 묻혀가며 일을 하는데 밖이 소란스러웠다.

도대체 뭐야. 항상 조용히 하라고 했는데!

나는 조용히 시키기 위해 방을 나섰다.

"당신들 시끄러워!"

"길드 마스터?!"

"왜, 소란을 피우는 거야!"

나는 가까이에 있는 직원에게 물었다.

"그게—."

길드 직원이 바깥쪽을 바라봤다. 길드 직원만이 아니라 모험가들도 바깥을 바라보고 있었다.

밖에 뭐가 있길래?

나는 머리를 긁적이며 길드 밖으로 나왔는데, 이상한 복장을 한 여자아이가 있었다.

어라, 곰인 거지?

그 귀여운 곰 옷차림의 여자아이는 남자를 바람 마법으로 날려버렸다.

농담이지.

마법으로 날려버리는 건 어렵다. 단순히 날리는 것이라면 간단하게 할 수 있다. 하지만 위로 날리는 건 어렵다. 바람 마법을 한 곳에 집중해서 순간의 폭발력을 모아 발동시켜야 한다. 그렇지 않으면 저렇게 깔끔하게 위로 올라가지 않는다.

남자는 소리치며 하늘을 날았다. 그리고 남자는 공중에서 아무것도 하지 못하고 떨어졌다.

이대로라면 위험하다.

내가 움직이려는 순간, 지면에 바람이 모여들었다. 떨어지는 남자를 바람을 쿠션처럼 만들어 받았다.

바람 마법은 엘프의 특기 마법이라서 잘 안다. 지금 사용한 바람 마법이 얼마나 대단한 바람 마법인지를…….

나는 저번에 왔던 귀족인 그란 할아버지를 떠올렸다. 그녀가 바로, 그란 할아버지를 구한 곰 옷차림의 여자아이.

나는 곰 옷차림의 여자아이에게 말을 걸었다.

크리모니아에서 온 모험가이고 왕도 모험가 길드를 보러 왔더니 모험가들이 시비를 걸어오기에 대처했다고 한다.

그란 할아버지에게 이야기는 들었지만 이 정도로 마법을 잘 쓰는 줄은 몰랐다.

반대로 이만큼 마법을 잘 사용한다면 오크 상대 정도는 간단하겠지.

그건 그렇고, 싸우지 말라고 항상 모험가들에게 말하는데 이런 어린 여자아이에게 시비를 걸다니. 당한 남자는 자업자득이다. 좋은 약이 되었겠지.

분명, 여자아이의 이름은 유나라고 했던가?

곰 여자아이는 크리모니아의 모험가 길드 라록의 편지를 가지고 있다고 해서 확인을 했다. 곰 옷차림의 여자아이가 그쪽으로 가면 트러블이 생길 테니 지켜봐 주길 바란다는 것이었다.

늦었어. 이미 모험가들에게 둘러싸여 트러블이 일어났다.

원인이 곰 복장이라면 곰 옷을 안 입으면 될 텐데 여자아이는 벗을 생각이 없어 보였다. 그리고 싸움을 걸어오는 모험가들을 때려눕힌다고 한다. 크리모니아에서는 이미 그녀에게 두들겨 맞은 모험가가 있는 모양이다.

그건 강한 모험가라는 증거이기도 하지만 곰 옷차림으로 봤을 때 강한 모험가로는 보이지 않는다.

일단은 이러한 일들이 두 번 다시 일어나지 않도록 이곳에 있는 모험가들에게 주의만 주었다. 뭐, 조금 전의 모험가가 당하는 걸 봤으면 여자아이에게 시비를 거는 바보는 없겠지.

무엇보다 나의 심기를 건드려 화를 돋우는 모험가도 없을 거다.

그런데 편지에 적혀있던 블랙 바이퍼를 쓰러뜨렸다는 건 사실인 걸까?

그로부터 며칠 후 수백, 어쩌면 수천에 이르는 마물이 왕도 근처에 있을지도 모른다는 정보가 내게 들어왔다.

농담이겠지.

나는 확인을 하려고 소환조 폴그를 소환해서 마물의 정보가 들어온 숲까지 날렸다.

나는 폴그가 보는 것을 같이 볼 수 있다.

분명 저 숲이라고 했지. 폴그는 숲속으로 들어가 주위를 확인했다.

잠깐, 말도 안 돼.

폴그의 눈을 통해 내가 본 것은 울프, 고블린, 오크 등의 마물이었는데 100단위 무리가 몇십 개나 있었다. 어째서 지금까지 아무도 몰랐던 거야?!

그리고 어디서 이렇게 마물들이 모였지?

심지어 와이번이 잠들어 있는 모습도 보였다.

나는 긴급사태를 성에 전달했다. 그 후 모험가들을 모아 마물 토벌 긴급 의뢰를 내렸다.

이 왕도에는 높은 랭크의 모험가가 없다. 왕도 주위에는 강력한 마물이 없어서 고 랭크 모험가는 강한 마물이 있는 곳으로 간다.

가장 높다고 해도 랭크 C였다. 그것도 수가 많지 않다. 랭크 C에게 와이번을 부탁하고 나머지 모험가들에게는 울프, 고블린, 오크를 맡아달라고 하는 수밖에 없다.

하지만 마물의 수가 너무 많다.

성으로부터의 반응은 언제가 될지 모른다. 왕도의 병사는 국왕 폐하의 탄신제 경비를 하고 있다. 기사도 마법사도 있지만 출병에는 시간이 걸린다.

그러니 지금은 모험가들로 막아내야 한다.

나는 모험가들을 모아 마물이 있는 숲으로 출발했다.

그리고 도중에 휴식에 들어갔고 폴그를 날려 앞쪽의 안전 확인을 했다.

주위를 확인하는데 이쪽으로 달려오는 자가 있었다.

저건 곰을 탄 곰?

설마, 유나?

그것을 뒤따르는 듯 몇 마리의 말이 함께 달리고 있었다.

딱히 곰을 쫓고 있는 건 아닌 것 같다.

유나네 일행은 내가 있는 곳까지 찾아왔다. 말을 타고 있던 건 크리모니아의 영주, 클리프였다.

어째서 이 두 사람이 함께?

유나가 크리모니아에서 왔다는 건 알고 있지만 모르는 것투성이다.

클리프와는 예전부터 알고 지낸 사이였다. 귀족이지만 권위적이지 않아 좋게 생각하는 귀족이었다. 아내인 엘레로라는 성에서 일하고 있어서 가끔 본다.

클리프는 내 쪽으로 다가오더니 사람이 없는 곳에서 할 이야기가 있다고 했다.

우리는 다른 이에게 들리지 않는 장소로 이동했다.

"……."

이야기를 들은 나는 믿기지 않았다.

이 곰 옷차림의 유나가 마물을 전부 쓰러뜨렸다니.

나는 상공에 날고 있는 폴그를 마물이 있는 숲까지 날렸다.

없다, 있는 거라고는 고블린의 시체뿐이다. 그렇게 많이 있던 울프와 오크와 와이번의 모습도 없다. 정말로 마물이 모두 쓰러져 있었다.

정말로 무찌른 거야?

폴그의 눈으로 사실을 확인해도 믿기지 않았다.

하지만 이 눈으로 봤던 마물이 사라졌다는 것은 사실이었다.

그 후 유나는 토벌했다는 사실을 비밀로 해주길 바란다고 부탁했다.

클리프가 「이런 곰이 쓰러뜨렸다고 해도 믿지 않을 거 아냐」라고 말했다.

그렇긴 하지만 이렇게 많은 모험가를 데리고 와서 일이 커져 버렸는데 어떻게 해야 하는 거야.

내가 고민하는데 클리프가 대처 방안을 내놨다.

클리프의 제안은 높은 랭크의 모험가가 쓰러뜨린 것으로 하자는 것이었고 고블린의 시체를 남기고 간 것으로 했다.

분명 몇천의 고블린 사채는 남겨져 있다. 오크의 머리도 남겨져 있었다. 충분히 믿게 할 수 있다. 애초에 눈앞에 있는 곰 여자아이가 쓰러뜨렸다고 말하는 것보다는 설득력이 있었다.

그 후, 모험가들에게 설명하고 무찔러진 마물의 뒤처리를 하러 갔다.

고블린과 오크의 사체를 방치하면 짐승이나 마물들이 모여들 거다. 게다가 썩어서 병이 유행할 가능성도 있다. 그러니 확실하게 처리해야 한다.

마물의 처리를 마친 나는 왕도로 돌아왔다.

그리고 국왕 폐하께 보고하기 위해 나는 성으로 향하게 되었다.

국왕 폐하에게 거짓말을 해야 한다고 생각하니 배가 아파져 온다. 하지만 사실을 말한다고 해도 믿어 줄 것 같지 않다. 그 곰 여자아이가 모두 쓰러뜨렸다니 지금도 나는 안 믿긴다. 쓰러져 있는 마물들을 봐도 반신반의였다. 어디선가 나타난 고 랭크 모험가가 무찔렀다는 이야기를 더 믿을 수 있다.

"그럼 본 적 없는 모험가가 쓰러뜨렸다는 건가?"

"네."

나는 국왕 폐하께 대답했다.

"자네도 모른다는 말인가."

"네."

"거짓말하지 말게. 자네에게는 소환조가 있지 않나. 그러니까 나는 자네의 정보가 옳고 정확하다고 믿고 있네. 마물이 토벌되었다는 것을 안 자네가 주위를 확인하지 않았다고는 하지 않겠지."

"그건……."

"애초에, 어째서 모험가가 쓰러뜨렸다는 걸 알고 있지?"

"그건…… 마물을 쓰러뜨릴 수 있는 건 모험가뿐이기 때문입니다."

"거짓말하지 말게. 어째서 숨기는가. 내게 말하지 못할 이야기인가?"

"……."

"국왕 폐하는 이번 마물의 건을 믿고 계신 건가요?"

"믿고 있네. 긴 세월 동안 모험가 길드의 길드 마스터를 해온 자네도 물론이고. 이번 일은 나에게도 믿을 만한 근거가 있어."

그게 뭐지?

마물을 본 것은 나와 유나. 나머진 마물의 시체를 본 모험가들 뿐이다. 그것마저 처리했으니 성의 관계자는 보지 못했다.

그것을 이렇게까지 믿고 있다니 무슨 일이 있었나?

"그 마물을 조종한 자를 알고 있네."

"……."

그 마물은 의도적으로 모였다는 걸까?

그런 거라면 그 정도 수의 마물이 있었던 것도 이해가 간다.

하지만 그 원인을 국왕 폐하가 알고 있을 거라고는 생각 못 했다.

"그러니 이번 일이 얼마나 국가의 위기였는지 알겠지? 이건 명령이네. 그 모험가를 내 앞에 데리고 오도록."

국왕 폐하는 강하게 명령했다.

뭔가 거절할 방법이 없을까?

"그 모험가를 데리고 오는 것은 어렵습니다. 가능하다면 데리고 오라는 명령은 거둬주셨으면 합니다. 국왕 폐하의 앞에 데리고 올만한 복장이 아닙니다."

"뭐라고?!"

"그 외관에 문제가 있어서—."

"모험가이지 않은가. 옷차림에 관해선 신경 쓰지 않겠네."

하지만 곰 옷차림이란 말입니다, 라고는 말할 수 없었다.

"사실은 이렇게 소란스러워지는 걸 불편해해서 조용히 있고 싶다고 부탁을 받았습니다. 그 모험가에게 도움을 받은 저로서는 그 말을 존중해주고 싶습니다."

"도움을 받은 건 이쪽도 마찬가지네. 감사 인사를 해야 하지 않겠나. 그러니 데리고 오게!"

국왕 폐하의 목소리가 조금 거칠어졌다.

더는 거절할 수 없다.

"그러면 한 가지 청이 있습니다."

"뭔가?"

"그 모험가는 자신이 쓰러뜨렸다는 것이 소문나는 것을 원하지 않는다고 했습니다. 되도록이면 사람들을 물러나게 해주실 수 있으신가요. 약속을 해주신다면 데리고 오겠다 약속드리겠습니다."

내가 할 수 있는 건 아는 사람의 수를 줄이는 것 정도였다.

남은 문제는 국왕 폐하가 유나를 보고 믿어줄지 어쩔지에 달렸다.

안 믿는다면 유나가 가지고 있는 웜을 보여준다면 믿어줄 거다.

"알겠네. 나 혼자서 만나도록 하지."

"감사합니다."

유나, 미안해.

나는 약속을 지키지 못한 것을 마음속으로 사과했다.

다음 날, 나는 곰 옷차림의 여자아이를 데리고 국왕 폐하 앞에 섰다.

국왕 폐하는 약속한 대로 혼자서 만나주셨다. 방에는 국왕 폐하, 나, 곰 옷차림의 유나. 그리고 도중에 만난 엘레로라까지 4명이다. 클리프에게서 이야기를 들어 사정을 알고 있는 엘레로라가 함께 있는 건 든든했다.

나는 곰 옷차림의 여자아이, 유나가 마물을 무찔렀다는 것을 솔직하게 말했다.

"농담을 들을 여유는 없네. 모험가는 언제 오는 건가!"

국왕 폐하는 화를 냈다.

역시, 안 믿네.

강한 모험가가 올 거라고 해놓고 곰 옷차림의 여자아이가 왔으니 화를 낼만 하다.

내 말을 믿어주겠다고 했는데 그건 거짓말이었나?

나는 열심히 설명했다. 그에 덧붙여 엘레로라의 말이 더해져 믿어주게 되었다. 엘레로라가 함께 있어서 다행이다.

그 후 국왕 폐하의 딸인 플로라 님이 난입하는 등 여러 가지로 힘들었지만, 국왕 폐하와 곰 옷차림의 여자아이의 알현은 무사히 끝났다.

이번만큼은 엘레로라에게 고마웠다.

그런데 유나가 갖고 있던 푸딩이라는 음식은 맛있었다. 또 먹어보고 싶네.

마물의 일도 해결하고 언제나와 같은 일상으로 돌아왔다. 나는 갑갑한 일에서 벗어나 왕도 안을 걸었다.

국왕 탄신제로 바쁜 와중에 마물 사건이라니, 정말 좀 봐줘. 그래도 유나가 없었더라면 더 큰 일이 되었을 거다. 정말로 감사할 따름이다.

국왕 폐하의 탄신제가 끝나면 조금은 진정이 될 거다. 그때까지는 힘을 내야 한다. 그래도 가끔은 기분전환이 필요하다.

주위를 바라보며 걷고 있는데 인파 속에서 「곰」이라는 단어가 들려왔다.

곰이라는 단어를 들으니 곰 옷차림의 유나가 떠올라버렸다. 정말로 라록이 말한 대로 어처구니없는 모험가였다.

"그 곰이 있는 곳을 알아냈어."

"젠장, 어제는 씹다 버린 껌처럼 만들어줬겠다."

"무조건 때려주겠어."

흘려들을 수 없는 말들이 들려왔다.

나는 소리가 들린 쪽을 찾았다. 그리고 금방 찾을 수 있었다. 위험한 발언을 한 건 험상궂은 얼굴을 한 남자들이었다.

"너희들, 한심하군. 겨우 여자 하나에게 당하다니."

"심지어 곰 옷차림의 이상한 여자 꼬맹이었다지."

"그런 여자에게 맞아서 기절을 하냐."

남자는 웃었다.

"아무튼, 그 빵집 모녀도 있을 거야. 그 곰 여자에게서 알아내야겠어."

뭐지? 일이 커진 것 같은데. 유나, 무슨 짓을 한 거니?

이런 대화를 들으면 무시할 수는 없다. 나는 들키지 않도록 남자들의 뒤를 쫓았다.

남자들이 찾아간 곳은 중류 지구의 유복한 사람들이 사는 장소였다. 이곳에 유나가 있는 건가?

길을 걷고 있는데 남자들이 떠든다.

"이 집은 뭐야?"

"곰?"

남자의 앞에는 곰 형태를 한 집이 세워져 있었다.

설마, 유나네 집?

주위의 훌륭한 건물들이 즐비한 가운데 귀여운 곰 모습을 한 집이 세워져 있다.

"정말로 이 집인 거냐?"

"네, 틀림없습니다."

남자들은 곰 집을 바라보고 웃더니 집 안을 향해 소리친다.

"곰! 나와라!"

"문, 부숴버린다!"

"곰!"

남자들이 곰 집을 향해 외치자 집 안에서 평온한 모습으로 곰 옷차림의 유나가 나왔다.

전혀 무서워하는 모습은 없었다. 뭐, 모험가들이 싸움을 걸면 되받아치는 아이기도 하고. 몇 천이나 되는 마물을 쓰러뜨린 여자아이다. 이 정도의 남자들은 무섭지 않겠지.

걱정돼서 상황을 보러 왔는데 필요 없었나?

그리고 남자들과 유나가 언쟁을 벌였다.

"이제 입 열지 마, 냄새나니까."

유나는 무표정으로 폭언을 하더니 마법을 사용했고 남자들이 있던 장소에 구멍이 뚫렸다.

남자들은 무슨 일이 벌어지는지 모른 채 구멍에 빠졌다. 구멍에서는 고통의 비명 소리가 들려왔다. 남겨진 건 뚱뚱한 남자뿐이다.

새삼 유나의 마법을 보니 정말 대단했다. 그런데 바람 마법뿐만 아니라 흙 마법도 사용할 줄 아는구나.

남겨진 뚱뚱한 남자는 뒤로 물러서며 유나를 향해 소리쳤다.

"나를 누구라고 생각하는 거냐. 대상인 조르즈라고! 모험가 길드의 길드 마스터에게도 잘 알려져 있지. 네놈 같은 꼬맹이는 어떻게든 해버릴 수 있단 말이다!"

갑자기 내 이야기를 해도 나는 저 사람을 모르는데…….

나랑 관계가 있다고 말했는데 아무 말 없이 있을 수는 없지. 유나에게 이 녀석들의 동료로 여겨져도 곤란하니까 말이야.

"어머, 나는 당신을 모르는데?"

나는 뒤에서 말을 했다.

남자는 내 얼굴을 보고 놀랐다. 지인인데 나를 모르는 모양이다. 내 이름을 사용하려면 얼굴 정도는 알아둬야지.

바보니?

유나가 나를 소개하자 남자는 놀란 표정을 지었다.

"웃기지 마! 길드 마스터가 뭐?! 나는 국왕과 친하다고! 국왕에게 말하면 네 놈들 따위—."

내가 길드 마스터인 것을 알자 이번엔 국왕 폐하를 꺼냈다.

앗, 그냥 바보가 아니라, 어마어마한 바보였다.

게다가 앞쪽에서 당치도 않은 인물이 걸어오고 있다.

"네놈은 누구냐. 나는 네놈 따위 모른다."

말을 해오는 건 이 나라의 국왕. 국왕 폐하였다.

어째서 국왕 폐하가 이곳에 있는 건가요!

머리를 감싸 쥐고 싶다.

남자는 찾아 온 남자가 국왕이라는 것을 들었으나 믿지 않았다.

"국왕이라고? 국왕이 이런 곳에 있을 리가 없잖아?!"

이곳에 있는 모두가 그렇게 생각하고 있을 거다.

유나도 놀랐다.

국왕 폐하는 나에게 남자를 체포하도록 지시를 내렸다.

왕도 모험가 길드의 탑인 나에게 말이다.

그렇지만 이 중에서는 나밖에 할 사람이 없겠지.

나는 난동을 피우는 남자를 체포하고 유나가 구멍으로 빠뜨려버린 남자들을 끌어올렸다.

국왕 폐하는 유나의 곰 집으로 들어갔다. 나도 곰 집 안으로 들어가고 싶었으나 이 남자들을 방치할 수는 없다.

나는 아이템 봉투에서 줄을 꺼내 남자들을 묶었다.

그런 뒤 종이에 자신이 있는 장소와 사람을 보내 달라고 적어 종이를 폴그에게 물게 했다. 그리고 폴그를 알고 있는 경비대장에게 날렸다.

잠깐 기다리자 병사가 달려왔다.

나는 남자들을 병사에게 인도하고 사정을 설명하기 위해 함께 성으로 향했다.

참고로 국왕 폐하가 유나의 집에서 나오는 것을 경비대장이 발견하고 데리고 갔다.

무슨 이야기를 했을까?

이것이 곰 여자아이와 알게 되고 며칠 동안에 일어난 일이다.

곰곰곰 베어 11.5

신작 단편

43 곰과의 조우 밀레느 편

나는 크리모니아 마을에서 상업 길드의 길드 마스터를 맡고 있다. 길드 마스터로서의 업무가 끝나면 가끔 접수대에 앉아 상인들의 모습을 엿보기도 한다. 나를 모르는 사람은 내가 길드 마스터인지 몰라서 아무렇지 않게 말을 걸었다.

새롭게 장사를 시작하는 사람, 돈이 되는 일이 없는지 물으러 오는 사람, 물건을 팔러 오는 사람, 물건을 사러 오는 사람, 일의 알선과 거래처 소개 등, 여러 사람이 모여든다. 이렇게 상업 길드에 오는 사람을 응대하는 건 즐겁다.

그러던 중 상업 길드에 한 명의 여자아이가 들어오자 모두의 시선이 그 쪽으로 향했다. 물론 나도 그중 하나이다. 그 이유는 그 아이의 옷차림이 눈길을 끄는 곰의 모습을 하고 있었기 때문이다.

나는 곧바로 그 여자아이에 관한 소문을 떠올렸다.

최근 모험가 길드에서 유명한 곰 옷차림의 여자아이였다.

나이가 15살(보다 어려 보인다)인 여자아이는 모험가 길드에 등록한 날에 시비를 걸어온 모험가들을 쓰러뜨렸고, 며칠 사이에 울프를 50마리 정도 토벌했다. 여자아이가 쓰러뜨린 울프는 상태가 좋고 깨끗한 게 많아서 모피가 다른 것에 비해 비싸게 거래되고 있다.

상업 길드는 모험가 길드에서 토벌한 마물의 소재를 사들여 판매를 하고 있다. 그렇기 때문에 모험가 길드의 정보는 내가 있는 곳으로 들어온다.

최근의 정보에 따르면 고블린의 무리를 토벌하고 함께 있던 고블린킹까지 토벌하였으며, 나아가서는 타이거 울프까지 토벌했다고 한다.

그것을 혼자서 했다고 하니 이야기를 들었을 때는 믿어지지 않았다.
그 소문의 곰 여자아이가 내 쪽으로 다가온다.

나는 표정의 변화 없이 용건을 물었다. 곰 옷차림을 무시한 모험가들은 말도 안 되는 상태가 되었다고 들었다. 여자아이는 집을 세우기 위해 토지를 빌리고 싶다고 했다. 홀몸의 모험가라면 보통은 집을 빌린다. 그런데 집을 세우려고 토지를 빌리다니 드문 일이다.

하지만 나는 곰 여자아이의 희망에 따라 몇 곳의 토지를 제안했다.

곰 여자아이는 그중 하나를 선택했지만 가격으로 고민했다.

상업 길드 마스터로서 이 여자아이와 연결점을 가져야 한다는 직감이 들었다. 나는 그 직감에 따라 곰 여자아이와의 인연을 쌓기 위해 토지를 할인해주겠다고 제안했다. 여자아이는 놀랐으나 마지막에는 기쁜 표정으로 토지를 빌리기로 했다.

그리고 나는 빌려줄 토지의 장소로 안내했다. 집을 세울 거라면 건축가를 알선해줄 수 있다고 했으나 필요 없다는 말을 들었다.

그때는 다른 방법이 있는 줄 알고 업무로 복귀했다.

그렇지만 그건 착각이었다는 것을 나중이 되어서야 알아차렸다.

그건 곰 여자아이가 한순간에 곰 형태를 한 집을 세워버렸기 때문이다. 보통은 몇 주 정도 걸려서 집을 짓는다. 그걸 하룻밤 만에 세워버린 것이다. 나의 정보망으로 찾아봤지만 집을 지은 사람이 아무도 없었다.

믿기지 않는 일이지만 마법으로 만들었겠지. 우수한 마법사는 마법으로 벽을 만들고 건물을 만들 수 있다. 그렇지만 이렇게 귀여운 집을 본 것은 처음이다. 만드는 장면을 보지 못한 건 너무 아쉬웠다.

그런 뒤에도 곰 여자아이는 계속 놀라운 일을 했다.

우선, 블랙 바이퍼를 토벌해버렸다. 블랙 바이퍼는 커다란 뱀인데 한입에 사람을 집어삼킬 정도로 위험한 마물이다. 곰 여자아이는 마을이 공격을 당했다는 것을 안 뒤 곧바로 블랙 바이퍼를 토벌하러 갔고, 혼자서 토벌해버렸다고 하니 놀라웠다.

그리고 그 블랙 바이퍼가 모험가 길드에서 해체되어 소재는 상업 길드로 들어간다는 것을 들은 상인들이 찾아왔다. 고기는 물론이고 가죽에 이빨 등, 팔 수 있는 건 많다. 블랙 바이퍼의 소재는 희귀한 것도 있어서 순식간에 팔렸다.

일부의 고기는 냉동하였고 가죽과 이빨 등의 나머지도 여차할 때를 위해 창고에 보관해뒀다.

가장 아쉬운 것은 마석이다.

원래는 마석도 원했지만 마석은 곰 여자아이가 가지고 갔다고 한다.

한 가지 더 놀라운 점은 곰 여자아이가 블랙 바이퍼가 들어가는 아이템 봉투를 갖고 있다고 점이다.

아이템 봉투는 양이 많이 들어갈수록 가치가 높고 얻기 어렵다. 그런 아이템 봉투를 가지고 있는 것에 놀랐다.

하지만 그 아이템 봉투가 곰의 얼굴을 한 장갑이라고는 생각 못 했다. 그 곰 장갑은 귀여워서 가지고 싶었다.

모험가로서도 강하고 용량이 큰 아이템 봉투를 가진 여자아이가 어째서 혼자 크리모니아로 왔는지 의문이다. 여러 곳으로부터 곰 여자아이의 정보를 모았지만 크리모니아 마을의 주변에서는 그녀를 아는 사람이 없었다. 시민 카드를 갖고 있지 않았다고 하니 근처 마을에서 왔을 거라고 생각했는데 아닌 모양이다.

뭐, 정체를 알지 못해도 내가 취할 행동에는 변함이 없다. 우호 관계를 맺을 뿐이다. 이런 재미있는 여자아이와 함께 있으면 따분하지 않을 것이다.

그 뒤로도 곰 여자아이의 놀라운 행동은 멈추지 않았다.

고아원 근처의 토지를 구매하더니 커다란 벽을 만들어 꼬끼오를 키우기 시작했다.

들어보니 고아원 아이들을 위해 꼬끼오를 키워서 낳은 알을 판매할 거라고 한다.

상업 길드로서는 팔 수 있는 물건은 대환영이니까 그 거래의 계약을 했다.

꼬끼오 알 판매를 개시하고 며칠, 알은 엄청 잘 팔렸다. 주된 판매처는 고급 요리점과 부유층이고 지금까지의 반값으로 살 수 있어서 주문이 쇄도하고 있었다. 뭐, 이만큼 싸다면 사겠지.

심지어 수는 적지만 매일 안정된 수량이 공급되어서 예정을 세울 수 있는 것이 길드에 많은 도움이 되었다.

나아가 꼬끼오 알의 수가 점점 늘고 있다고 한다.

그러던 어느 날, 곰 여자아이가 감사 인사를 할 겸 꼬끼오 알로 만든 푸딩이라는 음식을 가지고 와주었다. 지금은 일하는 중이라 나중에 먹겠다며 받아뒀다. 일을 마치고 먹는 게 기대된다.

이야기를 들어보니 곰 여자아이는 호위 일로 왕도에 간다고 한다. 그러고 보니 왕도에서는 국왕 폐하의 탄신제가 있다. 나도 일이 없다면 가고 싶었다.

오늘의 일이 끝나서 냉장고에 넣어뒀던 푸딩이라는 음식을 먹기로 했다.

냉장고에서 컵을 꺼내든다. 꼬끼오 알을 사용해서 그런지 노란색을 띠고 있다. 본 적이 없는 음식이다. 살짝 손가락으로 만져봤다. 부드럽네.

나는 숟가락으로 떠서 입에 넣었다.

"으으!"

이상한 식감에 차갑고 달다.

나는 두 입, 세 입째를 먹었다. 그리고 순식간에 컵이 텅 비어버렸다.

이건 뭐지?

꼬끼오 알로 만들었다는 건 알지만 어떻게 만드는 거야?

이건 잘 팔리겠어. 상업 길드에서 오랜 시간 일해 온 나는 알 수 있다. 이건 틀림없이 팔린다.

지금 당장 곰 여자아이가 있는 곳으로 가서 푸딩에 관해 이야기를 듣고 싶었지만 내일은 왕도로 가야 한다고 말했었다.

왕도에서 돌아온다면 꼭 물어봐야지.

곰 여자아이가 왕도로 향한 후 며칠이 지났지만 푸딩이 신경 쓰여서 일이 손에 잡히지 않았다.

가게에서 푸딩을 판다면 언제든지 먹을 수 있을 거다.

나는 곰 여자아이가 돌아왔을 때 푸딩의 판매를 어떻게 제안할지 계속 생각했다.

44 언니의 일 슈리 편

아침에 일어났는데 엄마가 힘들어했다. 언니가 약을 먹인다. 하지만 엄마는 괴로워하며 먹지 않았다. 그럼에도 언니는 등을 어루만지면서 조금씩 약을 먹였다.

"이제 약이 없어서 숲에 가서 약초를 캐올 테니까 어머니를 부탁할게."

가끔 언니가 일하면서 돈을 벌지만 약을 사기에는 부족하다.

"아저씨에게 부탁을 하면……."

엄마의 친구인 아저씨가 약을 가지고 와준다. 하지만 언니는 고개를 가로로 젓는다.

"몇 번이나 부탁할 수는 없어. 곧바로 돌아올 테니까 어머니를 부탁할게."

언니는 내 머리를 부드럽게 쓰다듬었다.

나는 고개를 끄덕이고 괴로워하는 엄마 옆을 지켰다. 내가 엄마 옆으로 다가가면 항상 미소를 지어준다.

나는 엄마가 건강해지도록 물을 원하면 컵에 물을 따라서 가지고 간다. 기침하면 등을 문질러준다. 그럴 적마다 엄마는 고맙다고 말한다.

얼른 엄마가 건강해지면 좋겠다.

엄마가 괴로워하기 시작했다.

하지만 약은 없다. 나는 엄마의 손을 잡는다.

언니는 나을 거니까 괜찮다고 말하지만 엄마의 병은 좋아지지 않는다. 항상 괴로워한다.

언니, 얼른 돌아와. 엄마의 손을 잡으며 언니를 기다린다.

그런 뒤, 잠시 후 언니가 약초를 가지고 왔다. 언니는 약초를 먹기 쉽게 만들어 엄마에게 먹였다.

조금 지나자 엄마는 진정이 되었고 잠이 들었다.

언니가 식사 준비를 시작한다.

뭔가 맛있는 냄새가 났다.

"슈리, 오늘은 고기가 있어."

"정말?!"

"정말이야, 식사를 준비할 테니까 도와줄래?"

언니 앞에는 고기가 있었다. 오랜만의 고기다. 나는 언니를 도왔다.

언니가 고기를 굽는다. 고기가 구워지는 소리가 난다.

나는 고기가 구워지는 소리를 들으며 접시와 식기를 날랐다.

으으, 얼른 먹고 싶다.

"다 됐어."

언니가 그릇 위에 고기를 올렸다. 맛있겠다.

나는 고기 접시를 엄마 방으로 옮겨 엄마와 함께 먹었다. 고기는 엄청 맛있었다.

엄마가 「고기는 어디서 난 거야?」라고 물었지만 언니는 「받았어요」라고 대답했다.

겐츠 아저씨에게 받은 건가?

다음 날, 언니는 아침 일찍 일하러 갔다. 나도 얼른 일을 하러 가고 싶다. 그렇게 된다면 배부르게 먹을 수 있게 되고 엄마의 약을 사줄 수 있을 텐데. 그것을 언니에게 말하자 「슈리는 엄마랑 같이 있어줘」라고 말했다.

엄마는 항상 자고 있고 상태가 나빠 보인다. 그래서 내가 언니 대신 엄마의 옆에 있다.

오늘은 엄마의 몸 상태가 좋아서 이야기를 나누었다. 이야기를 나누면 엄마가 활기차진다. 그렇지만 항상 마지막엔 「미안해」라고 말한다. 나로서는 이해가 안 된다. 왜 사과하는 거야?

오늘의 저녁 식사도 호화로웠다.

언니의 오늘 일로 얻은 숙소 식당의 음식이라고 했다.

따뜻하고 부드러운 빵에 고기 요리, 샐러드도 있다. 이렇게 부드러운 빵을 먹는 건 오랜만이다. 평소엔 딱딱한 빵을 스프에 찍어서 먹었다.

어머니도 맛있게 먹었다.

그리고 「고마워」라고 말하며 우리를 끌어안았다.

엄마, 숨 못 쉬겠어.

"슈리."

"왜, 언니?"

"오늘은 늦어지거나 안 돌아올지도 몰라. 빵을 준비해놨으니까 엄마랑 같이 먹어야 해."

"언니, 안 돌아와?"

"오늘부터 새로운 일을 하거든. 그러니까 얼마나 늦어질지 몰라. 열심히 해서 빨리 돌아올 생각이긴 하지만, 만약 늦어지면 엄마랑 먼저 먹고 일찍 자야 해."

"응, 알았어. 그래도 빨리 와."

언니는 부드럽게 나를 안았다.

오늘도 엄마와 즐겁게 이야기를 나눴다.

슬슬 해가 저문다. 하지만 언니는 돌아오지 않았다. 언니가 준비해 둔 빵을 엄마와 함께 먹었다.

"슈리, 언니는?"

"일로 늦는대요."

"무슨 일인지 들었니?"

듣지 못해서 고개를 저었다.

"위험한 일은 아니면 좋겠는데."

그런 걱정을 하고 있을 때 언니가 돌아왔다. 엄마는 언니가 돌아오자 웬일인지 화를 낸다.

타이거 울프의 토벌에 따라 갔다 왔다고 했다. 그 이야기를 들은 엄마는 침대에 쓰러졌다.

"어머니, 괜찮아요. 저는 안전한 곳에서 해체 작업만 하고 왔어요."

"그래도 그동안 너 혼자였던 거잖니."

"괜찮아요. 확실하게 지켜줄 사람(곰)이 있었으니까요."

"하지만, 분명 모험가는 한 명이었다고……."

"정말 괜찮으니까 안심하세요."

"걱정하게 만들지 마."

엄마는 부드럽게 언니를 끌어안았다.

나도 걱정이 된다. 만일 언니에게 무슨 일이 생긴다면 슬플 거다.

그런 뒤, 언니는 매일 일을 하러 나갔고 약과 먹을거리를 사 오게 됐다.

"슈리, 같이 장 보러 가자. 오늘은 맛있는 걸 먹자. 뭔가 먹고 싶은 거 있어?"

언니가 묻는다. 먹고 싶은 건 많이 있다.

부드러운 빵을 먹고 싶다. 과일도 먹고 싶다. 하지만 가장 먹고 싶은 건 엄마가 기뻐할 음식이다. 그것을 언니에게 말하자 「그럼 엄마가 좋아하는 음식을 사러 가자」라고 말했다.

언니와 손을 잡고 함께 장을 보러 갔다.

하지만 맛있는 음식을 사 온 언니에게 엄마가 걱정의 말을 건넸다. 무언가 위험한 일을 하는 게 아니냐면서…….

그러자 한 모험가와 계약을 해서 매일 마물 해체의 일을 하고 있다고 했다.

그곳에서 해체 대금과 남은 고기를 받아오고 있다고 설명했다.

엄마가 걱정스러워한다. 하지만 언니는 「괜찮아요. 신용할 수 있는 사람이고 겐츠 아저씨의 소개예요」라고 했다.

엄마도 겐츠 아저씨의 이름이 나오자 조금 안심한 얼굴을 했다.

엄마가 어떤 사람이냐고 묻자 곰의 옷차림을 한 여자 모험가라고 했다. 곰? 이라고 물으니 엄청 귀여운 곰이라고 대답했다.

귀여운 곰 옷차림의 모험가라면 나도 만나보고 싶다.

45 곰과의 조우 아트라 편

미릴러 마을은 바다에 크라켄이 출현한 것 때문에 힘든 상황에 처했다.

어업을 주업으로 삼는 미릴러 마을인데 바다에 나갈 수 없다는 것은 사활이 걸린 문제이다. 크라켄이 나타나고 한 달이 지났다. 마을을 버리고 떠나는 사람도 있다. 그 사람들과 동반하여 모험가들도 호위로 따라나선다. 함께 나갔던 모험가들은 돌아오지 않는다.

물론 크라켄과 싸우려는 모험가는 한 명도 없다. 이길 수 있을 리가 없기 때문이다. 우리가 할 수 있는 일은 미릴러 마을의 바다에서 크라켄이 떠나기를 기다릴 뿐이다.

그렇지만 아직도 크라켄은 바다에 눌러앉아 있다.

해산물을 주식으로 먹어왔던 마을은 한 달이 지나니 식량난을 겪게 되었다. 그 이유는 다른 마을로 가기 위한 유일한 길에 도적이 나타나서 식자재를 사러 갈 수 없기 때문이다. 원래 도적 토벌을 하는 건 모험가의 일이지만 마을에 남아 있는 모험가들은 랭크가 낮은 모험가들 뿐이라, 도적 토벌을 할 수 있는 사람이 없었다. 다른 마을에서 식자재를 얻을 수도 없게 되었다.

게다가 골치 아픈 것은 상업 길드가 돈의 힘으로 울프와 동물을 평소보다 비싸게 사들였다. 그렇게 사들인 것을 주민들에게 비싸게 판다. 명목상으로는 크라켄 토벌의 자금으로 쓴다고 하지만 정말인지 의심스럽다. 한번은 모험가 길드에서 돈을 관리하겠다고 제안했지만 거절당했다.

그런 일이 있어서 식자재는 돈이 있는 사람들에게만 돌아가고 돈이 없는 사람들은 살 수 없게 되었다.

"길드 마스터, 그러면 저희는 산에 다녀오겠습니다."

"부탁해. 조금이라도 아이들과 노인들이 있는 가정에 식자재를 배분해주고 싶으니까."

싸울 수 있는 길드 직원은 식자재를 얻기 위해 동물을 잡으러 갔다. 나는 혼자서 모험가 길드에 남았다.

아무도 오지 않는다. 처음에는 크라켄을 토벌해주면 좋겠다며 주민들이 찾아왔지만, 모험가가 없어졌다는 것을 안 주민들은 빠르게 포기했고 길드에 찾아오지 않았다.

그러던 중, 도적에게 습격을 당하지 않고 다른 마을에서 4명의 모험가가 찾아왔다. 모험가들은 마을의 상황을 듣더니 「과연 크라켄은 못 쓰러뜨리지만 도적은 토벌할게요」라는 말을 꺼냈다.

하지만 도적의 수는 명확하지 않고 어디에 있는지도 모른다. 정보가 부족한 상황에서도 남자 모험가는 「곤란한 사람을 구하는 게 모험가다」라고 말했다. 그 말에 함께 있던 여자 모험가도 동의한다.

만약 도적을 토벌하게 된다면 다른 마을에 식자재를 구매하러 갈 수가 있다. 최악의 상황에서 벗어날 수는 있는 것이다. 나는 4명의 모험가에게 일말의 희망을 품는다.

다음 날, 모험가 길드에 또 사람이 찾아왔다. 이번 손님은 곰 옷차림의 귀여운 여자아이였다.

어쩌면 식자재를 얻으러 온 것일지도 모른다. 하지만 아쉽게도 식자재는 없다.

하지만 아니었다. 곰 여자아이는 반대로 식자재를 가지고 왔다고 했다.

묵었던 곳에서 식자재를 가지고 갈 거면 상업 길드가 아니라 모험가 길드 쪽이 낫다고 했던 모양이다.

후훗, 가지고 있는 식자재의 양은 모르겠지만 그 마음만은 기쁘다.

그런데 나의 마음은 기쁜 의미로 배신을 당했다.

곰 옷차림의 여자아이는 울프를 가지고 있다고 했다. 처음엔 한 마리라고 생각했는데 1000마리를 꺼내려고 했던 것이다. 그것도 농담이 아니라 정말이었다. 나는 당황하여 멈추고 100마리를 받기로 했다.

그렇게 많이 받아도 해체를 할 수가 없다.

애초에, 어째서 울프를 그렇게 많이 가지고 있는 거지? 어째서 아이템 봉투에 그렇게 많이 들어가는 거야? 어째서 상태가 변하지 않는 거야?

궁금증한 것이 많았지만 대답하고 싶지 않아 해서 깊게는 물어보지 않았다. 곰 여자아이의 기분이 상하는 일은 하고 싶지 않다. 모든 사람에게는 말하고 싶지 않은 비밀이 있다. 식자재를 제공해주는 것만으로도 감사해야 한다.

나는 길드 직원에게 울프의 해체 작업을 지시했다.

꽤 많은 양이다. 우리는 해체 작업을 실행하면서 손이 비는 사람이 해체를 마친 고기를 먹을 것이 없는 가정에 나눠주러 갔다.

그리고 이야기를 듣고 모험가 길드로 찾아오는 사람도 있었다. 종이로 목록을 만들어 가족 구성 등을 확인한 후 배분했다. 거짓말을 해도 금방 들통나기 때문에 거짓말을 하는 사람은 없었다.

"길드 마스터, 그 울프는……."

"으음~, 뭐라고 해야 할까. 귀여운 곰 옷차림의 여자아이가 줬어."

"곰 옷차림의 여자아이가요?"

"자세히는 묻지 않았어. 너희들도 물으면 안 돼. 그녀는 아직 많은 울프를 가지고 있으니까 기분을 상하게 하고 싶지 않아."

"아직도 가지고 있다고요?"

"1000마리는 가지고 있는 모양이야."

"길드 마스터, 아무리 그래도……."

알고 있다. 그게 얼마나 바보 같은 숫자인지. 하지만 곰 옷차림의 여자아이는 진짜 꺼내려고 했었다. 틀림없이 갖고 있다.

나는 직원에게 고기가 모자라면 근육 아저씨가 운영하는 숙소에 머무는 곰 여자아이에게 부탁하러 가도록 지시를 내렸다.

이것으로 일시적이지만 한숨 돌렸다. 나머진 4명의 모험가가 도적을 토벌해주면 식량 문제는 어떻게든 해결된다.

다음 날, 울프를 준 곰 여자아이가 길드로 찾아왔다. 그리고 어처구니없는 말을 꺼냈다.

크라켄은 무찌를 수 없지만 도적이라면 무찌를 수 있으니 처리하러 가겠다고 했다. 여자아이 혼자서는 위험하다고 말렸지만 곰 여자아이는 가버렸다.

나는 불안해졌다.

여자아이가 도적에게 붙잡힌 후 어떤 험한 꼴을 당할지 알고 있기 때문이다.

내가 걱정하는 하루 동안, 곰 여자아이가 도적을 붙잡아 돌아왔다.

믿기지 않는다.

처음엔 4명의 모험가도 같이 있었기 때문에 그 모험가가 도적을 포획했다고 생각했으나, 도적을 발견한 것도 곰 여자아이였고 무찌른 것도 곰 여자아이라고 했다.

그런 사실을 누가 믿을까. 곰 옷차림의 귀여운 여자아이가 커다란 남자들을 혼자서 무찔렀다고 해도 믿기지 않았다.

그렇지만 울프를 1000마리, 이상한 아이템 봉투, 설산을 넘어왔다는 것을 생각하니 이 곰 여자아이라면 가능할지도 모른다는 생각이 들었다.

게다가 도적과 상업 길드의 길드 마스터가 뒤에서 연결되어 있었다는 사실이 만천하에 드러났다.

마을 길에 도적이 없어져서 다른 마을로 식자재를 사러 갈 수 있게 됐다. 그 호위를 4인 모험가가 해주게 됐고 최악의 상황에서 벗어날 수 있었다.

그러나 도적이 사라져서 오히려 마을에서 나가는 사람이 늘어난 것 같다. 크라켄이 없어지지 않는 한 마을이 회복될 일은 없다. 지금은 크라켄이 사라지는 것을 빌 수밖에 없다. 그렇게 생각하고 있는데 모험가 길드에 곰 여자아이가 찾아왔다. 크라켄과 싸울 테니 항구와 바다에는 다른 사람들이 다가오지 못하도록 해달라고 부탁을 했다.

그 이야기를 들었을 때 나는 입이 다물어지지 않았다. 어쩌면 바보 같은 얼굴을 하고 있었을지도 모른다. 크라켄을 쓰러뜨린다고? 여자아이 혼자서? 일반적으로 생각하면 절대로 무리다. 도적과는 다르다.

하지만 눈앞에 있는 이상한 여자아이라면 가능할지도 모른다는 생각이 들어버렸다.

나는 곰 여자아이의 부탁을 받아들였고 바다와 항구에는 사람이 접근하지 못하도록 했다. 바다에 가는 사람은 어부가 많았다. 그래서 어부들 사이에서 가장 영향력이 센 쿠로 할아버지에게 부탁했다.

나의 이야기를 들은 쿠로 할아버지는 눈을 힘껏 뜨고 놀란 표정을 지었다.

설마 나도 이런 표정을 짓고 있었던 걸까?

"그런 꿈 같은 말을 하는 건가? 크라켄을 쓰러뜨린다니……."

"그 여자아이는 혼자서 설산을 넘어왔어요."

"다몬에게 들었네. 도움을 받았다더군."

"그것만이 아니라 식량난을 해결해줬어요."

"그 고기를 그 여자아이가?"

"그리고 길에 있던 도적을 붙잡은 것도 그 아이예요."

"4인 모험가라고 들었는데."

"여자아이가 눈에 띄고 싶지 않아 해서, 겉으로는 4인 모험가가 잡은 걸로 해둔 거래요. 실제로는 여자아이 혼자서 도적을 토벌했다고 해요."

"그것을 사실이라고 믿고 그 여자아이가 크라켄을 쓰러뜨릴 수 있을 거라고, 자네는 정말로 그렇게 생각하는 건가?"

쿠로 할아버지의 말을 듣고 나는 입을 우물거렸다. 크라켄을 쓰러뜨리다니 꿈같은 이야기였다. 하지만 내 마음은 변함이 없었다.

"여자아이가 마을을 위해 목숨을 걸고 혼자서 싸우겠다잖아요. 어떤 방법으로 싸울지는 몰라요. 그렇지만 크라켄과 싸운다는 게 얼마나 무서운 일인지, 농담으로 할 수 있는 이야기가 아니라는 것도 알고 있습니다. 그런데 어른인 제가, 할 수 있는 일을 하지 않고 가만히 있을 수는 없어요. 여자아이는 마을과는 상관이 없어요. 생판 남이에요. 마을을 구하기 위한 이유도, 크라켄과 싸울 이유도 없죠. 그런데 마을을 위해 크라켄과 싸우려고 하잖아요. 그리고 주민들에게 위험할지도 모르니 접근하지 말아 달라고 부탁을 하러 왔어요. 그런 여자아이의 마음에 저는 답하고 싶어요."

나의 마음을 쿠로 할아버지에게 전달했다. 쿠로 할아버지는 눈을 감고 생각에 잠겼다. 그리고 몇 초 후, 생각을 마쳤는지 눈을 뜨고 입을 열었다.

"……알았네. 모두에게는 내 쪽에서 전달해두지. 누구도 항구는 물론, 바다에 다가가지 못하게 하겠네."

"고마워요."

"그렇지만, 여자아이에게 의지해야 한다고 생각하니 착잡하구먼."

"그건 저도 같은 마음이에요."

그리고 크라켄과 싸우는 당일, 나는 곰 여자아이를 따라갔다. 아무것도 할 수 없지만 지켜보는 것은 할 수 있다.

나는 곰 여자아이의 소환수인 곰을 타고 마을에서 벗어났다. 크라켄과의 싸움으로 인해 마을에 피해가 생기지 않도록 하기 위해서다.

우리는 절벽이 있는 곳에 다다랐다. 이곳으로 크라켄을 불러들여 싸운다고 했다.

확실히 이곳으로 불러들일 수 있다면 배에 타고 싸우는 것보다는 싸우기 쉽다. 그렇지만 어떻게 크라켄을 불러들인단 말인가. 그것도 쉬운 일은 아니다.

곰 여자아이는 아이템 봉투에서 거대한 웜을 꺼냈다. 그것을 미끼로 쓴다고 했다.

그런 게 아이템 봉투에 들어 있는 것도 대단하지만 그걸 미끼로 쓰다니, 무슨 생각을 하는 걸까. 애초에 그런 거대한 웜을 어떻게 구한 거야?

그런 생각을 하는 동안에도 곰 여자아이는 낚시를 하듯 웜을 절벽에 매달았다. 분명 이야기해도 아무도 믿지 않을 거다.

그런 뒤, 나는 곰 여자아이와 싱거운 대화를 나누면서 크라켄을 기다렸다.

그러자 함께 있던 곰이 울었다. 바다를 바라보니 커다란 파도가 일며 크라켄의 몸 일부가 보였다 사라졌다. 그건 서서히 다가왔다.

크라켄이다.

크라켄은 커다란 파도를 일으킨 후 그와 동시에 커다란 다리가 웜의 몸을 휘감았다.

웜에게 걸려들었다!

그 순간, 곰 여자아이가 움직였다. 바다에 커다란 곰 형태를 한 바위가 나타났다. 커다란 곰 모양 바위는 크라켄을 가뒀다.

마법?

곰 여자아이는 조금 휘청거리는 것처럼 보였다.

물론 그럴 것이다. 이렇게 큰 마법을 쓴다면 마력을 많이 소모한다.

그렇지만 곰 여자아이는 공격을 준비했다. 곰 형태를 한 화염이었다. 그것을 크라켄과 바닷속을 향해 날렸다.

열량이 대단하다. 크라켄이 구워지는 소리가 났고 바다가 들끓어 온기가 피어올랐다.

곰 바위로 가둬진 바닷물은 화염 마법에 의해 끓기 시작했다.

크라켄이 괴로워했다.

요동을 치며 몇 번이고 다리를 뻗어 곰 석상을 무너뜨리려 하지만 무너지지 않는다. 기어오르려 하면 곰 여자아이가 마법으로 공격해서 놓치지 않았다.

설마, 정말로 이기는 거야?

곰 여자아이가 일방적으로 공격을 했지만 괴로워했다. 대량의 마력을 쓰고 있었다. 개인이 가졌다고 생각하기 힘든 너무 많은 마력이었다.

곰 여자아이는 고통스러워했지만 그래도 공격을 멈추지 않는다. 이곳에서 크라켄을 놓칠 수는 없기 때문이다.

해수의 온도는 계속 올랐고 수증기가 났다. 떨어져 있는 나도 땀이 나는데 곰 여자아이는 들끓는 해수 근처에서 싸우고 있었다. 그것만으로도 체력이 소모된다.

서서히 크라켄의 움직임이 둔해진다.

그리고 크라켄은 움직이지 않게 됐다.

무찔렀나?

그 광경은 믿기지 않았다.

곰 여자아이는 비틀거리더니 쓰러지려고 했다. 내가 달려가 잡으려고 했지만 그것보다 빨리 검은 곰이 다가가 곰 여자아이를 지탱했다.

그리고 곰 여자아이는 내 쪽을 바라본 후 「끝났어요」라며 지친 표정으로 말했다.

눈물이 날 것 같았다.

나는 크라켄의 토벌 확인을 하고 곰 여자아이와 함께 마을로 돌아갔다.

곰 여자아이를 태운 곰이 나타나자 주민들은 놀라서 마을 안에 들이지 않으려고 했다.

그 행동에 나는 화가 치밀었다.

곰 여자아이는 우리를 위해 혼자서 크라켄과 싸워 쓰러뜨렸다. 그리고 곰 여자아이는 피로로 쓰러졌다. 그런 여자아이에게 할 행동이 아니었다.

나는 크라켄은 곰 여자아이가 무찔렀다고 이야기했고 그런 마을의 은인을 쉬게 해줬으면 좋겠다고 전했다. 내 말을 들은 주민들은 크라켄이 토벌된 장소로 향했고 나는 곰 여자아이를 태운 곰을 데리고 숙소로 갔다. 곰 여자아이를 쉬게 해야 한다.

숙소에 도착하자 곰 여자아이는 곰과 함께 계단으로 올라갔다. 나는 곰 여자아이를 지켜보면서 속으로 생각했다.

……고마워.

마을은 곰 옷차림을 한 귀여운 여자아이에 의해 구해졌다.

46 미릴러의 터널 클리프 편

미릴러 마을에서 이야기를 들은 나는 함께 간 상업 길드 마스터인 밀레느와 돌아왔다.

한숨밖에 나질 않는다.

미릴러 마을과 연결되는 터널만으로도 비상식인데 미릴러 마을에서 들은 이야기는 더욱더 비상식적인 이야기였다. 크라켄 토벌의 이야기를 들었을 때는 귀를 의심했다. 하지만 실제로 토벌된 크라켄의 가죽과 마석을 보면 믿을 수밖에 없다. 하물며 1만 마리의 마물을 혼자서 쓰러뜨린 곰이다. 있을 수 없는 일은 아니었다.

한숨이 나왔다.

고민하고 있을 시간이 없다.

"나는 모험가 길드에 이야기하고 오지."

이번 일의 장본인인 유나와 헤어진 나는 함께 걷고 있는 밀레느에게 이야기했다.

"그쪽은 맡길게요. 나는 길드로 돌아가서 준비를……."

"내일, 라록을 데리고 터널에 갈 생각인데, 자네는 어쩔 건가?"

내가 묻자 밀레느는 조금 고민했다.

"시간이 필요하겠지만 같이 가죠. 라록과도 이야기를 나누고 싶으니까."

"알았어, 라록에게 별일 없다면 나중에 자네가 있는 곳으로 고용인을 보내도록 하지."

밀레느와 헤어진 나는 혼자서 모험가 길드로 향했다.

"라록, 할 이야기가 있네."

나는 모험가 길드의 길드 마스터 방에 들어선 후 거구의 남자에게 말을 걸었다. 이 마을 모험가 길드의 길드 마스터인 라록이다.

"이런 곳에 클리프 나리가 오시다니 별일이구만."

"모험가 길드의 힘이 필요해. 좀 빌려야겠어."

나는 단도직입적으로 말했다.

"강력한 마물이라도 나타난 거야?"

라록이 진지한 눈매로 묻는다.

"아니, 엘레젠트 산맥은 알고 있지?"

"그건 당연하지."

"그 너머에 바다가 있고, 마을이 있다는 것도 알고 있겠군."

"가끔 모험가들이 가니까, 그게 어쨌다는 거야?"

내 애매한 질문에 라록이 얼른 말하라는 표정을 지었다.

"그 엘레젠트 산맥에 동굴이 발견됐는데 미릴러 마을까지 연결된 게 확인됐어."

유나가 터널을 팠다는 말은 하지 않고 동굴이 발견됐다고 말했다.

"……그게 사실인가?"

뭐, 보통은 믿지 못하지. 이제껏 발견된 적 없었던 게 발견됐다. 믿기지 않는 것도 어쩔 수 없다.

"그래, 나도 그 동굴을 통해서 미릴러 마을에 다녀왔으니 틀림없네."

말하는 본인도 믿기지 않는다. 듣고 있는 쪽은 오죽할까.

"자네가 장소를 확인을 해줬으면 하니 내일 같이 가주지 않겠나?"

"농담은 아니겠지?"

"왜 내가 농담을 하러 일부러 여기까지 오겠나. 내일 아침에 밀레느도 데리고 미릴러 마을로 이어지는 동굴로 갈 거야. 준비해두게."

"알았어."

라록과 다음 날의 약속을 한 내가 집으로 돌아가니 딸 노아가 마중해줬다.

"아버님, 다녀오셨어요."

"다녀왔어."

딸의 얼굴을 보니 마음이 놓인다. 머리를 쓰다듬어주자 기뻐했다.

"무슨 일 있었어요?"

"아니, 조금 피곤했는데 노아의 얼굴을 보니 피로가 풀렸어."

"아버님이 그렇게 말해주시다니, 웬일이세요."

그래도 딸은 기뻐한다.

"그래서, 바다는 어떠셨어요? 재밌었어요?"

"일로 갔으니까 즐겁지 않았어. 그래도 바다는 넓긴 했지."

"으으, 저도 가고 싶었는데."

"그렇네, 노아가 갈 수 있도록 열심히 힘내 봐야지."

동굴까지의 길은 정비가 필요하다. 무엇보다 안전 확보도 해야 한다. 할 일이 태산이다.

"진짜예요. 약속이에요."

"당분간 바쁠 것 같은데, 공부 열심히 해야 한다."

"네."

대답하는 딸의 머리를 한 번 더 쓰다듬고 집무실로 이동했다.

나는 론드를 불러 내가 없었던 며칠 동안의 보고를 듣고 라록에게 했던 이야기를 론드에게도 했다. 물론 믿지 않는 표정이었지만 라록처럼 되묻거나 하진 않았다.

"알겠습니다. 저는 어떻게 하면 될까요."

"우선, 밀레느에게 전달해줬으면 하는 게 있네."

론드에게 밀레느에게 집합 장소와 시간을 전달하도록 부탁했다.

그런 뒤, 나는 앞으로 할 일을 자료로 정리했다. 본격적으로 움직이는 건 내일부터지만 할 일은 많다. 내일, 밀레느와 라록을 만나기 전까지 해야 하는 일이 있다.

생각만으로도 머리가 아파져 온다. 이것도 그 곰 때문이다.

다음 날, 라록과 함께 동굴로 가기 위해 모험가 길드로 향했다. 그곳에는 이미 밀레느의 모습도 있었다.

"미안, 늦었네."

"나도 이제 막 왔으니까 괜찮아요."

시간도 없으니 우리는 말에 올라타고 빠른 속도로 터널로 향했다.

숲이 보인다.

"말은 지나갈 수 있는데 마차는 못 지나가. 그러니 상업 길드에는 동굴까지 마차가 다닐 수 있도록 터를 만들어달라고 하지. 그때 모험가들에게는 호위를 부탁하고 싶어. 직원을 위험에 빠지게 할 수는 없으니까."

숲속에서 말에 올라탄 채 라록에게 설명했다.

"나중에 직원들과 조정을 하고 길드로 연락할게요."

"그리고 동시에 주변의 마물 토벌도 부탁하고 싶어. 동굴을 빠져나간 너머에 있는 미릴러 마을 부근도 똑같이 해야 해."

"진심인가……."

내 말에 라록은 성가신 얼굴을 한다.

"그래, 진심이야. 만일 반대쪽 입구로부터 마물이 들어오면 큰일이니까. 저쪽 입구 주위의 안전만이라도 확보하고 싶어. 양쪽 입구의 안전을 확보할 수 있으면 동굴 안의 작업도 할 수 있게 될 거야."

"그렇네. 동굴의 안전 확보가 완료되면 빛의 마석을 붙이는 작업을 할 수 있을 거야."

"어째서 그렇게 서두르는 거지?"

나는 크라켄은 언급하지 않은 채 바다에 마물이 나타났고 유일한 마을의 길에는 도적이 나타났다는 사실을 말하며, 미릴러 마을의 식량난에 관해 설명했다.

"그럼, 먼저 도적 토벌을 하는 게 우선인가."

"그 부분은 걱정하지마. 토벌은 끝났으니까. 하지만 식자재가 부족해. 조금이라도 빨리 식자재를 운반해야 해. 그것도 호위를 부탁하지."

"도대체 모험가가 몇 명이나 필요한 거야?"

"마물 토벌의 보수는 평소보다도 많이 낼 테니까 모험가들을 모아줘."

지금은 돈보다 시간이 중요하다. 돈이라면 미릴러 마을과 이어졌을 때 들어올 거다. 게다가 크라켄의 소재를 받기로 되어있으니 그걸 팔면 문제없다.

"이건 일이 커지겠는데."

"당연하지."

우리는 숲을 빠져나와 터널이 있는 장소까지 갔다.

"정말로 구멍이 있네. 이게 미릴러 마을로 연결되는 거야?"

터널 안은 새까맣다.

"빛 마법, 빛의 마석이 필요하다는 걸 모험가들에게 잊지 말고 전달해두게. 심지어 길이가 길어."

"알았어. 그런데 이런 동굴을 어째서 지금까지 발견하지 못한 거지?"

유나와의 약속도 있으니 유나가 만들었다고는 말 못한다.

"그리고, 어째서 이곳에 유나의 가게에 있는 곰이 있는 거야?"

터널만큼 신경 쓰였는지, 라록이 터널의 옆에 있는 곰 석상을 보면서 말했다.

"동굴을 발견한 게 그 곰이라서 장난삼아 만들게 했어."

"그 곰 아가씨가…… 블랙 바이퍼 때도 그렇고, 놀랄 일만 하는군."

딱 내 마음이다. 이 터널을 판 것이 유나라고 하면 더 놀라겠지. 게다가 왕도에서 일어난 마물 1만과 크라켄 토벌. 생각만으로도 위가 아팠다.

"그러면 모험가는 터널 근처의 마물 토벌, 터널이 있는 곳까지 지나다닐 수 있게 할 직원들의 호위, 미릴러 마을로 식자재를 운반하는 사람이 있으면 되는 건가?"

"그래, 또 필요하면 언제든 연락하겠네. 밀레느도 그걸로 문제없겠지?"

"그렇죠. 가능하다면 동굴 주변의 안전을 최우선으로 하고 싶네요. 그렇게 된다면 크리모니아 마을까지의 정비와 동굴 안 작업이 동시에 가능할 거예요."

확실히 빛의 마석을 붙일 수 있다면 작업은 빨라질 거다.

"알았어. 그러면 나중에 우선순위 리스트를 만들어 줘. 그에 맞는 모험가를 모으도록 하지."

현장 확인을 마친 우리는 마을로 돌아와 일에 착수했다.

그런 뒤, 바쁜 나날이 우리를 덮쳤다.

그런데 그 곰은 천하태평하게 지냈다.

47 곰과의 조우 미사 편

국왕님의 탄신제를 위해 왕도로 가고 있어요. 왕도에는 어머님과 아버님이 먼저 가 계시고 저는 할아버님과 조금 늦게 출발하게 되었답니다.

마차 안에는 할아버님과 저, 호위 모험가인 마리나, 엘, 마리스카 이렇게 5명이 앉아 있습니다. 커다란 마차라서 여유로워요. 그리고 마부석에는 에우리가 앉아 고삐를 쥐고 있습니다.

마차는 천천히 달리고 있어요.

으음~ 한가롭네요.

마차 안에서 몇 시간이나 앉아 있어야 해서 지루할 수밖에 없습니다.

"미사나 님, 지루하세요?"

제 대각선 앞에 앉은 마리나가 묻습니다.

아무래도 심심함이 얼굴에 표시된 모양이에요.

모험가는 무서워서 대하기 어려운데, 마리나는 상냥해서 좋아합니다. 잠깐 정도면 문제는 없지만 긴 여정이라면 갑갑하게 느껴져요. 그 사실을 알고 있는 할아버님은 이번 호위를 마리나에게 부탁해주셨습니다. 그래서 할아버님을 많이 좋아합니다.

"미사나 님, 마실 거라도 드실래요?"

"응, 고마워요."

마리나에게서 물을 받았습니다. 미지근하지만 어쩔 수 없죠. 물을 마시고 조금 나아졌지만 한가로운 건 변하지 않네요. 시간을 때우기 위해 책을 가지고 오면 좋았을 텐데…….

"마리나, 무슨 재밌는 이야기 없나요?"

"재밌는 이야기요?"

마리나는 제 부탁에 조금 곤란한 얼굴을 했습니다.

"없어요?"

"아뇨, 저희는 그 정도로 강한 모험가가 아니라서 미사나 님이 기뻐할 만한 경험을 못했어요. 게다가 마물을 쓰러뜨린 이야기를 들려드려도 재밌진 않을 거예요."

"그래도 상관없어요."

어떤 이야기라도 모험가의 이야기는 흥미롭습니다.

하지만 마리나는 곤란한 얼굴을 하네요.

"미사, 너무 마리나를 곤란하게 하면 안 돼."

"으으, 죄송해요."

할아버님에게 혼났습니다. 딱히 곤란하게 할 생각은 없었어요. 단지 한가로워서 재밌는 이야기를 듣고 싶었을 뿐이에요.

"그란 님, 곤란한 건 아니니 미사나 님을 혼내지 말아주세요. 다만, 미사나 님이 좋아할지는 모르겠는데 그래도 괜찮으시겠어요?"

"네, 괜찮아요."

마리나는 쑥스러워하며 이야기를 해줬습니다.

마물을 쓰러뜨렸을 때 얼마나 힘들었는지, 동료가 실수해서 큰일이 났던 적, 또 자신의 실수를 동료가 도와줬던 일. 그 때마다 옆에서 듣고 있던 엘과 마리스카가 부정을 하기도 하고 긍정을 하기도 했습니다.

모험가는 목숨을 건 힘든 직업이네요.

"그땐 진땀 뺐지."

"마리나의 대응이 늦어서 그런 거잖아."

"어쩔 수 없잖아. 포위당한 상태였으니까."

주위에서 웃음이 흘러나옵니다.

마리나의 이야기를 듣고 있는데 갑자기 마차가 멈춥니다.

무슨 일일까요.

"마리나."

마부석에 앉아 있던 에우리가 작은 목소리로 마리나를 부릅니다.

"무슨 일 있어?"

"오크가 있어."

그 말을 듣고 마차 안에 긴장감이 흐릅니다.

"오크라니……."

할아버님이 목소리를 억누르며 물었습니다.

오크는 강한 마물이라는 걸 알고 있습니다. 하지만 마차가 다니는 길에 출현한다는 말은 들은 적이 없습니다.

마리나가 마차의 문을 열어 전방을 바라봅니다.

"네 마리인가."

"돌아가는 편이 나을지도 몰라."

"무리야. 뒤에서도 세 마리가 오고 있어."

"앞에는 오크가 네 마리, 뒤에는 세 마리니까 뒤로 도망칠까?"

"뒤로 도망쳐도 결국에는 앞쪽도 지나쳐 가야 해. 여기서는 앞으로 빠져나가는 편이 나을 거야. 엘이랑 에우리는 마차를 호위하며 몰아. 나랑 마리스카가 앞의 오크를 쓰러뜨릴게. 쓰러뜨리면 마차로 한 번에 빠져나가는 거야."

마리나의 지시에 다른 멤버가 고개를 끄덕입니다.

"마리나……."

"미사나 님, 괜찮으니까 걱정하지 마세요."

마리나는 저를 안심시키기 위해 웃으며 바라봐줍니다.

"그란 님과 미사나 님은 마차에서 나오지 말아주세요."

마리나는 우리에게 지시를 내리고 마차에서 나갔습니다.

"할아버님."

마차 안에 남겨진 저는 할아버님을 바라봤습니다.

할아버님은 저를 지키려는 듯이 안아줍니다.

"마리나와 그들을 믿어보자꾸나. 그런데, 어째서 왕도로 가는 길에 오크가 있는 거지?"

마을을 잇는 길은 기본적으로 안전합니다. 가끔 근처 숲에서 나온다는 건 들어봤지만 극히 드뭅니다. 그런데 오크가 나타나다니…….

저는 마리나 일행이 무사히 무찔러주길 기도했습니다.

바깥에서는 싸움이 시작된 모양이에요.

"에우리, 내가 뒤에서 오는 오크를 대처할게. 마리나가 오크를 쓰러뜨리면 알려줘. 그리고 마차는 언제든지 달릴 수 있게 하고."

엘의 주문을 영창하는 목소리가 들렸습니다.

"엘, 옆의 숲에서도 오크가 왔어."

"알고 있지만, 지금은 무리야."

엘은 소리치며 주문을 영창했어요.

"그란 님, 마차에서 조금 떨어질게요. 만일 위험할 것 같으면 저희를 두고 마차를 운전하세요."

"약한 소리 말게. 자네들은 이길 수 있어."

"네, 열심히 해볼게요."

마차 마부석에 앉아 있던 에우리도 마부석에서 내린 뒤 싸우기 시작합니다.

근처에서 싸우는 소리가 들렸습니다.

"엘! 오른쪽에서 더 와. 조심해."

"에우리, 마법을 쓸 시간을 벌어줘."

엘과 에우리의 고함 소리가 들려옵니다.

열심히 마차와 저희를 지켜주는 걸 알 수 있습니다.

부디 모두를 구해주세요.

다들, 무사해 줘요.

"엘!"

에우리가 엘의 이름을 부릅니다.

저는 마차 창문으로 밖을 봤습니다.

엘이 오크에 짓눌리고 있었습니다. 엘은 도망치려 했지만 오크에게 붙잡혔어요. 오크가 가지고 있는 커다란 곤봉 같은 물건이 엘을 향해 내리쳐집니다.

저는 비참한 장면을 보고 싶지 않아서 머리를 숙이고 눈을 질끈 감았습니다. 머릿속에는 잔상이 남아 있어요.

싫은 상상이 뇌리를 스쳐 갑니다.

누군가, 모두를 구해줘요.

그때 마차 밖에서 여자의 목소리가 들렸습니다.

"곰?!"

에우리가 외쳤습니다.

곰이라는 건 무슨 말일까요.

오크에 이어서 곰이 나타난 것일지도 모릅니다.

확인하고 싶지만 할아버님이 저를 끌어안고 놔주질 않습니다.

모두가 걱정이에요.

밖에서 엘 일행의 목소리가 들려왔지만 무슨 일이 일어나고 있는지 알 수 없습니다.

시간이 조금 지나자 마차의 문이 열렸습니다. 그곳에는 미소로 바라봐주는 엘의 모습이 있었습니다.

"엘, 괜찮아요?"

"네, 괜찮습니다."

그렇지만 엘의 옷이 찢겨 있습니다.

엘은 찢긴 옷을 보고 겸연쩍어했지만 부상은 없는 모양이에요. 다행이다.

"그래서 오크는 어떻게 됐나."

할아버님이 묻습니다. 그렇죠, 오크는 어떻게 됐을까요.

"곰 옷차림의 여자아이가 구해줬습니다."

"곰이요?"

의미를 모르겠습니다. 저와 할아버님은 마차에서 밖을 바라봤습니다. 눈앞에 오크가 쓰러져 있네요. 이런 커다란 마물을 쓰러뜨렸다니 대단합니다. 저는 마리나 일행을 찾았습니다.

조금 떨어진 곳에서 마리나 일행이 오크와 싸우고 있습니다. 다행이다. 전원 무사한 모양이에요. 그 마리나의 옆에 검은 옷을 입은 사람이 있습니다. 자세히 보니 곰 모습을 한 여자아이네요.

그 곰 옷차림의 여자아이는 오크를 차례대로 쓰러뜨렸습니다.

그 광경은 믿기지 않는 일이었습니다. 마법을 날리며 오크를 쓰러뜨렸습니다. 그리고 눈 깜짝할 사이에 모든 오크를 무찔렀습니다.

오크를 무찌른 여자아이가 마차 쪽으로 다가옵니다. 곰 옷차림을 하고 있네요. 그 모습은 제가 알고 있는 무서운 곰이 아니라 귀여운 곰의 모습이었습니다.

이것이 유나 님과의 첫 만남이었습니다.

48 생일 파티의 초대장 미사 편

곧 있으면 제 생일입니다. 항상 가까운 지인들을 모아서 여는데, 이번 생일 파티에는 부르고 싶은 사람이 있어요.

한 명은 언니처럼 따르는 노아 언니입니다. 다른 마을에 있지만 어릴 적부터 친구랍니다.

두 번째 사람은 곰 옷차림의 유나 님입니다. 유나 님은 귀여운 곰 복장을 한 여자입니다. 귀여운 곰 소환수를 다루며 엄청나게 강한 모험자이자 저의 생명의 은인입니다.

세 번째 사람은 피나. 왕도로 가는 노아 언니와 함께 있던 여자아이예요. 피나는 평범한 여자아이이고 해체가 능숙하답니다.

피나와 알게 되었지만 약간의 벽을 느꼈습니다. 그렇지만 곰 님을 통해 친해질 수 있었고 왕도에서는 노아 언니와 함께 길거리 음식을 둘러보거나, 국왕 폐하의 탄신제 때 가게들을 돌아보면서 친해졌습니다.

그런 뒤, 노아 언니가 만든 곰 님 팬클럽에도 함께 들어갔답니다. 곰 님을 사랑하는, 곰 친구의 모임이에요.

후훗, 어쩐지 기쁘네요.

피나랑 더 친해지고 싶지만 피나는 크리모니아에 살고 있어서 쉽게 만날 수 없습니다. 그래서 피나가 생일 파티에 와주길 바랍니다. 더 친해지고 싶어요. 물론, 노아 언니도 유나 님도 보고 싶습니다.

저는 식사 시간에 아버님께 여쭤봤습니다.

"아버님."

"왜 그러니?"

"제 생일 파티에 친구들을 부르고 싶은데, 괜찮나요?"

"친구? 당연히 괜찮지, 그런데 누구지?"

"노아 언니랑 유나 님과 피나, 세 사람이에요."

제가 말한 이름을 듣고 아버님은 고민했습니다.

안 되는 걸까요.

"느와르 아가씨는 알겠는데, 유나와 피나는 들은 것 같지만 누구였는지 기억이 안 나는구나."

안 되는 게 아니라 누군지 몰랐던 모양이에요.

"당신, 무슨 말을 하는 거예요. 그 이름은 왕도에서 몇 번이나 들었잖아요."

어머님이 어이없다는 듯 아버님에게 말했습니다.

어머님이 말씀하신 대로 왕도에 있을 때 유나 님과 피나에 관해서는 몇 번이나 이야기했습니다. 그걸 잊어버리다니 너무하세요.

"피나는 느와르 아가씨와 같은 마을에 사는 평민 여자아이잖느냐. 그리고 유나 양은 나와 미사가 마물에 습격을 당했을 때 구해줬던 곰 옷차림의 여자아이고. 왕도에서도 미사가 함께 외출했다고 이야기했잖아."

할아버님이 저 대신에 설명해 주십니다.

"아아, 딸과 아버지를 구해줬던 곰 옷차림의 모험가 여자아이였죠. 제가 감사 인사를 하러 가겠다고 했는데 아버지가 만나게 해주지 않으셨죠."

"너에게는 일이 있었으니까. 감사 인사라면 내가 해두었다."

아버님은 왕도에서는 바빠 보였어요. 차기 영주가 되기 위해 할아버님이 인사를 하고 다니도록 아버님에게 시키셨거든요. 그래서 아버님과 어머님은 먼저 왕도에 갔던 거랍니다.

그래서 저와 할아버님은 뒤이어 왕도로 가게 되었던 거예요. 그때 마물에게 공격을 당하는 걸 구해준 것이 유나 님이고요.

"미사, 불러도 괜찮아. 나도 그때의 감사 인사를 하고 싶으니까."

"정말요?! 아버님, 고마워요."

아버님의 허락을 받을 수 있었습니다. 유나 님과 피나를 생일 파티에 부를 수 있게 됐어요.

저는 세 사람에게 초대장을 보내려고 했지만 유나 님과 피나의 주소를 모른다는 것에 눈치를 챘습니다.

"그럼, 노아 아가씨에게 전달해달라고 하면 되겠네."

할아버님에게 상담했더니 그렇게 말씀하셨어요.

두 사람은 노아 언니와 같은 마을에 살고 있어서 노아 언니에게 부탁하면 전달을 해줄 겁니다. 그래도 제 생일 파티니까 스스로 초대장을 보내고 싶습니다.

생각한 결과, 노아 언니에게 두 사람의 집 주소를 물어보기로 했어요.

저는 노아 언니에게 생일 파티의 초대장을 유나 님과 피나에게 보내고 싶으니 주소를 알려주면 좋겠다는 편지를 적었습니다. 그리고 노아 언니에게 두 사람이 생일 파티에 올 수 있도록 도와달라고도 전했어요.

두 사람은 평민이기 때문에 귀족인 제 생일 파티에 참석해주지 않을지도 모르지만 노아 언니라면 두 사람을 데리고 와줄 겁니다.

며칠 후, 노아 언니에게서 답신 편지가 도착했어요. 거기에는 곰 님 팬클럽 회장으로서 피나와 유나 님을 데리고 와주겠다고 적혀있었습니다. 매우 든든하네요.

그리고 부탁했었던 두 사람의 주소도 편지에 적혀있었습니다. 이것으로 두 사람에게 생일 파티 초대장을 보낼 수 있어요. 노아 언니 고마워요.

저는 생일 파티의 날짜가 적힌 초대장을 세 사람에게 보냈습니다.

후훗, 생일 파티가 기대되네요. 얼른 세 사람을 보고 싶습니다.

그리고 기대되는 게 하나 더 있는데요.

유나 님에게는 검은 곰과 하얀 곰 소환수인 귀여운 곰 님이 있답니다.

처음엔 곰 님을 보고 놀랐지만 무척 귀여운 곰이었습니다. 이름은 검은 곰이 곰돌이, 하얀 곰이 곰순이라고 합니다. 폭신폭신하고 기분 좋아서 끌어안고 자면 최고입니다. 한 번 더 곰돌이와 곰순이를 보고 싶어요.

생일 선물로 부탁하면 만나게 해줄까요?

그로부터 며칠 후, 여러 사람이 할아버님의 생신 파티에 찾아왔습니다. 아버님도 인사로 바쁘시네요.

저도 인사를 해야 합니다. 정말, 귀찮아요. 그때, 메이드인 메슌이 노아 언니 일행이 왔다고 알려주었습니다.

“유나 님과 피나는요?”

“네, 미사나 님이 말씀하신 대로 귀여운 곰 옷차림의 여자아이와 노아 님과 비슷한 나이의 여자아이가 함께 왔습니다.”

정말로 와줬다.

“지금 어디에 있나요!”

저는 메슌에게 모두가 있는 곳을 물은 뒤 방으로 달려갔습니다.

그리고 모두가 있는 방으로 들어갔습니다.

노아 언니와 귀여운 곰 옷차림의 유나 님. 그리고 피나도 있었습니다.

조금 전까지의 피로가 사라지고 기분이 좋아 졌습니다.

즐거운 생일 파티가 될 것 같네요.

49 생일 파티 미사 편

할아버님의 생신 파티 전에 요리사인 봇츠 시가 누군가에게 습격을 당해 팔에 부상을 입게 됐고, 할아버님의 생신 파티에서는 가쥴드 님이 폭언을 해서 큰 소동이 일어났습니다.

하지만 그걸 구해준 게 유나 님이 데리고 와준 요리사인 젤레프 씨셨습니다.

봇츠 씨가 부상을 입은 상황을 설명하자, 유나 님이 왕도까지 가서 왕궁 주방장인 젤레프 씨를 데리고 왔습니다.

젤레프 씨는 자신이 만든 요리가 비판받자 살바드 가문의 영주인 가쥴드 앞에 섰습니다. 표정은 변하지 않았지만 강한 기세를 느낄 수 있었고 왕궁 주방장이라는 사실을 알고 있는 사람도 있어서, 가쥴드는 아무런 말도 못 했습니다.

이곳에서 요리를 비판한다면 왕족을 비판하는 것이 되기 때문이죠.

가쥴드는 분해하며 아들인 란돌과 함께 파티 회장에서 나갔습니다. 그 모습을 보고 안심했습니다.

가쥴드가 사라진 후 할아버님의 생신 파티는 무사히 끝났습니다.

며칠 후에는 제 생일 파티가 열려서 유나 님에게 곰 선물을 받았어요. 곰돌이와 곰순이를 닮은 매우 귀여운 곰 인형이었습니다. 노아 언니가 갖고 싶어 했지만 안 줄 겁니다. 이건 제가 받은 거니까요.

그리고 작은 곰돌이랑 곰순이와도 만나서 귀여운 생일 파티가 되었습니다.

생일 파티의 다음 날, 노아 언니와 피나가 크리모니아로 돌아가기 전에 정원에서 다과회를 하게 되었습니다. 유나 님에게도 권했지만 마을을 산책하고 싶다고 해서 무리해서 강요하진 못하고 노아 언니와 피나 셋이서 하기로 했습니다.

저희는 유나 님과 곰돌이와 곰순이의 이야기로 분위기가 무르익어 갔습니다. 저희가 곰에 관해 즐겁게 이야기를 나누고 있는데 검은 옷을 입고 가면을 쓴 사람이 갑자기 정원에 나타났습니다.

"누, 누구세요?!"

제가 물어봤는데 남자는 한순간에 제 쪽으로 다가왔습니다. 소리를 지르려했지만 입을 막아버렸습니다.

"미사를 놓아줘."

노아 언니가 남자의 팔을 붙잡습니다. 하지만 노아 언니는 강하게 튕겨져 나갔고 땅에 쓰러져버렸습니다.

"미사 님에게서 떨어지세요!"

이번엔 피나가 남자에게 달려들었지만 얼굴을 맞고 쓰러져버렸습니다.

노아 언니! 피나!

소리쳤지만 입은 천으로 막혀 있어서 소리가 나오지 않았습니다.

저는 몸을 흔들어 벗어나려 했으나 손목을 묶여 버렸습니다. 그리고 마지막에 눈도 가려졌습니다.

노아 언니, 피나.

저는 짐짝처럼 둘러업힌 채 마차라고 생각되는 것에 태워진 뒤 어딘가로 옮겨졌습니다.

소리치고 싶어도 입이 막혀서 소리가 나질 않습니다.

마차가 멈추고 짐처럼 들어 올려집니다.

여긴 어디지?

아무런 말도 하지 않아서 아무것도 알 수 없습니다.

문이 열리는 소리가 몇 번인가 들렸습니다. 저는 아마 어딘가의 방 안으로 옮겨져 온 것 같네요.

무서워서 몸이 떨려요.

누구지? 불안감과 공포가 마음 속 깊숙한 곳에서 나옵니다.

아버님, 어머님, 할아버님 도와주세요.

노아 언니, 피나 미안해요.

마지막으로 본 쓰러져 있는 두 사람의 모습이 머릿속에 떠오릅니다. 저를 구하려다가 쓰러진 두 사람……. 눈물이 나와요.

유나 님…….

저는 바닥에 쓰러진 채 방치되었습니다. 아마 그다지 시간은 지나지 않은 것 같아요. 어딘가에서 엄청난 소리가 났습니다.

눈이 가려져 있어서 무슨 일이 일어났는지 알 수 없었습니다.

움직이는 것도 볼 수도 없습니다. 알 수 있는 것은 소리뿐이었어요. 무슨 일이 일어나고 있는지 알지 못하니 무서워집니다.

그때 문이 커다란 소리를 내며 열렸습니다.

누군가가 들어왔습니다. 발소리가 다가옵니다. 그리고 팔을 붙잡혔습니다.

누구야?!

“일어서! 얼른 일어나라고!”

남자의 목소리입니다. 들은 적이 있어요. 제가 싫어하는 목소리입니다.

"이쪽으로 와."

틀림없습니다. 이 목소리는 란돌이에요.

어디로 데리고 가는 거야?

저는 저항을 했지만 강하게 끌어당겨서 저항할 수가 없습니다.

당겨지는 팔이 아파요, 구해줘요. 아버님, 어머님, 할아버님.

조금 걸으니 란돌이 걸음을 멈춥니다.

이곳은 어디? 눈이 가려져 어디로 데리고 왔는지 알 수 없습니다.

"어이, 이 여자가 어떻게 돼도 좋다는 거야?"

란돌이 누군가에게 말한 순간, 란돌의 손이 저에게서 떨어집니다. 그리고 엄청나게 부드럽고 따듯하고 안심이 되는 것에 안겼습니다. 저는 이 부드러움과 따듯함을 알고 있습니다.

"괜찮니?"

눈을 가리고 있던 천이 제거되고 시야가 펼쳐집니다.

그곳에는 부드럽게 미소 짓는 유나 님의 얼굴이 있었습니다.

유나 님이 도우러 와주셨어요. 왕도로 가던 도중에 마물에게 공격을 받았을 때가 떠오르네요. 그때도 도와주셨죠.

유나 님은 항상 저를 도와주시네요.

눈에서 눈물이 흐릅니다.

눈물이 멈추질 않아요.

저를 납치한 것은 란돌이었습니다.

그 후엔 화가 난 유나 님이 대폭발을 하였습니다.

란돌 쪽에 있던 검은 옷차림의 남자와 란돌의 아버지인 가쥴드가 얻어 맞았고, 저는 살았다는 걸 깨달았습니다.

그 후, 유나 님에게 구해진 저는 집으로 돌아왔습니다. 어머님이 끌어 안습니다. 아버님도 대단히 걱정하셨던 것 같아요.

"아버님, 노아 언니와 피나는요?"

남자에게 맞았던 두 사람이 걱정입니다.

"괜찮아. 지금은 방에서 자고 있어."

저는 노아 언니와 피나가 있는 방으로 갔습니다. 제가 방으로 들어가자 두 사람이 달려옵니다.

"미사, 괜찮아?!"

"미사 님!"

두 사람은 저를 걱정해줬습니다.

걱정한 건 저도 마찬가지예요.

"두 분 모두 괜찮으세요?"

두 사람은 부상도 없고 괜찮은 것 같아서 다행입니다.

만약 다쳤다면 어떻게 사과를 해야 좋을지 모르겠네요.

그 후에는 큰일이었습니다.

살바드 가문이 귀족인 저를 납치했기 때문에 살바드 가문의 영주인 가쥴드와 그의 아들인 란돌이 붙잡혔습니다.

그런 일이 있어서 아버님과 할아버님은 바쁘게 움직이셨습니다. 클리프 님도 엘레로라 님도 도왔습니다. 노아 언니는 오랜만에 엘레로라 님과 만났지만 함께 보낼 시간은 없었습니다. 미안한 마음이 들었으나 노아 언니는 「언제든지 만날 수 있어」라고 말해주었습니다.

그런 뒤, 왕도에서 감사관이 오자 클리프 님의 일은 끝나고 노아 언니와 유나 님과 피나는 돌아갔습니다. 조금 쓸쓸해졌어요.

노아 언니 일행이 돌아갔나 싶었는데 이번엔 엘레로라 님과 할아버님이 왕도로 가게 되었습니다. 또 쓸쓸해졌어요.

그 동안에도 아버님은 바빴습니다. 어머님도 아버님을 돕고 계세요.

저는 보고 싶은 걸 참으며 유나 님에게 받은 곰돌이와 곰순이 인형과 함께 지냈습니다.

귀여운 얼굴이 온화하게 만들어 주네요.

다음에 제가 먼저 만나러 가는 것도 좋을 것 같아요.

시간이 조금 지나자 할아버님이 왕도에서 돌아왔습니다. 가족을 모아 자세한 이야기를 해주셨어요. 이번 일로 인해 할아버님은 영주의 자리를 아버님에게 물려주셨습니다. 국왕 폐하도 허가를 내리셔서 순조롭게 진행됐습니다.

그리고 살바드 가문은, 할아버님과 아버님이 자세히 이야기해주시지 않았지만 나쁜 일을 했던 것 같습니다. 그 사실이 국왕 폐하의 귀에 들어가서 집안이 망해버렸습니다.

아버지인 가쥴드는 사형. 아들인 란돌은 먼 친척에게 맡겨졌다고 합니다.

사형이라는 것에 놀랐지만 란돌이 이 마을에서 사라지는 사실에 안도하는 제 자신이 있었습니다.

그 후, 할아버님은 한 명의 고용인을 소개해주셨습니다.

“알고 있겠지만, 그녀를 내 쪽에서 맡게 되었단다.”

“루파입니다. 잘 부탁드릴게요.”

고개를 숙이는 여자는 살바드 가문에 있던 메이드입니다. 그녀는 살바드 가문에 붙잡혀 있던 아이들의 장소를 알려준 사람입니다.

그녀의 성장 이야기는 할아버님께 들었습니다. 부모는 돌아가셨고 아버지의 빚 때문에 일을 하게 되었다고 합니다. 만약 어머님과 아버님이 없다면, 이라고 상상하니 너무 슬픈 마음이 듭니다.

왕도에서 돌아온 할아버님은 아버님의 일을 돕는 나날이 계속되었습니다. 서서히 일은 안정되었고 이야기를 나눌 수 있는 시간이 늘었습니다.

복도를 걷고 있는데 루파가 꽃을 가지고 외출하려는 모습을 발견했습니다.

"어디 가세요?"

"미사나 님?! 네, 아버지를 뵈러 가려고요."

루파의 아버지는 돌아가셨습니다. 즉, 묘지에 찾아간다는 것이겠죠.

"저도 따라가도 돼요?"

"미사나 님도요?"

"네, 폐가 되지 않는다면."

"상관없지만, 저와 둘이서만 가는 건……."

루파는 살바드 가문에서 있었던 일을 부담으로 느끼고 있나 봅니다.

"괜찮아요. 할아버님도 아버님도 루파를 믿고 계신걸요. 게다가 가족에 관해서도 들었어요. 인사를 하게 해주세요."

"알겠습니다. 그렇지만 그란 님의 허락은 받아주세요."

그렇네요. 루파에 관해 석연치 않게 생각하는 사람도 있을지 모릅니다. 그래서 루파가 불필요한 의심을 받게 돼도 곤란합니다.

"그러면 조금만 기다려줘요. 할아버님께 허락을 받아 올테니까."

저는 할아버님께 허락을 받은 뒤 루파와 함께 집을 나섭니다.

"미사나 님은 제가 무섭지 않으세요?"

"무섭냐고요? 왜요?"

"저는 가쥴드 님이 있던 곳에 있었어요. 조금이긴 하지만 나쁘다는 걸 알면서도 가쥴드 님의 지시대로 나쁜 일도 했었죠. 그런 제가 무섭지 않으신가요?"

"……솔직히 말해서 모르겠어요. 그렇지만 아이들을 구출했을 때의 미소나, 도움을 받은 아이들이 루파를 따랐던 것을 생각하면 루파는 나쁜 사람이 아닌 것 같아요. 게다가 루파는 자신이 나쁜 짓을 했다고 생각해서 할아버님 쪽에서 일을 하며 갚으려고 하는 거잖아요. 저는 그 마음이 중요하다고 생각해요."

루파는 아이들을 구했습니다. 살바드 가문의 악행을 알리고 자신도 죄를 갚으려고 합니다.

"……미사나 님."

"그리고 저를 납치한 건 란돌이에요. 란돌의 모습을 보면 몸이 떨릴지도 몰라요. 만나는 건 무서워요. 그렇지만 루파는 보고 있어도, 둘만 남게 되어도 몸이 떨리지 않아요. 도망치고 싶다고도 생각하지 않아요."

아마도 눈앞에 란돌이 나타난다면 도망칠 겁니다.

"그러니까 루파는 무섭지 않아요."

"고맙습니다."

루파는 기쁘게 미소 짓습니다.

저희는 마을 밖으로 나갔습니다. 나무들이 있었고 루파는 한 그루의 나무 앞에 멈춰 섰습니다.

이곳에 루파의 아버님이 잠들어 계신가 봐요.

루파는 나무뿌리 쪽에 들고 있던 꽃을 둡니다.

"아버지, 지금은 그란 님이 계신 곳에서 신세를 지고 있으니까 걱정 마세요."

루파는 나무 아래에 잠든 아버지를 향해 할아버님 쪽에서 일하게 된 사실을 보고했습니다.

"다들 착한 분들이에요."

그런 뒤, 최근에 있었던 일들을 이야기했습니다. 그건 즐거워 보이는 동시에 슬퍼 보였습니다.

"그럼 아버지, 또 올게요."

루파는 나무에서 떨어졌습니다. 저는 루파에게 말을 걸었습니다.

"저도 이야기를 해도 될까요?"

"네, 아버지도 기뻐하실 거예요."

저는 허락을 받고 나무 앞에 섰습니다.

"저는 미사나라고 합니다. 루파는 할아버님 쪽에서 훌륭하게 일을 하고 있어요. 꽃 손질도 도와준답니다."

제가 알고 있는 루파에 관해 이야기를 해줬습니다.

"그러니, 안심하세요."

저는 뒤에 있는 루파를 바라봤습니다.

"미사나 님, 고맙습니다. 아버지도 분명 안심해주실 거예요."

그렇다면 기쁠 겁니다.

루파가 행복해졌으면 좋겠습니다.

50 곰 님과 특훈 오른 편

으으, 어째서 이런 일이.

지금 저는 유나 님과 함께 울프 무리에게 둘러싸여 있습니다.

조금 전의 일이에요. 언제나처럼 유나 님에게 마법을 배우고 있을 때였습니다.

저는 울프 같은 빨리 움직이는 마물이나 동물에게 마법을 맞추지 못한다는 것을 상담했습니다. 유나 님은 조금 생각에 잠기더니 울프를 토벌하러 가자고 하셨어요.

어쩌면 쓰러뜨리는 장면을 보여줄지도 모릅니다. 유나 님은 정말로 상냥한 사람이에요.

마을 밖으로 나가자 울프가 있는 장소까지 이동하게 되었습니다. 저는 걸어갈 거라 생각했는데 유나 님이 손을 들어 올리자 검은 곰과 하얀 곰이 나타났습니다. 유나 님의 소환수예요. 검은 곰이 곰돌이, 하얀 곰이 곰순이입니다. 엄청 귀여운 곰이에요.

"곰돌이랑 곰순이는 알고 있지?"

"네, 곰순이한테는 신세를 졌었죠."

전에 저희 파티가 마물에게 공격을 당할 때 유나 님이 곰돌이에 올라타 달려와 주셨습니다. 유나 님은 눈 깜짝할 사이에 마물을 쓰러뜨리고 저희가 마물에게 공격당하지 않도록 곰순이를 옆에 남겨두었습니다.

저는 곰순이에게 다가갔습니다.

"그때는 고마웠어."

"크~응."

곰순이가 몸을 비빕니다. 부드러워서 기분이 매우 좋습니다

으으, 귀엽네요.

"그럼, 곰돌이랑 곰순이를 타고 갈 테니까 호른은 곰순이에 타."

설마 유나 님의 소환수를 타고 이동할 줄은 몰랐습니다.

"크~응."

곰순이가 저를 향해 울더니 허리를 숙였습니다. 정말로 똑똑한 곰이에요. 저도 이런 귀여운 소환수를 갖고 싶습니다.

"잘 부탁해, 곰순아."

"크~응."

제가 곰순이의 등에 올라타자 곰순이는 몸을 일으킵니다. 승차감은 최고네요. 신이랑 아이들에게 자랑할 수 있겠어요.

곰순이는 항상 보던 숲을 엄청 빠르게 빠져나가서 가본 적이 없는 숲까지 순식간에 와버렸습니다.

유나 님은 어딘가를 요리조리 바라보고 있습니다.

"저기다."

그렇게 말하자 곰돌이와 곰순이가 걷기 시작합니다. 그리고 조금 걷더니 멈추고 제 쪽을 바라봅니다.

"그럼, 호른. 이 앞에 울프 무리가 있으니까 혼자서 무찔러 볼래?"

지금, 뭐라고 하셨죠?

제가 잘못 들은 게 아니라면 「울프 무리가 있으니까 혼자서 무찔러 볼래」라고 하신 것 같은데요. 분명, 잘못 들은 거겠죠.

"유나 님, 지금 뭐라고 하셨어요?"

확인을 위해 다시 물었습니다.

"이 앞에 울프 마물이 30마리 정도 있으니까 호른 혼자서 무찌르고 와."

잘못 들은 게 아니었던 모양이에요.

"혼자서?! 무리예요. 절대로 무리라고요!"

저는 고개를 저었습니다.

유나 님은 곰순이에게서 내려오라고 했습니다. 저는 곰순이를 끌어안은 채 내려가지 않으려 했지만 곰순이는 유나 님의 지시에 따라 허리를 숙여 저를 내리려고 했습니다.

싫어요. 무리예요. 울프 무리에 내팽개쳐지면 죽을 거예요.

"안전한 곳에서 울프를 공격하도록 할 테니까 걱정하지 마."

유나 님은 제가 끌어안고 있는 곰순이를 송환해버렸습니다.

"곰돌이랑 곰순이가 있으면 울프가 도망칠지도 모르잖아."

도망치는 편이 나아요.

"그러면 가자."

유나 님은 그렇게 말하고 저의 뒤로 돌아가서 다리를 걸었습니다. 균형을 잃고 엉덩방아를 찧을 거라 생각했는데 유나 님의 팔 안쪽에 안겨 있었습니다.

공주님 안기라는 것입니다. 여자아이라면 한 번쯤은 꿈꾸는 것이겠지만 유나 님에게 당할 줄은 몰랐습니다.

"꽉 잡고 있어야 돼."

유나 님은 저를 안더니 달리기 시작합니다. 심지어 빨라요.

저는 떨어지지 않도록 유나 님에게 안겼습니다. 그리고 눈앞에는 울프 무리가 있었습니다.

유나 님은 신경 쓰는 기색도 없이 울프 무리 중심까지 달려갑니다.
"여기서 싸우는 거야."
무리의 한 가운데예요. 둘러싸여 있다고요.
도망칠 곳이 어디에도 없습니다.
으으, 어째서 이런 일이…….

울프가 으르렁거리면서 다가옵니다. 저는 유나 님의 뒤로 숨으려 했지만 뒤에서도 울프가 다가오고 있네요. 더는 안 되겠다고 생각한 순간, 유나 님은 손을 뻗더니 눈앞에 봉 같은 물건이 지면에서 솟았습니다.
흙 마법?
봉은 지면에서 계속 나와 우리를 둘러쌌습니다.
마치 울타리처럼요.
게다가 유나 님은 마법을 사용하여 지붕 같은 것까지 만들어버립니다.
저는 주위를 바라봅니다. 왠지 우리 안에 들어와 있는 느낌입니다. 울프는 우리 안에 있는 저에게 공격을 해왔지만 봉에 의해 막혔습니다.
이런 대단한 것을 간단하게 만들어버리는 유나 님은 정말로 대단한 사람입니다.
"여기에서라면 안전하게 공격할 수 있을 거야. 울프를 잘 관찰해 봐, 개체의 차이는 있겠지만 기본적인 울프의 행동은 똑같아. 이곳에서 울프의 움직임을 배우고 확실하게 쓰러뜨릴 수 있게 된다면 혼자가 됐을 때도 침착하게 무찌를 수 있을 거야."
확실히 이렇게 가까이에서 안전하게 울프의 움직임을 볼 수 있는 일은 없습니다.

"그리고, 봉과 봉 사이를 노리는 거라서 마법의 제어 훈련도 될 거야."

이 틈으로 울프를…….

"알겠어요. 해볼게요."

저는 우리 근처에 있는 울프를 향해 화살처럼 앞이 뾰족한 흙 마법을 날렸어요. 흙 마법은 울프에게 명중되나 싶더니 빗겨나갔습니다.

"어째서……."

"속도가 느려서 그래. 더 빠르면 맞췄을 거야."

"네."

날리는 위력이 약했습니다.

저는 유나 님의 지시에 따르면서 울프에게 공격을 가했습니다.

"그리고 안전하다고 해도 주위 확인을 하는 연습도 해야 돼. 되도록 우리에 다가오지 못하게 만들어. 앞에만 집중하고 있으면 뒤로 돌아 들어오는 경우가 있거든."

"네."

저는 주위의 울프에게 눈길을 주며 오른쪽, 왼쪽, 정면, 뒤로 마법을 날렸습니다.

서서히 울프의 움직임이 보입니다. 뛰어오르는 순간을 알겠어요. 이제껏 무서워서 이렇게 제대로 바라본 적이 없었습니다. 유나 님이 옆에 있긴 하지만, 안전한 곳에 있다는 것만으로 마음이 편해져 침착하게 주위를 볼 수가 있습니다.

그리고 몇 마리의 울프를 쓰러뜨렸을 무렵에는 울프들은 포기한 듯 도망쳐버렸습니다.

"조금은 울프에 관해 알았니?"

"네, 유나 언니 덕분에 알았어요."

이렇게 도움이 되는 연습 방법은 들은 적이 없습니다.

"뭐든 그렇지만, 정보는 중요해. 만약 지인 중에 모험가가 있다면 마물을 무찌른 이야기나, 그 마물이 어떤 움직임을 보였는지 이야기를 들어두는 것도 좋아. 처음 본 마물이라도 그때의 이야기를 떠올린다면 싸우기 쉬워지니까."

"네."

다음에 루리나 씨에게 이야기를 들어봐야겠네요.

그날 밤, 유나 님과 울프를 토벌한 것을 신과 동료들에게 이야기하자 놀랍니다.

게다가 유나 님이 쓰러뜨린 울프를 모두 저에게 양보해줘서 오늘 저녁 식사는 호화로웠습니다.

언젠가는 유나 님에게 은혜를 갚고 싶네요.

▶ 029 선생님 코믹판 1권 수록 일러스트_

축 11.5권 발매!!
쿠마나노 선생님, 단편집 발매를 축하드립니다!
『곰곰곰베어』도 10권을 넘었네요……
이렇게 작품에 기여할 수 있게 되어
대단히 영광입니다. 응원해주시는
독자 여러분을 위해서라도 앞으로도 열심히
하겠습니다!!
유나와 그 친구들을
모두 지켜봐주시면
기쁠 겁니다.
그럼 이만.
029.

*만화는 오른쪽에서 왼쪽으로 읽어주세요

코믹판 작가
세르게이 선생님
특별 단편
팔랑
『11.5권』
이라….
우와….
어, 이거
맛있겠다.
지금부터
만들어버릴까….
앞으로도
여러 일이
일어나는구나.
내
얇닐을
읽다니
이상한
느낌
이네
유나 언니
뭐 읽는
거예요?
앗,
수상해!
아,
아무것도
아니야.
화악

■작가 후기

쿠마나노입니다. 『곰곰곰베어』 11.5권을 구매해주셔서 감사드립니다.

1권이 2015년 5월에 발매되고 벌써 3년이 지나 이번 권으로 12권째의 책이 되었습니다. 더불어 작년 여름에는 코믹스 1권도 나왔죠. 당시엔 여기까지 이어질 줄 몰랐습니다. 지금까지 책이 발매될 수 있었던 것도 읽어주시는 여러분 덕분입니다. 고맙습니다.

이번 권은 본편이 아니라 1권부터 9권까지의 점포 구매 & 전자책 특전으로 배부되었던 SS(숏 스토리)를 모은 책입니다. 타이틀은 11.5권일지라도 SS의 수록이 9권까지라는 건 용서해주세요. SS를 원하셨지만 구할 수 없었던 독자님들께는 폐를 끼쳤습니다.

점포 특전인 SS를 모은 것뿐만 아니라 Web상에서 공개하는 SS를 포함시켜 더욱 새로운 특별 단편도 만들었습니다. 전부 합쳐서 50편입니다. 아마도 문자 수로는 지금까지 중에서 가장 많지 않을까요.

게다가 커버 일러스트와 인물 소개도 있습니다. 인물 소개에는 그리운 이름도 있죠. 언젠가 또 등장시켜주고 싶네요.

서적으로는 호화로운 책이 되었습니다. 만들어 주신 출판사 분들께는 감사의 말로도 부족합니다.

그리고 2월에는 코믹 2권, 3월에는 12권이 발매될 예정이니 잘 부탁드리겠습니다.

마지막으로 책을 내는데 애써주신 모든 분께 감사를…….

029 선생님, 이번에도 바쁘신 와중에 일러스트를 그려주셔서 감사드립니다.

편집자님께는 항상 민폐를 끼치고 있습니다. 그리고 『곰곰곰베어』 11.5권 출판에 관련된 많은 모든 분, 감사드립니다.

여기까지 책을 읽어주신 독자님들에겐 감사의 마음을 전합니다.

그럼, 12권에서 또 만날 수 있기를 기원합니다.

2019년 1월 좋은 날 쿠마나노

■역자 후기

안녕하세요. 이번엔 색다른 내용으로 찾아뵙네요.

11.5권이라고 해서 맨 처음엔 뭔가 싶었는데 이전에 보지 못했던 전자책이나 특전들로 이루어진 책이었네요.

대부분 유나의 생활만 나왔던 게 이번엔 여러 인물이 『그때 그 사건』에서 다른 시각으로 보는 내용이 많아서 더욱 새로운 느낌이었어요.

다음 권은 또 어떤 내용으로 우릴 즐겁게 만들지 벌써 궁금해지는데요. 여러분도 다음 권에서 또 뵐 수 있길 기도하며 이만 줄이겠습니다.

항상 고생하시는 편집자님 감사드립니다. 앞으로도 잘 부탁드립니다. 감사합니다.

2020년 좋은 날 역자 김보라 올림

곰 곰 곰 베어 11.5

초판 1쇄 발행 2020년 10월 10일

지은이_ Kumanano
일러스트_ 029
옮긴이_ 김보라

발행인_ 신현호
편집부장_ 윤영천
편집진행_ 김기준 · 김승신 · 원현선 · 권세라 · 유재슬
편집디자인_ 양우연
국제업무_ 정아라 · 전은지
관리 · 영업_ 김민원 · 조은걸 · 조인희

펴낸곳_ (주)디앤씨미디어
등록_ 2002년 4월 25일 제20-260호
주소_ 서울시 구로구 디지털로 26길 111 JnK디지털타워 503호
전화_ 02-333-2513(대표)
팩시밀리_ 02-333-2514
이메일_ lnovelpiya@naver.com
L노벨 공식 카페_ http://cafe.naver.com/lnovel11

ISBN 979-11-278-5709-7 04830
ISBN 979-11-278-3067-0 (세트)

값 9,000원